寺田光徳

欲望する機械

ゾラの「ルーゴン=マッカール叢書」

藤原書店

はじめに

ゾラの「ルーゴン＝マッカール叢書」〔以下随時「叢書」と略記〕は二〇巻の小説群で構成されている。わたしたちはそのなかのどの巻を手にとっても、そこに登場するルーゴン＝マッカール家の人々の良くも悪しくもエネルギーに満ちあふれた生き方に、言い換えれば各々が欲望をむき出しにして生き急ぐ姿に圧倒される。それは作家ゾラが、小説を書くのに前提となる人間観、世界観の根底に、欲望を置いているからだ。「叢書」での「欲望」« désir »というのは、一般的な使用例から見ると、欲望を限定するために名詞や形容詞、動詞を付け加えて、たとえば「所有欲」、「殺害欲」、「官能的欲望」とか、「結婚（することの）欲望」、「愛する欲望」というふうに、明白な欲望の対象を示して語られる。それに対して「欲望」を単独で用いる特殊な場合には、たいてい性的欲望を指し示す。こうしたゾラの「欲望」の使用法は、同時代の『十九世紀ラルース大辞典』や現代の『新プチ・ロベール仏語辞典』が採用している、語義の表記の仕方をそのまま踏襲している。

しかし、現代にいたってもあまり変化することのなかった、こうした「欲望」の具体的使用法とは対照的に、欲望という概念の内包やその意義は二十世紀初めのフロイト以降大きく変化を遂げた。フロイトが欲望と通底する欲動« pulsion »によって構成された無意識世界を発見し、欲望は人間存在を根底から規定するものとなったからである。つまりフロイトは一方で人間の心的機構を意識（および前意識）と無意識の審級から構成されていると見なし、他方でその結果として具体的な形態のもとに意識される欲望は無意識の欲動に支配されていると考えたのである。

ゾラ（一八四〇―一九〇二）は「ルーゴン＝マッカール叢書」を一八六八年から構想し、一八七一年に第一巻『ルーゴン家の繁栄』を発表すると、それから最後の第二〇巻『パスカル博士』を一八九三年に発表するまで、おおよそ一年に一作ずつの割合で二〇年以上にわたってその叢書を書き継いだ。それに対してフロイト（一八五六―一九三九）の三審級からなる局所論が『夢判断』で初めて公にされたのは一九〇〇年のことだった。したがって、ゾラはフロイトの無意識の発見を知るよしもなかったのである。

だが、ゾラがフロイトを知らなかったからと言って、ゾラが無意識と無縁だということにはなるまい。なぜなら、フロイトの考えたような無意識は知られていなくても、無意識の存在が科学的真理であれば、無意識はフロイト以前も、以降も存在し続けているのだし、ゾラが無意識に関する概念的把握をしなかったにしろ、彼にとっても無意識はもちろん存在していたからである。科学的真理とはそのようなものだ。したがって無意識に関してフロイトとの関係でゾラを位置づけてみれば、ゾラはフロイトのように無意識を捉えることはなかったとしても、無意識の存在を感知しその重要性を小説中に彼なりの仕方で表現しようとしたと言えるだろう。冒頭で言ったように、わたしたちがゾラの小説から欲望の強烈な印象を与えられるのは、そうした理由があるからだ。そして、ゾラは「フロイトを発見した」(1)というミッシェル・セールや、同様にゾラは「身体の欲動に注意を向け、［…］性の絶対的な力について前フロイト的な直観をもつようになった」(2)というアンリ・ミットランらの指摘も、同じところから生じているのだ。

以上のような、欲望に関するゾラの歴史的位置付けから、本書の目論見はおのずと明らかになろう。それは、直截に言うと、ゾラがフロイト以前に人間存在の根底にある無意識の領域に通じる欲望をどれだけ重要視し、それをどのように表現しえたか、ということだ。それにゾラの歴史的な位置付けは、本書の目論見を明確にすることに役立つのみならず、方法論的な示唆をもわたしたちに与えてくれる。[3] なぜなら無意識の領野の存在をゾラが感知していたことを前提とするなら、彼の「叢書」の欲望は、一方で一般的な使用のされ方を示すとともに、他方ではそれこそフロイトの言う無意識の欲動を暗示する使用法もそこに混在していると推論されるからである。

繰り返しになるが、フランス語における「欲望」« désir »は、欲望の対象を限定した「所有欲」とか「金銭欲」といった使用法が一般的である。その点で「欲望」は同義語の「欲求」« besoin »と異なるところはない。ゾラのたとえば『獣人』のなかでも、現に「殺害欲」や「知りたいという欲望（欲求）」に対して、« désir »と« besoin »とが区別なく使われている。強いて両者の相違を挙げるならば、前者の場合単独で使用されると、特に性的欲望の意味をもつが、後者にはそういうことが起こらない。また後者の場合、対象の欠乏が前提となっていて、そこからつねに対象に対する明確な欲求のある場合にしか使用されない。

ところで、この「欲望」と「欲求」の区別にくさびを打ち込んだのがドゥルーズ＝ガタリである。「欲望とは無意識の自動的生産の働きであり、実在するものはこの欲望のもろもろの受動的綜合の結果である。欲望は何ものをも欠如してはいない。欲望自身の対象をも欠如していない。［…］欲望とその対象とは一体をなし、それは「機械を動かし機械に動かされる」機械の機械として、機械をなしているのである」。[4] 機械に関する言及は別にして、これをわたしたちの文脈に即して言い換えれば、欲求は具体的な対象の欠如から生じる、そういう意味ではフロイトの意識ないし前意識に属する心的反応なのだが、それに対して欲望は対象の欠如を前提とするものではさらさらなく、無意識の働きそのものだ、ということになろう。

ドゥルーズ＝ガタリは『アンチ・オイディプス』において、まず、欠如を前提としない無意識の欲望と対象の欠如から生ずる欲求を区別した。そして、無意識の働きそのものを指し示す欲望に欠如を前提とする欲求的な理解をすることを拒否して、無意識をオイディプス・コンプレクスという家族幻想に矮小化してしまうフロイト的精神分析解釈と訣別し、無意識の欲望の現実的生産性を問うたのである。ときにゾラは無意識の存在を感知しながらフロイト以前に生きた。そのため彼は、幸か不幸か、フロイトのオイディプス・コンプレクスを始めとする精神分析的無意識理解を知らない。その点ではわたしたちは、ゾラもまた無意識＝精神分析という桎梏を免れて、ドゥルーズ＝ガタリと同様の立場にあるとみなせるわけだ。

そこで、ゾラの「叢書」における欲望の問題に戻ると、先に見た「欲望」と「欲求」の使用例から明らかなように、ゾラは「叢書」中で両者についてドゥルーズ＝ガタリの主張するような峻別をしたうえでそれらを使用しているわけではない。だが実際にはわたしたち読者に対して、人間存在を根底から規定している無意識を窺わせるような仕方で、すくなくとも部分的には欲望に対する捉え方を提示している。したがって本書では、欲望に対して欠如を充足させるようないわば欲求的な理解を示すことはあるにしても、それを超えて無意識の領野と結ばれてもいる欲望を見出し、そのことによってゾラの「叢書」の欲望が現実的で生産的に機能していることを明らかにしてみよう。

＊

本書は、上述の無意識世界を窺わせる欲望の活動する場にしたがって分けた、「土地・金銭」、「性」、「機械」という三部構成からなる。各部はそれぞれ「叢書」中の『大地』、『獲物の分け前』、『獣人』を対象とした作品論の体裁を取り、その主要な考察対象となった三作品ではカバーしきれない重要な要素をもった『金』、『ナナ』、『ボヌール・デ・ダム百貨店』を補足的な検討対象に選んで、各部の補論としてそれぞれに付け加えてある。さらに「おわりに」では『ジェルミナール』を取上げて結びとした。また本書は最初から最後まで順に読まなければならないような一貫した論理展開に基づいているのではなく、むしろ各部の並列的な構成を採っている。したがって、たとえば本書の主旨を手っ取り早く摑みたい向きには、第三部を最初に読まれてもよいし、上記の作品タイトル中のひとつに特に関心がある場合には、それに該当する部分だけを拾い読みしても十分まとまった理解をえられるだろう。

結局、筆者は本書でゾラの欲望を考察するに際して、二〇巻の「叢書」中から都合七作品を選びとったわけである。本書の検討対象から外れた作品からももちろん欲望のテーマを拾い出すことはできるし、そのテーマについても本書と異なる観点からすれば、本書で取りあげなかった別の作品が重要な考察対象としておのずと浮上してくるだろう。ところでゾラは「ルーゴン＝マッカール叢書」という二〇巻からなる叢書の総題に、「第二帝政下の一族の自然と社会の歴史」という副題をつけており、そこには自らの目の前で瓦解していった第二帝政に対する歴史的関心が如実に現れていた。その第二帝政期は「叢書」に示されたゾラの目からすれば、良くも悪しくも欲望に突き動かされた時代だったのだ。本書はゾラの欲望に関して網羅的で、満足のいく検討をしているとは必ずしも言い難いかもしれない。が、しかしゾラが第二帝政期に対して示した「欲望史観」については、すくなくとも本書で選び取った七作品だけでも十分に筆者の意を伝えていると考えたい。それからまた、ゾラの「叢書」の導きの糸が欲望史観であったことを読者諸兄姉に感得していただければ、本書の目的も十分に果たされたことになろう。

注

（1）Michel Serres, *Feux et signaux de brume. Zola*, Grasset, 1975, p. 127［『火、そして霧の中の信号――ゾラ』寺田光徳訳、法政大学出版局、一九八八年、一七〇頁］.

（2）Henri Mitterand, *Zola et le naturalisme*, coll. Que-sais-je 2314, P.U.F., 1986, p. 39［『ゾラと自然主義』佐藤正年訳、文庫クセジュ817、白水社、一九九九年、五四頁］.

（3）方法論的な関心から言えば、わたしたちはゾラとちがってフロイト後の時代に生きており、当然フロイトの無意識に関する体系的研究をゾラ研究にも役立てることができるだろう。その代表的な成果がジャン・ボリーの『ゾラと神話、あるいは嘔吐から救済へ』（Jean Borie, *Zola et les mythes ou De la nausée au salut*, coll. Le livre de poche, Livrairie Générale Française, 2003［1re éd. en 1971］）である。精神分析に関心のある向きには話は別だが、この研究は精神分析的研究に通有の、作家ゾラの家族つまり父―母―私からなる三角関係を基礎に、例によってオイディプス・コンプレクスや死の欲動などのフロイトの精神分析のためのツールを外挿的に適用した作品解釈なので、すぐ後で示すような理由で本書のわたしたちの関心をあまり引かない。

（4）Gilles Deleuze et Félix Guattari, *L'Anti-Œdipe. Capitalisme et Schizophrénie*, Les Éditions de Minuit, 1975, p. 34［『アンチ・オイディプス』市倉宏祐訳、河出書房新社、一九八六年、四一頁］. 訳文は上記邦訳書を借用した。

欲望する機械　目次

欲望する機械

ゾラの「ルーゴン＝マッカール叢書」

第一部　土地・金銭

「ルーゴン＝マッカール叢書」中で十五巻目に当たる『大地』（一八八七）は、フランスの穀倉と言われるボース平野の一角で農業を営むフーアン家の物語である。農民を主人公にしたり、農村を舞台にした小説は、考えてみれば数少ない。それでもさすがに百以上の作品からなる「人間喜劇叢書」を構想したバルザックには、『ウジェニー・グランデ』（一八三三）や『農民』（バルザックの死後、一八五五年出版）などがある。前者では大地主グランデとその娘、後者では実際に農業に携わることのない、いわゆる農村ブルジョワジーのモンコルネ伯爵夫妻が主人公として登場する。ところでゾラは自らの「叢書」を構想するにあたって、敬愛する大先輩作家バルザックの「人間喜劇」との相違を際立たせようとし[1]、実際の作品執筆時にも常にバルザックとの違いを意識し、それを示すために腐心した。

それでは、ゾラの『大地』とバルザックの先行作品との顕著な相違はどこにあるのだろうか。それは『大地』のフーアン一家が貧しい自作農であり、そのためにフーアンと息子のビュトーがすさまじい土地所有欲を示している点だ。農民にとって、土地は農業を営むうえで不可欠の生産手段である。しかも土地に対する執着は貧農ほど烈しい。なぜなら農村ブルジョワジーや大農経営者なら少々の土地についてはあまり所有にこだわらないのだが、貧農にとってはほんのわずかな土地でもそれを失うとなれば死活問題だからだ。『農民』でバルザックは、農村ブルジョワジー、モンコルネと彼の領地をめぐって敵対・抗争する農民たちについて、ついに書かれずに終わった部分では、その農民の立場から補完することを考えていたらしい。だとすれば、ゾラはバルザックの実現されなかった遺志を、彼に代わって『大地』において実現したことになろう。

それはともかく、ゾラは『大地』において、親殺しや義妹とのインセスト（近親姦）を犯すことすら厭わない貧農ビュトーの凄絶な土地への欲望を中心に物語を組み立てている。「叢書」の一環である『大地』に主人公として登場するマッカール家二代目のジャンも、このような農民の土地所有をめぐる戦い、そしてそれと不即不離の関係にある愛欲を前にしては、むしろ欲望の苛烈さを観察する証人の立場に立つしかないであろう。

1 フランソワーズとロマネスクな恋愛

『大地』を仮に性的欲望の物語として、つまり恋愛を主題にして読もうとしたとき、わたしたちの関心をもっとも引きつける人物はフランソワーズである。父親ムーシュの突然の死によって姉のリーズと二人きりになったフランソワーズは、やがてリーズの夫として二人の家庭に入ってきたドン・ジュアン的人物ビュトーから懸想をされ、その義兄の日夜の執拗な性的攻撃に悩まされる。しかし自尊心を堅持してそれに耐えぬくと、二十歳を期して自立をするためにジャンと結婚する。やがてジャンの子供を身ごもるのだが、ある冬の日、義妹の結婚のせいで財産分割によって地所の一部と家を失ったビュトー夫婦の恨みから、身重の体をビュトーに暴行され、姉との取っ組み合いの末に命を落とす。

フランソワーズの一生はこうして悲劇として幕を閉じたのだが、エロティスムの面からきわめて興味深いのは、彼女が愛情を抱いていたのが夫のジャンではなく、あれほどの虐待に苦しんだビュトーに対してだったということである。フランソワーズがゾラによってマゾヒスト的人物として設定されていたなら話は別だが――もちろんそんなことはない――、虐待する人物を愛していたというのは論理的に矛盾するではないか。『大地』における欲望を検討するにあたって、まずこの矛盾を解くことから議論を開始しよう。

三角形的欲望

人類学者のルネ・ジラールが『ロマンティックな虚偽とロマネスクな真実』〔邦題は『欲望の現象学』〕という批評書で、[2] ロマンティックな小説における主人公たちの自発的な欲望は虚偽であり、ロマネスクな小説——代表的な例は、セルバンテスの『ドン・キホーテ』、スタンダールの『赤と黒』、フローベールの『ボヴァリー夫人』、プルーストの『失われた時を求めて』、ドストエフスキーの『未成年』、『永遠の良人』など——における「他者の欲望」こそが真実である、と主張した。つまり、主体の対象に対する欲望は自発的に生じるのでなく、主体を対象に結びつける欲望を喚起する、媒介者としての第三者が存在するせいだというのだ。

またさらに彼は、主体、対象、媒介者の三者で構成される「三角形的欲望」という図式のなかで、主体と対象よりも主体と媒介者との距離を重視し、ドン・キホーテやボヴァリー夫人の欲望を媒介するモデルは主体とかけ離れた想像上の外的媒介であるのに対して、マルセル（『失われた時を求めて』）やアンセルモ（『永遠の良人』）は具体的で身近な人物である内的媒介をモデルにするために、複雑な精神的な葛藤に苦しめられるというのだ。ところで、ジラールはゾラの『大地』に触れていないが、フランソワーズもまたそこで三角形的欲望図式に囚われ、羨望、嫉妬、憎しみという精神的な葛藤に苦しむところから、彼女の一見矛盾した恋愛感情を解くうえで、ジラールの図式が大いに威力を発揮することはわたしたちにも容易に予測がつこう。

フランソワーズの恋愛に焦点を当ててみれば、ゾラがフランソワーズの欲望が高じていくプロセスを追って、この小説で分析的な記述の仕方をしていることが判明するだろう。フランソワーズは一八四五年生まれで一八三四年生まれの姉リーズとはおよそ十歳違いであった。(3) 母親が早くなくなったので、姉が母親代わりに妹を育てた。フランソワーズは十五歳の時すでに「早熟な血に悩まされていた」、つまり性的に敏感だったのは、粗暴で好色という評判のビュトーの子供を腹に宿していたほどの姉だから、エロティスムの面でも妹に強い感化を与えた結果と考えられる。またフランソワーズの思春期の好奇心の対象となる男が、姉の思慕の対象であったビュトーの具体的な姿を通して捉えられていたとしても不思議ではあるまい。ビュトーがフランソワーズにはえがたいエロティックな対象だったとすれば、それを手にすることになった姉のリーズもまた彼女にとっては当初羨望の的だったに違いない。結婚初夜、しとねを共にするために席を立った姉夫婦のことを想像して、フランソワーズは思わず嘆息した、「ああ、あそこはどんなに楽しいことだろう！(4)」と。

しかしこの結婚で、フランソワーズにとっては欲望を吹き込んだ媒介者の姉のみならず、ときたま会うだけの欲望の対象だった義兄もまた、彼女と同じ屋根の下に住むごくごく身近な存在となった。それまでは姉妹二人だけで静かに仲良く支え合って暮らしていた。そこに突然ひとりの男が入りこんできて、十八歳の多感なフランソワーズの前で、新妻の姉とともに新婚のむつまじさを繰り広げるようになったのである。その男が彼女の官能を強烈に刺激し、身心の奥深くに消しがたい印象を刻みこむことはわたしたちの想像に難くない。

ここに一匹の雄《おす》がやってきた。それは窪地の奥で娘たちをものにすることに慣れた荒っぽい雄であり、その戯れは仕切り壁をゆるがし、板張りの隙間から荒い息づかいを聞かせるのだった。彼女［フランソワーズ］は家畜に教えられて万事心得ていたが、姉たちの振る舞いを嫌って憤った。日中なら彼女はむしろ外に出て行って、夫婦が勝手にふざけるにまかせた。だが、夜、彼らが食卓をはなれてはしゃぎはじめると、少なくとも自分が食事を終わってからにしてくれと、金切り声をあげるのだった。そして、自分の部屋に駆けあがり、扉を激しく閉めて、歯を食いしばって、助平野郎！ 助平野郎！ とどもりどもりののしった。それにもかかわらず、まだ階下でおこっていることが聞こえるように思われた。頭を枕のなかに押しこみ、毛布を眼の上までかぶっても、聴覚も視覚もさまざまな妄想にとりつかれて、彼女は思春期の反抗に喘ぎながら、烈しい欲情に身を焦がした。

（III-1, pp. 533-534［中 一〇―一一頁］）

フランソワーズの想像のなかで姉夫婦の痴態が踊り狂う。欲望で自分の身体を焦がしながら、彼女は、義兄と姉が二人で思う存分欲望の充足を味わうところを、何度脳裏に描いたことだろう。それからまた彼女は、姉に代わって何度義兄に襲われたことだろうか。だがそれは想像にすぎない。現実には、三人だけの家庭のなかで、自分だけが除け者にされて、快楽を分かち合うことができないのだ。

こうした状況が毎日のように繰り返されることになれば、フランソワーズの心中にフラストレーションがだんだんと高じていくのは避けがたい。そうした彼女の微妙な心境を感じ取っていれば、普通なら義兄は、義妹の手前そうした戯れを少しは控えるはずだ。だが、そこは「神様はこの一文もかからぬ快楽をすべての人に授けたのだから、できる限り、耳の先までたのしんでいいわけなんだ」と彼一流の快楽哲学をうそぶいていたほどのビュトーのことだ。逆に彼女の感情を逆撫でするように「お前だっていよいよって場合になったら、何とほざくだろうな」(III-1, p. 534〔中 一一頁〕)とからかって、彼女の焦燥感をいよいよ募らせた。姉もまたこうした夫の態度をすこしも咎める様子はなく、彼に同調して笑っているばかりであった。

三角形的欲望の図式のなかで、欲望の対象が遠く手の届かないところにあり、それを媒介者だけが手にするという特権を持っているとき、欲望する者にとってその媒介者は憧憬の対象でありえた。ちょうどそれはフランソワーズにとってビュトーが媒介者である姉のリーズを通してしか知りえなかった頃のこと、つまりは彼がひとつ屋根の下で暮らし始める前のことだ。だが今は欲望の対象も媒介者も、欲望するフランソワーズと生活を共にしている。そうして欲望する主体のフランソワーズを排除して彼女にフラストレーションを高じさせるがままにし、欲望の対象と媒介者だけが快楽を思う存分味わい、それを涼しい顔をして見せつけている。欲望する者と欲望を媒介する者との関係が様変わりをするのはもちろん言うまでもないことだ。そこでフランソワーズの羨望はすぐにも嫉妬に変わるだろう。欲望の対象は彼女が欲しても永遠に手にできない、それに対して姉のリーズはこの欲望の対象を思いのままに享受できる。フランソワーズが自らには禁じられている欲望を自由に享受できる姉に対して嫉妬するのは当然のことだろう。

ところで、妹に対して欲望の媒介者として果たした姉リーズの役割はまことに罪深かった。なぜならフランソワーズが欲望する対象は、彼女のすぐ手の届くところにある。だがそれを実際に手にすれば、インセストという道徳的な罪を犯すことになる。のみならず、母親代わりに育ててくれた姉を裏切り、姉に対する忘恩行為を犯す羽目にも陥るからだ。つまりフランソワーズは欲望の媒介者である姉のリーズから欲望してはならない対象を欲望するように仕向けられていたのだ。

彼女の陥ったこのようなのっぴきならない状況は、グレゴリー・ベイトソンのダブルバインド（二重拘束）ということばによっていみじくも言い表すことができるだろう。ベイトソンが『精神の生態学』で統合失調症患者の陥るダブルバインド状態を理論化してから(5)、このことばが普及して批評で重宝されるようになった。しかし、実はこうしたダブルバインド状態は、『大地』のフランソワーズの場合と同じように、エロティスムとモラリスムに引き裂かれた悲劇的な恋愛として、『トリスタンとイズー』の昔からよく知られている。トリスタンは媚薬のせいで王妃イズーを愛するようになり、一方でイズーに対する愛情に、他方でマルク王への忠誠心に引き裂かれてしまう。十七世紀フランスのコルネイユの『ル・シッド』やラシーヌの『フェードル』などの古典劇も同工異曲であろうし、日本でもたとえば夏目漱石は、欲望の三角形のなかでダブルバインドにもがく主人公を数々の作品で描くことに巧みだった。

ともかく、フランソワーズが陥ったこうしたダブルバインド状態が、多くの傑作で描写された悲劇的な恋愛のなかで確証されるように、容易に解消されえない構造的なものであることは疑いえない。ゾラのテクストは、こうした構造的な根深い懊悩に囚われているフランソワーズの日常をさりげなく語っている。「彼女がふれ合うほど身近に感じた夫婦のいとなみの只中で、フランソワーズの懊悩は大きくなっていった。彼女の性格が変わったと、人々は言いはやした。事実、彼女は陽気になったり、悲しげだったり、気むずかしくなったり、意地わるくなったり、たえず飛躍する不可解な気分にとらわれていた」（III-1, p. 534〔中一二二頁〕）。

人の言う性格とはこのようにとかくあてにならないものだ。それよりもフランソワーズの置かれている構造的なダブルバインド状態が問題である。ちなみに最後までフランソワーズは、こうしたダブルバインド状態を維持して、義兄夫婦の虐待によく耐え抜き、彼らの卑屈な要請を断固として拒否し続けるだろう。そのようなフランソワーズを見て、それは彼女のもって生まれた正義感の強い、気丈な性格が原因だと言われる。だが性格がこのように人の置かれた構造的な環境、つまり生態的な環境に左右されると考えるなら、フランソワーズは自らの激しい欲望と社会道徳の要請のあいだに引き裂かれながら、ダブルバインド状態を生きていたのだし、むしろ彼女の呈する性格というのはそうした構造が表に現れてきたものだと言うことができる。するとゾラが最初にフランソワーズを紹介するにあたって用いた性格というのは、後の物語を展開するうえで彼女に関して予め打っておいた説話論的布石の類と見なせる。

ダブルバインドの累積

さて、フランソワーズを軸にした三角形的欲望の関係に展開を促すような出来事が起こる。義兄のビュトーが、ふとした気まぐれから義妹に襲いかかろうとするのだ。ビュトーとリーズの結婚から二年が経過した一八六五年八月、リーズは八カ月の身重になっていた。そのため夏の暑い太陽の下で野良仕事に来たのは、ビュトーとフランソワーズだけであった。野良仕事の合間に暑さを避け、人目の届かぬ物陰に二人きりで小一時間昼寝でまどろんだ後のこと、目覚めると体を覆うものはちょっとした薄ものだけの若々しい肢体が目の前にある。思うに、妻の妊娠で欲望を満たすこともままならなかったのであろう、そこで欲望に突き動かされてビュトーは、突然フランソワーズの体を捕まえる。もちろん性格からしてフランソワーズは、執拗な義兄の攻撃に最後まで抵抗し、組み敷かれても彼の下腹を思い切り蹴り飛ばして、結局は難を逃れた。しかしそのとき見せた反抗的な行動とは裏腹に、彼女の内心には義兄に対する強い執着がすでに根付いていていた。

彼はまだ何も言わなかったが、彼女が成長して一人前の女になったのに気づいて以来、自分を望んでいるのが、彼女にははっきりと分かっていた。今、そのことを思い出して、彼女はすっかり動転した。毎晩のように姉とふざけちらしているくせに、この横着者め、あたしにかかってくるだろうか。この盛りがついて猛りたった馬が、これほどまでに彼女を苛立たせたことはなかった。果たしてかかってくるだろうか。もし指一本でも触れたならば、すぐさま首をしめてやろう、と心を決めて、しかも自分では知らないうちに相手に欲望を感じながら、彼女は彼を待っていたのである。

（III-4, p. 569［中 七三―七四頁］）

日常的に焦燥に駆られながら目撃したり、熱い欲情に身を焦がしながら想像していた姉夫婦の行為を、今度は姉に代わって自分が体験する、そうした切羽詰まった思いを抱いてフランソワーズが待ち構えていたことは疑いなかろう。

ところで生来的に好色なビュトーのことだ、最初は気まぐれであったとしてもその後も隙さえあれば義妹に執拗に挑みかかることをやめない。夫が妻に負うべき貞節観とか義妹とのあいだで犯すべからざる近親姦の禁忌とか、そうしたモラルも彼のドンジュアニスムを前にするとひとたまりもない。しかも彼は狡猾であった。自らの欲望をあくまでも追求しようとするドンジュアニスムを合理化する恰好の理由を見出したのだ。それは、フランソワーズが自立しようとすれば財産分けをしなければならないが、彼女を一家に引き留めておけばその必要がない、そのために彼女を自分と性的に離れがたくさせてしまおうという策略だ。リーズが第二子のロールを産んだ夜のこと、彼は妻がいびきをかいてぐっすり寝込んでいる時を狙って、再びフランソワーズに襲いかかる。抵抗する彼女の体を押さえつけて「うまくやっていけるさ……。一緒に暮らしてるんだから、これからも仲良くやっていけばいいじゃないか」(III-5, p. 590〔中一〇八頁〕)と、自らのエロティスムもエコノミスムも両方とも成立させようという、手前勝手な言辞を弄する。もちろんこの時もまた彼は、思いを遂げようとする寸前にフランソワーズから思い切り爪を突き立てられて失敗をするのだが……。

夫ビュトーと妹フランソワーズのこうしたやりとりは、やがてリーズの気づくところとなる。夫の行動を見るにつけ、妻のリーズはもちろんおもしろくないであろう。彼女の憤懣はまず夫に向かう。だが土地を確保するためにはフランソワーズに言うことを聞かせなければならないと強弁され、あげくの果てに口論になって彼から拳を食らう始末であった。そこで今度は妹のフランソワーズに向かって、男を興奮させるのは興奮させる女が悪いのだと八つ当たりした。ある日など、ビュトーはフランソワーズと一緒に地下蔵にシードルを取りに行って性懲りもなく彼女を攻めたのだが思いを果たせず、そこで非常に立腹して戻ってくると、リーズに対してスープが熱いとつまらぬ言いがかりをつけ皿を壁に投げつけ、彼女を張り倒して外に飛び出していった。リーズは、こんなふうに夫から言われもないあしらいを日常的に蒙るようになって、「分別を失った」。姉は妹に対して「この碌でなし。いい加減で、寝てやっておくれ。あたしはもう我慢できない」「ねえ、お前なぜ嫌なのさ」（IV-2, p. 624〔中　一六六―一六七頁〕）と、やむにやまれぬ気持ちから道徳観などみじんもないことばを吐くにいたった。

三角形的欲望図式の先の段階では、欲望を存分に享受しえているリーズは、それをどうしても手にしえないフランソワーズにとって嫉妬の対象だった。だが、今や彼女は夫のドンジュアニスム、さらにそれに加わった詭弁的なエコノミスムのせいで、そうした欲望を満たして自らの立場に安穏としているわけにはいかなくなった。と言っても、夫の愛情が彼女から去っていったわけではない。なぜならビュトーにとっては妻も相変わらず欲望の対象だったからだ。

女房は肥りかえって山を動かすような嵩になり、しかもロールが年中乳にとっついている。が、それに反して、かわいい義妹は乙女の肌がえもいえぬ香を送り、胸は若い牝牛の乳房のように弾力があって、堅かった。とは言え、彼には両方とも好ましかった。一方は軟らかく、他方は堅く、いわば両手に花で、どちらにもそれぞれ魅力があった。しかも、彼は二羽の牝鶏をあてがわれてもびくともせぬ優良な雄鶏だった。彼はパシャのように行き届いた世話と愛撫に包まれて、享楽に満ち足りた生活を夢みていた。二人さえ承知すれば、姉と妹を女房にして、何で悪いことがあろう。それこそ愛情を固くするばかりでなく、まるで手足を切り取ると脅かされでもするように恐れている財産の分割を避けるのに、うってつけの方法ではないか。

（IV-2, pp. 621-622〔中　一六二―一六三頁〕）

エロティスムの関係で見る限り、リーズにとって夫との関係にさしたる変化はない。フランソワーズからすれば、やはり義兄は相変わらず拒まれた対象であることに変わりはない。三角関係のなかで大きく変わったのは、リーズとフランソワーズの関係だ。

リーズの心理的な軌跡を想像してみるとこうなるだろう。当初リーズは、同じ屋根の下で暮らす自分たち夫婦や妹とのあいだで維持すべき倫理観と生活規律に対する配慮から、夫に不道徳な振舞いをいましめなければならないと考えた。モラリスムに則った行動だ。しかし夫から逆襲を食らってしまう。なるほどそれはビュトーの理不尽な反応にちがいない。だが夫がドンジュアニスムの口実に利用するエコノミスム、つまり妹が独立して一家が窮乏の憂き目にあうということに関しては、彼女とて望むところではないので、夫の妹に対する非道な振舞いにも断固とした態度を貫けない。リーズは何度となく妹と夫のどちらを取るか、モラリスムとエコノミスムの相克に悩んだはずだ。フランソワーズがエロティスムとモラリスムのダブルバインドに悩んだと同じように、リーズもまたここでダブルバインド以外の何ものでもないモラリスムとエコノミスムのあいだで引き裂かれたに違いない。一時的には姉妹が共にダブルバインド状態に悩むのだ。

ところが、姉のリーズは最終的に夫の暴力に耐えきれなくなり、あっさりとモラリスムを返上して、背徳的な近親姦を妹に勧めるところまで堕ちてしまった。マルクスがどこかで言っていたが、「同等な権利と権利とのあいだでは暴力がことを決する」とは言い得て妙だ。しかしリーズやビュトーのエコノミスムは、自らの利益だけを追い求めて他人を犠牲にすることを厭わないのだから、そもそも権利と呼ぶに値しない。しかもこの利己的エコノミスムを、ビュトーは自らのドンジュアニスムを展開するための口実にするのだから、それ以上に権利云々は話にならない。三人のなかでもっとも卑劣なのはこのようにビュトーなのだが、彼の暴力に屈して権利を放棄する、つまりモラルを守ることを諦めてしまい、ビュトーとその後同一行動を取ろうとするリーズも非難は免れない。いや、フランソワーズからしたら、それ以上かもしれない。なぜならフランソワーズにとって、リーズは今ではたった一人残った、血を分けた家族であり、しかも妹が姉に対する顧慮から、エロティスムの充足を自らに禁じているというのに、姉だけが自らのエロティスムの充足はおろか、妹を犠牲にして自己の利益を計ろうとすることは断じて許されないから。

妹フランソワーズの姉リーズに対する軽蔑と憎悪は、かくして決定的となり、それは文字通り死んでも止むことはない。利己的な姉の近親姦を勧める言い草「ねえ、お前なぜ嫌なのさ」に対して、フランソワーズは「姉さんは兄さんよりもっと嫌だわ」と憤慨し、「姉に対する怨恨はやがて激しい軽蔑となり、今となっては姉のことばに同意するよりも、むしろ全身の皮を剥がれる方がましだと誓った」(IV-2, pp. 624-625〔中一六八頁〕)。それは結果的にフランソワーズにとって、あくまでも自らのダブルバインド状態を維持することだ。ダブルバインドという心理的拘束状態を軸にしてみれば、姉妹はまことに対照的な態度を取ったことになろう。モラリスムを放棄した後、リーズはもはやダブルバインド状態に苦しめられることはないから、彼女がフランソワーズに対してとった行動は、反道徳的で残酷だがまったく明快だ。こうして一度リーズとフランソワーズの関係が憎悪の関係として確立されてしまうと、それは最後まで解消されない。なぜなら三角形の欲望図式に囚われたままの姉妹にあって、一方のフランソワーズが自らのモラリスムをあくまでも維持しようとするなら、それは他方のリーズにとってはみずからがモラリスムを放棄したことを非難され軽蔑されていることを意味し、そこには行き場のない姉妹間の憎悪の関係が残るしかないからである。つまり欲望の三角関係が解消されない限りこの憎悪もまた解消されないという、構造的な憎悪の関係に姉妹は陥ったのである。

姉妹の関係がお互いの憎悪の深まりにしたがって次第に泥沼化していったのに対して、義兄と義妹については誘惑と反発のきわどい関係が綱渡り状態のままに続いていく。『大地』のテクストが教えてくれることだが、十九世紀の農業には農民が身体を駆使して共同でしなければならない作業が多々ある。ビュトー夫婦に誕生したロールのために洗礼の祝いをしようと、フーアン一家が集まることになっていた日は、収穫してきた麦束に舞杵を打ち下ろして穂から麦の実を落とす脱穀作業をする時期であった。この頃普及しだした蒸気打穀機や畜力打穀機の代わりに、「長い柄と山グミの槌を革紐で結び合わせた」「舞杵」という農器具を利用してやる原始的な脱穀作業というのは、その舞杵を頭の上に振り上げては麦束の上に打ち下ろし、それをまるで蝶番がついているかのようにくるっと折り曲げながら、また頭上に振りかぶり、こうした動作を繰り返しながら脱穀をしていく、若い男でなければできないような力作業であった。そこでビュトーは足腰が強く、腕力もあって若い男に劣らないフランソワーズを呼び出し、彼女と向かい合わせになって調子を合わせながら、この脱穀作業に共同で取り組む。姉のリーズもかつては夫と組んでこの作業をしたであろう。だがこの力の要る農作業には、お産をしたばかりで体力の落ちた姉よりも、若くて力強いフランソワーズの方が適任だ。

最初は渋々でも全身を躍動させながら義兄とリズミカルに舞杵を振り上げるうちに、フランソワーズは姉の代役を彼女以上に務めあげる誇らしい気持ちをみなぎらせながら、次第次第にその協同作業に熱中していった。そしてそこには二人の男女が筋肉にはじける若々しい身体を伸びやかに駆使して、晴天のもとに繰り広げる農作業特有のエロティスムを看取することができる。

今やフランソワーズの頬は紅らみ、手首はふくれ、肌は一面にかっかと燃えて、あたりに焔の波をまきおこし、その波のふるえるのが、まざまざと見えるようだった。開いた唇からは、はげしい息づかいがもれ、飛びはねるほつれ毛は、藁屑にまみれた。舞杵をふりあげるたびに、右膝はスカートをつりあげ、腰や胸がはち切れんばかりに膨らみ、身体の線が、たくましい娘の裸体を示すように、残酷なほどくっきりと、浮かび出した。やがて胸のボタンが一つ飛んで陽にやけた咽頸の下の、もり上がった白い肉が、肩の筋肉の力強い動きのなかで、両の腕の上下する度に、ひっきりなしに飛び出すのを、ビュトーは見た。それで彼は、作業に黙々と精を出す、たくましい女の腰の動きに酔うように、だんだんと興奮してきた。そのあいだにも杵は舞いつづけ、二人の麦打ちが息をはずませてとんとんとたたく中に、麦の実はとびちって、霧のように降りそそいだ。

（III-6, pp. 601-602［中 一二八―一二九頁］）

ビュトーの恋敵であるジャンが、偶然この二人の作業の現場に出くわすことになる。彼がそこで抱いた思いには、ゾラがわたしたち読者に対してフランソワーズのエロティスムのプロセスを論理的に納得させようとした意図が込もっているだろう。「ジャンはむらむらと嫉妬を感じた。まるで二人があの熱い作業のなかでつるみ合い、ちょうどよいところに打ち込むために、今や肝胆相照らす最中を襲ったように、彼らを見つめた。事実二人は麦を打つというよりも、今や子供をこしらえる最中だといった方があたっているほど、汗にまみれ、しどけなく着くずれて、熱中していた」（III-6, p. 602［中 一二九頁］）。

場所こそ閨《ねや》と屋外との違いはあるが、もうフランソワーズは姉に代わって立派にビュトーにふさわしい妻の座に座っているではないか。この日ジャンがフーアン一家のところを訪れたのは、皮肉にも、フランソワーズに求婚するためであった。ビュトー以外は、フランソワーズの気持ち次第だと、彼女に返事を迫ったが、彼女はウィともノンとも言わず押し黙るばかりであった。義兄と全身を駆使して熱い交歓をした直後のことだ、どうして彼女にウィと言うことができようか。

欲望の三角形の複合

一八六七年の八月にフランソワーズは二十歳になった。義兄に対する複雑な思いを抱えながらも、義兄の日常的な性的挑発や姉の虐待を回避するとともに、財産を相続して自立するために、彼女はともかくその機会を逃さずにジャンとの結婚に踏み切った。

夫のジャンは、彼の姓マッカールが指し示すように、『大地』が「ルーゴン＝マッカール叢書」の一環であることを担保するマッカール家二代目にあたる人物で、「叢書」第三巻『パリの胃袋』(一八七三)のリザ、第七巻『居酒屋』(一八七七)のジェルヴェーズの弟として一八三一年に南フランスのプラサンに生まれた。妻のフランソワーズよりも十五歳も年上である。

語り手の述べる来歴によると、ジャンは生まれ故郷で指物師として働いた後、一八五九年のイタリア・ソルフェリーノの戦いに従軍するなどして合計七年間の軍隊生活を経験した。その後除隊すると指物師としてフーアン家のあるボース地方まで流れてきて、ウルドカンのボルドリー農場に住み込んで請負仕事をした。そのうち農作業も手伝ううちに指物師としての仕事からはあっさり手を引くと、日雇いの作男としてローニュの村でそのまま働き続けた。彼は一八六一年五月の時点ではすでに二年近くをそこで過した計算になる(二部一章)。フランソワーズが小説の冒頭でジャンと親しく語り合ったとき彼女は十五歳であり、その彼女より十五歳も年上のジャンは、まだ子供の彼女にはずいぶんと年寄りに見えたであろう。そのためか、ジャンが見る間に女っぽくなったフランソワーズに強く惹かれていくのに対して、彼女の方では彼のことを尊敬こそすれ恋愛対象として考えたことはほとんどなかった。

たしかにフランソワーズは、結婚前にジャンと一度抱き合ったことがあった。だがそれは、ビュトーにいきなり襲われて気が動転していた直後のことで、いわばどさくさ紛れに突発した出来事のようなものだった。彼女自身それについて、行為の直後にこんな心中の思いを抱いていたくらいだ。「彼女は傍らのジャンが不愉快だった。どうして身体をまかせたのだろう。こんな老いぼれなど愛していなかったではないか!」(III-4, pp. 572-573［中 七九頁］)。その後もジャンから求められることは何度もあったが、「この若者と再び関係を結ぶと考えただけで気が滅入った。彼が嫌いということではない。単純に欲しいと思わなかっただけだ」(IV-2, pp. 626-627［中 一七一頁］)。

しかも結婚後も、フランソワーズとジャンの愛情関係は結婚前とあまり変わりばえしなかった。結婚して二年経ってフランソワーズが五カ月の身重になったが、ジャンは「今の家へ初めて入った晩以来感じていた思いがだんだんとはっきりしてくることに苦しんでいた。それは自分が妻にとって、いつまでも赤の他人だということだった。どこか知らない他国に生まれたよそ者。ローニュの人間とはものの考え方も身体のできも違う男で、たとえ自分を孕ませても、全然心のつながりのない男と思われていることだった」(V-3, p. 737［下 五二頁］)。

ところで、ジャンへの情愛がどうであれ、フランソワーズは結婚して、姉夫婦との因縁の三角関係から抜け出ることが出来たのか。なるほどフランソワーズとジャンの結婚で二つのカップルが構成され、彼女はビュトー家の三角関係を脱した。しかしそれはあくまでも形式的なものにすぎない。地理的な制約から、フランソワーズが以前の三角形的欲望図式を解消することは不可能であった。というのも、フランソワーズやリーズ夫婦にとって伯母に当たるグランド婆さんの裁定で、フランソワーズとリーズのあいだで財産分与をした結果、家についてはフランソワーズの所有に帰し、その結果姉夫婦は泣く泣く向かいのフリマ婆さんのところで借家住まいを強いられる羽目になったからだ。また地所については、フランソワーズの結婚前は一続きになっていた豊かなコルナイユ屋敷の畑が分断され、フランソワーズの所有地がビュトー夫妻の所有地のまん中から抜き取られるにいたった。つまり二組のカップルは地理的に日常生活で常に鉢合わせを余儀なくされていたのである。

いくら法律に従わざるをえないとは言え、地所の一部や家をもぎ取られてしまったビュトー夫妻にとって、自分たちに経済的に苦境を強いたジャン夫妻が目の前で平然と新たな家庭の営みを続けていることはとりわけ耐え難いことであろうし、彼らを何につけ目の敵にし、憎悪を募らせていったであろうことは容易に想像がつく。こうして三者による三角関係は、そのなかにジャンが新たに加わることによって、いっそう複雑な人間関係を醸成することになったのである。したがって以前フランソワーズ―リーズ―ビュトーのあいだで構成されていた三角関係にジャンが加わって四角関係になった、というよりも、依然としてフランソワーズとビュトーの微妙な関係が続行しているとすれば、むしろ以前の三角関係にさらにもうひとつ、フランソワーズを争い合うジャンとビュトーという三者によるもうひとつの三角関係が重なり合ったと表現した方が適切であろう。

さて、フランソワーズと義兄の関係は立場上は以前と異なって、第二の三角形的欲望に囚われていることになるのだが、フランソワーズの義兄に対する感情的な反応はエロティスムとモラリスムというダブルバインドに引き裂かれているという点では、以前といささかも変わるところがなかった。一八六九年の冬、先に見たように、結婚から二年経っても打ち解けることのない夫婦間の感情にジャンが悩んでいた頃のことである。フランソワーズはその日も自分の畑に出かけて行く途中で義兄に出くわした。

実をいうと、フランソワーズは、道でビュトーが、特に一人で来るのに出遇うと、妙に心が躍るのだった。彼女は、二年前からビュトーには言葉をかけなくなっていた。が、その姿を見るたびに、全身がわなわなと慄え出すのを感じずにはいられなかった。それは怒りであるかもしれず、またそれとは別の感情であるのかもしれない。彼女は、この同じ道で、紫うまごやしの畑へ行く途中、幾度か自分の前を歩いていくビュトーの姿を認めた。彼は二度、三度と振り返って、黄色い斑の入った灰色の眼で、彼女を見た。彼女の全身をこまかい戦慄が走った。彼女は抑えようとしてもどうしても足が速くなり、その間に、ビュトーは歩みを緩めるのだった。そして、彼女は追いついて、相手のそばを通りすぎ、二人の眼が、一瞬間、まじまじとお互いを探り合った。それから、彼女はビュトーが後からついてくるのを意識して、途方に暮れ、足が強張って、歩くことも出来なくなった。

（V-3, p. 743-744［下 六二一―六二三頁］）

とは言うものの、その後で二人のあいだに何も起こらなかったのだが……。

他方でビュトーのフランソワーズに対する立場はどうか。ビュトーが第一の三角関係に囚われていた際なら、フランソワーズに対するエロティスムは、夫婦間だけのあいだとは言え義妹を自立させまいとするエコノミスムの応援をえていたから、自らのドンジュアニスムを彼なりに正当化することもできた。だがフランソワーズが人妻になった今、ジャンという夫の存在を無視してドンジュアニスムを敢行すればあまりにも危険が大きいし、それ以上に払わなければならない犠牲も計り知れない。だがここでわたしたちが論点を先取りして先回りをするなら、ビュトーはこの段階にいたって、またドンジュアニスムを自らに鼓舞するようなエコノミックな理由を見出すのだ。

フランソワーズは五カ月の身重である。フランソワーズに子供が誕生してしまえば、彼女の全財産はすべてその子に行ってしまい、彼女から土地と家を取り戻すというビュトー夫婦の希望はすべて永久におじゃんになってしまう。したがって、この時点で二人にとって財産を回復するために残された可能性は、何らかの事故でフランソワーズが子供を流産してしまうか、それとも腹のなかの子供とともに彼女が死んでしまうことだ。ビュトーが危険を冒して人妻のフランソワーズを相手に宿年の思いを遂げると同時に彼女の子供を流産させることができるとしたら、欲望を満足させ将来の経済的利益にかなう。そこで彼のドンジュアニスムはまた新たな口実を見出して、俄然息を吹き返すのである。

そんなある日のこと、フランソワーズにとっては死出の旅の出発点となった悲劇的事件が起こるべくして起こる。身重のフランソワーズが畑に一人で居るところを見たビュトーが、彼女に言いがかりを付けて口論に持ち込むと、突然襲いかかり、彼女を暴力的に犯そうとしたのである。今度ばかりはビュトーは、最後に妻のリーズの手を借りることまでして、積年の欲望を満たすことに成功する。

フランソワーズは地面に釘付けにされて、神経も挫け、眼をとじて、相手のなすままにさせた。しかし、さすがに意識は明瞭で、ビュトーが彼女を所有したとき、自分もまた鋭い快感をおぼえ、長い叫び声を挙げながら、両腕で相手の息の塞がるほど、抱きしめた。折から、二、三羽、上を通った鴉が、その声に怯えて逃げ去った。（V-4, pp. 747［下 六九頁］）

倦怠に陥って夫に満たされないでいた欲望が、粗暴で好色な男に暴力的に犯されることによって思わず充足された、そんなポルノ小説の一場面を見せられているようだ。だがテクストは続いて、フランソワーズのビュトーに対する秘められた愛情が、これまた長年のものであったことを明瞭に証している。

彼女は、今まで知らなかった、この狂暴な恋愛の歓喜に、押しひしがれたように、暫く地面に横たわったままでいた。急に、事実が明瞭になった。自分はビュトーを愛していたのだ。ほかの男は今まで決して愛したこともなく、将来も愛することがなかろう。彼女はこのことに気が付いて、非常に恥ずかしくなり全身の正義感が一時に競い立って、自分自身に激しい怒りを感じさせた。自分の夫でもない男、憎みきっている姉のものである男、あばずれ女になり下がらずには、自分のものとすることのできない唯一の男！　その男に、自分はすっかり身体をまかせ切り、しかも、相手に心の中を知らせてしまったほど、強く抱きしめたのだ！

（V-4, p. 748［下七〇頁］）

このようなフランソワーズの身体的、感情的反応を示されても、道徳的な反発は別にして、さほど不自然さを感じるような読者はほとんどいまい。なぜならゾラはこのようなフランソワーズを提示するのに、ここまで巧みにロマネスクな造形をしてきているからだ。

今、フランソワーズに関してロマネスクな造形と言ったが、ゾラを含めてこの時代には、女にとって最初の男は女の心身に遺伝にまでおよぶほど決定的な影響を与えずにはおかない、という恋愛伝説の影響が甚だしかった。「叢書」の「ルーゴン＝マッカール家の家系樹」中に見られる「感応遺伝」« influence »という類型は、その最たるものである。この類型に入るとみなされる子供は、実の父親よりも母親の最初の恋人に精神的にも、身体的にも似るという。現代のわたしたちからすればまったくの憶説なのだが、それには当時の高名な遺伝学者プロスペール・リュカが『遺伝概論』で主張し、ゾラが「家系樹」の作成に当たってそれをそっくり利用したという事情がある。(6) またこの考え方が『十九世紀ラルース大辞典』第二補遺の「遺伝」の項目にも堂々と言及されているところを見ると、当時はそれが相当普及していたことが窺える。ルーゴン＝マッカール家に属する登場人物では、『居酒屋』でアンナ・クーポー、通称ナナが、実の父親クーポーでなく、母親ジェルヴェーズの最初の恋人ランティエ似だとされているのは、よく知られているところであろう。『大地』のフランソワーズが、ビュトーにあれほど虐げられても彼のことを死ぬまで慕っていたという物語の展開も、ゾラが当時の恋愛伝説というより同時代の科学の憶説に深く影響されていなければ、なかった話だったかもしれない。

さて、ビュトーとの事が終わると、二人の非道さ、破廉恥さをののしるフランソワーズに対して、積もる憎悪に嫉妬も交えて立腹した姉のリーズが、フランソワーズと取っ組み合いになる。そしてリーズは上を向いた鎌に向かって一瞬の殺意から妹を押し倒すと、鎌はフランソワーズの横腹に食い込んだのである。もちろん子供は流産、そしてフランソワーズも瀕死の重体だ。ビュトーとリーズは事の恐ろしさに、フランソワーズをその場に放置したまま逃げ出してしまう。

やがてそこに夫のジャンが駆けつけるのだが、あろうことかフランソワーズは「草を刈りに来たんだけど、……鎌の上に転んでしまったの。……ああもうだめ」(V-3, p. 750［下七四頁］)と語って殺人者の姉夫婦をかばい、夫に対しては真実を告白することを拒んでしまう。彼女は、先のビュトーとの情交で感じ取った罪深い歓喜を隠して、一方的にビュトー夫妻を悪者に仕立てることに自ら疚しさを覚えたのだろう。今度は彼女のモラリスムが、このように逆に作用して、真実を夫に吐露することを控えさせたのである。それから間もなく死んでいくフランソワーズは、夫ジャンには固く口を閉ざして、自らの死の真相をビュトーに感じた歓喜とともに闇に葬り去るのだ。

三角形的欲望の関係は、中心となるフランソワーズの死によって必然的に解消される。わたしたちが見てきた二つの三角形で、欲望する主体でありまた欲望される対象でもあったフランソワーズの死去によって、彼女の死後に残された三者の関係はもはや欲望の三角関係と呼べないことは言うまでもない。それは、フランソワーズの残した財産相続をめぐり争い合う三角関係でしかなくなった。だがフランソワーズは、いまわの際でも夫ジャンに対して家と土地の相続に関する遺言に署名することを拒んで、よそ者の夫に父祖伝来の不動産を譲り渡そうとしなかった。その結果フランソワーズが結婚で相続した財産は、彼女の死によってまた姉リーズの所有に帰した。

そもそもフランソワーズを軸に構成された欲望の三角形に、ジャンの占める場所はなかった。ジャンとの結婚で第二の欲望の三角形が形成されたにしても、それは泥沼化した第一の欲望の三角形を脱出するためにフランソワーズがとった非常手段の類であり、かりそめのものにすぎなかった。土地に関しても同じだ。ビュトーとリーズの夫婦が、エロティスムにおいてもエコノミスムにおいても結束して行動しうるのに対して、その双方の面で形式的にも実質的にも妻フランソワーズの支持を得られないことが判明した今のジャンに、彼らと争い合っても勝ち目はないであろうし、また覇気も湧くまい。かくしてジャンは、よそ者としてローニュの村に流れてきたように、またよそ者としてそこを立ち去る。それは、フーアン一族のなす欲望の三角形に実質的に入り込めなかったジャンにとって、きわめて自然の結果であったろう。

2 ビュトーと土地登記

『大地』は、さかりのついた牝牛コリッシュの暴走を阻止できないフランソワーズと、彼女に助け舟を出すジャンとのエピソードで始まっていた。わたしたちが今見てきたフランソワーズのエロティスムに照らし合わせてみると、それはまことに象徴的なエピソードと言えるであろう。

ところでそのエロティスムの主題とは別に、もうひとつの欲望に関する主題が、これまた象徴的なエピソードを通して始動している。と言うのも、続く小説の第二章では、フーアン爺さんの一家が、三人の子供に土地を分与するために公証人バイユアッシュの事務所に集まり、土地登記をしようとしているからである。フランソワーズにおけるエロティスムは性の管理に関わる問題だが、フーアン家の財産相続は土地の管理に関わる問題である。ところで性と土地の管理は、人類学の典型的な主題だ。そこで『大地』は、わたしたち読者に人類学的な展望を繰り広げるスケールの大きな物語と化すだろう。性の欲望に関するゾラの記述は、この時代の作家のなかでもとりわけ扇情的なのでひときわ人目を惹くが、実はその陰で物語を先導するのは、土地をめぐる所有欲だと言ってよい。先のフランソワーズのエロティスムに続いて、ここではビュトーに代表される土地所有に関わる飽くなき欲望を、土地登記という象徴的な行為を介して検討してみよう。

フーアン爺さんの土地譲渡

フーアン爺さんは七十歳の寄る年波で、自分の畑をもう耕作できなくなった。そのため自分の所有する一九アルパン、つまり九・五ヘクタール〔『大地』では一ヘクタールが二アルパンという計算である〕の耕作地を、長男の通称ジェジュ＝クリ〔イエス＝キリストを指すフランス語〕、長女ファンニー、二男ビュトーという三人の子供たちに対して、平等に分け与えることになった。

まず地味豊かで、一個所にまとまっていたコルナイユ屋敷の二ヘクタール、次は台地の四ヘクタールの耕地で、それは〇・五ヘクタールにも達しない一〇ばかりの畑に細分化されていた。残りは〇・五ヘクタールのブドウ畑と三ヘクタールの牧草地。そしてそれらのすべてがどんなに小さくとも、律儀に三等分された。三人はそれぞれ（四＋八＋六＋一）÷三＝六・三三三アルパン、つまり三ヘクタールあまりを相続することになる。土地を相続するのと引き換えに、三人の子供たちは、年金形式で合算して六〇〇フランを、

フーアン老夫婦に支払うことになった。(7)

こうしたフーアン家の土地譲渡の仕方について、わたしたち読者は少々違和感をもたざるをえまい。それは平等の原則に基づいて土地を厳密に三等分したこと、そしてこれには作者ゾラの皮肉な視線を感じないでもないが、譲渡される土地がどんなに小さくなったとしてもその原則を徹底して貫こうとしたことだ。譲渡土地を測量する際に「みんな三つに分けなきゃいけねえ」と言ったのはビュトーであり、彼の意見は平等原則そのものだ。これに対して測量士のグロボワは、あまり土地を極端に細分すると輪作の改良や機械の使用が不可能になる、小さな菜園のような畑で耕作地と言えるのか、無理矢理三等分しないで話し合いによってそれぞれまとめて畑や牧草地を取るようにしたらどうか、という提案をする。平等原則から生じる不都合を改善しようとする意見だ。

しかしグロボワの意見に賛成する者は、当主のフーアンをはじめとして誰もいなかった。こうした土地譲渡契約のような社会契約的行為の実行にあたってなされる決断には、必然的に歴史的な経緯が反映される。つまりフーアン一家の選択した土地相続を平等原則に基づいて行うという決断には、フランス大革命の色濃い反映が看取されるというわけである。

そこでフーアンの土地財産分与の話は、一七八九年の「人および市民の権利の宣言」、いわゆる「人権宣言」までさかのぼる。その十七条には私有財産について、「所有は侵すことのできない神聖な権利であり、いかなる者も法的に確認された公共の必要からやむをえないことが明白で、しかも適正に事前の保証がなされるのでない限り、これを奪うことができない」と唱われていた。フランスの憲法制定国民議会が、近代社会を根本において支える私有財産制度を初めて明文化した条文である。しかし歴史的に見ると、財産相続には、(一) 遺言、(二) 長子権制度、(三) 等分、という三形式が考えられるだろう。『十九世紀ラルース大辞典』の「遺産」の項によれば、革命政府は矢継ぎ早に政令 (décret) を公布し、土地相続に関する法律的な整備を推し進めた。が、そのなかでは平等という革命の精神をもっとも的確に表現する第三の等分形式を徹底して制度化する方向で、法整備を行っていったのは言うまでもない。

農地の譲渡形式に関わるこのような歴史的経緯については、『大地』の記述からも跡付けることができる。フーアン爺さんの父親ジョゼフ・カシミール・フーアンが革命で先祖から受け継いだ土地の所有権を公的に認定されたとき、彼の所有地は二一アルパン、すなわち一〇・五ヘクタールであった。そのジョゼフは、長女マリアンヌ (通称グランド婆さん、パルミールとイラリオンの祖母)、長男ルイ (フーアン爺さん) および二男ミッシェル (通称ムーシュ、リーズとフランソワーズの父親) の三人の子供に平等に七アルパンずつ与え、故郷の地ローニュから離れた末娘のロールには現金で財産を分与した。革命精神に則って子孫に農地を平等に譲渡するという形式は、フーアンの土地譲渡以前からすでに確立されていたわけだ。

それからフーアン爺さんが結婚したローズはやはり一二アルパンを親から相続し——ここでも遺産の平等分配の原則が機能している——、それを夫フーアンのところに持ち寄ったので、フーアン夫婦は物語の始まる時点では一九アルパン、つまり九・五ヘクタールを所有していた。そこで今度は七十歳になったフーアン爺さんの番になって、先代の分配形式にならって三人の子供に平等に土地を譲渡しようとしたのである。

しかし、ビュトーは土壇場で土地の相続を頑固に拒否する。なぜなら彼は相続者間の籤引きで三番が当たり、それは相続する畑のうちで最も重要なコルナイユ屋敷については、一番痩せた部分を受け取ることを意味したからである。三分割するための測量の際、三人のうちでは耕地の土壌について一番関心を示していたのはビュトーだった。ジェジュ＝クリはもはや畑を耕作する気はないから、土地が手に入りさえすれば、それ以上のことについてあまり関心をもたない。妻ファンニーの代理で来たデロンムも、まだほかに豊かな実りを約束する畑を自ら所有しているから、相続の権利は確保するにしても、相続する地所にこだわりはみせない。結局、相続者三人のうちで親から相続する地所をもっとも有効活用する可能性をもったビュトーが、分割分のなかでもっとも悪い地所を引き当てるという結果になったのである。

悪い地所を引き当てたからと言って籤引きの結果を拒否するというのは、なんとも大人げない態度と言うべきだろう。それでは拒否の原因をビュトーの性格に帰すべきだろうか。物語の展開を先取りすると、ビュトーのこの拒否は彼に開かれてくる幸運に通じるので、それは作者だけが左右できる、予定調和的なあるいは論点先取の作為めいた行為と見られなくはない。しかしこのような登場人物の性格や説話的な理由だけでなく、ビュトーの拒否には時代から課されてくる制約がないのか、歴史的な情状酌量の余地がないのかという点についても見ておきたい。

フランス大革命の結果、農民は私有財産として土地を自らのものとすることを認められた。そしてその私有財産は、親から子へと平等の原則に基づいて相続されることが許された。しかしながらそうした原則に基づいて土地を相続していけば、作中でグロボワが指摘したように、耕地は細分化していくしかない。また平等と並んでこれもフランス大革命を代表するもうひとつの原則だが、私有財産を所有する自由は、譲渡する自由に通じるだろう。すると相続者は、相続した農地を自分の都合で自由に他人に譲渡できる。親の世代ではまとまっていた農地が、相続した子供の世代に平等に分け与えられるとなると、子供の数が多ければ多いほど農地は細分化される。つまりフランスは自由、平等という革命の精神を徹底しようとすればするほど、農民にとっては不都合な土地の所有者の分散化と所有地の細分化という事態にたちいたるのである。

こうした制度上の不備を補うために、農地については農業に専念しようという相続人に農地を一括して譲渡し、その他の相続人にはその代わりに金銭補償をするという方法が考えられた。しかし、もともと小規模経営であった農民に、金銭補償について分割払いや収穫の出来高払いという手段を認めたとしても、それだけの金銭を用意することは容易でない。フランスの農業がヨーロッパにおいては相対的に小規模であるのは、自由、平等という革命の精神をやみくもに農地の相続にも適用しようとしたからだ、という非難もこれでうなずけるだろう。フランスは実際に十九世紀後半でも、農業の零細化、土地の細分化に相変わらず悩まされていたのである。それでは一体全体フランス大革命は、農民に何をもたらしたのだろうか。ことは革命の評価に関わる重大な歴史的問題だ。

たしかにフランス大革命は、アンシアン・レジームの時代に僧侶や貴族が課していたさまざまの種類の重税や裁判権などの法的拘束から農民を解放した。だがそれだけにとどまらずに、さらにまた農業にとって最も重要で不可欠の生産要素である土地を、僧侶や貴族から農民に対して解放したか解放しようとしたのではなかったか。フランス大革命時の土地解放に際して、フーアン爺さんの父親ジョゼフ・カシミールには、自分が所有していた二一アルパンの土地に加えて、領主の所有していた隣接するボルドリーの土地の一部分を新たに買い足すチャンスがあった。革命政府は革命初期に教会や亡命貴族の財産を没収して国有化し、それを競売に付したからである。

しかし競売という方法によって農地を農民に売り渡そうとしたことによって、革命政府の目算ははずれた。なぜなら自作農といえども貧しいジョゼフのような農民には、喉から手のでるほど欲しくても競売で土地を競り落とすような蓄えはないし、また借金か何かでたとえ土地を手に入れることができたとしても、その後の王政復古で戻ってきた貴族たちがしたように、取り返されてしまう恐れがあった。それゆえ、借金をしてまで土地に高額な投資をすることなど、生来的に用心深く冒険心や射幸心には縁遠い農民にとって、危険きわまりない賭にちがいなかった。結局「ジョゼフは欲望と危惧の間に板挟みになりながら、ボルドリーの土地が競売になって、その価値の五分の一の値段で、むかし塩税署に勤めていたイジドール・ウルドカンというシャトーダンのブルジョワの手に一枚一枚と買われてゆくのを眺めていなければならぬ辛い目を見た」(I-3, p. 392［上 四九頁］)。ローニュで現在村長を務めると同時にボルドリー農場を経営するアレクサンドル・ウルドカンは、まさしくそのブルジョワの息子で、父親が買い取ったボルドリーの地所一五〇ヘクタールと母親の嫁資の五〇ヘクタール、合計二〇〇ヘクタールの富裕農民として村人に君臨していたというわけである。

『大地』で描写された農家は、経営面積から見ると明白な階層分化を示している。ウルドカンは押しも押されぬ富裕農民、フーアン爺さんの娘ファンニーが嫁いだデロンムは二〇ヘクタール以上の耕作地をもった中規模農家だ。それに対して、既述したように、フーアン爺さんは一〇ヘクタール以下の自分の土地で何とか生活を維持できる最下層の自作農であって、二人の息子は相続した土地だけでは生活できない零細農民に分類される。もしもジェジュ＝クリとビュトーが自分の受け継いだわずかな土地を耕すことで生活していこうとすれば、後はウルドカンのような大土地所有者のところで日雇い労働をするか、小作料を支払う定期小作《 fermage 》契約か収穫を折半する分益小作《 métayage 》契約を土地所有者と交わして、収入の不足を補うしかないのである。

こうした農民の階層分化の実情を実際の統計によって裏付けしてみると、十九世紀最後の四半世紀では、一〇ヘクタール以下しか耕作地を持たないフーアン爺さんのような農民がフランス全体で四六パーセント、デロンムが属する四〇ヘクタール以下の中規模から一〇〇ヘクタールも所有する大規模農民は一三パーセント、ウルドカンのような二〇〇ヘクタールの大土地所有者は、一八八二年の統計には表れないくらいで、一パーセントにも達しない。残りの四〇パーセントはどこに消えてしまったかというと、一ヘクタールに満たない耕作地所有者がそこに相当する。(8) よく言われる零細なフランス農業経営の実態はこのように如実に数字で示されるのである。

親の土地財産を相続することは、農業に生活手段を求める子供にとっては一般的に親から独立して一家を構えるのに最も有効な手段であり、絶好の機会となるはずだ。しかしながら、細分化され分散化された土地を相続しても農業で暮らしは立たないのだから、フーアンの子供たちのように、貧しい農民の子弟にとってそれは、さほど手放しで喜べないというのが実情であった。ジェジュ＝クリは後に、土地に執着し続ける弟ビュトーに対して、酒代のために相続した土地を売り払ってしまうような自分の生き方を正当化しようと次のような強弁をふるうのだが、それは、はからずもビュトーの所有する土地のみならず革命後のフランスの農村における土地問題でも正鵠を射ている。

「土地、土地と大げさな言い方をしやがって！　ほんとに！［…］一体、土地なんてものが世の中にあるのか。土地はお前のものであり、俺のものだが、また誰のものでもないんだ。親爺のものだったとも言えねえな、親爺だって俺たちみんなにくれるために、切りきざまねばならなかったじゃないか。お前にしたって、お前の倅たちのために切りきざむことになろうじゃねえか。そこで、どうだい。そいつは往ったり、来たり、増えたり、減ったり、いや特に減ってゆくんだ。お前みたいな一人前の旦那だって六アルパンしかもたねえのに、親爺は一九アルパンもあったんだからな……俺はそれが嫌だった。あんまり小っちゃすぎたんだ。そこで俺はみんな食っちまった。それに、俺は堅実な投資が好きだ。ところが、土地は、どうだい、末っ子どん、ぐらぐらしてるじゃないか！　俺は土地には鐚《びた》一文かけないつもりだ。つまらん取引だからな。今に困った災難が起こって、お前たちはみんなかっ攫《さら》われるだろうよ……破滅だ！　みんなお人好しだよ」

（III-3, p. 561〔中 六〇頁〕）

ジェジュ＝クリのこの発言は、農業にとってフランス革命とは何だったのか、という評価に大いに関係する。なぜなら彼の語るように、土地はそもそも誰のものでもなかったし、また今後も所有者が次々に相続されていく限りにおいては誰のものでもないと言える。しかしそうは言っても、土地は革命以降私有財産と認められて切りきざまれ、それを子孫に相続させることによってますます細分化されていく。そのため大多数の農民はだんだんと小さくなる土地を耕作することを余儀なくされ、そうなると彼らが最後には農業によって生活できなくなるのは明白だ。

このような窮乏化の過程では、一方にジェジュ＝クリのように土地を手放す農民と、他方にそれを買い取る富裕農民や農業を生業としないで都市に暮らす農村ブルジョワジーと呼ばれる土地所有者が生まれる。

フランス大革命はブルジョワを利するブルジョワ革命であったとはよく言われることだが、このように土地所有の推移を通してみるとき、それは紛れもない事実であろう。歴史家のジョルジュ・ルフェーブルはいみじくもこう述べている、「フランス革命が農民大衆の声に何らの耳をもかさなかったということは疑う余地のないところである。言ってみれば、フランス革命が何か特殊な土地政策を持っていたわけではなかったのである。この革命はいとも素直に農業を、資本主義的生産の場の中へ、つまり個人の人格的自由や、生産・流通の自由や、土地所有の可動性の中へ導き入れたのであった。農村共同体を満足させ、したがってそれを強化する代わりに、革命は個人的利己主義を呼びおこすことによりその解体を促進した」と。(9)

先ほどのジェジュ＝クリは「みんなお人好しだよ」と、弟や周囲の農民たちに対する揶揄のことばも付け加えることを忘れない。彼は革命後の時代に生きる同時代の農民についても、為政者や領主にだまされ、いいようにあしらわれてきた中世の農民と同じで、相変わらずお人好しのジャック・ボノンムのままだと言いたげである。

ゾラは、ボナパルト派の『ジャック・ボノンムの不幸と勝利』という宣伝文書を、夜なべに集まったフーアン一族の前で、小説の主人公ジャンにかなりのスペースを割いて読ませていた（一部五章）。それは、中世フランスの農民像を代表する不幸なジャック・ボノンム［ボノンム«bonhomme»には「お人好し」という意味もある］が一七八九年の革命によって、農奴制度や貴族のすべての特権廃止、教会と領主の裁判権の廃止、革命前の権利の現金による買い戻し、税の平等、文武のあらゆる職業の全市民に対する解放によってついに勝利したと説き、その革命の成果を引き継ぐ第二帝政下のボナパルト派に支持を訴えようとするものであった。しかもその最後は牧歌的な田園の歓びを唱って終わっていたのだが、それを読むよそ者で指物師あがりのジャンが聞いている周囲の農民たちからひとり浮き上がり、牧歌的な農業を賛美するくだりに易々と感動してしまうのはあまりにも場違いだと言わざるをえない。この場面でも、「だが、自由だとか平等だとか言ったところで、ローズやわしに何か為になったかね。……わしらは五〇年もあくせくと働いたが、そのために太ったとでもいうのかね？」(I-5, p. 433［上 一二〇頁］) というフーアン爺さんのことばが、革命の前も後も変わらぬ貧困と労苦に喘ぐ農民大衆の実情を示している。

さて、それではフーアンの相続を拒否したビュトーのエピソードに戻ろう。ビュトーを含めて三人のフーアンの子供が、各々三ヘクタールあまりの地所を相続した。まずファンニーはローニュの村では尊敬に値する中規模農家のデロンムと結婚していたから、さらに土地資産を増やすことに何の異論があろう。それに対して問題はジェジュ＝クリとビュトーだ。二人とも三ヘクタールを相続した。だがその耕作地をたった一人で耕作することはままならず、かといってそんな少ない耕作地では作男に手伝わせる費用も捻出できなかったに違いない。しかも自分たちの生活をしたうえで、各自年二〇〇フランをフーアンに譲渡の代価として支払わなければならなかった。そんな負債の支払いなど実質的にはとうてい不可能だったのだ。

ちなみに父親への年金の支払い方を見てみると、ファンニーに代わってデロンムは年金を律儀に支払う。それは彼が善良だったというよりも、豊かな土地を所有する農家として十分に経済的な裏付けがあったからだ。それに対してビュトーは結婚後もあらゆる口実を設けて支払いを渋ったり、値切ったり、支払いを拒否したりした。ジェジュ＝クリにいたっては父親に年金を一度として払わず、反対に父親からむしり取ろうとした。三人の父親への支払いの仕方が、いみじくも所有地の多寡を、そして経済状況を反映しているのだ。結局彼ら二人の息子が親との約束を反故にしたのは、親に対する顧慮などみじんももたないほどの悪辣な吝嗇家だった、つまりフーアン家の子供のそれぞれの性格的な特殊事情に由来したというよりも、そこには当時のフランスの農民が抱えていた窮乏化という歴史的、一般的な事情が反映しているというわけである。

ところで、長兄のジェジュ＝クリは最終的に酒代を工面するために相続地を手放し、農村のルンペンプロレタリアートを地で行くようになった。もしもビュトーが兄のように将来の展望もなくその日暮らしをするというのであれば、相続のための抽選結果などにこだわることもなかっただろう。だが彼は一方で何とか農業で自活していこうという希望を棄てず、他方では農家の実情を冷静に見極めていた、したがって少しでも自らの将来に有利に働くようにと最悪の抽選結果を拒否し、好機が到来するのをじっと待っていたのだ、とわたしたちはここでビュトーの拒否をあえて深読みすることが出来そうである。

ビュトーの「経済的結婚」

ビュトーは一八六三年七月、つまり相続拒否の事件から三年近く経過した後、あたかも満を持していたかのように、一転して当初の相続分を受け容れるとともにリーズとの結婚も決断するにいたる（一部六章）。これは『大地』のなかで土地登記をする公証人バイユアッシュの事務所に言及する二度目の機会になる。それにしても、ビュトーがこれまでの相続と結婚の拒否を二つとも撤回したとなれば、何か動機となるような重要な出来事が彼に出来したに違いない。

まず一八六一年五月にムーシュ叔父、つまりリーズとフランソワーズの父親が突然脳内出血で倒れる。それから二年後の一八六三年六月にはローニュ村の懸案となっていた新しい道路計画のルート設定が決定を見た。ビュトーの結婚に叔父ムーシュの死が影響を与えたというような直接の記述は『大地』のテクスト中にはないが、少なくともそれが彼に結婚を決断させる重要な理由になったことは間違いない。しかしながらビュトーが結婚に最終的に踏み切ったのは道路のルート設定が決定を見た後である。それは新設道路がリーズとの結婚にまたひとつ利点を加えて、彼の決断を後押ししたからだ。

ロマンティックな観点からすれば、結婚は愛情に基づく両性の合意があれば可能であろう。それに対してレアリストな観点からすれば、愛情はなくても打算に基づいて結婚することは往々にしてある。わたしたちが先の章で利用した用語を利用するなら、結婚に関してエロティックな観点と同様にエコノミックな観点もまた成り立つということだ。ところで、フランス語に「理性的結婚」« mariage de raison » ということばが存在するように、フランスにおいてはとりわけエコノミックな観点が重要視されてきた。それはどうやら遺産相続における平等の原則と相まって、つい最近の一九六五年まで存続していた嫁資制度« régime dotal » という、法律で守られた財産制度が機能していたからだと考えられる。

一般的に嫁資というのは、嫁となる娘ややがて生まれる彼女の子のために嫁入先でかかる経済負担を少しでも分担しようと、嫁の生家が金銭、動産、不動産の形態で嫁に持たせるものである。しかしヨーロッパ特にわたしたちの対象とするフランスでは、その嫁資が結婚後も夫の資産とは独立した資産とみなされて、用益や管理は夫に委ねるものの、所有権については終生妻に属するものとされてきた。フランスの中世には、アリエノール・ダキテーヌ（一一二二頃―一二〇四）がルイ七世から離婚されたため嫁資であったボルドーを中心とするアキタニア地方を持ち去ったとか、アンヌ・ド・ブルターニュ（一四七六―一五一四）がシャルル八世と結婚してブルターニュ地方を嫁資として持ってきたという歴史上のエピソードがあるが、それらはいずれも嫁資制度が確立されていたからこそ生じたものである。大革命以後は相続権とともに嫁資権もまた並んで法的に確立されていたから、家庭内の女性の地位や権限は比較的保証されていたと言える――もちろんそれは女性が資産家に生まれた限りのことだが。このように女性は結婚に際して相続財産として生家から受け取った土地や金銭などを持ってくるので、結婚する男の方は当然その嫁資を計算して将来の生活設計をすることになる。

さてそこで、ビュトーの結婚の話に戻ろう。今の説明から、以前からあったリーズとの結婚話は、叔父のムーシュが死去したことによって、以前とまったく異なった重大な意味をもってくるということが分かる。なぜならリーズの父親が所有していたコルナイユ屋敷の地所四アルパンその他が、夫となったビュトーにもたらされるからだ。特にコルナイユ屋敷の叔父の地所は自分の畑と隣り合っていたので、自分の相続分の一アルパン余りと併せて五アルパン余り、つまり三ヘクタール近くの耕作地を一個所にまとめてもてるようになる。相続や売却のせいで細切れにされ分散された畑よりも、まとまった畑というのは第一にそれだけで移動の手間が省ける。それから輪作に対する工夫が難なく行え、改良著しい鋤も効率よく利用できるし、またこの頃始まった急速な農業の機械化にも適している。

結局、この結婚によってビュトーは自分の相続分も併せると、八アルパンの耕地、そのうち貴重なコルナイユ屋敷の畑は五アルパン余り、その他四アルパンの牧草地、二・五アルパンのブドウ畑、合計一四・五アルパン、すなわち一挙に七ヘクタールあまりの地所持ちになることができる。ムーシュは早くから妻を亡くしていたので、ムーシュの残した家にはリーズとフランソワーズの姉妹しか残された家族がなく、ビュトーがその家に入れば新居の問題も片が付く。そこで新居としてフーアン家代々の屋敷――これは長男のフーアン爺さんが妻ローズの生家を住居にしたので、次男のムーシュが受け継いでいた――を、ビュトー夫妻が受け継いだのである。

次に新設道路の件だ。知事選挙が近づいて、現知事のシェドヴィル氏が再選を確実にするために皇帝から費用の半分を補助金としてもってくると約束し、道路建設のめどが立った。この道路建設にもやはり歴史的な背景がある。この時代のフランスは、産業の近代化とその飛躍的な発展のために不可欠な鉄道という新たな高速・大量の輸送手段を、全国的に張りめぐらそうとしている最中であった。またそれと連動させて国道や地方道を新たに開設したり整備したりして、全国的な輸送網の体系的な整備を推し進めてきた。フランスの豊かな穀倉として知られるボース平野の一角にあるローニュの村もその例に漏れず、シャトーダン＝オルレアン間の幹線道路にクロワの町を経由せずに直接ローニュを結びつける支線道路が新たに計画された、というわけだ。その道路はビュトーの地所に沿うように開設されることになった。それで彼の地所の価値が上がった。ほかにも濡れ手で粟の余得があった。それは新設道路のためにリーズの相続した地所の価値もまた二倍に跳ね上がったばかりか、新設道路のために新妻の地所が二五〇メートルにわたって削り取られることになり、その代わりに補償金五〇〇フランが入ることである。

父親から土地を譲渡されても手放しで喜べなかったのが、三年も経たないうちにビュトーにこのように幸運が舞い込んできたのである。ビュトーならずとも誰でもが彼と同じように行動したであろう。農民をカテゴリー分類すると、フーアン爺さんはあまり地所は多くないにもかかわらずそれでも自らの土地を耕作すれば生活していける自作農«laboureur»だった。それに対して結婚前のビュトーは自らの農地をもたずに他の大きな農家で作男として雇用されていたので、いわば農村の日雇い労働者«manœuvrier»だった。

『大地』にはフーアン爺さんが自作農としてまがりなりにも自活できるようになった経緯が明らかにされていた。フーアン爺さんとて当初親から土地を相続したときは七アルパン、つまり三・五ヘクタールにすぎず、彼の土地を相続することになった息子たちと事情はほとんど変わらない。しかし彼がその少ない地所を今のようにおよそ三倍増の九・五ヘクタールまでにすることができたのは、ひとえに妻のローズが結婚によって六ヘクタールを積みあげてくれたからだ。ビュトーもまたリーズとの結婚を期に日雇い労働者の境遇を脱して、父親より土地はすくないがそれでもかろうじて自活できる自作農の仲間入りをしたのである。

『大地』三部一章は、ビュトーが結婚によって、耕地に立つときにはささやかながらも念願の土地を「所有した荒々しい喜びにひたって」エコノミックな欲望を満たし、家庭に帰っては新妻とともにエロティックな欲望を思う存分味わう、まさしく幸福の絶頂にある様子を描き出している。

［…］この土地は彼のものであった。彼はこの土地を深く貫き（pénétrer）、腹の底まで孕ませ（féconder）たいと思った。夕方になると、へとへとに疲れて、鋤の刃（soc）を銀色に光らせながら帰ってきた。三月には小麦畑、四月には燕麦畑を馬鍬で掻きならし、全身を献げてあらゆる世話をかさねた。畑仕事が終わってしまうと、恋人のように振り返って畑を眺めるのであった。そして畑を巡回して、身をかがめ、おきまりの手つきで一握りのねば土をすくいあげては、それを押しつぶし、指のあいだからこぼすのが好きであった。特にその土がかわきすぎてもしめりすぎてもいず、ふっくらしたパンのような香ばしい匂いがすれば、彼はもう有頂天だった。

（III-1, p. 531［中 六頁］）

畑を耕作することが女と交わることを連想させるようにと、ニュアンスに富んだ語をふんだんに使用したテクスト。女のようにビュトーのエロティスムの対象となる畑、女の身体の肌触りや匂いを感じ取るときのようにフェティッシュとなる土くれ、幸福感に酔いしれる今のビュトーにとって土地と女性は一体化しているようだ。ゾラはフロイトの整備した無意識に関する用語こそ利用しないものの、無意識におけるリビドーの備給や欲望の充足についてよく承知している。無意識というのはわたしたちの使用してきた性や経済というカテゴリーの区別を知らない。まさしくその意味で、新婚生活を始めたビュトーは、無意識の欲望を区別なく大地や身体を対象にして充足させていたと言うべきだろう。

物語のインセスト的展開

だがやがてビュトー夫妻の新婚の幸福にも暗い影が差すようになる。それはビュトーの結婚における幸福の原因となった相続制度が、今度は反対に不幸をもたらす原因に変化するからである。彼の構えた一家には妻のリーズと子供のジュールのほかに、妻とは十歳違いのフランソワーズという義妹が同居していた。姉がビュトーと結婚したとき妹のフランソワーズは十八歳前後になっていた。いまや彼女はいつでも生家から出て行くことができる年齢に達していたし、また丁年の二十歳になれば権利上姉のリーズに対して財産分与を請求できた。それにもまして結婚で別の家庭を構えるようなことになれば、それは彼女にとって誰憚ることのない権利行使の機会であった。

ビュトーが自らの財産と見なしていた一四・五アルパン、すなわち七ヘクタールあまりの土地は、実はそのフランソワーズの権利分も含めてのことで、フランソワーズが独立でもしようものなら、計算では四アルパンあまりをもぎ取られ、彼の地所は一〇アルパンそこそこに落ち込んでしまう。その上これも大きな痛手だが、フランソワーズという重要な働き手を失うことになる。家も姉妹のものだから、半分はフランソワーズに権利がある。ビュトーは結婚でやっと何とか自立して自作農として生活していけるめどが立った。ところがフランソワーズが家を出るようなことにでもなれば、自らの畑を耕作するだけでは不足が生じ、それを補うために小作か日雇いもしなければならない。したがってビュトーにとってフランソワーズとの関係は非常に微妙で、彼女がそのまま同居していてくれれば彼にとって利益になるのだが、結婚などによって家を出て行くような場合は、決定的に彼の利益を損なうという関係にあるというわけだ。

フランス大革命の精神を法に適用した相続制度が今度はビュトーの不利益となるように働いて、欲望の充足を妨げようとしている。となれば、自分の利益のみを計ってその相続制度の裏をかこうと画策するのは当然彼の選択しようとする方向であろう。すでに見たように、彼は義妹を自分と性的に離れがたくさせて自立を阻止しようという企みから、「うまくやっていけるさ……。一緒に暮らしてるんだから、これからも仲良くやっていけばいいじゃないか」と、見え透いた甘言を弄しては、ビュトーは隙を狙って彼女にたびたび襲いかかった。

第一章ではフランソワーズの立場から義兄ビュトーとの関係を見てきたが、そこでは彼女はエロティスムによって義兄に魅惑されていたにもかかわらずモラリスムから彼の誘惑を断固拒否していた。彼女のモラリスト的行動の因って来たるところは、同じ屋根の下で姉妹が義兄を分け合えば家には猥雑な乱交状態を惹起するし、また姉に対する忘恩行為にもなるからであろうが、それ以上にインセスト・タブーを侵すという精神分析学的、人類学的な重大問題も重要な要素としてあったにちがいない。しかしこのようなフランソワーズが悩んだモラルやタブーの侵犯など、ビュトーはどこ吹く風といった様子だ。実は『大地』のなかでインセスト・タブーと関係があるのは、ビュトーとフランソワーズの義兄妹だけではない。グランド婆さんの孫のパルミールとイラリオンは、実の姉弟でありながらインセスト関係にある。また、ビュトーとリーズはそれぞれの親が兄弟だから、いとこ同士の結婚、つまり血縁が非常に濃厚な血族結婚なので、インセスト・タブーを問題にしようとするならその余地は十分にある(10)。

ゾラはインセスト・タブーの侵犯が問題となるような状況を、このように作中にばらまいている。だがそれらはいずれも、インセストそのものを真っ向から問うものではない。なぜならビュトーとフランソワーズは義理の兄妹だし、パルミールは精神遅滞のイラリオンの行き場のない性欲を哀れんで、自らの身体で処理させているのだし、ビュトーとリーズの結婚がローニュの村人たちの顰蹙を買った様子は少しもない。まるで『大地』はインセスト・タブーの気配を漂わせてわたしたち読者の気を惹くのだが、いざそれを問題にしようとすると肩すかしを食らわせるというような案配なのだ。この先物語が進行すると、ビュトーは父親フーアンを殺害する(五部五章)。父を殺し、妹と交わろうとするビュトー、彼はなるほどインセストの象徴的な神話、父ライオスを殺し母イオカステーと交わるオイディプスの悲劇を想起させる。だがビュトーは父親どころか母親のローズも過って殺した(三部二章)。

考えてみれば、インセスト的状況があるからといって、それをオイディプス神話によって説かなければならないという謂われはない。それ故ここでは精神分析学的観点ではなく、人類学的観点から見てみよう。インセストを精神分析学的な観点から見るとき、母親と姉妹の区別は曖昧だし、むしろ姉妹は母の陰に隠されてしまうのだが、家族関係を政治経済的に見ようとする人類学的な観点に立てば、母親は出自《filiation》といういわば縦の拡がりを指し示す家族の成員であるのに対し、姉妹の方は縁組《alliance》という横の拡がりを結んでくれる成員として明白に区別される。ドゥルーズ＝ガタリはこの母親と姉妹に関わる社会的生産の接続体制について「出自と縁組とは、いわば原始資本の二つの形態である。固定資本としての出自のストックと循環資本としての負債の可動ブロックとがこの二つの形態である(11)」と説く。ビュトーもまたフランソワーズを単に彼のエロティスムの対象としてのみならず、またエコノミックな対象と見なしている。だから、彼のインセスト的行動は精神分析学や神話学よりも、人類学的観点から検討する方が合理的だ。

しかしながら、そもそも第二帝政期フランスの農村社会を人類学が対象とするような未開社会に比較できるのだろうか。女は資本と言われることはあっても、それはあくまでも比喩のレベルのことにすぎないのではなかろうか。だがエコノミックな観点に限定して言うと、ビュトーが一方でリーズとの結婚で利益を得るのに対して、他方でフランソワーズの自立で損失を蒙るということは間違いない。それ故女はまさしく流動資本で、女の移動がまさしく損得を表すのだ。どうしてこうなるのか。端的に言うと、それは大革命以後女性にも財産の平等な分配が認められ、そこに嫁資制度が加わったために、結婚による財産移動が制度化されているからだ。したがって十九世紀フランスのとりわけビュトーのような農村の男にとっては、結婚というのは女と、それと一体をなす資産を得ることを意味する。それはとりもなおさずわたしたちにとって、十九世紀のフランスに人類学的考察を可能にするような社会が出現したことになるわけだ。

ここでは人類学的な検討という議論の方向を示すだけにとどめて、先に『大地』の物語の展開の模様をもう少し追いかけておこう。フランソワーズを何とか手元につなぎ止めようとしてビュトーが見せた、彼の面目を躍如させるようなエピソードがある。それはジャンが義妹の結婚相手として名乗りを上げたときの出来事である。義妹がジャンと結婚するとなれば、ビュトーの目論見は根底から崩れ、万事休すだ。しかしビュトーは奸智に長けている。それは、家畜市場で四〇ピストール［一ピストールは当時の一〇フラン］の牝牛を難癖をつけて三〇ピストールまで値切ったことからも実証済みだ（二部六章）。

今度も、フランソワーズを自分のところに確保しておこうと、あくどい駆け引きを試みる。みんなを前に姉妹を指さして嘲るのだ、「あきれた牝牛どもだ！……ほんとだぜ、こいつら二人とも牝牛の売女《ばいた》だ！……みんな知ってるか、俺はどっちとも寝てるんだぜ！　こいつらが俺をこけにするのは、そのためなんだ！……そうだ、どっちともだ、淫売め！」（III-6, p. 604［中　一三三頁］）と。それはこれまで人に示してきた彼の性行から、むしろ逆に普段の行状を疑わせる暴露的な、自分にとって不利な発言だ。つまり彼がやっていると公言した破廉恥なことは、結婚に関する自由意志の尊重や遺産請求という義妹のもつ法的権利を踏みにじり、インセストという道徳的に許し難い行為を犯していることなのである。

しかし、ビュトーにしてみれば、そういう批判を人から浴びせられることは覚悟の上の発言だったであろう。自ら泥を被るのだ。だがそれは相手ももろとも、その泥のなかに引きずり込むためである。妻のリーズは夫と寝ても何の咎めもあるわけではない。だから狙いは明らかにフランソワーズである。フランソワーズが義兄と寝ているなら、やはり義兄と同罪である。したがって人倫を外れたような女に、人並みの結婚や権利請求などもってのほかだ。もちろんそれはビュトーの放ったでまかせである。それでもデロンム夫婦、フーアン、グランド婆さんなど、その場にいる人々は彼の言いぐさに驚いた様子もなく、妙に納得しているようだった。「もしもこの男が二人の姉妹と寝たんだったら、彼はたしかに彼女らを思い通りに支配できる。権利があるなら、それを行使するのは当たり前だ、と彼らは明らかに考えていた」(III-6, p. 605〔中 一三四頁〕)。

フランソワーズはその場でビュトーの言うことを嘘だと当然言い張った。だがしっかり者のフランソワーズとは言え、それは誰の目にも触れないところで行われる、理屈では割り切れない性に関わることだ。結婚を申し込んだジャンも含めて、一同の疑念は最後までつきまとう。それでビュトーの策略は一時的に成功する。結婚の話はそこでそのまま立ち往生し、進展を見ない。少なくとも当分の間はビュトーの狙い通りになったのである。

だが、とうとう彼の性的、経済的欲望の追求に決定的な打撃が加えられる日がやってくる。フランソワーズが二十歳の丁年を迎えた。そして法律が彼女の味方をし、自立のための結婚を彼女に許し、それを機に相続財産の土地と家とを当然の権利として彼女に与えたのである。公証人バイユアッシュ氏が三度目の登場をする。フランソワーズとリーズの父親からの相続分は、牧草地が一ヘクタール、ブドウ畑が一ヘクタール、畑が二ヘクタールあり、その時もやはりそれらを姉妹間できれいに半分に分けた。家はどちらも欲しがったので相談がまとまらず、結局は競売の末にフランソワーズの所有に帰した(四部六章)。

ところでビュトーがそのなかでもっとも惜しんだのは、家を除けばコルナイユ屋敷の畑二ヘクタールの半分を譲らなければならなかったことであった。なぜならそれまで彼は、自分の相続分と併せて合計三ヘクタールの農地を所有しており、ローニュの村ではこれほどの広さの畑を一縄にまとめて所有している農民はいないと、彼の自慢の種でもあったからだ。しかもムーシュ家の地所を二分して籤引きをすると、その結果がまたビュトーの思い通りにならず、ビュトー＝リーズの所有となる畑は分断され、その間にフランソワーズの地所が割り込むかたちになってしまったのである。

ビュトーは一月前から憤りがおさまらなかった。先ず、フランソワーズを逃がしてしまった。いつかは自分のものにしようという執拗な希望にかられて、彼女のスカートの下で肉を摑むのを楽しみにしていたが、それが出来なくなってからは、ぶり返してくる欲望に苛まれた。が、さらに、フランソワーズが結婚してからは、ほかの男が寝床の中で彼女を抱きしめ、その上で思う存分愉しんでいるのだと思うと、身体中の血がにえくり返るようだった。それからまた、大事にしていた土地を、ジャンの野郎は、娘と同様、自分の腕から横取りした。彼は手足をもぎ取られる思いだった。娘は、まあ代わりが見つからないものでもない。が、土地は、長いあいだ自分のもののように考えて、金輪際返すまいと心に決めていたのに！

（IV-6, pp. 695-696［中二八九頁］）

ビュトーの結婚に関する人類学的考察

バイユアッシュ氏が『大地』のなかでフーアン家に関する土地登記の仕事をするのは、リーズとフランソワーズの財産分与のために三度目に登場した時が最後である。わたしたちにとっては、ここで、先に告げておいたように、結婚の際資産と一体となって移動する女について、流動資本としての女について、人類学的考察をする準備が整ったというわけである。そこで、大革命以来のフーアン家の土地登記の変遷をはじめに図示しておこう（**図1**参照）。対象はフーアン家にとってもっとも重要なコルナイユ屋敷の地所

図1　フーアン家の土地登記

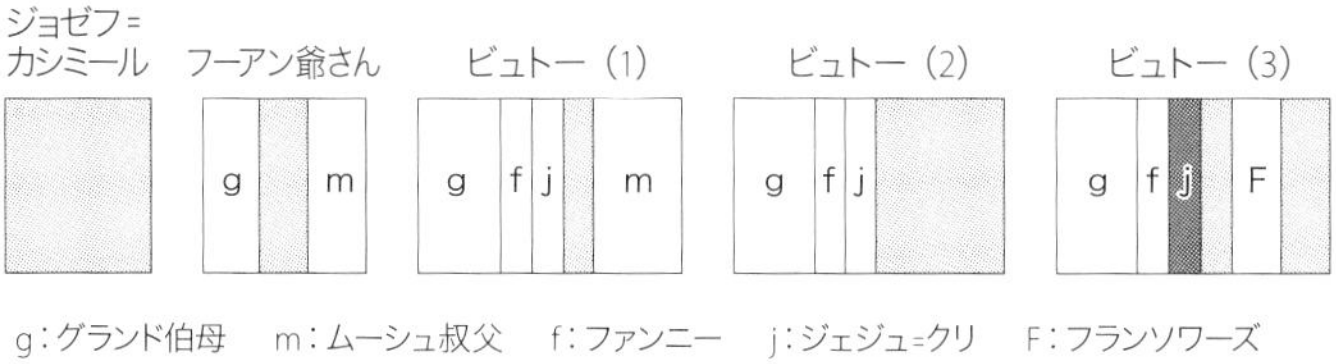

に絞って見た、ジョゼフ=カシミール、フーアン爺さん、ビュトーの三代に関する土地所有の経過である——ところで、たとえばフーアンを例にとれば、父親から七アルパンしか受け取らなかったが、コルナイユ屋敷のほかに一二アルパンを結婚でロールが持参してきたから、コルナイユ屋敷だけに限定することには異論が挙がるかもしれない。しかしフーアン家の場合伝統的に相続はどこでも当事者に公平に分割してきたから、たとえ譲渡対象になる土地を拡大したとしても、コルナイユ屋敷の場合と同様の事態に陥るであろう。

　上の図（**図1**）では、まずフーアン家二代目の長女グランド婆さん（マリアンヌ・フーアン）が、一貫して同じ面積を所有し続けているのが目を引く。フーアン家の父祖ジョゼフ=カシミールから二一アルパン（一〇・五ヘクタール）の三分の一つまり七アルパンを譲渡され、アントワーヌ・ペシャールという一八アルパンの土地をもった隣の男と結婚したので、彼女は今や併せて二五アルパン（一二・五ヘクタール）の土地所有者であった。それというのも、彼女の夫は早くから死に、二人のあいだにできた一人娘も彼女の意に背いて貧乏なヴァンサン・ブートルーという若者と結婚したので、追い出してしまったからだ。彼女の所有地は、フーアン爺さんの一九アルパンよりもまだ六アルパンも多い。「一家の中ではグランド婆さんが尊敬され恐れられていたが、それは老年のためではなく、富のためであった」（I-3, pp. 393［上五〇頁］）。彼女が追い出したブートルー夫妻は、パルミールとイラリオンという二人の子供を残して、貧窮のうちに死んだ。グランド婆さんは残された孫たちを正式に引き取るようなことをせず、ただ家畜小屋に二人が住むのを許しただけであった（一部三章）。姉のパルミールは自分と精神遅滞の弟イラリオンのために食べ物を確保しようと毎日働きづめで、その過労も加わってビュトーの手伝いに真夏の畑で働いている最中に日射病で倒れ、息を引き取る（三部四章）。グランド婆さんから土地を譲渡される可能性のある直系親族はこれでいなくなった――もちろん精神遅滞のイラリオンは問題外だ。

ちなみに、図示した『大地』の期間の後のことにも触れておこう。なにせグランド婆さんは一七七九年生まれで、彼女の姪のフランソワーズが非業の最期を遂げる一八六九年にはもう九十歳であり、人に決して譲り渡そうとしなかった地所を譲渡せざるをえない死が早晩やってくる。彼女は自らの遺産処理について、一族のものに誰彼となくこう言っていた、「あたしは、誰にも間違ったことをしないようにしてる。正式の書類は、もうずっと前から出来ていて、誰にでも相応の分け前をやることになっている。誰か一人だけ得をさせるようなことをするほど、あたしは意地悪じゃないよ。お前たちの分もあるんだから、いつか貰えるんだよ。お前たちも！」（V-4, p. 755〔下 八三頁〕）と。彼女の遺産を受け継ぐ候補者となる、彼女と直接の血縁関係にある姪や甥とその子供たちを挙げただけでも、ジェジュ＝クリとその娘トゥルーユ、ファンニーとその息子ネネス、ビュトー、リーズの夫婦と彼らの子ジュールにロール、グランド婆さんの妹で、シャルトルで娼館を経営していたバドーユ・ロール（一人娘のエステルは死去）の孫娘エロディーという多数に上る。そうして「彼女は、自分が死んだ暁には、親戚の者全部をいがみ合わせるはずの素敵な遺言のことを考えて、内心のほくそ笑みを禁じえなかった」（同上）。グランド婆さんの底意地の悪さは別にして、少なくとも彼女の死後の土地譲渡に関しては、彼女が公平に一家に分配しようとすればするほど、恐ろしいほどの細分化は免れ難い。

次に、ジェジュ＝クリの相続した三ヘクタール余りの土地についてである。彼はその土地を少しずつ義弟のデロンムや実の弟ビュトーに売って酒代に変えていた。おそらくコルナイユの畑のことであろうが、最後に残った地所を売る話が四部三章に出ている。今度ばかりは借金の抵当に掛けられていたその土地を競売に掛けざるをえなくなった。それで一家にとってはまったくの赤の他人の手に渡った。グランド婆さんの土地もまた彼女の死後はどうなるか予測はつかないが、図の対象にした第二帝政終了時までなら、フーアン一家以外の人の手に渡ったのはジェジュ＝クリの所有地だけである。

ファンニーに譲渡された土地は安泰である。デロンム家の未来ははっきりしていて、一人息子のネネスは農業が嫌いで兵役を免れたと見るやすぐさまエロディーと結婚し、彼女とシャルトルでエロディーの嫁資である娼館を経営するつもりである。ところでネネスとエロディーの結婚はまたいとこ同士の結婚である。親がいとこ同士で二人とも一人っ子だから、第三者に売却しなければ、土地の所有はこの代でもフーアン一族に帰することになる。

革命以降の子孫への土地財産譲渡制度に依拠すれば、子孫が全員農業をすると仮定して、分配が公平に行われる限り、土地面積は譲渡の度に減少せざるをえない。しかし**図1**から見ると、フーアン家三代の土地譲渡の仕方はそうした必然的な細分化の過程と少々異なる。グランド婆さんは譲渡者を作らなかったので、土地面積をそのまま維持している。ジェジュ＝クリはそもそも農業をやる意志はないから、土地を失っても当然であろう。ファンニーの所有地も次の世代に渡っても、譲渡者はネネス一人だから減ることはない。しかしこうしてみると彼らもまた譲渡者を持たないかひとりの場合に限り元の土地を維持しているだけであり、やはり譲渡による細分化即減少という必然的法則は厳然と機能している。

だが図でも明らかなように、ビュトーの場合だけは例外的に親よりも土地を増やしている。なぜか。それは彼がいとこのリーズと結婚したからだ。すると、血縁同士の結婚は土地財産を保全するための最良の策だと言えよう。しかしそうだからと言って、血縁同士の結婚が増えれば、それは別次元の問題を引き起こす。社会慣習上できるだけ近親婚は避けなければならないし、その点ではビュトーのようないとこ同士の結婚は、歴史的にも、地理的にも、どの社会にあっても、例外的なものだ。だとすると、ビュトーの土地の増大はひとつには近親婚の禁止という社会慣習を侵していることから来ている。それに加えてすでに見てきたようにフランソワーズを手元に置いて、結婚を認めないというのは二重に社会慣習に違反している。いとこ同士の結婚が社会慣習上どうして禁止されているのか、わたしたちはここで人類学の助けを借りよう。

結婚に関わる社会的交換を考察したのは、レヴィ＝ストロースのあの名著『親族の基本構造』である。レヴィ＝ストロース的視点から見れば、まずビュトーとリーズの結婚は、平行いとこ同士の結婚であるゆえに禁じられる。それは次のような理由による。男系家族社会で女＝資産を前提条件にして見ると、親の世代では男親の家系にとって女を嫁にすることは利益となる、つまり＋の符号がつき、女親の家系では嫁に出すことは損失だから－の符号がつく。次の世代における結婚の適齢者がすべていとこ同士として、一方の平行いとこ同士つまり男兄弟が互いの姉妹を交換すれば、その家系は＋の符号を重ねもつことになる。それに対して嫁に出た家系の平行いとこ同士つまり姉妹が互いの兄弟を交換すれば－の符号を重ねてもつだろう。結局、平行いとこ同士の結婚を許すことは一方で常に利益を得る家系を、他方で常に損失を蒙る家系を産むことになる。そのような不都合を避けてどの家系にも平等になるようにするには、つまり二世代あるいはそれ以降の継代の利益と損失を計算して＋－あるいは－＋にするには、いとこ同士の結婚では交叉いとこ同士、つまり男のいとこにすればおばの娘、女のいとこにすればおじの息子と結婚するしかない、ということであった。[12]

ところで十九世紀フランスの第二帝政期を舞台にビュトーが企てた土地財産獲得のための作為的行動に対して、わたしたちが人類学的考察を援用できたのは、女＝資産という前提があってのことだ。そして、この前提条件は嫁資という制度的裏付けがあるが故に成り立っている。もう一度図を見よう。女＝資産という人類学的考え方を踏襲してビュトーの資産とした土地は塗りつぶしの部分なのだが、実はそこには嫁資制度によって認められているリーズおよびフランソワーズに帰属する資産が潜在的に含まれている。嫁資制度は近代社会にも人類学的考察を許す、つまり女性を資産と同一視できる考え方を許す側面をもっているのだが、その反面またこの嫁資制度に守られて女性は家庭内での地位や権限を維持することも出来たし、またグランド婆さんの例のように夫と死別したり、また離婚した女性がいたとしても、自立した生活の保証として機能していた。つまり今度は嫁資制度が存在することが未開社会との相違を構成しているのだし、その点で近代社会においてまだまだ劣悪であった女性の地位向上に大きな力を発揮しえたことは疑いえない。

そこで改めてビュトーの土地財産獲得の企てを評価しておこう。彼の目論見は、先ず第一に人類学的レベルから見て平行いとこであるリーズと結婚したこと、それから第二に義妹のフランソワーズをも自らの財産のように見なそうとしたことで、二重に社会慣習上の禁止を侵している。たしかに彼の最初の目論見は成功したかもしれない。だが彼の子供ロールとジュールの世代になれば、ほとんどこうした所有地を確保し増大させようという執念も維持しきれまいと予測されるだろう。第二のビュトーの目論見はフランソワーズの独立によって実際に成功することはなかった。それは、とりわけ嫁資制度の裏付けによって、フランソワーズが断固とした態度をとったからだ。

しかしながら、そのフランソワーズの自立の仕方とその後は問題であった。これについては土地所有に関する観点から触れておかなければならない。なぜなら彼女は自らの所有に帰する土地を携えてジャンと結婚した。にもかかわらず、彼女は自分の死際には、その夫に自らの嫁資の土地を譲渡することを拒んで、あろうことか自分の殺害者たちに再び土地が帰属することになるのを黙認したからである。自立するためにはジャンしか適当な結婚相手が見出せなかった、したがって心底から愛情を感じないよそ者のジャンにあえて土地を譲渡する気も起こらなかった、と簡単に彼女の死際の心境を推し量ることができるかもしれない。だがそう言うだけでは足りない。フランソワーズもまたフーアン家の一人として、ボース地方の一角で土地と格闘しながら生まれ育ってきた農民だ。彼女の土地に対する執着は、ビュトーに劣らず強いものがある。

土地と家とは、まるで旅人のように、自分の生活へ偶然顔を出したこの男のものになるべきではない。子供は一緒に死んで行くのだから、あたしはこの男に何の借りもないわけだ。財産を親族から奪って他人の手へ渡す理由は少しもない。幼稚だが頑固な正義感から彼女は承知しなかった。これはあた

しのもの、それはあんたのもの、勘定が済んだら、さよならだ！　(V-4, p. 754〔下八一頁〕)

これが、臨終の際、夫のジャンから土地相続に関する遺言書類を提示されて、フランソワーズの頭に去来した思いだった。彼女にとってもひとたび土地のことを考えれば、夫であっても立ち入る余地はないというわけである。

土地と親族というのは一体だというのが、フランソワーズをはじめフーアン家の人々の考えていた「正義」だ。親族組織と土地所有のあいだにそもそも必然的な関係があるとは考えられない。だとすればそれは、革命以降、私有財産と相続に関する権利が広く一般に認められ、公証人が人々の代わりに土地台帳に登記をすることが制度化されて初めて成立しえた関係である。すなわち公証人バイユアッシュの登記という行為は、フーアン一族の血縁関係を彼らの土地という空間に刻みつける行為であった。そうしてこのように登記を介して土地は、一族の血と肉と化す。そうであるが故にコルナイユ畑は、フーアン家にとって一族の一体性を示すこよない土地と化していたのだ。

先の図中では、唯一ジェジュ゠クリの相続地だけが、フーアン一族には属さない他人に渡さざるをえない羽目になった。そのときの父親フーアンの悲痛は、不甲斐ない息子に対する叱責と嘆きに如実に表れていた。

「そうだ、手前は人殺しだ。おい、手前のやり方はナイフでもってわしの身体の肉をひとかたまりそぎとるようなものだ。……あんなにいい畑を、あれよりいい畑はありゃしねえぞ！　ちょいと手を掛けるだけで、何でもよくできる畑を！　あんな畑をおめおめと人手に渡しても、平気で生きていくとは、まったくもって手前は性なしの卑怯者だ！……畜生、なんてことだ！　他人に渡すなんて！」

（IV-3, p. 645［中二〇二頁］）

もしもフランソワーズが彼女の土地を夫に譲渡する遺言書に署名をしていたら、よそ者で流れ者のジャンのことだ、フランソワーズがいなくなり、フーアン家と縁が切れてしまえばその後はどうなるか分かったものではなかろう。フランソワーズが最後にとった遺言書に署名しないという決断も、土地と一体の親族という考え方にのっとれば理解するのはそれほど難しくはあるまい。フーアンの一族にとって、もはや何の血縁もないジャンが血縁そのものを具現化しているコルナイユ畑に地所を所有することは、妻のフランソワーズをはじめとしてもとより問題にはならないのだ。

3　土地に対するフェティシズム

フーアン一家がまるで原始家族制の時代に生きているかのように、コルナイユ畑の土地譲渡を示した図はそのまま親族関係を反映していた。だがこうした土地所有形態のアルカイズムを許したのも、めぐりめぐって大革命が私有財産を認めたために生起してきた結果であった。したがってフーアン家の面々がアルカイックな土地譲渡の仕方をして彼らの土地財産を保全しようとした目論見も、彼らの生きていた資本主義という時代の仮借ない論理に必然的に巻き込まれていかざるをえないだろう。破綻はジェジュ＝クリが相続した部分からやって来る。彼は既に述べたように酒代のために自らの土地を、バイユアッシュ氏の仲介で、彼の知り合いだという他人に、売り払わなければならぬ羽目に陥った。買い手は誰か、作中に明示されないが、フーアンの怒りから少なくともフーアン家に無関係の人物であることは確かである。

コルナイユ畑を中心としたフーアン家の私有地には、もちろん土地所有者としての彼らの立場から見た考え方が反映されているのだが、しかしそれもまた時代の枠のなかで許される限りのことである。十九世紀という時代の枠内では、フーアン家にとって他人である人々もまた、資本主義の論理にのっとって彼らの土地に対する考え方を投射することができるのだ。ジェジュ゠クリからフーアン家のものであった地所を買い取るのはウルドカンの祖先イジドールのような町のブルジョワか、それともデロンムのような資力のある裕福な農民か。彼らにとって土地はまたフーアン家とは別の考え方を反映させる対象と化すに違いない。それもまた第二帝政下における土地問題のひとつだろう。

フェティッシュとしての土

ビュトーの土地に対する欲望が最高度に充足されたとき、言い換えればリビドーが最大に備給されたときとはいつのことだったか。それは先の**図1**中で「ビュトー(2)」という時期だと、最大の大きさに達した彼の所有地が明瞭に示してくれている。ちょうどその時期のビュトーを描写したテクストがあり、そこには欲望の充足を味わい、法悦に浸るかのようなビュトーの姿が描写されていた。再度引用してみよう。「[…]この土地は彼のものであった。彼はこの土地を深く貫き、腹の底まで孕ませたいと思った。夕方になると、へとへとに疲れて、鋤の刃を銀色に光らせながら帰ってきた。三月には小麦畑、四月には燕麦畑を馬鍬で掻きならし、全身を献げてあらゆる世話をかさねた。畑仕事が終わってしまうと、恋人のように振り返って畑を眺めるのであった。そして畑を巡回して、身をかがめ、おきまりの手つきで一握りのねば土をすくいあげては、それを押しつぶし、指のあいだからこぼすのが好きであった。特にその土がかわきすぎてもしめりすぎてもいず、ふっくらしたパンのような香ばしい匂いがすれば、彼はもう有頂天だった」。

彼の所有地が最大であったのは、リーズとフランソワーズの姉妹に帰する土地がまだ区別されずに一体であったからだ。まるでパシャが二人の姉妹を相手に妻と義妹と区別することなしに自らの欲望をほしいままに充足させるかのように、そこで念願のコルナイユの二人の畑を相手に自らの身体を思う存分駆使して耕作したのだ。実際には彼はリーズとの新婚生活を営み始めたばかりで、フランソワーズがいなくとも性の欲望を充足させることは出来たであろうが、この先フランソワーズに対して抱く欲望の充足をも予め土地で味わっているかのようだ。

ところでビュトーが深い愛着を抱いているこの土を、わたしたちがフェティッシュというのは当を得ているだろう。女の身体のように土を愛で、摑み、匂いを嗅ぎ、感触を愉しむ。リーズやフランソワーズの身体に代えて土をいじくる。もしもビュトーが女たちの身体では愉しまずに、土で快楽を得るようなことになれば、それは倒錯的なフェティシズムとして精神病理学的な考察が必須となるだろうが、もちろん彼がそこまで行くことはない(13)。

しかしながらビュトーは、土を前にしていつでもこのようなフェティシズムを感じているわけではない。むしろ彼が土をフェティッシュと捉える幸福な時期は束の間のことで、すぐにも土からはいわばリビドーが撤収するだろう。言い換えれば土に向かったビュトーの欲望はどこかに吸収されてしまい、土は精神分析学的存在でなくなると言っていいかもしれない。『大地』ではそのようなもうひとつの土が、今見た精神分析学的な土と同じ四部のなかで、これよりももっとずっと現実味を帯びて描かれる。ビュトーに欲望の充足感を見出させた土地は、そこでは過酷な税金を確実に課される根拠と化している。

ゾラの手で描かれたクロワの簡単な地図をできれば参照していただきたい(14)。クロワの町にはビュトーに土地を登記してくれた公証人バイユアッシュの事務所があった。忘れてならないのはその公証人事務所のある同じグルヴェーズ通りに、市民に対して裁判所の決定を伝え、実行を迫ったり、税金を納めようとしない輩からそれを取り立てたりする、執達吏の家があることだ。執達吏というのは、ビュトーが税金など支払いを滞らせると「執達吏を送るぞ」とさんざん脅しに利用されたり、脅しだけでなくビュトー夫婦がフランソワーズになかなか家を明け渡さなかったときには、憲兵と一緒になって明け渡しを強行する権力の尖兵としてビュトーにとっては怖れの対象である。

そのグルヴェーズ通りから町役場のあるグランド通りに向かうとボン・ラブルール軒があるが、そこはジェジュ＝クリがよく散財した店だ。フーアン爺さんと連れだってバイユアッシュの事務所で残った地所を売り払う署名をしに来た日もまた、父親が身を切られるような苦しみぶりを呈して署名したばかりだというのに、公証人の事務所を出るとすぐジェジュ＝クリはこの店に入って酒を飲み始める始末だった。

公証人の事務所のあるグルヴェーズ通りとグランド通りを挟んで反対側のボードニエール通りには、土地の登記に基づいて税金を取り立てる収税官アルディー氏の事務所がある。ビュトーの方はその日たまたまその収税官事務所に税金を払いに来て、エーグル川沿いの牧草地を畑に転用した分の課税をめぐって収税官とやり合った(四部三章)。そしてアルディー氏に「じゃあ、払わんでいい。わしの方はかまわん。

執達吏を差し向けるだけだから！」と一喝された。

ビュトーはその一言に怖れ戦き、肝をつぶして、怒りを引っ込めてしまった。泣く子と地頭には勝たれぬ譬えだ。が、政府とか、裁判所とか、彼に言わせれば、ブルジョワの碌でなし共の、彼の上にのしかかっている不可解で複雑な権力に対して、何十年来の憎悪が、恐怖の念と共にいやが上にも増大するのだった。彼はのろくさと財布を引き出した。その太い指は震えていた。彼は市場でたくさんの銀貨を受け取ったが、それを収税官の前へ置く前に、一枚一枚撫でさするのだった。三度、彼は勘定をやり直した。みんな銀貨だ。これほど大きな銀貨の山をむざむざくれてしまうのかと思うと、心は千々に掻きむしられる思いだった。

（IV-3, p. 649［中二一〇頁］）

ビュトーは公証人の事務所があるグルヴェーズ通りで土地を譲渡された、その土地で欲望を充足させられたと思ったのも束の間のことだ。彼の歩む道はグランド通りを経由してそのまま税金を厳しく取り立てる収税官のいるボードニエール通りに通じている。そこでは彼の土地が登記を介して絶対的な権力機構にしっかりと捕捉され、彼は欲望をほしいままにすることは許されない。

クロワのメイン・ストリートには公証人、執達吏、酒屋、収税官がそれぞれ事務所や店を構え、ビュトーらの手にした土地の分け前を手ぐすね引いて狙っている。科学史家のミッシェル・セールにこのことを話せば、クロワのメイン・ストリートは双六ゲームのような空間だ、またグルヴェーズ通りからグランド通りを経由してボードニエール通りまで難なく行けるので、見た目はユークリッド空間だが、富を付与する土地登記の街がいつの間にか富を収奪する収税の街へと変わるので、実際にはトポロジックな空間のひとつなのだ、と教えてくれることだろう(15)。

このようにして、ビュトーのフェティッシュだった土は、なるほど彼の欲望を殺ぐような課税の対象と化した。だが過酷な税金の対象になっているからと言って、それでビュトーや父親フーアン、その他の農民たちの土地に対する欲望が、彼らの土地への妄執が、簡単に潰えるようなことはない。『大地』の土は、彼らにとって本来の意味でのフェティッシュ、つまり物神としての威力をけっして失うことはない。ビュトーについて最前見てきた、束の間女の身体と等価視できるような精神分析学的な土とは別に、もっと彼らに持続的に欲望させるような物神崇拝的な土があるのだ。

先ず「フェティシズム」を「物神崇拝」と訳せる場合の定義を与えておくと、『十九世紀ラルース大辞典』によれば、最初は神を崇拝する手段として神を表象するための偶像が作られるが、やがてそこから神の表象としての役割が忘れ去られ、今度は偶像そのものが崇拝の対象となる、ということだ。このような定義を土にも適用しうるような、つまり土をフェティッシュと見なせるような、土地と農民との歴史的な関係が、フーアン爺さんの口を通してこんな風に伝えられている。

わしら百姓は自分のものとては何もなく、自分の皮さえ自分のものでないといった赤裸の奴隷として、杖でぶたれながら領主のために長い間土地を耕した。わしらは片時も睦まじさを失わずにあらゆる努力を払って土地を豊饒にし、情熱的に土地を愛し、欲望してきた。だが、土地はいわば他人の妻で、世話をし、抱擁はしても、所有することは出来なかった。しかし、こうした幾世紀にわたる情欲の苦しみをなめた後で、わしらはとうとう土地を獲得し、征服し、自分の物にし、自分の喜び、生の源泉とすることが出来た。古くからの所有欲や、たとえ所有してもしばしば怪しくなったことを思えば、百姓の畑への愛、しかも出来るだけ多くの地所や肥沃な土地を欲しがって、触ってみたり掌中にのせてはかったりする熱情が、どんなものか、わかるはずだ。 (I-5, pp. 433-434［上 一二〇頁］)

農民にとって土地は過去、現在、未来においても常に変わらぬもっとも重要な生産手段である。しかしそのようにもっとも重要でだれよりも愛して世話をしたとしても、かつて土地は農民たちの所有に帰するものではなかった。それには封建主義的所有制という社会制度上の規制が存在していたからである。だが革命後土地所有が自由化されると、自らの土地を所有することが可能になった。これでやっと農民は自らの妻とも比肩できる自らともっとも親密でもっとも重要でもっとも貴重な生産手段である土地を、自らの自由に出来る所有物となしえたのだ。したがって土は単なる生産手段ではない。そこには所有をするためにどれほどの辛酸をなめてこなければならなかったかという過去の苦闘の歴史が伴っているのだ。先のビュトーが土に女の身体を感じ取ったことと、ここでフーアンが土に歴史の重みを計ることのあいだに、思考のメカニズムの相違はないではないか。

富裕農民で篤農家として知られているウルドカンも、土地に対する愛情にかけては人後に落ちるものではない。

ああ！　この大地を、彼はついにこれほどまでに愛するようになったのである！　農民の激しい貪欲ばかりでなく、感傷的な情熱で、否、知的に近い情熱で深く愛した。この大地こそ、彼に生命をも実体をも与えてくれた人類共通の母であり、やがてまたかえりゆくところと、感じていたからだった。その初め、まだ幼い頃から、大地の中に育った彼が、学校を憎悪し、書物など焼いてしまいたいと思ったのは、ほかでもなく、平野の凪に吹き曝されて、耕地の間を駆けまわり、大気にこころゆくばかり陶酔した、あの自由の習慣から来たものだった。後になって、親の跡を継いだときには、恋人のように大地を愛した。以来、この大地を多産にしようと、まるで正式に婚姻でもむすんだかのように、この愛情は成熟した。そして気まぐれどころか裏切りさえ大目に見てやる、豊饒な好ましい女に入れあげるように、時間も金も全生命も大地に打ち込むにしたがって、この愛情は増大するばかりであった。大地が意地悪さを見せたときや、旱魃や多湿のために種子を食って収穫をあたえなかったときなどには、彼もしばしば憤った。だが後ではすぐに疑いを持ち、結局無能力な不器用な男として、むしろ自分をとがめるようになったのだった。つまり、彼女に子供をこしらえられなかったとしたら、過失は自分にあるにちがいない、と考えようとしたのであった。（II-1, pp. 451-452［上一四九―一五〇頁］）

ウルドカンはローニュやフランス全体を見渡してもなかなか比肩できるものはいない大変な土地所有者だ。そのため彼の土地に対する愛情はそのような境遇を反映して、土地に自由の意識を反映してみせる点など、さすがにビュトーやフーアンと違ってロマンティックなフェティシズムを示している。それでもやはり土地を女と妻として喩えて、愛でようとする態度は農民に通有のものである。

経済学的フェティッシュとしての土

だが、ウルドカンの篤農家ぶりはその先に現れる。

この頃から新しい農法が彼の心につきまとって、彼を新たな創意工夫に突き進ませた。それと共に学校時代に怠け者で、農業学校の課程をふまず、父と共にそれを嘲ったことを悔やんだ。こうして、どんなに多くの無駄な試みや、空しい実験をくりかえしたことか！　また雇い人たちからはさまざまな農業機械をこわされるし、商人共からはいんちきな化学肥料を売りつけられる始末だ。彼はそこに全財産を入れあげた。しかもボルドリー農場はわずかに食うだけのパンをもたらしただけだったが、ついに農業恐慌がやってきて彼にとどめをさしたのだった。構うものか！　いつまでも自分の土地のとりことなって踏み止まろう。最後までこの土地を妻として守りつづけて、そこに骨を埋めよう。

(II-1, p. 452［上一五〇頁］)

ウルドカンのような二〇〇ヘクタールにも及ぶ広大な土地を所有する富裕農民でも、「ボルドリー農場はわずかに食うだけのパンをもたらしただけだった」と言うが、もちろんそれはフーアンやビュトーの場合と事情が異なる。土地に投下した資本に比べると、そこから上がる農産物の出来高は、やっと採算が合うだけのわずかな収益しかもたらさなかった、という意味だ。

それにしても、二〇〇ヘクタールもの土地から上がる収穫高は相当なもので、それ以上に驚くのは、その収穫高に匹敵するような費用をそこにつぎ込んでいるという点だ。ウルドカンが放漫経営者というのではない。それとはまったく逆だ。「彼は数年前から簿記をつけていた。そこまでするのは、ボース地方に三人といなかった。小地主や百姓たちは肩をそびやかすばかりで、理解しなかった。だが簿記だけが事情を明らかにし、どんな生産物が得になるか損になるかおしえてくれた。そのほか、これによって元価がわかり、従って売価もきまってくるのであった。ウルドカンのところでは、作男、家畜、作物から、道具にいたるまで、一人ごと、一件ごとにページが設けられ、貸方と借方の欄がつくられていたので、彼は良いにつけ悪いにつけ、仕事の結果をたえず知っていた」(II-5, p. 495〔上二二三頁〕)。では、彼が厳密な管理をしたうえで膨大な資本を投下した借方、出費の特徴とはどのようなものだったのか。

彼は先ず富の源泉としての土地を、肥料を利用して肥沃にし、生産高を向上させることを考える。なぜなら、資本主義体制下の農業では、農産物が商品として農地より外に持ち出されるために、土壌が元来保持していた養分は収奪され減少する。したがって収奪される養分を肥料によって補給してやらなければ、土壌はやがて痩せて、農産物の品質は劣化し、収穫高は著しく減少する、というドイツの農化学者リービヒ(一八〇三—一八七三)などによって主張された考えが、農学者だけでなくウルドカンのような進歩的な農民たちにも共有されるようになっていたからである。土壌改良のためにウルドカンによく利用されたのは比較的安価な泥灰岩で、これは酸性土をアルカリ性土に変えるためである。できれば化学肥料を利用したいが、費用や偽物を摑ませられる危険もあってままならない(二部五章)。後の五部一章でも、ウルドカンは好意をもっていたジャンに畑で出会って、「ジャン、なぜ燐酸肥料を使わないんだ」と語りかける。これがきっかけで「畑をよくするための秘訣は、かかってこの肥料にある」と彼の信条が披露される。

しかし彼は、まだまだ発展途上にある化学肥料を盲目的に信頼するわけではなく、有機農業に対する理解も示す。『多分、今のところでは堆肥に勝る肥料はない。ただ分量が足らん。またその拵え方や使い方を知らねえもんで、効き目も台無しだ。』〔…〕ウルドカンは数年前から、堆肥の穴に土や芝草などを幾重にも重ねていたのであるが、その上、土管をいけて、台所の洗い水とか、家畜や人間の小便とか、農場のあらゆる汚水を流し込む仕組みにしていた。そして、週に二回、糞汁をポンプで掛ける」(V-1, pp. 710-711〔下七―八頁〕)。

有機農業の究極は、「うんこ婆さん」と呼ばれるフリマ婆さんのように、「下肥」を利用することだ。

> 彼は熱情のままに、パリが、広いパリ全体が、豊饒極まりない人肥の大河をどっと吐き出す様を空想した。人肥が溝という溝に溢れ、畑という畑に漲り、吹きすさぶ風に臭気を掻き立てられながら、汚穢《おわい》の海が太陽の下で湧き返ったらどうだ。大都会が田舎から受ける生命の素を返礼するのだ。大地はおもむろにこの肥料を吸い込み、いやというほど肥やされた畑から、白いパンが萌え出で、夥しい収穫が国中に氾濫するのだ。
>
> (V-1, p. 711〔下九頁〕)

ジャンはこれを冗談半分に捉えているが、ウルドカンの方はまじめに自らの見解を述べたにすぎない。なぜなら、その証拠にこの頃人糞の利用が国家規模で考えられ始めていたからだ[16]。化学肥料にしろ、有機肥料にしろ、ウルドカンは徹底して研究し、その効果を最大限引き出すように工夫しているのだが、それにしても何と手間のかかる、言い換えれば費用のかかることか。

次にウルドカンは、この時期に発展著しい農業の機械化に取り組む。ウルドカンのボルドリー農場で作男として働いていたジャンは、腹にゆわいつけていた麻の袋から種麦を取り出して種蒔きをするという原始的なやり方をしていたが、それは実は種蒔機《semoir mécanique》がよそに行っていたからであり、ウルドカンは種蒔機をすでに購入済みであった(一部一章)。土を耕すための代表的な農具は鋤鍬《bêche》だろう。たとえばリーズやフランソワーズが畑を耕作するにはこの鋤鍬を使用する(二部三章)。だがこの時代は鍬ではなく、畜力を利用する機械式の鋤が普及して改良も著しく、砕土用のハロー〔馬鍬〕《herse》や土中深く耕耘することのできる犂《charrue》で農作業の省力化が図られていた。もちろんボルドリーもこれらを利用しており、犂にいたっては五台も所有するほどである(二部一章)。

『第二帝政辞典』の「農業」の項によると、[17]農作業ではもっとも過酷な労働を必要とする牧草刈り、麦刈り、脱穀に、それぞれ草刈機《faucheuse》(『大地』二部四章)、麦刈機《moissonneuse》(三部四章)、脱穀機《batteuse》(三部六章)が登場しており、もちろんボルドリー農場はそれらをいずれも所有している。脱穀作業については、フランソワーズとビュトーが人の筋力のみに頼る原始的な舞杵を利用して、汗まみれになって共同作業をするところを先に見てきたが、エロティックな図として気を惹かれるものがあったとしても、農業の機械化に逆らうこのような場面はウルドカンの意に添うものではない。脱穀機はもうすでに蒸気機関を利用した大規模な蒸気脱穀機《batteuse à vapeur》まで利用されているが、さすがのウルドカンもこれほどの大型機械までは常備せず、シャトーダンの機械屋から必要なときに借用していたようである(三部六章)。

このようにウルドカンの機械好きは相当なもので、彼の農場で働く作男たちですら嘲りを抑えきれない。そのうちの作男のゼフィランは、草刈り女が入らなくなると言って、この機械を蹴とばす始末である(二部五章)。要するに、ウルドカンは資金さえ許すなら、こうしたあらゆる種類の機械や農具を買って、農作業の省力化と効率化を図ろうとするであろう。「ウルドカンさんを見るがいい。新しい発明品に身を入れたんで、あの人のでっかい身体ほどの大金を食っちゃったじゃないか」(I-5, p. 436〔上一二四頁〕)とフーアン爺さんに揶揄されるほど、「病膏肓に入る」の譬えを地で行くほどだ。

ウルドカンは簿記をつけているので、このように肥料や農業機械に要する出費がどれほど莫大なものにのぼるかを十分に知っている。にもかかわらず彼がそれらに資金を投入することをやめないのはどういう訳なのか。商品としての農産物を生産し出来るだけ多くの利潤を得るためには、端的に言って、良いものを多量にしかも安く作り出せばよい。それについてウルドカンは、彼自身の考え方を主に代議士ド・シェドヴィル氏との議論の中で披瀝する。ウルドカンのような大農は、まず小農の得意とする集約農業と競争をしなければならない。「小地主はそれぞれ自分で肥料を作り出し、わずか四分の一ばかりの土地を世話し、種もひとつひとつ精選して、それぞれ適当な土地に植え、それから一本一本別々に覆いをかぶせてそだてる……」(II-5, p. 493〔上二一九頁〕)。

こうした集約農業に対して、大規模農業は安価な生産物を多量に生産することで対抗しなければならない。しかしそのために肥料や農機具などの生産手段そして労働力に資本を投下することが必要となる。大農が資金力によって小農を圧倒できるかというと、そうはいかない。いつでも、とりわけ土地に依存する農業においては、限界生産力というものがあり、投下資本に比例して生産高が増加するわけではなく、収穫逓減の法則に支配されざるをえない。大農経営というのは投下資本と生産物からの収益のバランスの問題である。

第二帝政下における小農と大農との競争状況はどうか。ウルドカン自身が「この二つの方法のどちらが勝つのかって？ そんなことははっきりしてますよ！ 毎年毎年わたしのまわりでも大農場が破産して、腹黒い奴らの手でちりぢりになってゆき、小地主が確実に地所をひろげていることは、さっきもお話ししたように、わたしはよく知ってますから」（同上）と言うように、むしろ小農の方が優勢で、土地はますます細分化・散在化されていきそうな情勢にある。そうなるとウルドカンのような大農経営は、機械化や大型設備も非効率になり、悪循環に陥って、ますます成り立たないようになってきている。

ウルドカンの競争相手として、小農よりももっと脅威であるのは外国の農業である。ナポレオン三世は自由貿易に方針転換し、一八六〇年にイギリスとの間に通商条約を結んだ。外国産品に関税をかける保護主義をやめたために、イギリスからは安い農産物がフランスに流入してくるようになったのである。ウルドカンは選挙にあたって、自身が大農場を経営するド・シェドヴィル氏を支持し、彼に農業保護のため保護貿易政策を採るよう要請する。ド・シェドヴィル氏は、自由貿易を主張する大工場主の対抗馬ロシュフォンテーヌ氏に勝って、再選される（二部五章）。だが、三年後の選挙ではロシュフォンテーヌ氏が勝利した（三部五章）。これで、ウルドカンのような大量で安価な農産物を生産しようとする農家は、それより安価な外国産に押されてますます苦境に陥ることになろう。そこでウルドカンは、農業を捨てて小学校教師になった、ルクーの集産主義的な主張に、最終的に同意せざるをえない。

イギリスよりももっと広大な土地を抱え、もっと機械化が進んでいるのはアメリカである。そのアメリカの農業について、ルクーは長広舌をこんな風にふるうのだ。「王国のように広く、ボースの平野なんか、一塊の乾いた土塊のように消えてしまう、果てしもない平原。土地があまり肥えすぎているので、肥料をやるどころか、先にほかのものを蒔いて、地面を疲れさせなければならない畑。しかもそれでいて、二毛作が楽に出来るのだ。三万ヘクタールの土地が、いくつかの大区域に分かれ、それがさらに小区域に細分されて、大区域には監督者が、小区域には組長が居る。そのほかに、人間や家畜や農具や炊事のため仮屋が建っている。農民大隊は春に徴募し、野戦軍の編制で、宿舎、食料、洗濯、医薬の設備も万端整い、秋に除隊する。耕作し種蒔きをする畝は数キロメートルの長さに達し、刈り取る穂先は海のように端が見えない。人間は単に監督をするだけで、全部の仕事を機械がやる。たとえば、二枚刃の円匙のついた犂、播種機、除草機、刈取束禾機、麦藁の揚卸機と納袋機が付いている移動式脱穀機だ。百姓は機械技師で、四、五人ずつ馬に乗って機械の後について行き、いつでも跳び降りてナットをしめたり、ボルトを換えたり、その他の部品を直したりする用意を整えている。要するに、土地は銀行となって資本家の搾取にまかせられている。そして、区画を整然と切られ、邪魔物を全部除かれて、人間の愛と努力に対して渋々与えたよりも一〇倍も多い収穫を、非人格的で物質的な科学の力に提供しているのだ！」（V-4, p. 767〔下 一〇二―一〇三頁〕）。ランゲーニュの店でこの演説を聴いている飲み客は、日頃の勢いはどこへやら、だれもがただ唖然とし、憤激するだけで、彼の演説の圧倒的な説得力を前にして反論することはまったく不可能であった。

ルクーによれば、アメリカで実現されているという集産主義的農業では、科学が農業に根付いて、機械化がもっとも進み、労働力もこの上なく効率的な運用のされ方をしている。これこそ篤農家ウルドカンの目指すべきところではなかったか。したがってアメリカ産の小麦に太刀打ちしようとすれば国家的規模でこのような集産主義的農業を興さなければならない。

しかしフランスの農業に科学を応用し、機械化を促進し、労働力を効率よく組織化しても、それでもアメリカの農業に対抗できないものがある。それはフランスではもはや見出そうとしてもどこにも見出せない、このうえなく肥沃な土地である。

「アメリカを見たまえ。耕作するものが土地の主だ。家族とか思い出とか、われわれを土地に縛り付ける因縁はひとつもない。畑が痩せれば、もっと遠くへ移っていく。もし三〇〇里向こうに、もっと肥えた畑地を発見したと聞けば、直ぐにテントを畳んで、移転する。アメリカ人は、機械のおかげで、土地に命令し、土地を支配している。彼らは自由で、しかも金を貯めていくんだ。それに引き換え、お前さんたちは土地の奴隷で、貧乏にやられて死んでしまうじゃないか!」

(V-4, pp. 768-769 [下 一〇五頁])

だとすれば、結局、土地こそすべてを決する、富を産出する究極の源泉ではないのか。

「ピュシスの力」

理論上で富の源泉を土地に求めたのはフィジオクラート(重農主義者)であった。中沢新一はそれをこんな風に要領よく説く、「大地に春蒔いた百粒の小麦種は、秋にはその千倍の小麦種に増殖をおこなう。この増殖分から、労働に必要だったさまざまな経費や賃金をさっぴいても残るものがある。ケネーが『純生産物』と呼んだ、この増殖分こそが、農業の剰余価値の生産をしめしている。たしかに、ここでは絶対的な剰余価値の創造がおこっているのである(18)」と。

大地には中沢新一が「ピュシスの力」と呼ぶものが備わり、それが富の実質である剰余価値を産むのである。したがってフランスでウルドカンが農業で生きていこうとする限りにおいては、一方でこの富の源泉である大地に対して最大の関心をもって取り組み、地力の回復を肥料によって図らなければならない。しかしながら他方ではそのような経費を必要とするまでもない、このうえなく肥沃なアメリカの土地に拝跪せざるをえない、というわけである。

中沢新一のフィジオクラシーの説明は、マルクスの労働価値説を背景にして行われている。そこでわたしたちも、剰余価値を説く際によく利用されるG(eld) – W(are) – G(eld)’[貨幣—商品—貨幣]のフロー・チャートに依拠して、農民に対する「ピュシスの力」の圧倒的な影響力をわたしたちのフェティシズムの文脈で捉え直そう。フィジオクラートもまた貨幣における等価交換を社会的交換の前提としているから、たとえば先のチャートをすこし変えてG – W(e) – G’とし、農民は最初に必要な経費として貨幣を投下し(G)、それを大地(Erde)の力によって農産物商品に変え(W)、市場に出してピュシスの力で産みえた剰余価値分を足して貨幣を獲得する(G’)、と説明できるだろう。

フィジオクラートが剰余価値の源泉をピュシスの力に依拠した農産物だけに認めたのに対して、マルクスは農産物も含む商品一般の生産過程において(W)、労働時間に置き換えられる労働力を剰余価値の源泉とみなしたから、フィジオクラシーの大地の代わりに労働力《 Arbeitskraft 》を添えて、G – W(a) – G’と書き換え、剰余価値の源泉を対照化させられる。フィジオクラートが剰余価値の源泉を農産物にしか見いだしえなかったのは間違いであり、チャートにおける中間項の説明としてはマルクスの主張にのっとってW(a)とする方が正しいことは言うまでもない。だがわたしたちにとって問題はマルクスの主張の正しさにあるのではない。

マルクスは『資本論』第一巻第一章「商品」のなかで、富の源泉が商品の生産過程における抽象的人間労働にあって、それが交換過程において貨幣の姿をした交換価値として実現してくるのだと説いた。そして同時に第四節「商品のフェティッシュ［呪物］的性格とその秘密」において、[19] わたしたちにとっては貴重な見解を繰り広げている。すなわち、この交換価値というのは常に商品という物的な形態をまとわざるをえないが故に、商品そのものが交換価値と同一であるとの幻想を振りまき、そのため商品はフェティッシュとしてわたしたちを支配する、と。

ウルドカンをはじめとする農民の立場からすれば、この商品に対するフェティシズムは出来るだけ多量の農産物を生産し、それによって剰余価値としての富を獲得することである。豊かに実った農産物を取り入れ、それがすぐにも市場で富に変わることを予期しながら、ウルドカンたちが、土の付いた農産物——それは文字通りW（e）の現実の形態だ——を手に、笑みをたたえている姿が眼に浮かぶようだ。彼らはそのとき、自分たちの手に溢れんばかりの農産物を恵んでくれた土というピュシスの力に感服し、きっと内心で快哉の叫びを挙げているだろう。これこそ土に対する農民のフェティシズムの究極の姿を示すものだ。

そしてその延長線上にあるフィジオクラシーとは、土に対するフェティシズムの理論的完成なのだ。しかし、歴史はこうしたウルドカンやフィジオクラートに、過酷な現実をつきつける。なぜなら市場に出た彼らの農産物は、他の農家やとりわけ彼らが恐れたイギリス産やアメリカ産の農産物との容赦ない競争にさらされるからである。しかも、それは市場が国際的になればなるほど、利潤率傾向的逓減の法則に支配されざるをえないから、彼らが将来的に明るい見通しをもつことはなかなかできない。だが、マルクスが労働価値説に基づいて富の源泉は交換価値にある、とそばに立ってウルドカンに直接説いたところで、ウルドカンにとって基本的には過酷な資本主義市場の中で交換価値を実体として担っている農産物の増産を図るしかほかに対処の仕方がないことも事実である。したがってウルドカンをはじめとする農民は、マルクスの労働価値説に興ざめを覚えるのみならず、土に対するフェティシズム、ピュシスの力に対する渇仰を依然として絶やすことはないだろう。

ウルドカンやフィジオクラートの大地に対するフェティシズムとは別に、ゾラが大地をどのように捉えていたかということも、わたしたちにとっては劣らず興味深い。彼は小説の最後で視点人物ジャンの自由間接話法を利用して、語り手、つまり彼自身の大地に対する思いを吐露しているようだ。

大地のうえでは苦痛と、流血と、涙とがあったし、また今でもあらゆることに人は耐え、また反抗している。フランソワーズが殺され、フーアンが殺され、悪党どもが勝利を得、村々の残酷で臭気紛々たる虫けら共が土地を冒瀆し蚕食する。ただ、世界の進行には、麦を灼きくたす霜害と、薙ぎ倒す降雹と、押し流す雷雨とが必要であるらしいように、血と涙も必要なのかもしれないではないか。星と太陽との巨大な機械（mécanique）の中では、われわれ人間の不幸は、どれほどの重みを持つというのだろうか。神はわれわれのことなど問題にしてもいないのだ！　われわれは惨憺たる、毎日の決闘をやって、ようやくパンを得るしかない。しかも大地だけが、われわれがそこから生まれ、かつ死んでから再びそこに還る母だけが、永久不滅である。われわれが罪を犯してまで愛する大地、その大地はうかがい知るべからざる目的のために、われわれの卑劣と悲惨すら利用して、絶えずその生命を更新していくのである。

（V-6, p. 811［下 一七七頁］）

マルクスのG－W(a)－G'やフィジオクラートのG－W(e)－G'のフロー・チャートは、いずれも富の源泉としての剰余価値を規定することが目的であった。それに対してゾラはここで、人間の剰余価値ではなく、人類の生産行為として現れる欲望と自然の能産的原理との関係を問題にしているのだ。自然の能産的原理は人間の剰余価値と無関係であり、自然は利益だけを追求する人間だけにしか関係しない剰余価値のことなど知るよしもない。したがって、人間が剰余価値を目指して自然に働きかけ、自然がそれに豊かな生産高で応じたとしても、それが即多大の剰余価値に直結しないことも当然なのだ。

ゾラが立っているのは、マルクスやフィジオクラートがG－W－Gというフロー・チャートによって示そうとした、交換価値の実現する生産過程と流通過程の一体となった資本主義経済体制の中ではなく、あくまでも人間の欲望とピュシスの力の接合する生産の現場である。そのとき農産物は商品の覆いを取り払って、自然と人間の力の協働から生まれた単なる生産物となる。ピュシスの力と人間の筋力および能力を駆使した身体の力との接合から、生産物は産出される。ピュシスとはギリシア語で自然を意味する。身体を意味するピュシコスもまた、ピュシスの同族語だ。語源に頼らなくとも、自然という生産現場に立つ人間もまた自然の一部に違いない。したがって人間は、自然と一体となって欲望の実現である生産をしているのだ。ゾラはこうして『大地』において、欲望を根底から規定するのは人間も含めたピュシスの力であると認めていたと言うことができる。ゾラが生産現場に立って発言をする限りでは、このようにピュシスの力を認めている点で彼はフィジオクラートの考え方に近い。ところでフィジオクラシーとは文字通り「自然の力、自然の支配（physio ＋ cratie）」を表す。したがって、文学におけるフィジオクラートとして自然主義 « naturalisme » をスローガンとすることは、ゾラの抱いていた文学思想のこよない表明であることにもなろう。

注

（1）Émile Zola, « Différences entre Balzac et moi » in *La Fabrique des Rougon-Macquart. Éditions des dossiers préparatoires*, 〔vol. 1〕, publié par Colette Becker, Champion, 2003, pp. 40-43 〔NAF10345, f°s 14-15〕 et *Les Rougon-Macquart*, vol. V, coll. Pléiade, Gallimard, 1967, pp. 1736-1737.

（2）René Girard, *Mensonge romantique et vérité romanesque*, Bernard Grasset, 1961 〔『欲望の現象学——文学の虚偽と真実』古田幸男訳、法政大学出版局、一九七一年〕.

（3）登場人物の生没年や作中の出来事の年代は本文中に明示されていないので、これ以下も含めて、下記の資料に従った。Colette Becker, Gina Gourdin-Servenière & Véronique Lavielle, *Dictionnaire d'Émile Zola*, Robert Laffont, 1993 et « Étude » d'Henri Mitterand, in *Les Rougon-Macquart*, vol. IV, coll. Pléiade, Gallimard, 1966, pp. 1518-1519.

（4）Émile Zola, *La Terre* in *Les Rougon-Macquart*, vol. IV, *Ibid.*, p. 529 〔『大地』上・中・下巻、田辺貞之助・河内清訳、岩波文庫、一九八七年、上二八二頁〕. 以下上記書からの引用は、本文中にカッコを付して部・章と頁を記すにとどめる。訳文については、多少の改変を除いて上記邦訳書にしたがった。

（5）G・ベイトソン『精神の生態学』（上・下、佐伯泰樹・佐藤良明・高橋和久訳、思索社、昭和六十一—六十二年）中の「精神分裂病の理論化へ向けて——ダブル・バインド仮説の試み」、「ダブル・バ

インド　一九六九年」などを参照。

（6）Prosper Lucas, *Traité philosophique et physiologique de l'hérédité naturelle dans les états de santé et de maladie du système nerveux*, 2 tomes, J. B. Baillière, 1847 & 1850; Émile Zola « Docteur Lucas. Hérédité naturelle » in *La Fabrique des Rougon-Macquart. Éditions des dossiers préparatoires*, [vol. 1], *Op. cit.*, pp. 84-143 et *Les Rougon-Macquart*, vol. V, coll. Pléiade, *Op. cit.*, pp. 1692-1728 [NAF10345, f°s 57-115].

（7）当時の一フランは現時点（二〇一二年）で円換算すると、どれくらいの価値をもっているだろうか。鹿島茂は『馬車が買いたい』（白水社、一九九〇年、一六七―一七一頁）で、一フラン＝千円と算定している。その後フランスの通貨はユーロに変わり、円高もまただいぶ進行したので、鹿島の前提に基づいて計算し直してみよう。彼は上記書で当時のフランと円の換算レートを一フラン三〇円とし、バゲット・パンの価格を基にして十九世紀は一フランの価値が一九九〇年頃より三三倍あると見て、三〇×三三＝九九〇円、おおよそ千円と見積もった。しかし二〇一二年現在、フランス国立統計経済研究所（INSEE）によるとバゲット・パンはフラン換算で五・七フランなので、鹿島の比例式は〈バゲット〉二スー：五・七＝一フラン（二スー×一〇）：五七と書き換えられる。ところで現在はユーロに変わったので、一ユーロを法定の六・五五九五七フランで換算して、五七フラン÷六・五五九五七＝八・七ユーロ、つまり十九世紀の一フランは現在の八・七ユーロとなる。ここで円換算をすると、二〇一二年現在のユーロはおよそ一一〇円だから、八・七×一一〇＝九五七円で、鹿島の二〇年前の換算結果とあまり変化していない。それはフランスの物価がパンの価格上昇に現れているように相当なインフレに見舞われているにもかかわらず、これを相殺するように円高の進行があったこと、併せて同時期の日本の物価がほとんど変化していない――食料品で見るとわずか五パーセントの上昇である――ことが原因である。結局現時点でも、十九世紀の一フラン≒千円と換算してよいことになろう。

（8）この農民の経営規模による統計数字は、アンドレ・デレアージュ『社会科学ゼミナール15　フランス農民小史』（千葉治男・中村五雄訳、未来社、一九五七年、一三九―一四〇頁）に掲載の「土地経営面積別の経営数」から、筆者が農家数のパーセンテージを割り出したものである。

面積(ha)　＼　年	経営数			
	1862	1882	1892	1908
1ha 未満	未調査	2,167,667	2,235,405	2,087,851
1 〜 10ha	2,435,401	2,635,030	2,617,558	2,523,713
10 〜 40ha	636,309	727,222	711,118	745,862
40 〜 100ha	154,167	142,088	105,391	118,497
100ha 以上			33,280	29,541
合　計		5,672,007	5,072,752	5,505,464

（par Augé-Laribé, *L'évolution de la France agricole*）

（9）ジョルジュ・ルフェーブル『社会科学ゼミナール9　フランス革命と農民』柴田三千雄訳、未来社、一九五六年、四六頁。

（10）ちなみに、いとこ同士の結婚は現代でも、第二帝政期でも法律上禁止されているわけではないが、しかしカトリックの教会法では禁止の対象で、司祭の特別な許可がなければ許されなかった。だが一般的にはそれほどタブー視されているわけではなく、叢書第四巻『プラッサンの征服』（一八七四）のフランソワ・ムーレとその妻マルトも、母親がアデライド・フーク、父親がそれぞれルーゴンとマッカールという異父兄妹ピエール・ルーゴンとユルシュール・マッカールの子供同士、つまり交叉いとこ同士で結婚している。またバルザックは『大地』と同じように農村を舞台にした小説『ウジェニー・グランデ』（一八三三）を書いて、そこでグランデ兄弟の子供同士、つまり平行いとこ同士の結婚を話題にしているが、そこでも近親結婚だからといってタブー視している様子は少しも見られない。

（11）Gilles Deleuze et Félix Guattari, *L'Anti-Œdipe. Capitalisme et Schizophrénie*, Les Éditions de Minuit, 1975, p. 172［『アンチ・オイディプス――資本主義と分裂症』市倉宏祐訳、河出書房新社、一九八六年、一八〇頁］.

（12）Claude Lévi-Strauss, *Les Structures élémentaires de la parenté*, Mouton, 1967, p. 152 et suiv.［『親族の基本構造』上・下、馬渕東一・田島節夫監訳、番町書房、昭和五十二年、上二五三頁以下］.

(13)ゾラは『大地』でフェティッシュという語を使用しているわけではない。叢書におけるたったひとつの『金』でのフェティッシュの使用例も、邦訳のように「護符」の意味にとる方が適切なので、必ずしも『大地』の「土」に感じ取れるような「フェティッシュ」がもつ現代的な意味作用を見出すことはできない――「彼女［サンドルフ男爵夫人］は証券取引所のことを話し、彼から情報を引き出した。おそらく偶然だろうが、関係を持つようになってから儲かったので、サカールをちょっとしたフェティッシュ（護符）のように扱った。拾ったものだけど大切にもっているフェティッシュ（護符）、汚いけれど幸運をもたらしてくれるので口づけもするそんなフェティッシュ（お守り）なのだ」(Emile Zola, *L'Argent* in *Les Rougon-Macquart*, vol. V, coll. Pléiade, Gallimard, 1967, pp. 209-210［『金（かね）』野村正人訳、藤原書店、二〇〇三年、二八六頁］. 上記の訳文は邦訳書に基づいているが、フェティッシュを強調するためにこの部分だけカタカナで表記した。

(14)Émile Zola, « Plan de Cloyes », *Les Rougon-Macquart*, vol. IV, *Op. cit.*, p. 1516［NAF 10329, f° 140］.

(15)Michel Serres, *Feux et signaux de brume ―― Zola*, Grasset et Fasquelle, 1975, *passim*［『火、そして霧の中の信号――ゾラ』寺田光徳訳、法政大学出版局、一九八八年、諸所に］.

(16)Pierre Darmon, *L'homme et les microbes*, Fayard, 1999, 26 chap., p. 357［ピエール・ダルモン『人と細菌』寺田光徳・田川光照訳、藤原書店、二〇〇五年、二六章、四八七頁］.

(17)*Dictionnaire du Second Empire*, dir. de Jean Tulard, Fayard, 1995, pp. 17-23.

(18)中沢新一「ゴダールとマルクス」『純粋な自然の贈与』所収、講談社学術文庫、一九七〇（二〇〇九）年、一〇〇頁。

(19)カール・マルクス『資本論』第I巻、『マルクス＝エンゲルス全集』二三巻a所収、大月書店、一九六五年、九六頁。

第一部補論　金銭欲・投機熱

フランス文学史上でもっとも有名な守銭奴は誰か。それは作品のタイトル『守銭奴』（一六六八）が直截に語るように、モリエールの創作した戯曲の主人公アルパゴンだろう。アルパゴンはあらゆる機会を捉えて金を貯め込んでは庭に隠し、金を殖やすことしか考えない。娘と息子の結婚についても相手が金持ちかどうかで判断し、自分のために祝宴を催そうとする際にも、召使いに出来るだけ出費を抑えるように命令する。モリエールの『守銭奴』は十七世紀の戯曲だが、ゾラの時代の『十九世紀ラルース大辞典』を見ても、現代の『新プチ・ロベール辞典』を見ても、「守銭奴」« avare » というフランス語は、こうしたアルパゴンの性行をそのまま意味して、金を熱狂的に愛し、金を貯めることを無上に喜び、それを使おうとしない人物のことだと定義している。

「ルーゴン＝マッカール叢書」中で、アルパゴンのような典型的な拝金思想の持主を探すとなれば、第十八巻『金（かね）』（一八九一）の主人公サカールの右に出るものはいないだろう。だがこのサカールは、アルパゴンのような守銭奴とはまったく異質なタイプだ。息子のマクシムが父親のサカールを評してこう言う。

「いい？　父さんのことをわかってやらなくちゃいけません。あの人だって、まあね、そんなに悪い人じゃない。ただ、子供も奥さんも含めて自分のまわりの人よりは、金の方が先になってしまうんだ……わかっていると思うけど、守銭奴みたいに金が好きで、たくさんため込んだり、地下室に隠すわけじゃない。いたるところから金を吹き出させて、どこからでも金をくみ上げようとするのは、奔流のように金を自分のまわりに流れるのを見たいからなんだ。贅沢も快楽も権力も、ありとあらゆる喜びを金から引き出したいからなんだ……もうどうしようもないでしょう、だって血の中にそれが巣くってるから。もしぼくら二人が市場で価値があるなら、あなた［カロリーヌ夫人］だって、ぼくだって、あの人は売り飛ばしてしまうでしょうね。それが優れてはいるが反省心のない男の中にあることなんです。父さんは大金の詩人なんです。金があんなにもあの人の頭を狂わせ、やくざな男にしているんです。大人物だけどやくざものなんだ。(1)」

サカールは、株式会社「ユニヴェルセル銀行」を設立し、パリ証券取引所を舞台に自社の株価をつり上げまたたく間に株資産を増殖させると、途方もない金額の信用貨幣を動かして、その銀行をフランス屈指の銀行に育て上げるからである。つまり彼は、十九世紀後半のすでに確立された資本主義の時代にもっともふさわしい金儲けの仕方を実践した、拝金思想の持主だと言える。『大地』では、ボース平野の広大な土地を舞台にうごめく農民たちの欲望の有り様を見ることができた。先のビュトーやウルドカンなどとまったく異なって、今度の『金』の金融資本家サカールは、資本主義社会の中枢である証券取引所で、自らの欲望をどのようにして満足させようというのか。

商業資本家から金融資本家へ

サカールは、「叢書」の第二巻『獲物の分け前』（一八七二年刊。以下『獲物』と略記）で、オスマンのパリ大改造を背景に暗躍する土地ブローカーとしてすでに登場し、一時はパリの新興ブルジョワとして、モンソー公園の隣接地に豪壮な邸宅を構えるほどの成功を収めた。彼がそこで駆使した金儲けの手口はこうである。市役所でパリ大改造計画の内容を知り、道路新設のために収用される予定の敷地を共謀者を使って安い値段であらかじめ買い取らせる。それをまた仲間に引き入れた委員のいる「補償金検討委員会」や「審査委員会」に高い値段で見積もらせて、パリ市に法外な価格で転売するのだ。こうした地上げで稼ぐ彼のやり口は、「五フラン金貨製造機」と名付けられたほどだ［後出第二部参照］。『大地』の際に利用した、交換価値を示すフロー・チャートG－W－G'にのっとって彼の商行動を説明すれば、サカールはあらかじめ用意した資本金（G）で安く土地を手に入れ、それを商品（W）として売って、利潤を含めた金（G'）を手にするのだから、たとえ中途で法外な利潤を上乗せするような策略を仕組んでいたとしても、形式的には一般の商業資本家と何ら変わるところはない。

このサカールが最初の元手の資金を得た一八五五年のルネとの再婚からわずか五年あまりしか経過しないうちに、モンソー公園そばの大邸宅で栄華を誇示する屈指のブルジョワになるには、たとえ不動産業がバブル景気で法外な利潤を上乗せ出来たにしても、基本的には比較的取引高の低い商業取引だけでは無理な話であろう。サカールは商業資本家の土地ブローカーとして立ち回るかたわらで、「ブドウ栽培信用金庫」の実質的な経営者として、銀行業の旨みをよく知るようになっていた（『獲物』三章）。サカールがブルジョワの高級住宅街に豪壮な邸宅を建てられたのは、このように銀行業を営む資本家として大金を手中にして、その大金を今度は株券、手形、債権などの有価証券取引に流用することで大儲けをすることができるようになったことが大きな要因だ。

有価証券による取引は、資本主義経済下で生産・流通体制の大規模化・高速化に伴って発展してきた信用に基づいた制度であり、いきおいその取引額や循環速度についても現金取引の際とは比較にならないほど高度化する。つまりサカールのところに大金の入るのも早かったが、出るのも早かった。したがってサカールの浮沈もあっという間の出来事だった。サカール隆盛の象徴であった豪壮な館も、一八六〇年に建てられたと思ったら、『金』の物語が始まる一八六四年五月には[2]、もう借金のかたに債権者の手に渡り、彼はサン・ラザール通りのオルヴィエード王女所有の館に一、二階を借りて住んでいた。結局サカールは、『獲物』の一〇年間に不動産業を営む商業資本家として栄華と凋落を味わい、『金』では新たなスタート地点に再び立たされていた、というわけである。

H・ミットランの生成研究によれば、ゾラはデパートを主題にした叢書第十一巻『ボヌール・デ・ダム百貨店』(一八八三)を書き終えた後の一八八三―一八八四年頃に、初めてサカールの名と結びつけてパリ証券取引所の小説を構想したようである[3]。ルーゴン=マッカール家の中では、実業家として成功したのは『ボヌール・デ・ダム百貨店』の主人公オクターヴ・ムーレと『金』の主人公サカールの二人だけだ。副題に「第二帝政期の一家系に関する自然と社会の歴史」と銘打って、第二帝政についての歴史的、社会的関心を明らかにしていた「叢書」だったから、デパートを通して商業界の分析をすでに終えていたとすれば、今度のパリ証券取引所を舞台にした小説では、ゾラは主人公のサカールを金融界を跳梁する金融資本家にすることは既定路線だったであろう。したがって、主人公サカールに関しては、すでに『獲物』で発揮された彼の「金銭欲と策略好き」な性行を、今度は金融資本家としてどのように活用するかが問題であろう。

さて、サカールのユニヴェルセル銀行は、一八六四年十月初めに、資本金二五〇〇万フランの株式会社として発足する。株式会社というのは、大金を支配しようとする欲望に燃えて再出発を期すサカールにとって、まことにうってつけの会社組織だ。なぜなら、『獲物』の不動産業の時は最初の元手に苦労し、再婚相手のルネと彼女の叔母がもたらす持参金や裏金の補償金を策略で入手しなければならなかった。だが今度は一度実業界に顔を売っているので、新たな事業計画を信頼させることができさえすれば、最初から出資者を募って他人の金で事業を興せるからだ。そこで彼は、最初から『獲物』の二〇万フランの何と一二五倍にも当たる二五〇〇万フランという大金を元手に、新たな事業を開始できたのである。彼はユニヴェルセル銀行の株式、額面五〇〇フランの株を五万株に分割した。そのうちの五分の四にあたる四万株については、サカール自らと彼の以前のってやその知り合いだった有力者たちが債権引受組合を結成して引き受けた。原則的には全部の株を公募しなければならないのだが、それで果たして予定した額の資本金が集まるのか、それがいつのことになるのか見込みが立たない。だが「こうすれば株式の発行は間違いなくうまくいくし、証券を保有しておき、市場に出回る株が少なくなれば、自分たちの好き勝手に値をつり上げることもできる」(III, p. 107［一四〇頁］) わけだ。

『金』にはカール・マルクス（一八一八―一八八三）に傾倒する思想家シジスモンが登場し、マルクスの大作『資本論』(4)に言及する場面がある（九章）。ところでマルクスの『資本論』、特に第三巻第五篇の「利子生み資本」に関する分析は、『金』の主人公サカールがいかに巧みに資本主義の経済制度に乗っかって、これを巧みに利用しえたかを理論的に裏付けることを可能にする。そこでわたしたちの議論にも『資本論』を援用しながら、ゆくゆくはフランスの一大金融資本家となる野望を抱いたサカールの金に対する欲望の軌跡を追ってみよう。

一八六五年四月二十五日に最初の株主総会が開催される。その前日の取締役会の席上において、前年十月五日から十二月三十一日にかけての最初の三カ月足らずの事業期間だが、ユニヴェルセル銀行は目立たないが堅実なスタートを切ったことが報告された。それは通常の銀行業務を誠実にこなした結果であった。営業利潤は四〇万数千フラン。この金で、開業準備費の四分の一を償還し、株主には五%の支払い、資本準備金に一〇%を充てる。取締役は一〇%の手当が支払われていたので、残りの六万八〇〇〇フランが繰越金となった。銀行の株価も当初の五〇〇フランから六〇〇フランへと徐々に上昇していった。ただしこの時サカールは、マクシミリアン皇帝がメキシコ皇帝となってメキシコに出発した際に発行された、大きな利益が出ると噂された公債を、資金不足で十分買えなかったことを大いに悔やんだ（V, pp. 165-166〔二二六頁〕）。

先ずサカールのユニヴェルセル銀行があげた四〇万数千フランの営業利潤について、マルクスに基づいて説明してみよう。基本的に銀行業というのは、一方で相対的に低い利子で釣って小口の貯蓄預金を大衆から大量に集め、他方ではその預金を元手に企業家に今度は高い利子で貸し付けて、その両者の預金と貸付金のあいだの利子の比較にならないほどの差から生まれる利鞘で利潤を得ることで成り立つ。銀行に貯金する預金者にしろ、企業に資金を貸し付ける銀行にしろ、商品を生産することはないから、先の交換価値に関するフロー・チャートで示せば、G－G'となる。不動産業者だったときのサカールが利潤をあげる過程はG－W－G'の定式によって表現されるのに対して、今度銀行を営んでいるサカールのそれはG－G'である。ところで前者と後者の相異は前者から中間のW段階が省略されているのだが、しかし資本（G）というのは、商品生産をする企業に貸し付けて、そこで利潤をあげてもらわなければ、けっして銀行に利子をもたらさないのだから、利子は明らかに利潤の一部である。(5) したがって、G－G'という定式にはG－W－G'という定式が前提になっている。

しかしながら企業に資金を貸し付ける銀行家はまだしも、銀行に貯金をする預金者がそのことをどこまで意識しているのか疑問である。つまり「ここでは、G－G'、より多くの貨幣を産む貨幣、自分自身を増殖する価値が、両極を媒介する過程なしに、現れる」ので、「利子生み資本では資本関係はそのもっとも外的なもっともフェティシスト的（呪物的）な形態に到達する」(6)。サカールの銀行へ預金をしたり、とりわけその株を買う顧客たちは、ともかく銀行が提供する利子生み資本に幻惑されて、タンス預金では殖えない金を、利殖のため彼の銀行に資金として提供するのである。

次に先ほどのユニヴェルセル銀行の順調なスタートの模様を描写したくだりには、銀行株の堅調な値上がりぶりに関する言及も含まれていた。実は、この株取引を支える証券取引制度には株価によって表象される擬制資本（架空資本）が存在することが、わたしたちにとっては非常に重要な意味をもってくる。なぜなら、利子生み資本における自己増殖する貨幣、つまりフェティッシュとしての貨幣にサカールの多数の顧客たちがどうして魅入られたのか、またそれによってまたたく間にフランス財界に金融資本家としてのサカールの名声が高まるようになったのか、こうした根本的な疑問を解く理論的な裏付けがそこでえられるからだ。

小説の語り手は、銀行の利潤の中から株主に五%の配当をし、銀行の株価も当初の五〇〇フランから六〇〇フランへと上昇した、と語っている。この三者の関係に関してマルクスはこんな風に説く、「ある株式の名目価値、すなわち本来この株式によって代表される払込金額が一〇〇ポンドであり、その企業が五%でなく一〇%をあげるとすれば、この株式の市場価値は、その他の事情が変わらないで利子率が五%ならば、二〇〇ポンドに上がる。なぜなら、五%で資本換算すれば、それは今では二〇〇ポンドの擬制資本を表しているからである」(7)。株主にとってもっとも重要なのは、投下資本に対して支払われる利子であり、その利子に基づいてこのように自らの擬制資本の計算が行われることになる。

この計算をユニヴェルセル銀行の場合に適用すると、この場合市場価格はすでに六〇〇フランであることが判明しているから、株主は六〇〇×〇・〇五=三〇フランの配当金があったということになる。つまり株主は、当初五〇〇フランを資本投下して三カ月で三〇フランの利子を得、そしてこの株を他人に売却すれば六〇〇フラン手に入れることができるということだ。株主の誰もが頭の中で素早く計算をすることであろう、たった三カ月で三〇+一〇〇=一三〇フラン儲けた、元手の実に二五%強に該当する、こんな旨い話は滅多になかろう、と。

ユニヴェルセル銀行の最初の株主総会では、上述の事業報告よりもさらに株主たちの心を躍らせる新規事業計画が発表された。いずれもオリエントで九年間仕事をしてきた理工科学校出の技師アムランの夢のような発想を、サカールが検討し直して事業計画としてまとめ上げたものであった。

その第一は、地中海の運航を独占しようとする共同定期船会社の資本金五〇〇〇万フランの株発行を引き受けることである。銀行に株発行が可能であるということは、ユニヴェルセル銀行は預金・貸付けを行う銀行業務と証券の引受け業務を兼ねる信用銀行だったのだろう。この事業はマルセイユを基点にしてアテネの玄関口にあたるピレエフスからダーダネルス海峡を経て、トルコのコンスタンティノープル、エーゲ海沿いのイズミール、黒海沿いのトラブゾンを結ぶフォセエンヌ社、シチリアのメッシナからシリア経由でエジプトのアレクサンドリアに向かうマリティーム社の二大海運会社を組合化し、そこにアルジェリアとチュニジアに向かうコンバレル社、スペイン、モロッコ経由で同じくアルジェリアに向かうヴーヴ・アンリ・リオタール社、ローマの北にあるチヴィタ・ヴェッキア経由でナポリやアドリア海沿岸の諸都市に向かうフェロー・ジロー兄弟社などの小さな会社をも加えて、地中海をひとつにまとまったフランスの海運会社で制圧し、オリエントをマルセイユの近郊に変えてしまおうという壮大な計画であった。

二番目はトルコ国立銀行への支援である。そこには共同定期船会社とは比較にならないほどの規模壮大な事業を後々展開しようという計画が控えていたから、トルコのスルタンからの将来の便宜供与を見越して、今から布石を打っておこうとしたのだ。その計画というのは、小アジアのブルサからアンカラ、そして当時はオスマン帝国の支配下にあったアレッポ（シリア）を経てベイルート（レバノン）にいたるオリエントの主要都市間を結ぶ幹線とともに、さらに小アジアでイズミールからアンカラ、そしてトラブゾンからエルズルム、シヴァス経由でアンカラに向かう支線を付け加えて、オリエントの大鉄道網を建設しようというものだ。

そして三番目の計画は、資本金二〇〇〇万フランで設立されたフランス・カルメル銀鉱会社を傘下に置くことであった。カルメル山というのはパレスチナのアッコ近くにあり、旧約聖書の時代から繁栄の象徴として有名な山であったが、アムランがオリエント滞在時に気づいていたように、銀の含有量が非常に高い鉱脈を持っていることが近年判明したので、そこにフランス資本の鉱山会社が設立されたというわけである。これらの三つの新規事業にはいずれにしても輝かしい、薔薇色の未来が約束されていたため、株主総会は「共同定期船会社とトルコ国立銀行の大金に酔いしれ」、そこでは「またカルメル銀鉱の件が、宗教的な興奮の中で受け入れられた。［…］誰もがカルメルの夢を見て、栄光に包まれながら聖地から降りそそぐ奇跡の銀の雨を思い描いていた」（V, p. 169［二三〇頁］）からである。

ところで、総会におけるこうした決算報告や新規事業計画の発表は、実は株主大衆向けにサカールが打ち上げたアドバルーンないし囮にすぎない。彼にとっては、巨万の金の流れを自らのところに引き込むことが何よりも問題で、それがなければこれらの夢のような巨大事業も画餅に帰すしかない。彼は公私にわたりもっとも信頼の置ける協力者、アムランの妹カロリーヌ夫人に、自らの心情を次のように吐露していたのではなかったか。

「投機とか賭けというのはわれわれのような大きな事業の中心的な機械仕掛け（rouage）というか、その心臓部にあたるものなのです。それが血液を呼び込むのです。小川を流れる血をいたるところで汲みとって集めるのです。それを大河にしてから逆にあらゆる方向に送り返し、巨大な金の循環を確立する。それが大事業の命そのものなのです。それがあるからこそ、資本の大きな運動、そこから生まれる文明普及の大工事は根本的に可能となるのです。」

（IV, pp. 114-115［一五二頁］）

このような遠大な目的のためには、最初のユニヴェルセル銀行の順調なスタートに乗じて、すぐさま手を打っておかなければならない。そこでサカールは総会に増資を提案し、新規事業に大々的に打って出る準備を整えようとするのである。「資本を二倍にして、二五〇〇万フランから五〇〇〇万フランにする。[…]新しく五万株を作り、当初の五万株を所有していた人に一株につき一株を割り当てる。こうすれば一般から公募をしなくてすむ。ただし、この新しい株式は一株五二〇フランとする。そのうちの二〇フランがプレミアムで、プレミアムの総額は一〇〇万フランとなり、それを資本準備金に回す。[…]もっとも応募者が払い込むのは額面の四分の一〔当初は保証金として四分の一を払い込み、残金は後払いで決算時に値上がりした分の差額で支払うことが可能であった——筆者注〕とプレミアムのみだった」(V, p. 167〔一二八頁〕)。かくしてサカールは、大金を産出するための効率的で大がかりな機械を首尾よく組立てることに成功し、金融資本家への道を歩み始めることになるのである。

金銭欲・投機熱

生の欲望というのは、サカールにとって何よりも身の周りに金の膨大な流れを溢れさせることで、その点は『獲物』の時代から何一つ変わることはなかった。カロリーヌ夫人に先に吐露した彼の心情の一部「投機とか賭けというのはわれわれのような大きな事業の中心的な機械仕掛けというか、その心臓部にあたるものなのです。それが血液を呼び込むのです。小川を流れる血をいたるところで汲みとって集めるのです。それを大河にしてから逆にあらゆる方向に送り返し、巨大な金の循環を確立する。それが大事業の命そのものなのです」というのは、また彼の銀行事業における核心をなすものであり、事業主としての信条と化していた。したがって、サカールにとってユニヴェルセル銀行の活動の模様は、基本的に銀行の資本金や銀行の株価によって表されることになる。そしてまた彼の銀行の資本金が増大していく様や株価の値動きが、彼自身の活動や欲望の充足を指数化した表現として現れる。ユニヴェルセル銀行の資本金と株価の動向をグラフ化してみよう。

図2　ユニヴェルセル銀行の資本金と株価の推移

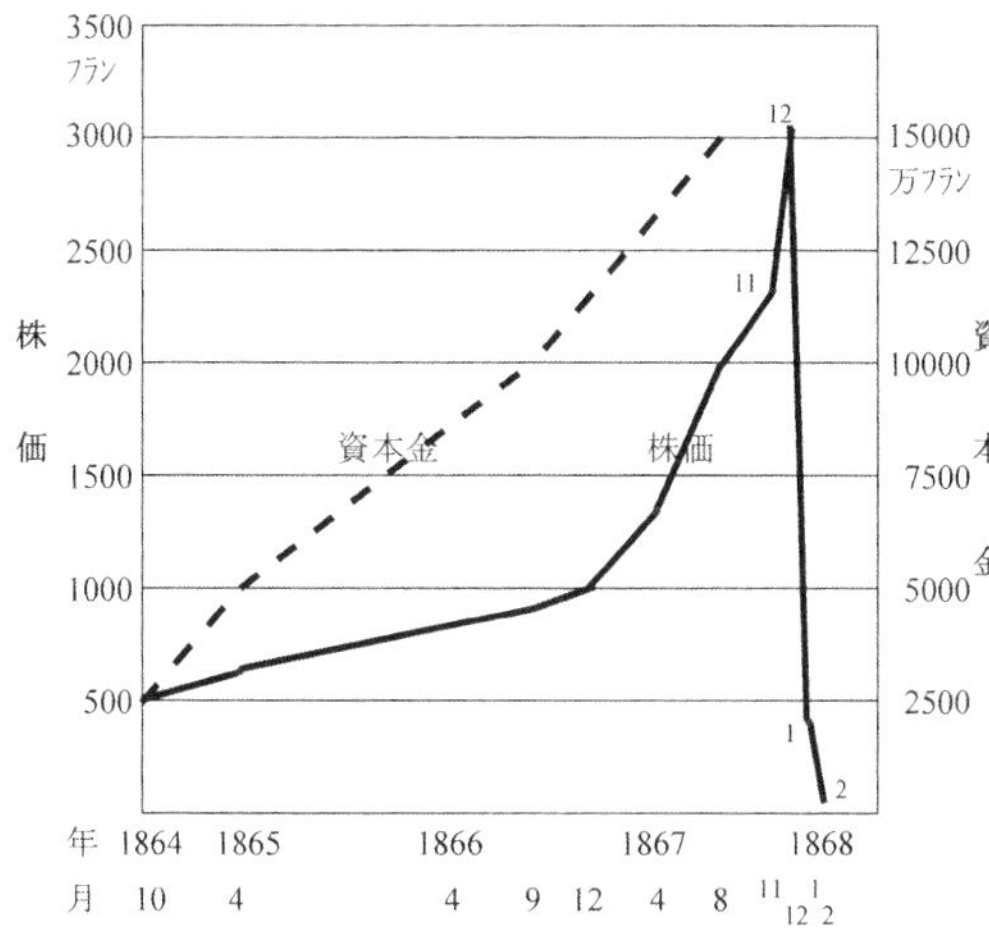

先の株主総会から一年後の一八六六年四月に再び開かれた株主総会の席上で年間の決算報告が行われた(8)。それによると、増資の五万株につけた二〇フランのプレミアムを含めて、九〇〇万フランの黒字。それによって開業準備費を完全に償還し、株主へ五%、取締役へ一〇%、資本準備金は規定の一〇%に加えて五〇〇万フランを積み増した。そして残りの一〇〇万フランを一株につき一〇フランの割合で株主に還元した（VI, p. 200〔二七二―二七三頁〕）。

株価はその年の五月末の決算時に七〇〇フラン（V, p. 170〔二三二頁〕）、六月に七五〇フラン（VI, p. 170〔二三五頁〕）、七月にサドヴァ（チェコ）でオーストリアとプロシアの戦いが勃発し、戦争が長引くと見られて、株価は弱気一辺倒になっていっせいに値を下げた。だがプロシアがすぐに勝利し、その情報を内通でいち早くえたサカールは、株の値上がりを見越して潤沢な資金で取引をし、今度は個人でも二〇〇〇万フランの大儲けをした（VI, p. 198〔二七一頁〕）。炯眼な社長に率いられるユニヴェルセル銀行ということで、株もサドヴァの戦いの影響を何ら受けることはなかった。

　この勢いに乗ってサカールは九月十五日に臨時株主総会を開き、二度目の増資を早々と認めさせる。資本を五〇〇〇万フランから一億フランに引き上げ、新たに一〇万株を作成し、株主に持株一株につき一株を割り当てた。一株は六七五フランとし、プレミアムが一七五フラン付いていた。ユニヴェルセル銀行は倍々ゲームの増資で、銀行の事業はますます活況を呈し、株価も九〇〇フランをつけた（VI, p. 200〔二七三頁〕）。

　株価の動きを追うと、十二月に一〇〇〇フランを超える（VI, p. 201〔二七四頁〕）。八章の冒頭で一八六七年四月一日から万国博覧会が開催されると、パリは全市をあげてお祭りムードに包まれ、その二週間後にはユニヴェルセル銀行もロンドン通りに豪華な新社屋を完成させて株価に弾みを付け、一三〇〇フランまで上がる（VIII, p. 236〔三二五頁〕）。したがって同じ四月に開催された定時株主総会においてもすばらしい数字が並んだ決算報告がなされた。一一五〇万フランの純利益、通例の株主用五％、取締役用一〇％、資本準備金一〇％を控除しても、三三％の年間配当金を出せた[9]。この好景気の熱を捉えて逃すまいと、八月にはまた臨時株主総会が開催された。会場は以前のブランシュ通りの倒産したダンスホールでなく、成功した銀行の総会にふさわしくルーヴル会館が利用された。そこで、資本を五〇〇〇万フラン積み増して一億五〇〇〇万フランに引き上げ、プレミアム三五〇フラン付きの新株を一〇万株発行することが決定されたのである（VIII, p. 251〔三四六頁〕）。株価は総会から二週後には一五〇〇フランに上がった。会社発足から三年足らずで、資本金は二五〇〇万から一億五〇〇〇万フランの六倍、株価は五〇〇から一五〇〇フランの三倍、発行株式は五万から三〇万株の六倍と、まったく信じがたい数字が並び、桁外れな急成長ぶりだ。

サカールは、このような法外な利益を上げる「悪魔の機械」(IV, p. 111〔一四七頁〕)を組み立て運転しつづけたばかりか、その後もその機械を前よりもさらに巧みに操ろうとするだろう。そのために彼はますます短い期間でますます多くの利潤を上げるためにますます躍起となるだろう。そこで彼の銀行もまた止まるところを知らない機械、欲望を昂進し続ける機械と化すだろう。「この銀行の奇跡的とも言える急激な成長は彼女〔カロリーヌ〕を喜ばすというよりもむしろ恐れさせた。特にひどく心配なのは、ユニヴェルセル銀行を絶え間なく恐ろしいスピードで走らせていることだった。それはあたかも蒸気機関車に石炭をいっぱい詰め込み、悪魔のレールの上を疾走させ、最後にぶつかってすべてを破壊しはじけとばしてしまうようなものだ」(VII, pp. 216-217〔二九五―二九六頁〕)。「事業に鞭打って、熱狂しながら無茶なスピードで走らせるのは、彼の本能的なやり方、彼の生命の躍動そのものだった。彼はむりやり成功を収めようとして、ユニヴェルセル銀行の電撃的な発展を梃子に人々の渇望に火をつけた」(VIII, p. 243〔三三四頁〕)。

悪魔の機械に魅入られたのは、だからサカールひとりだけではない。悪魔の機械が走ることができるのは、サカールに煽られて、投機によって短兵急に荒稼ぎをし、金に対する渇望を満足させようとしている多くの投資家がいるからだ。投資家は持っている金を投資するだけで、金が殖えていく、利子生み資本というのはそういうものだ。利子生み資本の典型たる株というのは、何もしなくても待ちさえすれば金が殖えるのだから、不思議であることこのうえない。だからこそ彼らにとって利子生み資本は呪物的存在、つまり本来の意味でのこよないフェティッシュと化す。

サンドルフ男爵夫人はこうしたフェティッシュに狂ってしまった。彼女は有名デザイナーの服をまとってバッカスの巫女のような風情をした、性的魅力に溢れた二十五歳の女性で、株投機のために有利な情報を引き出せるなら何だってするだろう。

サカールは、彼女が好奇心の強い女で、もし身震いをさせてくれるような目新しいことを見つけられるなら、厭がりもせずに吐き気のするようなことも受けいれてくれると感じた。それで夫人を堕落させ、彼女にありとあらゆる愛撫をしてもらったのだった。彼女は証券取引所のことを話し、彼から情報を引き出した。おそらく偶然だろうが、関係をもつようになってから儲かったので、サカールをちょっとしたフェティッシュのように扱った。偶然拾って大切にしている、汚いけれど幸運をもたらしてくれるので口づけもする、それと同じだった。（VII, pp. 209-210〔二八六頁〕）

利子生み資本というフェティッシュを操るサカールが、サンドルフ夫人にはフェティッシュになる。人の属性がその人そのものを表現するメトニミーで、サカールはフェティッシュのフェティッシュだ。しかしサカールのフェティッシュとしての魔力に翳りが生ずれば、たちまち彼の魅力も失せてしまい、サンドルフ夫人からはいとも簡単に裏切られてしまうだろう。

ユニヴェルセル銀行の傘下にある新聞社『希望』の雑役係ドゥジョワは、株取引に虜になった庶民の典型だ。彼は一人娘ナタリーの差し迫った結婚のために持参金六〇〇〇フランを用意しようと、虎の子の四〇〇〇フランで八株を買って、じっと値上がりを待つ（IV, pp. 128-129〔一七二―一七三頁〕）。虎の子だけに当然彼は金儲けしたいという激しい欲望に憑かれると、職場の利を活かして株価推移の情報を血眼になって追う。また株価推移のグラフ（図2）を見ていただきたい。ドゥジョワの心中を察してみよう。株価は六五〇フランになった。六五〇×八＝五二〇〇フランだ。目標までは残り八〇〇フランだから、株価があと一〇〇フラン上がれば夢にまで見た持参金ができる。一八六六年六月に彼はひどくはしゃいで、株が七五〇フランの値をつけたと人に告げる。一年八カ月で五〇〇×八＝四〇〇〇フランが七五〇×八＝六〇〇〇フランに殖えて、目標に達したからだ。株を売却すれば、すぐにも年来の希望を叶えられる。

だがドゥジョワは、ユニヴェルセル銀行の株を買う前にはどうもがいても稼ぎ出せなかった二〇〇〇フランがまたたく間に手に入ったのだから、打出の小槌のような、フェティッシュのようなこの銀行株を手放す気にはとうていなれない。それよりもこれで娘の嫁資分六〇〇〇フランを確保した以上、またさらに一万二〇〇〇フラン積み増して、次は自分のために六〇〇フランの金利収入を確保することを目指してはどうだろうか。そのためにはここは株を売ることは先延ばしにしなければなるまい。昨日よりも今日、今日よりも明日と増えていく数値に幻惑され、具体的に目の前で魔術的に増大する財産を突きつけられれば、誰しもがドゥジョワのような思いに駆られるのは必定だろう。まさに彼は投機の罠にすっかりはまってしまったのだ。

一八六七年四月に株は一三〇〇フランまで値上がりする。一三〇〇×八＝一万四〇〇フランだ。この一年でまた二倍近く資産が殖えた勘定だ。しかし新たな目標である六〇〇〇＋一万二〇〇〇＝一万八〇〇〇フランにもっていくには、株価が二三〇〇フランになる必要がある。それは現在の相場の二倍近く、出発点の額面株価からすれば実に四・六倍という値上がりだ。そんなことが果たしてあるだろうか。今パリは万博のお祭り騒ぎに浮かれ、ユニヴェルセル銀行も新社屋を竣工させ好景気を謳歌している。ひょっとしたら今が株価の絶頂ではないのか。

しかしサカールは、もっとはるか先にある三〇〇〇フランを目指している。ドゥジョワの疑問はサカールから言下に否定される、「なあお前、お前は馬鹿か!……わたしたちが、一三〇〇フランで止まると思ってるのか?……じゃあわたしが売るか、ええ? お前は一万八〇〇〇フランきっと稼げるさ、わたしにまかせろ」(VIII, p. 239〔三二九頁〕)と。ドゥジョワはなんて小さなことを考えてることか。これで腹は決まった。

次にドゥジョワに関する言及が登場してくるのは一八六七年十一月末頃で、サカールが密かに自社株買いを進めていたので、株価が狂乱し始め、二五〇〇フランを示していたときである。サカールが彼に与えた以前の助言はまったく正しかったのだ。ドゥジョワにとってサカールの言うことに間違いはないし、やることに狂いはないのだ。娘のナタリーの口から、ドゥジョワは新たな目標だった一万八〇〇〇フランは超えたこと、しかし今度は自分のための金利収入を六〇〇フランでなく一〇〇〇フランに上げて、嫁資分の六〇〇〇フランと一〇〇〇÷〇・〇五=二万フラン、したがって株価が二万六〇〇〇÷八=三二五〇フランになるまで売らないことにした、と語られる(IX, p. 269〔三七一頁〕)。

しかしこれがドゥジョワに関する景気のいい話の最後だった。株価は一八六七年十二月の最後の決算日に、三〇六〇フランの最高値を付けると、その後はじりじりと下がり始め、一月十五日の決算日に二八六〇フランになり、その後も下落に歯止めがかからず、三十日の決算日後には大暴落のXデーを迎える。十一章でカロリーヌ夫人の前に現れた彼の手には、文字通り紙屑となってしまったユニヴェルセル銀行の株券が残っているだけであり、あの途方もない数字を目の前に繰り広げて彼をいたく熱くさせた架空の資産は、跡形もなくすっかり消えてしまっていた。またさらにそれ以上に悲しいことに、最愛の娘ナタリーは結婚が破談となると、中年男と駆け落ちして、父親を一人残してどこかに行ってしまった。

没落貴族のボーヴィリエ伯爵夫人も、投機熱に感染して財産をすっかり失ってしまった、サカールの作り出した犠牲者の一人だ。彼女はサン・ラザール通りの陰鬱な一角にある古びた邸宅に、娘のアリスと共に居住していた。親子二人の生活はトゥールの北六〇キロ余りの所にあるヴァンドーム付近のレ・ゾーブレの農場から上がる一万五〇〇〇フランの金利で支えられていたのだが、その金利もすでに抵当に入っていた邸宅の利子のために大半が費やされてしまい、表向き貴族の体面を守り通そうと腐心していた生活費には六~七〇〇〇フランが残るだけであった。しかしながら娘を結婚させるためにその生活費を徹底して切りつめ、何とか二万フランの持参金を貯め込んだ。だが貴族の娘の持参金にしては二万フランではあまりにも少なすぎる。そこで家柄にふさわしい持参金にするため、サカールのユニヴェルセル銀行に利殖の可能性を求めることになる(II, pp. 68, 70-71〔八四、八七―八八頁〕)。

ボーヴィリエ伯爵夫人は、かつてアンジュー地方やトゥレーヌ地方に広大な領地をもっていた由緒ある貴族の末裔で、今は落ちぶれたとは言え、自ら所有する土地から上がる収益でもって暮らす、生活様式の点では封建主義期の貴族を代表する土地資本家だ。最初、勇を鼓舞してサカールのもとを訪れたとき、彼女は自嘲気味に自らの立場を弁明してこう述べる。

「土地だけが、大土地所有だけが私たちのような者をこれからもずっと養ってくれるものだと思っておりました。……でも残念なことに大土地所有というのは……もうあまり見かけません。」

［それで］「わたくしは、これまで嫌でたまらなかったことをしてみようと決めましたの……そう、お金を動かすというか、利子つきでお金を投資するという考えはこれまで一度たりともわたくしの頭にありませんでした。人生の考え方が古いのでしょうし、そんなことを疚しく思うのはちょっと愚かだと自分でも思います。」

（IV, p. 125［一六七―一六八頁］）

こうした旧時代に属する没落貴族夫人に対して、彼女の求めに応じるサカールは自尊心をくすぐられて、自らの金銭哲学をこんな風に披瀝している。

「いや、奥様。今や土地で生活している人間などおりません……かつての土地所有の財産は、富の形式としてはもう廃れてしまったもので、存在理由を失ってしまっております。それは金の停滞そのものだったのです。わたくしたちは、その金を、紙幣とか、商業・金融のあらゆる証券をとおして、流通過程に投げ込んでやり、その価値を一〇倍にも増やしてきたのです。このようにして世界は新しくなっていくのです。なぜなら、現金が流通し、いたるところに行き渡ることなくして、何ごともなしえないからです。科学の応用や最終的な世界平和もそうなのです……土地所有の財産！　そう！あれはおんぼろ馬車と同じ運命をたどったのです。人は土地に一〇〇万フランかけても死んでしまいますが、その資本の四分の一をしっかりした事業に投資するなら、一五、二〇いや三〇パーセントの利子を得て生きられるのです」

（IV, pp. 125-126［一六七―一六八頁］）

かつては権勢を誇る領主夫人でも今は破綻を来してしまったボーヴィリエ伯爵夫人を前にして、金融資本家として時代をリードしようというサカールは、土地所有に替わる現代的な財産所有形態こそ利子生み資本であると説く。信用貨幣取引という現代的な手段を駆使するいわば時代の寵児に対して、土地所有に基づく旧弊な財政手段に依拠する夫人には、目下の境遇からして勝ち目はあるまい。それはサカールの巧みな弁舌以前の問題だ。かくしてもっぱら娘の幸福を思うからこそ恥ずべき利殖にも手を染めなければならないと自らを納得させると、ボーヴィリエ夫人は時代の軍門に降る。

八章に、ボーヴィリエ伯爵夫人の投資に関する経過がサカールの口を通してわたしたちに知らされている。夫人は最初一〇〇株×五〇〇＝五万フランを出資する。次いで一八六五年四月の最初の増資時に新株の株主割当てに応募して一〇〇株を新規購入する。その際の支払額は一〇〇株×五〇〇＝五万フランで、それにプレミアム分一〇〇株×二〇〇＝二〇〇〇〇フランを加えて、合計五万二〇〇〇フランとなる。一八六六年九月に臨時株主総会時に再び増資があり、この時の新規割当分二〇〇株×五〇〇＝一〇万フラン、プレミアム分二〇〇×一七五＝三万五〇〇〇フランを払い込まねばならなかった。翌一八六七年四月に矢継ぎ早に三回目の増資が来たる八月に行われるという話が出てきて、伯爵夫人がその際割り当てられるであろう新株二〇〇株×五〇〇＝一〇万フランとプレミアム分二〇〇×三五〇＝七万フランについても考慮しなければならない。彼女の投資総額としては、今後の支払い分も含めて五万＋五万二〇〇〇＋一三万五〇〇〇＋一七万＝四〇万七〇〇〇フランになる。しかし現在は一八六七年度の定例株主総会開催前なので、実際に払い込んだ額は五万＋五万二〇〇〇＋〔(二〇〇株×五〇〇×1／4)＋三万五〇〇〇〕＝一六万二〇〇〇フラン。それに三回目の増資の新株申し込みのために、（二〇〇〇×五〇〇×1／4）＋七万＝九万五〇〇〇フラン差し当たって用意しなければならないので、三回目の新株応募が終わった時点で、支払総額は二五万七〇〇〇フランに上ることになる。この投資のために伯爵夫人は娘アリスの嫁資二万フラン、レ・ゾーブレの農地を担保に借りた七万フランを充てた。だが、それではもちろん不足なので、いよいよレ・ゾーブレの農地を二四万フランで手放す決心をしなければならなくなった。これで全財産を抛ってユニヴェルセル銀行株に賭けることになるのだ。そこで彼女は迷った挙げ句に、決意の後押しをしてもらいに直接サカールのところに相談に来たのである。

サカールは如才なく伯爵夫人に、土地を手放して新株に応募するよう勧める。「奥様が取引をなさったと仮定しますと、六〇〇株を所有なさることになり、払い込み後で言うと、二五万七〇〇〇フランのお金がかかったことになります。現在の平均株価は一三〇〇フランですので、奥様は七八万フランをお持ちの計算になります。すでにお金は三倍以上になったわけです……これはまだ続きますよ。増資のあとも株は上がっていきますから。今年の終わりまでに一〇〇万フランになることをお約束します」。ボーヴィリエ夫人も、娘共々またこのサカールのひとことでにわかに舞い上がり、陶然として夢想に溺れ込むだろう。

一〇〇万フラン！　それだけあればサン・ラザール通りの邸宅の抵当権を消し、惨めな垢を落とすことができる。家の生活もそれにふさわしい暮らしぶりに戻り、馬車はあってもパンには事欠くという悪夢を免れる。娘はしかるべき持参金をもって結婚し、ようやく夫と子供に恵まれて、その辺のどんな貧しい娘にも許された喜びを味わえるようになる！［…］母の方でも高い地位を回復して、御者に給料を払い、金を切りつめては火曜日の晩餐会に一皿付け加えようと努めたり、週の残りに断食するはめに陥らなくてもすむのだ！　この一〇〇万フランは光り輝き、救済とも、夢ともなった。
（VIII, pp. 236-237〔三二五頁〕）

サカールが伯爵夫人を陶然とさせた財産額は、もちろん計算上の架空の財産にすぎない。現時点での夫人の財産七八万フランは彼女が所有している株を売却しなければ実際に彼女の手に入らないのだから。サカールの挙げる七八万フランという数字は、株を売らせて財産を得させるためでなく、それを擬制のままに保ち続け、さらにそれを買い増し、八カ月後にはそのすぐ先にある一〇〇万フランに達するため中継をする囮だ。一〇〇万フランへといたるための七八万フランという財産は、あくまでも虚構の数字だ。そして伯爵夫人の夢の一〇〇万フランにいたるには、株価は現在一三〇〇フランだから一七〇〇フランになればよい。もちろんユニヴェルセル銀行の勢いからすれば、それはそんなに難しくない数字である。

果たしてその年の終わりを待たずとも、八月末には二〇〇〇フランを楽々と越え、ボーヴィリエ母娘の夢であった一〇〇万フランはあっさりと達成された。言うまでもないが、伯爵夫人はもちろん先のドゥジョワとまったく同じで、サカールに絶対の信頼を置き、夢が達成されても株を売ることはない。その年の終わりには、株価が最高値三〇六〇フランを記録した。彼女の財産は計算上夢の一〇〇万フランの倍近い、実に一八三万フラン以上を持つにいたったのである。初め彼女は、二万フランの娘の嫁資を殖やしたいというつましい希望から、一万フランの投資をしたにすぎなかった。それが三年二カ月後に、総額四〇万フラン余り――正確には一八六八年度の株主総会前なので三三万二〇〇〇フラン――を投資することになったにしても、実にその四・五倍以上の財産を何もせずに稼ぎ出したことになろう。だがしかしその翌月、ユニヴェルセル銀行が破局を迎えると、株式の計算上で示されていた彼女の擬制の財産は、あっという間にすべて灰燼に帰してしまう。まさに夫人の夢は、絵に描いたような、スペインの城、砂上の楼閣だったのである。

ドゥジョワやボーヴィリエ夫人のほかにも、サカールの犠牲になるプチブルジョワのモージャンドルのことがまだ小説中には語られている。彼はヴィレットの防水布製造で三〇年間まじめに働いて、庭付きの家と一万五〇〇〇フランの金利収入を得るようになったのだが、引退してから夫婦揃って投機熱にすっかり火がついて、二人の先例と肩を並べて財産をことごとく失ってしまう。だがこの夫妻の投機熱については先例以上に特筆することもない。プチブルジョワの代表もこの投機の物語に顔を出している、と記すだけにとどめておこう。

永久機関

いよいよユニヴェルセル銀行の破局の問題を検討する。「ユニヴェルセル銀行の資本金と株価の推移」に関するグラフを再度見ていただこう。株価は一八六四年十月の銀行の発足から一八六六年十二月までの二年二カ月間、緩慢な上昇曲線を描いて五〇〇フランからその倍の一〇〇〇フランまで上がった。この株価押し上げの直接的要因は、何と言ってもユニヴェルセル銀行の投資事業対象であった共同定期船会社、カルメル銀鉱が順調なスタートを見せ、またオリエント鉄道計画の手続きも滞りなく開始されたからであった。唯一の波乱要因と言えば一八六六年七月のサドヴァの戦いであったが、それも休戦の重要極秘情報をサカールが不正入手したので、災いを福に転ずることができた。この段階では株式相場変動の信憑性について何も問題にすることはあるまい。

この間ユニヴェルセル銀行は、事業拡大に伴う二度の増資を行った。最初は一八六五年四月当初の資本金二五〇〇万フランを倍の五〇〇〇万フランに増資し、新株は株主に一株につき一株を割り当てた。一八六六年九月の二回目の増資についても株主についてのみ新株取得の権利を与えて、やはり持株一株につき一株を当てた。増資に際して新株を公募しないで従来の株主にのみ割り当てるやり方は、一方で値上がり株の利益を比較的少数の株主のあいだで分配できるからであるが、他方で新株購入を望まない株主もいるので、その分欠損が生じて来るという不都合が生じる。初回の増資ではそうした株式は三〇〇〇株に上った。それを隠蔽する手段として利用されたのは、先を見越してサカールが頼んでおいたサバターニから名義を借りることであった。もちろんこれは違法行為である。サカールは実際には未払いの自社株を銀行の金庫に隠匿していたのだ。二回目の増資でもこのような株式がやはり三万株近く発生した。この時もサカールは、サバターニや他の名義人の名に隠れて帳簿を取り繕った。この欠損金は一七五〇万フランにのぼった。この金高はちょうど新株のプレミアム分をすっかり食ってしまう計算になる。

株価の変動曲線に戻ろう。一八六六年十二月から一八六七年八月末までの九カ月で、株価はまた倍の二〇〇〇フランに届いた。ユニヴェルセル銀行の投資先はいずれも引き続いて好調な業績を上げ、加えてコンスタンティノープルにはサカールの目論見通りトルコ国立銀行が設立された。しかしこの期間に株価に決定的に反映した出来事と言えば、一八六七年四月一日から十一月三日までのパリ万国博覧会開催であろう。オスマンのパリ大改造計画に対する総仕上げとして位置づけられていた万博であるから、当然パリは表向き好景気に沸き立っていた。

それは世間が特に高揚している時期だった。帝国の繁栄が、巨大工事がパリを変貌させてしまい、狂ったように金が動き、猛烈に贅沢なものが消費され、それが投機熱の高まりに結びつくような運命的な時だった。誰もが自分の分け前を欲しがり、一夜にして金持ちになった多くの人にならってゲーム台で自分の財産を賭けていた。陽を受けてはためく万博の国旗や、シャン・ド・マルスのイリュミネーションや音楽、通りに溢れる世界中の人々の姿が、汲めども尽きせぬ富と皇帝の支配の夢を見るパリの陶酔に対する仕上げをほどこした。

（VIII, pp. 230-231〔三一六頁〕）

このようなパリの饗宴を背景に、時代の寵児サカールの銀行株がまさしく倍々ゲームを地でゆく値上りを示したとしても、不思議ではなかろう。

さていよいよユニヴェルセル銀行の株価は、これまで以上に過熱したうえに、一挙に破綻する時期を迎える。一八六七年八月の最後の週に二〇〇〇フランに達した後、上昇曲線は若干緩やかになるが、それでも十一月後半に二五〇〇フラン、その後は急激な上昇を示して十二月二十一日にはついに三〇〇〇フランを突破したのである。八月の臨時総会から二週間後の株価は一五〇〇フランだったから、今度はわずか四カ月で倍の評価額に上がり、額面価からは実に六倍だ。この四カ月間でこのように株価を急激に高騰させる要因が何か存在したのだろうか。

重要な押し上げ要因となっていたパリ万博は十一月初めに終了していたから、宴の後に反動が来てもおかしくはない。しかし小説の語り手はこう述べる。

万国博覧会も終わり、喜びと力に酔いしれたパリは幸福を信じ、終わりなき幸運の到来を確信する比類ない時を迎えた。ありとあらゆる株が上昇し、危なっかしい株ですら人の話を鵜呑みにするような購買客を見つけることができた。そしてあやしげな事業が乱立して、膨らんだ市場は卒中を起こすほど頭に血をのぼらせていた。だがその中身は空っぽで、たっぷり享楽に耽った現在の治世はすっかり疲弊してしまっていた。大工事に数十億フランも使って巨大金融機関を肥らせていたが、そのぽっかり開いた金庫にはいたるところ大きな裂け目ができていた。こうした陶酔のなかにあっては、崩壊の兆しがひとつ生まれるだけで壊滅的な事態が起きてしまうだろう。 （IX, p. 260〔三五八頁〕）

H・ミットランの生成研究によれば、ゾラは『金』のために、いずれも実際に破綻の運命をたどった、ジュール＝イサク・ミレスの鉄道総合金庫、エミール、イサク・ペレール兄弟の動産銀行、そしてウージェーヌ・ボントゥーのユニオン・ジェネラル銀行を参考にした。なかでも最後のユニオン・ジェネラル銀行については、資本金の増資や増資額、それから株価の推移する模様はそっくり敷き写して、ユニヴェルセル銀行のそれに利用しているようだ。(10) しかし現実に倒産した銀行のモデルがあるからと言って、ゾラがその事実をもっぱら追認するような仕方でユニヴェルセル銀行を倒産させるわけにはいくまい。サカールの銀行の倒産は、あくまでも『金』という小説の内的論理に依拠して生じるのでなければならない。

パリでは万博閉幕後も過熱したままの空景気状態が続いていたと言っても、こうした外的な、他律的な理由だけで、ユニヴェルセル銀行株のこれまでにない急激な値上がりを説明することはできまい。サカールはむしろこうした危険な局面に乗じて、自社株の値上がりを意図的に画策し、尽きせぬ自らの欲望を満たそうとした、と考えるほうが彼の性格からしてわたしたちには納得がいく。サカールがこれまで以上に自社株の急激な値上がりを狙ったのには、先ず二回の増資を通して膨らみ続けた欠損金を穴埋めしなければならないという差し迫った理由が挙げられる。一八六七年八月に臨時総会を開いて資本金を一億五〇〇〇万フランにし、一〇万株の新株を発行しようとした第一の理由はそれであった。その総会のために七月の終わりに急遽パリに帰ってきたアムランに対して、サカールは次のように狙いを説明する。

［…］サカールは一〇万株を新たに発行して一億フランの資本を一億五〇〇〇万フランにし、それと同時に前のものも新しいものも全株の支払いをいっぺんに済ませてしまう手の内を説明した。一株八五〇フランで発行する。そのうちの三五〇フランがプレミアムで、それによって準備金が生まれる。収支決算ごとに別にとって増やしておいた準備金の総額は、これで二五〇〇万フランに達する。あとは同額の二五〇〇万フランをどこかで調達して、発行済みの二〇万株の払い込みに必要な五〇〇〇万フランを作ればいいだけだ。彼が見つけた素晴らしいアイデアは、現行年度の利益のおおざっぱな決算をつくらせるという点にある。彼によれば利益は少なく見積もっても三六〇〇万フランになる。足りない二五〇〇万フランを黙ってそこからもってくればいい。こうしてユニヴェルセル銀行は一八六七年十二月三十一日をもって、最終的な資本金を一億五〇〇〇万フランとし、それは完全に支払いを済ませた三〇万株に分割するのだ。株を一本化し、持参人払いとし、市場での自由な流通をしやすく

させる。それこそ決定的な勝利であり、天才的なアイデアというものだ。

（VIII, p. 241〔三三一―三三二頁〕）

サカールは、今年度の利潤を三六〇〇万フランと見込んでそのうちの二五〇〇万フランをあらかじめ控除し、それとこれまでに貯まった準備金の二五〇〇万フランを合わせて、人知れず積み重なってきた未払い株の欠損金に充当させようとする。そこで今年度末の利潤を三六〇〇万フランと計上することがはたして可能なのだろうか。その根拠としては、先ず会社の利潤率が挙げられよう。これまでの資本金に対する利潤率（初年度一・六、二年目一八、三年目一一・五％）の年度ごとの推移、および投資事業の順調な拡大と投資事業の飛躍的な成長からすれば、今年度は利潤率を二四％にしなければならないが、それもけっして夢のような数字ではない。もうひとつはその利潤率の基礎になる株価だ。発足以来順調な推移を示してきた株価は四月時点で一三〇〇フラン、すこし無理をしてでもこの株式相場を巧妙に操作できれば、株価が倍以上の値上がりとは言え、三〇〇〇フランに到達させるのも不可能ではない。そこでサカールにはもっとも肝心な次のような計算が成り立つ。時価三〇〇〇フランの株を三〇万株で九億フランだ。そしてこの時点で発行株式の全部を買い戻し、そのすべてを自分の支配下に置く。これなら一〇億フラン地下に貯め込んでいると言われる宿敵グンデルマンと証券市場で互角に戦い、そこから彼を追い落とすことすら可能ではないか。

つまりサカールがここで自画自賛している決定的なアイデアというのは、機能の点から見れば、ますます多くの利子をますます短期間で産み出すことを保証し、しかもそれと同時に運転中に必然的に出来する不具合や故障を自ら修正・補修することのできる仕組みのことだ。端的に言えば、永遠に自らの力で作動し続けることが可能な自動機械装置、古来多くの科学者たちが夢に見ていたあの永久機関のようなものではないか。ひとたびこの永久機関の目論見が成功すれば、サカールはついに証券市場の支配者として君臨することができる。

しかしサカールの自動機械は、自己増殖しながら永久機関のように作動し続けることが本当にできるのだろうか。第一不安を覚えるのは、将来手にすると見込んだ利益を彼が計算に入れているから、株価が予想通り上昇しなければ計画は破綻する。それだけではない。株取引における利潤の生まれる仕組み、つまりすでにマルクスに依拠して述べた利子生み資本の定義を想起すれば、わたしたちは根本のところでこうした夢のようなサカールの永久機関が不可能であると結論づけることができる。

まず株価というのは原理的に、株式市場における株式に対する投資家の需給関係によって決まる。ユニヴェルセル銀行株の値上がりの要因は、その株式に対する需要が非常に大きいからであり、それは何よりも銀行がますます広範に大規模に進めている投資事業の順調さにあり、その順調さは元をたどればひとえに投資先企業の活発な企業活動に依拠している。先にサカールが年末までに三六〇〇万フランの利潤も可能だとしたのは、資本金に対する割合に照らしたとき二四%なので、二年目の一八六五年度の一八%に比較しても、けっして夢のような数字ではないように見える。なるほどこの数字は投下資本に対する利潤という意味では広義の利潤率に違いはない。だが利子生み資本たる銀行の利潤というものは、そもそも企業の利潤の一部をなすにすぎないから、企業がどこまで利潤を上げられるかについては自ずと限界がある。それ故に、ユニヴェルセル銀行の利潤率というのは、あくまで擬制の数字にすぎない。ましてや利潤率の元になる資本金の増資は、一方で投資事業の拡大という表向きの理由があるにせよ、他方で実質的にはユニヴェルセル銀行が未払い株式を多量に抱えており、その償還を急がねばならないという内向きの、自己本位の理由に基づいているゆえに、なおさらその数字に根拠はない。

したがってこうした脆弱な基礎の上に組み立てられたサカールの自動機械が確実に作動し続けるためには、言い換えれば投資先企業が銀行に利潤の一部を潤沢に回せるようになるには、理論的にはすべての投資先企業の本来の意味での平均利潤率が、常にユニヴェルセル銀行の利潤率二四％を大幅に上まわっていることが条件となるであろう。ユニヴェルセル銀行の年次株主総会では、株主に対する利子配当が常に五％と計上されている。ところでそれが投資家に対する一般的な利子率だとすれば、利潤率二四％を大幅に上まわるような数字をユニヴェルセル銀行の投資先企業がたたき出すのはほとんど不可能ではないか——後に明らかにされるところでは、共同定期船会社、カルメル銀鉱、国立トルコ銀行というユニヴェルセル銀行の三大投資事業のうち、予想通り順調に事業を伸展させていったのは最初の事業だけだったことが明らかになる。株価についてよく言われる実体価値というのは、一般的な企業の利潤に基づいた株価のことである。したがって株式市場における株価というのは、株式の実体価値を基準にして投機的な思惑によって上下することになる。するとユニヴェルセル銀行が最終局面で示した株価というのは、まさしく実体価値に基づかない投機的価格以外の何ものでもないのだ。

さてそこで、サカールの作動させようとした永久機関、自己増殖する自動機械に対抗して立ち上がったのは、あのユダヤの金融王ロートシルトを彷彿とさせるグンデルマンである。グンデルマンの相場に対する見方は、サカールの夢想的、投機的なそれと対照的に、論理的で非投機的だ。

彼〔グンデルマン〕の推論では、株は発行時の価値を持っていて、その後に株がもたらす利益が加わる。しかもその利益は会社の繁栄、事業の成功に左右される。したがって株には当然超えてはならない最大限の価値というものがある。株が民間のブームに乗ってその価値を超えてしまえば、株価の上昇は作為的なものとなり、株は必ず下がると考えて、値下がりの方に賭けるのが賢明ということになる。（IX, p. 265〔三六五―三六六頁〕）

グンデルマンのこの推論は、わたしたちがすでに検討してきた利子生み資本の定義以外の何ものでもない。それではグンデルマンはどうしてサカールと証券市場で敵対しようとするのか。それは「信念を持ち、論理を絶対的に信じている彼も、サカールの矢継ぎ早の征服と突然巨大になったその力には驚きを隠せなかったし、ユダヤ大銀行もその力に恐怖を感じ始めていた〔からだ〕。できるだけ早くこの危険なライバルを打倒し、サドヴァ事件の翌日に失った八〇〇万フランを取り戻さなければならなかった。それだけではない。とりわけ、まるで奇蹟のように、無謀な方法で良識を打ち負かしたかに見える一匹狼の山師サカールと、証券取引市場という王国を分け合うような事態は避けたかった」（IX, pp. 265-266〔三六六頁〕）のである。

ではこの両者が対峙しようとする局面でのユニヴェルセル銀行株の実体価値は、およそいくらと推定できるだろうか。この時期の好景気を背景に多少の投機的な価値を含んだとして、無理のない価格はおそらく額面価格五〇〇フランの倍の一〇〇〇フラン前後だろうと想定される。なぜなら一八六六年十二月にユニヴェルセル銀行株がその値に届いたときから、論理的で冷静なグンデルマンがすでに行き過ぎ気味の相場に注目し始め、一五〇〇フランになったらもちろん弱気筋、つまり株の売却側に味方して介入することをすでに決心していたからである。

仕手戦の帰趨

ユニヴェルセル銀行破産に関する問題の所在はこれで明白であろう。つまるところ、一八六七年八月の臨時総会開催後株価が一五〇〇フランを超えたときから、株価は危険な投機対象となる。そこでパリ証券取引所を舞台に、一方におけるサカールが仕組んだ自動機械の永続的作動を維持しようとする強気筋つまり買い手側と、他方であくまでも証券市場の論理に従おうとするグンデルマンに味方する弱気筋つまり売り手側の両者に分かれた苛烈な仕手戦が繰り広げられる。こうした両者の表だった行動の陰で、強気筋を率いるサカールが盛んに自社株買いをして自らの株価を維持・高騰させようとし、弱気筋の後押しをするグンデルマンが豊富な資金量に物を言わせて損を承知で売り工作に走る。

仕手戦の帰趨を簡単に記しておこう。グンデルマンは、証券市場にも論理が支配しているのだから、いつも通り投機が過熱しすぎればすぐにも暴落するはずだ、と考えていた。そこであらかじめ決めた計画に従って、ユニヴェルセル銀行の株価が一五〇〇フランを超えた時点から、最初はわずかずつ、決算日には多くという調子で売り始めた。そのうちに市場の真理に気づいた一般の投資者たちが彼の動きに追随するだろう、と楽観していた。だが株価は彼の予想に反して上がり続ける。それにしても八月臨時総会後に起こった値上がりの上昇カーブは異常だ。その異常な過熱ぶりを不安視して、サカールの仲間うちから早くも離反者が出てきた。それはアムランとその妹カロリーヌであった。

二人の兄妹は一緒にかなりの長期にわたりオリエントに滞在し、そのときの見聞をもとに地中海の共同定期船会社、カルメル銀鉱、トルコにおけるオリエント鉄道のアイデアをサカールにもたらした功労者であり、サカールにとってはもっとも信頼の置ける盟友であった。しかしだからと言って、彼らは自分たちの銀行を投機的な行為を介する奇蹟の金儲け機械にしようというサカールの考えに全面的に同調することはできなかった。二人は投機を嫌い、銀行の堅実な運営を望んでいた。だから銀行株が危険な投機相場に突入すれば、その投機熱を冷まそうと、サカールの思いとは反対に、彼らが株式を売りに出そうとしてもおかしくはない。アムランは株価が二〇〇〇フランを超えたら売るように妹に指示して、引き続きオリエントでの事業を遂行するためにパリを発っていったのである。

十一月初めに株価が二二〇〇フランを超えたので、カロリーヌは、サカールに気兼ねをしながらも彼には内緒で、もっていた三〇〇〇株のうち一〇〇〇株を売る。会社設立時には債権引受組合のメンバーで、取締役をつとめていたユレすらも危険を感じ取って持ち株を売ってしまった。会社の内部以上に外部の反対の動きも株価の値上がりに比例していっそう顕著になる。十一月の後半に株価が二三〇〇フランになるとそうした抵抗が市場で目立ってきて、弱気筋が集団になって売り始め、いよいよ戦いが始まったとサカール自身が感じだした。そこで「サカールは上昇機運を停めないように、二度にわたり、名義貸しを利用して買い注文に乗り出さざるをえないと考えた。自社株を買い、それに相場を張り、自分自身をむさぼり食い始めたのだ」(IX, p. 262〔三六〇頁〕)。さらにまた株価は二五〇〇フランを超えた。そこでカロリーヌは再び一〇〇〇株を手放した。十二月初めのサカールとカロリーヌの会話。「もうご存じでしょうけど、わたし、売りましたわ……二七〇〇フランの価格で最後に残った一〇〇〇株を売ってしまったところよ」「あなたが売るだなんて！　なんということだ！」「あなたが！　陰に隠れた敵と戦っていると思っていたら、それがあなたとだったとは！　あなたの株をわたしが買わなくてはならなかったのか！」（IX, p. 262［四〇五頁］）

相場の病的な興奮がいやが上にも高まり、強気筋と弱気筋がユニヴェルセル銀行内外に入り乱れる状況になって、危機感が蔓延してきた。それでも株価は上がり続けるのだから、破局は不可避で近いと誰もが感じるような局面に突入した。一方で弱気筋を陰で率いるグンデルマンは、地下室に一〇億フランという無尽蔵の金を持ち、市場の論理がいつかは勝利すると確信していたにしても、月二回ある十五日と三十日の決算日には、差損のため金貨の袋を次々と投機の渦に呑み込まれてしまい、この戦いがいつ終わるのか疲労にじっと耐えながら決定的な時を待っていた。他方のサカールも、多額の差益を懐にしながらも、螺旋状に増大していく株の購入で金庫は空になり、金詰まりに陥ってきた。「使うことのできる二億フランのうち、その三分の二が近く動かせなくなってしまっていた。繁盛のしすぎで、窒息しそうな大勝利に苦しんでいたのである」（X, p. 314［四三五頁］）。

戦いの山は先ず、一八六七年十二月最後の決算日にあった。その時つけた値は三〇六〇フランであった。決算日ということもあって、かつてない激しい仕手戦が繰り広げられ、終日寄りつきの三〇三〇フラン以上でもみ合いが続いたが、最終的にはユニヴェルセル銀行のこれまでの最高値を記録した。弱気筋は完膚無きまでに惨敗したようだ。サカールにとっては夢の三〇〇〇フラン超えがついに実現したのだ。サカールにとってこの三〇〇〇フランを超えた株価は、わたしたちの利子生み資本の基本的な定義からしても、金融界を支配するグンデルマンの経験豊かな相場に関する考えからも、不可能と思われた数字だったにもかかわらず……。サカールは次いで永久機関の完成に向けて、次のステップに移らなければならない。利益を回収してそれを自社株の欠損分に充てるとともに、すべての発行株を買い戻して自らの支配下に置くことだ。そのためには暫くこの高値を維持しておかなければならない。だがそのための資金が底を突いてきた。致命的なことに、金が足りないのだ。

年明け一月五日でも株価はすこし落ち込んだが、まだ三〇〇〇を超える高値三〇一〇フランをつけていた。しかし、期せずして全般的に過熱しすぎた株式相場に揺り戻しの反動が現れると、ユニヴェルセル銀行株もその動きに抗しきれずに、徐々に値を下げる。株価を引き上げる原動力になっていたユニヴェルセル銀行株が、今度はスケープゴート的な役を担わされて一八六七年一月十五日の決算日には二八六〇フランまで値を落とした。こうした状況のなか、ついにグンデルマンが総攻撃を掛けるXデーがやってくる。きっかけを作ったのは、投機のためには身を売ることも辞さないと噂されたサンドルフ夫人だ。彼女は情報欲しさにサカールの周囲をうろついて、彼が金詰まりに陥っていることを知った。そしてその情報をグンデルマンに持ち込んで、サカールの敵からも情報を得ようとしたのだ。ここぞと意を決したグンデルマンの総力を挙げた売り工作に、サカール側から敵に追随する者が多数出て来たとしても不思議ではない。彼の陣営は総崩れとなり、Xデー一日だけで株価は寄りつきの二八〇〇フランから一挙に三分の一の八三〇フランにまで大暴落してしまったのである。

額面五〇〇フランよりもまだ低い四三〇フランから依然として下がり続けていた一八六八年二月のある日に、アムランが帳簿を調べた。サカールが名義借りをしていたサバターニの口座には二万四〇〇〇株、四八〇〇万フラン、その他ダミーとして利用していた銀行員や取締役については二万株以上で、やはり四八〇〇万フランが未決済であった。さらに一月最終決算期の信用取引分二万株以上の総額六七五〇万フラン、同じくリヨン証券取引所に一万株分で二四〇〇万フランの支払いをしなければならなかった。これらすべてを合算すると、ユニヴェルセル銀行は自社株三〇万の実に四分の一近く、金額にして二億フランの負債を抱えていることが判明した。つまりこのぽっかり空いた大穴にサカールのユニヴェルセル銀行がすっかり呑み込まれてしまったのである。

結語——欲望の意味

かくして、ユニヴェルセル銀行が経てきた、設立からめざましい成功そしてまたたく間の破産まで、それはわずか三年と四カ月しかかからないきわめて短期間の出来事であった。本書の欲望という主題に照らして考えれば、この銀行の成功と破綻を通じて示されたサカールの金銭欲とは果たしていかなるものであったのか、それを結語として最後に提示しておこう。

ユニヴェルセル銀行破綻の結果、設立時に最初に株を引き受けた債権組合のメンバー全員が破産の憂き目にあったわけではない。サカールとアムラン兄妹をのぞいて、メンバーの中心にいた名うてのブルジョワ投資家デーグルモンは、サカールに一億フランの応援部隊を送り込むと約束しておきながら、問題のXデーにグンデルマンが総攻撃に出るという情報を得たとたん寝返ってすべての持株を売り、最終的には一二〇〇〜四〇〇万フランの差益を懐に入れている。ボアン侯爵も危機を孕んだ局面で銀行株の売買双方に手を打っておいて、デーグルモン同様二〇〇万フランを入手する。ユレとコルブは高値のときに危険を察知して早々に最高の利益を得ていた。結局当初に債権を引き受けたブルジョワのうちでは律儀なセディーユだけが破産して、三〇年間絹商人として稼ぎ出した財産をすべて失ってしまった。アムラン兄妹は最終的に三〇〇〇株をもっていて、すでに述べたように過熱した株価を引き下げるためにすべて売り払ってしまっていたが、株価が急落すると損を承知で銀行のために犠牲的精神を発揮し、株を買い支えるために全財産を投げ出す。サカールもそうだ。彼の手元には一スーも残っていなかった。

結局、債権引受組合のうちで金銭欲をむきだしにして蓄財に励むブルジョワ投資家たちは、ユニヴェルセル銀行の破綻を巧みに切り抜けたり、あるいは危機に乗じて財産を殖やした。そこから落ちこぼれたセディーユもまた、憂き目を見た一般の投資家と同じで炯眼さを欠いていただけだ。彼らに対して著しい対照をなすサカールの盟友アムラン兄妹は、銀行事業に対してきわめて誠実で堅実な考え方を一貫して守り通したゆえの破産であり、金銭欲とは無縁だし、金銭を必要悪としか見ていなかった。それではサカールは？　彼はもちろん金銭欲を人一倍持っている。だがブルジョワ投資家のような蓄財が目的の金銭欲ではないようだ。それでは金銭を通じた支配欲か？　それもあるが、彼の場合それだけでは収まらないようだ。

証券取引所における宿敵で、ついに自らが粉砕されるという憂き目にあわされたグンデルマンのことを、サカールは自分と対置しながらこう評している。

「きっとグンデルマンのほうが正しかったんだ。証券取引所の熱気なんて何の意味もなかった……ああ、あの野郎め、血も神経もなくなってしまって幸せなのかな。もう女と寝られなくなったり、ブルゴーニュ・ワインを一瓶空けられなくなってもいいのかな。でもあいつは昔からそうだったんだろうよ。血管には氷が流れているのさ……それと比べると俺は熱を上げすぎるね。それはまちがいない。俺の敗北の原因はまさにそこさ。それだからよく腰砕けになってしまうんだ。」

（XII, p. 384〔五三二頁〕）

一方のグンデルマンは、日頃牛乳をちびちび飲みながら仕事だけに精を出し、常に冷徹に証券取引の論理に、真理に身を委ねて、泰然自若としてけっして熱くはならない。他方のサカールは、性欲も食欲も旺盛だが、文字通り一発逆転を狙う山師根性が染み渡り、何よりも投機の勝負に勝つためには、とことん想像を働かせて熱狂し、他のことは何も見えなくなるところがある。それが二人の勝敗の分かれ目をなす点だ。サカールは敗北を認めて、自らの人生哲学を噛みしめる。

「でもひとつ言っておかなくちゃいけないのは、俺を殺すのも情熱（passion）だけど、俺を生かしているのも情熱なんだ。そう、情熱が俺を駆り立てて、大きくし、高いところに押し上げてくれるんだ。でもその次には俺を打ちのめし、つくりあげたものを全部いっぺんに壊してしまうんだ。快楽を得る（jouir）というのは、ひょっとしたら自分をむさぼり喰うことにすぎないのかもしれない……確かに今四年間の戦いを振り返ってみると、何が俺を裏切ったのかよくわかるよ。それは俺が望んだことだし、俺が手に入れたものなのだ。つける薬がないとはこのことかもな。もう俺は終わりだ。」

（*Ibid.*〔同上〕）

そう、サカールにとって生きるというのは、何にでも情熱を燃やすということだ。激しい金銭欲はそうした情熱を燃やすには彼の性格にもっともふさわしい、したがってそれは彼にとってもっとも想像力を刺激してくれる恰好の欲望として現れてきたのではないか。結果がどうあろうと、快楽を得ようと情熱に燃えて邁進せずして、何の人生か。「ああ、汚いユダヤ野郎のグンデルマンめが！　欲望（désirs）がなかったから勝ったんだと！」（*Ibid.*〔同上〕）。

生きることとは、欲望すること以外の何ものでもない。欲望を失うことは人間の否定に、死に等しい。つまり、人間存在の絶対的な根拠とは欲望でしかない。ドゥルーズ＝ガタリが似たようなことを述べている、「われわれは、〔…〕欲望そのものの存在を信じている〔…〕。その理由は、欲望が渇きや憧れといった欠如であるからではなくて、欲望を生む生産であるとともに、生産をする欲望であるからだ。言い換えれば欲望としての実在、つまり実在それ自体だからだ(11)」。

背任の罪に問われて逮捕・投獄されたサカールは、一八六八年十二月中旬に有罪を宣告されたが、ナポレオン政権の中枢にいる兄ウージェーヌ・ルーゴンの計らいで、仮釈放を許され国外追放となった。そして彼は今オランダでまた欲望を燃やして、巨大な沼沢地を灌漑する大事業に性懲りもなく身を投じているという噂であった。

注

（1）Émile Zola, *L'Argent* in *Les Rougon-Macquart*, vol. V, coll. Pléiade, Gallimard, 1967, pp. 218-219〔『金（かね）』野村正人訳、藤原書店、二〇〇三年、三〇〇頁〕. 以下上記書からの引用は、本文中にカッコを付して

章とページを記すにとどめる。訳文については文脈の都合で多少の改変をした個所を除いて、上記邦訳書にしたがった。

（2）Émile Zola, « Second Plan général », *Ibid.*, pp. 1271-1272［NAF 10628, f° 1］. 作中の出来事に関する具体的な年代は本文中に明示されていないので、本論中の年代についてはプレイアッド版巻末に引用されたゾラの上記「第二全体構想」に従う。

（3）H. Mitterand, « Étude » in *Ibid.*, p. 1234.

（4）第一巻一八六七年刊。第二巻と第三巻は残されたノートをエンゲルスが編集して、それぞれ一八八五年、一八九四年に刊行した。したがってゾラは『金』執筆時には第三巻中にある「利子生み資本」に関するマルクスの理論を知らない。ただし『資本論』第一巻やマルクスの思想については、アルバート・シェフレの『社会主義の本質』のフランス語版（一八八〇）によって知っており、この書に関するノートも残している［NAF 10629, f°s 21-53 et cf. H. Mitterand, « Étude », Article cit., p. 1270］。

（5）カール・マルクス『マルクス＝エンゲルス全集』25 a巻、大内兵衛・細川嘉六訳、大月書店、四四一―四四二頁。

（6）カール・マルクス、同上書、四九〇頁。この直後でマルクスは両定式の関係をもうすこしていねいに説明し直している。「G―G'。ここに見られるのは、資本の元来の出発点であり、定式G―W―G'のなかの貨幣が両極G―G'に短縮されたものであって、このG'はG＋△Gであり、より多くの貨幣をつくりだす貨幣である。それは、資本の元来の一般的な定式が一つの無意味な要約に収縮したものである。それは、完成した資本である。すなわち、生産過程と流通過程との統一であり、したがってまた一定の期間に一定の剰余価値を生む資本である。利子生み資本の形態では、これが生産過程にも流通過程にも媒介されないで、現れている。資本が、利子の、資本自身の増殖分の、神秘的な源泉として、現れている」（同上、四九一頁）。

（7）『マルクス＝エンゲルス全集』25b巻、五九八頁。わかりにくい文面なのでかみ砕いて説明し直そう。企業が平均利率五％のもとで配当一〇％を行うとき、株主は一〇ポンド請求する権利がある。それは、資本換算すると一〇ポンド÷〇・〇五＝二〇〇ポンドに対する利子と見なすことができる。したがって額面百ポンドの株券は二百ポンドの価値をもっている、ということである。

（8）この時の決算年度は「一八六四年」となっているが、直前に話題にされている「サドヴァの戦い」におけるオーストリアに対するプロシアの勝利は一八六六年七月のことであり、「一八六五年」の誤記と思われる。上記「注（2）」のゾラ自身の手になる「構想」でも、第六章は一八六六年の出来事が記述されることになっているので、「一八六五年」と読み替える方が妥当であろう。

（9）この個所（p. 250〔三四三頁〕）は％表示だが、既出の株主への年間配当額を列挙した個所（p. 243〔三三四頁〕）ではフラン表示になっている。ただし配当額を記した他の文献などの表記の仕方に照らすと、フラン表記でも百フランに対する割合と見なすことができるので、どちらでも同じことかもしれない。

（10）H. Mitterand, « Étude », art. cit, pp. 1237-1242.

（11）G. Deleuze & F. Guattari, *L'Anti-Œdipe*, Les Éditions de Minuit, 1975, p. 455〔『アンチ・オイディプス』市倉宏祐訳、河出書房新社、一九八六年、四五三頁〕. なお訳文は一部を除いて邦訳書に依拠した。

第二部　性

「わたしたち、おぞましいことをしてしまったわ」と、「叢書」第二巻『獲物の分け前』(一八七二年刊。以下『獲物』と略記)の四章で、ヒロインのルネは今しがた犯してしまった過ちに対して、反省のこもったことばを口にする。「おぞましいこと」とは、義理の息子マクシムとのあいだで彼女がなすにいたったインセスト(近親姦)行為である。

今でもインセストということばを日常会話で大っぴらに口にすることは憚られる。ゾラの『獲物』が最初に新聞小説として発表されたのは、普仏戦争敗北後のフランスがやっとパリ・コミューンの争乱を切り抜け、ティエールの第三共和政治世下で相対的な言論の自由を享受することが可能になった時期であった。とは言え、やはりこの小説は当時の検閲の目を免れることはできなかった。第四章のカフェ・リッシュでルネがマクシムに身をまかせた場面を司法当局に衝かれて、ゾラは一八七一年十一月五日で『ラ・クロッシュ』紙における『獲物』の連載中断を余儀なくされたのである(1)。

二〇巻からなる「叢書」には、「第二帝政下の一族の自然と社会の歴史」という副題が付されている。ゾラが「叢書」を構想し始めたのは一八五八年秋頃だと想定される(2)。もともと第二帝政に批判的であった若きゾラの面前で、その帝政が一八七〇年九月に普仏戦争で敗北を喫し――ゾラは一八四〇年四月生まれで、当時三十歳――、あっさり崩壊してしまった。またその直後の一八七一年三月のパリ・コミューンによる内乱では、フランス人同士がその敗戦をめぐる対立で敵として戦い合うという不幸も目の当たりにした。フランスはゾラにとって世界に先駆けて国民国家を誕生させた、世界の模範たるべき国であった。そのフランスをこのように恥辱と不幸に陥れた元凶である第二帝政が「叢書」の対象として取りあげられたとき、彼の帝政批判の筆致はなおさら辛辣にならざるをえまい。『獲物』のインセストというのは、こうした第二帝政期社会が追い求めていた性的な快楽のまさしくスキャンダラスな象徴であった。しかしフランス国民に屈辱を味わわせた前体制を攻撃するとはいっても、いくらなんでもインセストという扇情的なテーマはやり過ぎではないのか。これに当時の議会で多数派を占めていたマクマオンを中心とする保守派の「道徳秩序」の圧力が加わって、『獲物』は公表を中断させられるにいたったのである。

しかし帝政崩壊の直後という事情もあって、当局は第二帝政批判に対して認容と拒否の方針に曖昧さを抱えざるをえなかった。そのため後の検閲は首尾一貫したものとはならずに、『獲物』の単行本での発表については何の追求も受けることはなかったのである。それでもゾラ自身は、新聞連載中断の憂き目について釈明を求められていると考えたのか、『獲物』の初版に「序文」をわざわざ付して、[3]好事家の好奇に満ちた目を惹くためにインセストをテーマに取りあげたのではない、『『獲物の分け前』という一社会の崩壊の活写」にとって、インセストにいたる性的快楽の飽くなき追求は帝政社会の風俗の異様さを証明するために必要だった、と述べている。

小説の連載差し止めを強要した司法当局から、小説の主人公ルネの述懐や作者ゾラの序文で述べた公式見解にいたるまで、それぞれの立場こそ相違するものの、インセストは帝政社会の風俗紊乱の極みだ、というインセストに対する道徳的観点からの捉え方については共通する。だがしかし、欲望という観点を通して見れば、『獲物』におけるインセストは、こうしたブルジョワ社会の公序良俗を旨とするような道徳的問題の枠を大きく超え出て、わたしたちにとってはテーマや技法に関わる文学上の問題を始めとして、さらに一般的に哲学・人類学・社会学・心理学（とりわけ精神分析）などの多くの問題に及ぶ興味深い主題と化すであろう。

1　インセスト

インセストと言えば、フロイトのオイディプス・コンプレクスが即座に喚起される。なぜならオイディプス・コンプレクスという概念の中心には、ギリシア神話で父親ライオスを殺害し母親イオカステーと交わるオイディプス王のインセスト事件が存在しているからだ。それにゾラに関する研究書のなかにも、フロイトや彼のオイディプス・コンプレクスに言及するものは多い。たとえばミシェル・セールは『火、そして霧の中の信号――ゾラ』で、熱力学を通して「叢書」を解読し、無意識の欲望をリビドーとしてエネルギー論的に論じたフロイトの名前に随所で言及し、フロイトがゾラと同時代のエピステーメーを共有していることを示そうとしていた。それよりもっと直截にジャン・ボリーやオリヴィエ・ゴーなどは、フロイトの精神分析に基づいて「叢書」解釈に挑んでいる(4)。

そこでわたしたちもまた『獲物』のインセストに関して、精神分析的な検討をしてみたい気にさせられる。だが、周知のように、フロイトのオイディプス・コンプレクスというのは、幼児期の無意識的な性的欲望を父―母―息子の三角形が構成する濃密な家族関係に閉じこめたうえで、人が幼児期にこのコンプレクスを克服できずにいつまでもオイディプス王のような父殺しと母子姦幻想に苦しめられると精神的に不調を来すことを説いたものであった。それに対して『獲物』におけるルネとマクシムの親子関係は義理の関係で、両者が直接的な血縁で結ばれているわけではない。そこにはフロイトのオイディプス・コンプレクスにおける前提の重要な部分が欠けている。したがってわたしたちは、ゾラの『獲物』のインセスト関係に、本来のものとは異なる擬制の関係を、あるいはわたしたちが陥りやすい罠をすら見ることができるし――父―母―子からなる家族の三角関係に欲望が絡むとすぐにオイディプスを語りたくなるのは、フロイト以降の常識が仕掛ける罠に違いない――、そこには定式的なオイディプス・コンプレクスを利用した精神分析的解釈とは別の方向で検討してみる価値も見出せることになろう。

擬制のインセスト

精神分析のインセストがオイディプス神話と一体だったのに相違して、ゾラ自身は『獲物』中のインセストをフェードルという、これもまたインセストにまつわるもうひとつのギリシア神話に結びつけている。ゾラの先輩作家フローベールは、『ボヴァリー夫人』でドゥニゼッティのオペラ『ランメルモールのルチア』をエンマに見せ、彼女をしてルチアに感情移入させるとともに、自らの惨めな不倫をロマン主義的な悲恋に託して昇華させようとした。後にジッドが「中心紋」« mise en abyme »と呼んで、今では批評用語として定着するにいたった手法である。ゾラもまたフローベールのひそみにならって、ラシーヌ作の『フェードル』をルネとマクシムに鑑賞させるのである。

ラシーヌの『フェードル』では、主人公フェードルが夫のアテナイ王テゼの留守中に彼の先妻の子イポリットに横恋慕して、その義理の息子に自らの恋を告白する。だが彼女は、イポリットにすでにアリシーという恋人がいると知るや、嫉妬に狂って義理の息子を陥れようと奸計を謀る。帰還したテゼに対してイポリットから言い寄られたと侍女のエノーヌに言わせて、憤った夫にネプトゥヌスを使って息子を殺させてしまうのである。罪を悔いたフェードルは、最後に夫に真実を告げると、毒をあおって自らの命を絶つ。

『獲物』のインセストの場合、義理の母子関係という前提が一致しているから、オイディプスよりフェードルの神話の方に明白に似通っている。そこで先ずはゾラの小説とフェードル神話との異同を確認しておくためにも、刑事裁判における冒頭陳述でやるように、ルネとマクシムがインセスト事件にいたるまでの背景や動機を跡付け、ルネ自身が「おぞましいこと」と述べた彼らの過ちを何故犯してしまったのかを説き明かしておこう。

小説の構成と時間の流れとを対照させると、インセストの物語を始動させるために予備知識として必要な、ルネとマクシムの主だった性格や行状に関する記述は、時間的に前後して二〜三章に挿入されている。マクシムの義母ルネは、古いパリの中心のひとつサン・ルイ島の大きな館で育った。生家のデュ・シャテル家は一七八九年のフランス大革命にも活躍した共和主義の流れを汲む由緒あるブルジョワ家系で、彼女の父ベロー氏は「完全な正義と節度ある自由」を求めるブルジョワ道徳の守護者、「頑固で厳しい」裁判長として知られていた。ルネは八歳のとき、妹のクリスティーヌが生まれた際母親に死別したため、ヴィジタシオン（聖母訪問）修道会の寄宿学校にあずけられる。

実家で育ったなら、宗教とか何かほかの満足で神経が鎮まって、欲望（désirs）のうずきにかっとなり取り乱すことも抑えられたであろう。頭ではブルジョワ女であるから、あくまでも誠実を重んじ、筋道にかなったことを好み、死後の天国と地獄を気にかけ、偏見を数多くもっていた。そして、父親と同じ種族、もの静かで慎重で、家庭生活を大切にする種族に属していた。ところがこのような性質（nature）の土壌に、とんでもない空想、尽きせぬ好奇心が湧き起こり、他人には言えない欲望が募ってきた。ヴィジタシオン修道会の尼僧たちのもとで気ままに育ち、礼拝堂で神秘的な法悦に浸り、女友だちと性的なもののまざった親密な付き合いをしながら、突飛な教育を身につけた。頭の中は落ち着きがなく、背徳的なことをおぼえ、生来の率直さをそこに込め、若い頭脳の調子は狂っていった。(5)

ルネは十九歳で寄宿していたヴィジタシオン修道会から出たときに、親友のところで四十歳くらいの既婚男に襲われて妊娠するという災難に遭遇してしまう。ちょうど叔母のエリザベートが、妻を亡くしたばかりで夫に仕立てるには年格好がぴったりのマクシムの父親サカールを見つけてきたから、ルネは旧家の醜聞を糊塗すべく彼と望まざる結婚に踏み切った。彼女は「後にサカールとの結婚へとつながる過ち、恐れながらもどこか待ち望んでいたふしもあるあの強姦のせいで、自分を軽蔑するようになった。また、この暴行は、彼女が人生を投げてかかるのに大いに関わっていた。もう、抗うべき悪はなく、悪は自分自身のなかにあり、理屈からいえば、悪の道を究めることも許されているのだと思っていた」(III, pp. 421-422〔一五五頁〕)。

このように、結婚する前のルネには後のインセストに繋がりかねない不幸な生いたちが隠されていると、それは一言で言えば、生まれは良かったにもかかわらず、寄宿学校という育った環境や暴行事件に遭遇するという不運のせいで、いつのまにかインセストすら受け容れてしまうような性格を彼女が持つにいたったのだと、『獲物』の語り手はわたしたち読者に対してインセストの背景となるような事情説明を行っている。

そのルネに対して、インセスト事件の他方の当事者マクシムが「叢書」におけるルーゴン家第四代目の子孫であるところから、彼については「叢書」の副題に掲げられた「自然と社会の歴史」中の「自然」の観点を代表する遺伝的な分析が主になされる。

ルーゴンの血筋は彼のなかで洗練されて、変質を蒙り虚弱になった。若すぎる母から生まれた彼のなかには、父から受け継いだ激しい欲望（appétit）と母からの懶惰と投げやりがぶつかり、奇妙に入り混じって散在していた。いわば、両親の欠点が相乗効果で一層ひどくなっている欠陥人間であった。この家系は生き急ぎ、男か女かどちらになるかは決まらなかったようなこのひよわな人間のなかで、早くも息絶えんとしていた。彼は、父親のように、金儲けをしたい、楽しみたいという意思を露骨に示すのでなしに、すでにある財産を食いつぶそうとするだけの卑しさから動こうとする人間であり、腐敗しつつある社会に時宜を得て現れた、一風変わった両性具有者であった。［…］二十歳にして彼は、あらゆる驚き、あらゆる嫌悪を超越していた。人が滅多にやらないような下劣な行為を心に描いたとも、きっとあったろう。背徳（vice）は彼にあっては、時に老人に見るような奈落の底のようなものではなく、外に向かう自然な開花であった。それは金髪を波打たせ、唇の上で微笑みとなり、服を着せて装わせた。だが彼の特徴をなすのは、とりわけその眼、青く明るくにこやかな二つの穴、背後には脳味噌のまったく空っぽなのが透けて見えている、あだっぽい女の手鏡のような眼であった。娼婦のようなこの眼は一時も伏せられずに、快楽（plaisir）を、欲しくなればすぐに手に入る快楽を、疲れを知らずに追い求めていた。

（III, pp. 425-426［一六〇―一六一頁］）

さて、サカールの結婚という偶然の成り行きから、インセスト・タブーを侵すに十分な素質や性格を備えた二人が義理の親子関係を結ぶにいたった。だが上述したような必要条件を持ち合わせているからと言って、ルネとマクシムの母子が必然的にインセストに及ぶわけでもあるまい。マクシムはまだしも――なぜなら彼は遺伝的に、つまりは決定論的にタブーを侵すような傾向を示しているから――、すくなくともルネの方は結婚と同時に家庭を築くことによって、いわゆるまともな夫婦関係や母子関係を守り育てていく余地はいくらでも残されているからだ。

ところで、地球上の人類がインセストをタブー視してきたことは、歴史的にも地理的にも普遍的に観察されている。それは性的欲望が親しい人間同士のあいだに無原則的に見出されるようになれば、家庭という社会の最小単位はそれだけで崩壊してしまうからである。家庭とインセストとはこのように原理的に相反する関係として存在している。わたしたちがインセストを大っぴらに口にすることが憚られるのも、まして ふだん親しく暮らしている家族同士のあいだに(夫婦間も含めて)性関係を想像することも厭わしいのは、そうした普遍的なインセスト・タブーの間接的な影響であろう。それだからこそルネは、わたしたちと同じような常識にのっとって、自らの犯したインセストという過ちを「わたしたち、おぞましいことをしてしまったわ」と語っていたのである。

このようなインセスト・タブーの根拠を求めて人類学や社会学では諸説が唱えられているが、そのなかにフィンランドのウェスターマークが主張する「なじみの理論」がある。(6) 社会学者のウェスターマークはイスラエルのキブツで幼年期をともに過ごした男女のあいだで結婚がまれなことなどを傍証にして、幼少期から親しく一緒に暮らしてきた近親者のあいだでは性愛感情が生まれにくいと語る。それに対して、フロイトのオイディプス・コンプレクスは人間の性愛感情を家族という枠組を必要不可欠な前提にして捉えているため、ある意味では「なじみの理論」と対極的な立場にある。フーコーもまた近代社会における家族が性的欲望を開花させる場として機能するとみなし、インセストというのはそこでは拒絶されていると は言うものの、つねに要請されている欲望でもあると主張しているので、[7]「なじみの理論」はそれとも対立する。だがいずれにせよ一般的には、インセストを無意識に欲望することとその行為に実際に及ぶこととのあいだには超えがたい無限の距離があり、それゆえに意識的なインセスト行為へといたる以前の段階に踏み留まっている限りでは、「なじみの理論」は現実にはフロイトやフーコーの見解とも共存することが可能なのである。

ルネには生いたちからインセストに及ぶ下地があったとは言え、かくのごとく新たに築いた家庭で「なじみの理論」が負うような環境を想定できれば、またそれに加えて彼女の気に掛けていたブルジョワ道徳という楯でしっかりと身を守っていたなら、インセストという過ちを犯す危険は避けえたであろう。だがゾラは、ルネにそうはさせずに、結婚後もそれ以前の危なかっしい生活を彼女に輪を掛けて続行させることになる。

サカールの後妻となったルネがパリに呼び寄せられたマクシムと初めて出会うのは、一八五四年の秋のことであった。その時のルネは二十一歳とまだ一児の母となるには早すぎる年齢で、マクシムにいたっては十三歳の子供だった。[8] ルネは仕立て上がりの服が届けられたばかりだったという言い訳をしているが、彼女の服装は母子の初対面で着けるにしては型破りすぎてマクシムを幻惑させるには十分であったし、その時の彼女の母親らしからぬ浮薄な言動もまた義理の息子をあらぬ方向へと逸脱させるにおあつらえ向きのものであった。

初対面の場にふさわしくない慎みを欠いた義母の服装に呼応するように、息子となるマクシムもまた目覚めつつある欲望につきうごかされて、むさぼるような目でルネのあでやかな姿に見入る。彼女の「肌は抜けるように白く、襞のあるブラウスから胸元がふとのぞいて目を奪われる。髪は高く結い上げ、華奢な手に手袋をはめ、小さな男性風ブーツの尖った爪先が絨毯に食い込んでいる」(III, p. 404［一三一頁］)。作中の視点人物であるマクシムの目を通して、ルネの姿態が描写される。ここにはマクシムのその後を暗示するかのように、幾分フェティシスト的な傾向が示されている。

魅力溢れる年上の女性と若く多感な青年との運命的な出会いとしては、スタンダールの『赤と黒』(一八三〇)におけるレナール夫人とジュリアンの、バルザックの『谷間の百合』(一八三六)におけるモルソフ夫人とフェリックスの、どちらも印象的な前例が想起される。いずれの作品でも主人公の青年たちが、その性格に応じて優美な女性に対して初対面の場で敢行する、それぞれ大胆であったり、衝動的であったりする口づけが書き込まれる。ゾラもまた敬愛する先輩作家たちの先例を念頭に、ルネとマクシムの初対面の場にそれをパロディー化して書き加えたかったのであろう。しかしながらここでともかく留意しておきたいのは、ゾラの『獲物』の二人は、先輩作家の先例とまったく事情が異なって、母子としてここで出会っていることである。だとすれば、ゾラはマクシムをしてルネのファッショナブルな上着にしわが寄るほど熱の入った口づけをさせることで、何よりも二人の母子関係を最初から倒錯的な方向に導いていこうとする意図をそれとなく読者に知らせておきたかったのだと推測できるかもしれない。

ルネとマクシムの二人は、いわばまともな母子関係からは外れた出会いを経験した後、その勢いのままに突っ走り、一言で言えばお互いのあいだでインセスト願望をますます刺激するような方向へと逸脱していった。ここでは二人のその後を手短に、要領よくまとめた、作中の語り手の解説を借りておこう。

初めて会った時、まだ中学生で擦り切れた制服姿のマクシムはルネに強く抱きついて、彼女のフランス衛兵風の衣装に皺が寄った。この時もう、二人はインセスト関係におちいりつつあったのだ。以来、二人の間には何かにつけて倒錯的なもの（perversion）が絶えなかった。若い女は子供におかしな教育を施し、馴れ馴れしく振る舞っているうちに二人は友だちになり、そのうち笑いながら大胆に打ち明け話をしあった。こうしてあぶなっかしくくっつきあっていたあげく、二人は奇妙な絆で結ばれることとなり、友達づきあいの楽しさは肉体的な満足とほとんど変わらぬものとなっていった。何年も前から互いに身を任せあっていたのだ。性行為そのものは、気づかずにきた愛の病が起こした発作にすぎなかった。二人の生きている狂気じみた世界で、この過ちはあやしげな液を滴らせるこってりした堆肥の上に芽生え、放蕩には恰好の条件に恵まれて、奇妙に洗練されながら成長してきたのである。

（IV, p. 481［二四二―二四三頁］）

すでに見てきたように、ルネとマクシムの二人は出会い以前にインセストに必要な性格や資質を持ち合わせていた。それに引き続いて今の語り手の証言するところでは、義理の親子関係が成立してからも二人はそれを抑えるどころかむしろ開花させて、インセストにいたるに十分な条件を満たすように生活してきたことが明らかにされた。インセストへといたる必然的な道筋はこれで整った、後はほんのちょっとしたきっかけさえあれば二人はいつでも即座に過ちを犯すような状況にあった、というわけである。

欲望の文体

ゾラは、『獲物』の出版から一五年後の「叢書」第十五巻『大地』(一八八七)でも、インセスト問題を取りあげている。そこでは義理の兄にあたるビュトーが誰憚ることなく欲望をむきだしにして義妹のフランソワーズを執拗に追い回す。ビュトーはそのたびごとに義妹からはっきりと拒絶されるのだが、最後は彼女の遺産の取り分も自らのものとする目的もあって彼女を暴行し、死にいたらしめる。表面的にはビュトーからのドンジュアニスト的な攻撃だけが問題になっているとはいうものの、ビュトーとフランソワーズはそれなりにインセストについての意識を当然持ち合わせているであろう。そうなると両者の家族関係における立場上で、彼らは『獲物』のルネ、マクシムの二人と似た擬制のインセスト関係に立っていることになる。それとは別に『大地』では、知恵遅れの弟イラリオンに同情して性欲を処理してやる実の姉パルミールという血を分けた姉弟間のインセストについても言及されている。さらに、「叢書」を締めくくる第二十巻『パスカル博士』(一八九三)には、伯父と姪の血縁関係にある主人公のパスカルとクロティルドが登場する。二人は愛し合うようになり、二人のあいだには子供まで誕生する。十二歳のときからクロティルドはパスカルのもとで育ったという設定なので、ウェスターマークの「なじみの理論」を想起するなら、二人が結ばれる際には普通の伯父—姪の関係以上に血縁をいっそう意識せざるをえないだろう。

こうしたインセストに対するこだわりを「叢書」のなかで何度も見せられると、ゾラに対する精神分析的研究の可能性に対する興味が俄然喚起させられよう(9)。だが、それと同時に、欲望のテーマに沿ってそれぞれのインセスト事件を比較対照させると――『大地』においては端的に動物的だと言っていいような描かれ方をし、『パスカル博士』に関しては聖書のルツとボアズ、ダビデとアビシャグのような関係に仮託した昇華の試みがなされている――、ルネとマクシムによるインセストがそれらと異なって、欲望がそこでは形態的にきわめて独特の現れ方をしていることにわたしたちは気づかざるをえない。さらにそこにはまた欲望の形態論的な特徴を裏打ちするように特色ある文体によって形式的な保証すら与えられている。

前節ですでに見てきたように、インセスト事件にいたるまでの状況説明は、小説構成上では前後して二〜三章で語られていた。したがってわたしたち読者は、時間上は過去に属するこれらの出来事を知らされることなく、小説冒頭のルネとマクシムがブーローニュの森をカレーシュ〔二人乗りの幌付き四輪馬車〕に乗って散策する場面にいきなり案内される。それは一八六二年秋のことで、ルネはその時二十八歳、マクシムは二十歳になっていたから、二人の親密でしかも淫靡な関係は、最初の出会いからもうすでに八年の時が経過していた。社交界に出入りをして八年もすると、ルネは社交界の享楽をすべて味わいつくしてしまい、さすがに好奇心旺盛な彼女であっても退屈しだし、その頃には倦怠を打ち破るような〈ほかの何か〉、だれも味わったことのない「未知の享楽」を待ち望むような心境になっていた。そうした秋も深まった一日、夕闇がせまってきたブーローニュの森から、他の馬車に並んで二人の馬車も帰途につこうとする。そこでルネは気だるい身体をカレーシュの揺動に任せて快い酔い心地を味わい、口ではしきりと倦怠をかこちながら、ふと馬車の後ろを振り返る。

目に映る景色は姿を変えて、もうどこだか分からない。ここの自然は先ほどまではお洒落に社交界風であったのに、夜のざわめきの高まるなかで聖なる森となっている。ここは、古代の神々が密かに愛しあい、不倫と近親姦（incestes）に耽っていた、あの森の空き地なのだ。ルネは満たされきっていながら、このような眺めを前にすると、口に出しにくい欲望（désirs）が妙にこみあげてくるのを感じた。そしてカレーシュが遠ざかるにつれて、夢見た地、神々が人間の尺度を超えた恥ずべき営みをひそかに行う褥は、震えはためくヴェールに包まれて、彼女の後ろの夕闇のなかに永遠に去ってゆくような気がした。もしかしたらここで悩ましい心と倦んだ肉体を癒すことができたかもしれない。

（I, p. 326［一八頁］）

ルネは車上から公園の木立、鬱蒼とした茂み、湖を、そしてそこに点在する古代の神々の愛しあう彫像を見るともなく見て、つかの間、はかない感慨に耽る。しかもそのときのルネにはすでにインセストのことが漠とした形で心の片隅に兆していた、と読者に示唆される。やがて同じ日の夜、マクシムを相手にそのことを明確に意識するようになる温室でのことを考えると、ブーローニュの森でのインセスト欲望は、まず前意識の段階にあると言っていいかもしれない。

『獲物』の発表から遡ること一五年前の一八五七年に、フローベールの『ボヴァリー夫人』が公衆道徳と宗教道徳を攻撃した罪で告発されたことがあった。当時の帝国検事の論告文によれば、作中のエマの抱擁の場面を介して、フローベールが「姦通の詩」を「写実的な描写」で歌いあげたからである(10)。ところでこの告発理由がまさしく正鵠を衝いていることは、特にルーアンのホテルで密会するエマとレオンの場面で明らかなように（『ボヴァリー夫人』三部五章）、フローベールが読者の官能に訴える、扇情的な文体として、彼が自家薬籠中のものとしたいわゆる「絵画的な半過去」を駆使していることで証明される。

フローベールとは普段から交流のあったゾラが、自分の作品『獲物』で先輩作家のこうした手法を意識しないはずがない。同じ馬車の場面なのだが、読者に想像をたくましくさせるだけのフローベールのブラインドをおろした辻馬車と違って(同、三部一章)、ブーローニュの森でゾラのカップルが乗っているカレーシュはオープンカーみたいなものだ。しかしゾラは、フローベールのエマの時と同じ叙述法を用いて、わたしたち読者に対して心理的な緊張を強い、生理的な反応を惹起するような情景を、自らの女主人公に展開させる。その時そこにあってルネの欲望が蠢動しだし、ためらいがちに、それでも徐々に形をなしてくる様をわたしたち読者に形式の上で保証しているのは、テクストのなかにある語り手の動的な視点移動に支えられた臨場感に満ちた文体である。ゾラの語り手は、読者とともに登場人物たちを観察者として客観的に捉えたり、また彼らの一人を視点人物として選び取って彼らの世界をうちから共有させてくれる。実証をもたない主張では説得力を欠くので、わたしたちもここで彼の文体的特徴をすこしだけ実感しておこう。


「尼さんにでも追っかけられたいな。面白いと思うよ!……ママは考えたことない? そいつに惚れられたらって想像するだけで罪深いような男に惚れることとか。」

しかしルネは沈んだままであった(resta)。マクシムは、彼女が黙っているのを見て、聞いていないのだと思った(crut)。馬車のシートのキルティングした縁に頭をもたせて、眼を開いたまま眠っているようだ(semblait)。彼女はじっと動かず、夢でも見ているように(songeait)ぐったりとしたまま（la tenait ainsi affaissée）、時折、神経質にかすかに唇を震わせていた（agitaient）。

馬車中での二人のこの場面では、最初は語り手が本来の立場からルネとマクシムとが構成している物語世界を読者に語っており、そのことを動詞に使用された単純過去という時制が示してくれている。しかし最後の二つの文では語り手の視点はマクシムのそれと一体化して、彼を視点人物とし、彼を通して隣のルネを眺めている。現在形で訳しておいた最初の半過去形の動詞は、前の文の「思った」というマクシムの判断と関連しており、マクシムがそうした判断を引き出してきた「理由」を示すために利用されている。その後に続く半過去形は、マクシムと一体化した語り手が、ルネの様子を外から見て描出しているところである。ところでわたしたちが語り手に導かれて、観察者の立場からここでにわかにマクシムの視線と一体となって、彼の情感を共有できるように、視点が登場人物内に移入されたことに注意したい。わたしたち読者はこのようにして、語り手の視点の移動を介して、登場人物の世界に侵入してきたのである。

続いて語り手は、おもむろに視点人物をマクシムから彼の視線の対象となっていたルネへと交替させる。カメラ・アイは今度はルネの目を通して周囲を観察するとともに、彼女の心情をわたしたちにうちから共有させ、わたしたちを彼女の内なる情感の震えで共振させることになる。

彼女の気だるい体に夕闇が浸透してくる（était envahie）。闇のはらんでいるとらえどころのない悲哀、目立たぬ悦楽（volupté）、口に出しがたい望みのすべてが、体の中に沁みとおってきて、彼女は倦んだ病的な気分にどっぷり浸される（baignait）。おそらく、彼女は持ち場に座った御者のまるめた背中をじっと見ながら（regardait）、前日のお遊び、あまりにつまらなくて食傷気味のある祝宴を思い返していたのだろう（pensait）。

「おそらく」といういわゆる「離接詞」が使用されているので、視点はルネから離れてまた語り手に戻り、ルネの様子を外から眺めて、彼女の内面の動きを推測している。しかしその直後にポワン゠ヴィルギュル（セミコロン）によってつづけられた半独立文では、前文の推測を確認するべく、語り手の視点は再びルネと一体化して彼女の内面の動きを追うだろう。

これまでの生活が心に浮かぶ（voyait）。どのような欲（appétits）でもすぐに満たされ、吐きそうになるほど贅沢し、どれも似たり寄ったりの色恋と裏切りをさんざん繰り返してきた。それから、気持ちが張りつめていたときにはわからなかったのに（pouvait trouver）、あの〈ほかの何か〉に対する思いが、欲望（désir）のおののきを伴いながら、一縷の希望のように、体のうちから立ち上がってくる（se levait）。そこで、彼女の思いは夢の中のようにさまようのだった（s'égarait）。何とかしようとしたが（faisait effort）、いくら言葉を探しても、夕闇に紛れ（se dérobait）、車の絶え間ない轟音のなかに掻き消されてしまう（perdait）。それにカレーシュが、もうひとつのためらいのように柔らかく揺れるので、何が欲しいのか考えがまとまらない（empêchait）。柔らかい揺れにうっとりと気だるく身を任せていると（l'emplissait）、茫漠とした虚空から、道の両側で陰のなかに眠る雑木林から、車輪の響きから、大きく包み込むように誘惑がたち昇ってきて（montait）、肌の上を幾多のかすかなそよぎがゆきすぎる（passait）。

ルネに視点が重ねられてからは、完了相を示す動詞も、未完了相を示す動詞も、すべて一律に半過去形におかれている。個々の動詞が直接指し示す運動や状態が重要なのではない。それは、放心状態のせいで、周囲の状態と同化してしまったかのようなルネの心象風景を、彼女の意識の状態を通して伝えることを主眼とした動詞の時制である。

そうしておいて文は臨場感をもっとも際立たせるかのように、一転現在形で表現される。「空が色褪せる時刻のブーローニュの森からの帰り道だから、女の倦んだ心は、見果てぬ夢、名づけようのない悦楽（voluptés）、はっきりしない願いというすべてに、甘いときめきも、うとましさも感じとっているようだ（peut mettre）」。動詞《pouvoir》は「可能性」や「推測」を表すための叙法の助動詞である。テクストのフランス語は主語に「……森からの帰り道」を戴き、日本語で主語にした「女の倦んだ心」は場所を示す状況補語である。するとこの場の表現主体はルネとは視点を別にした語り手であるとも、また自らの心を「女の……心」と一般化して突き放したうえに、それを第三者として眺めているルネであるともとれる。だがそれにしても何故の現在形だろうか。ここにはわたしたち読者をしてルネのいる現場に立たせて、彼女の心境を肌で感じさせようとする作者ゾラの狙い以外のなにものも見出せまい。

素早い視点移動を繰り返し、ルネの心身の内で欲望が形づくられるのを読者に目の前で観察させたり、またルネに同化させ、うちからそれを体感させようとする、緊張をはらんだ場面は、今度は皮膚感覚を梃子にして読者の生理的な反応を誘いながら、徐々に終結へと向かう。視点人物のルネが欲望に無意識のうちに目覚めたかのような自らの身体の皮膚感覚を、これまでと同じように半過去形によってはっきりと表現する。「薄紫のビロード裏のついた白いウールのコートを着たまま両手を熊の毛皮のなかに埋めていたから（tenait ses deux mains enfouies）、とても暑い（avait très chaud）」。そしてこれに後続する文では、動詞は語りの伝統的な時制である単純過去形へ戻る。そのとき語り手の視点は必ずしもルネと一体化するのでなく、一方でルネに寄り添って彼女の冷たい足が生温かいマクシムの脚に触れたときの感触を、また彼女が欲望の対象をマクシムだと意識せずとも直感的に気づいたことを伝えるとともに、他方では語り手として登場人物たちとは別次元に立ち、三人称の主語と一体で標準的な語りの装置を構成する単純過去の時制に戻って二人の動作を描写することによって、ルネの欲望の新たな目覚めを客観的に証言している。

彼女がゆったりくつろごうと片足を伸ばそうとしたとき（allongeait）、踝がマクシムの生温かい片脚をかすめた（frôla）。彼は触れあうのを避けようともしなかった（ne prit même pas）。はっとして、彼女はまどろみから醒めた（la tira）。顔を上げ（leva）、灰色の目で、小粋に寝そべっている若い男を不思議な気持ちで見た。（以上ページ表記のない引用はすべて I, p. 328-329［二一―二二頁］から）

ルネはこうして、活動しだした欲望のうずきを身体で実感しながら、それを漠然と〈ほかの何か〉を求めて探しあぐねる自らの心理状態に重ね合わせていたのだが、それがついに目の前にいるマクシム相手のインセストであることを直感的に知るにいたる。そうしてわたしたち読者は、テクスト内でのカメラ・アイの移動を彷彿させるめまぐるしい視点の移動を感知することによって、ルネの倒錯的な欲望が目覚める瞬間を、一方で登場人物への感情移入を介して体験的事実として共有し、また他方では語り手としてそうした登場人物の出来事を客観的に確認し、証言するという、読書時の意識の動的な二重化体験を通して味わうのである。(11)

続いて、今見たばかりの臨場感に溢れるいわば扇情的な文体を同じように用いて、欲望のヴォルテージを格段に上げて描写されるのは、その夜自らの館のパーティーで、今度はルネ自らが明瞭に欲望の行方をマクシム相手のインセストと意識することになる、温室の場面である。当時温室はパリの富裕層が広壮な屋敷内にこぞって設けようとした流行の建築物で、もちろん主流はパリでは見られない南洋の植物を鑑賞目的で収集し、ガラスと鋳物でできた簡素な空間内に温度調節をして栽培しようとした施設である。ルネの欲望にとって温室の醸し出す雰囲気が好都合なのは、パリのブルジョワの日常生活をガラス越しに横目に見ながら、そことは異次元のまるで別世界にいるような感覚を与えてくれることだ。

語り手は、温室内を案内してひとしきり風土の異なる異国の植物を次々と紹介した後、ルネがその中に入ってきたのは、今しがたマクシムと十七歳の若い娘ルイーズ・ド・マルイユが親密にしているところを目にして、嫉妬にいたく刺激されたからだ、と解説している。したがってうちに沸々と激しい欲望を吹き出させ、彼女は意識も身体もそれでみなぎらせている。ここでは欲望に煽られたルネの心理が温室内の植物をどのように感じとったかを読みとっておこう。やはりゾラのこうした場合の文章は、一貫して動詞を説明のための絵画の半過去形で活用している。だがもちろん視点人物はルネなので、ルネの視線を通して、ルネの情感を伝えるべく、中井敦子訳のように原テクストの三人称の主語を大部分消し去り、過去時制は現在形に換えて、臨場感に溢れた訳文にするのが最適であろう。

この閉ざされた教会の身廊さながらの、熱帯植物の樹液が滾《たぎ》りたつ一角では、欲情が膨れあがり、快楽への欲求が漂う。あたり一面に広がる暗い色の緑、巨大な幹を生み出す大地の力強い交尾は、ルネをもとらえて放さない。そして、火の海のように灼けつく褥《しとね》、花盛りの森、養分を運ぶ臓腑からの熱にほてった溢れんばかりの植物群は、彼女に香りを吹きかけて、頭をくらくらと酔わせる。足下の池にたまった温かい水は、浮遊する根から滲み出る樹液で濃くなり、彼女の肩に重苦しい蒸気のマントを着せかける。湯気に肌が熱くなり、快楽のせいで湿った手によって触れられているようだ。頭上では棕櫚の葉が揺すれて薫っているのが感じられる。息詰まる熱い空気よりも、どぎつい光よりも、葉陰で笑ったりしかめ面している大きく色鮮やかな花たちよりも、匂いこそが彼女をまいらせる。形容しようのない、つんと鼻を突く臭《くさ》みが漂っていて、それは、人間の汗、女の吐く息、髪などの、あらゆる匂いがあわさってできたものである。優しく淡い匂いの息吹は、毒を含んだ悪臭を放つ刺激の強い息吹に遮られて、消え去りそうだ。しかし、さまざまな匂いの奏でる不思議な音楽のなかに、いつまでも繰り返し戻ってきて、ヴァニラの優しさや蘭の鋭さを押さえつけて勝ち誇る旋律、それは、あの、強烈に沁みとおる発情した体臭、朝、若夫婦の締め切った寝室から漏れてくる愛の営みの匂いである。

(I, p. 357 ［六二頁］)

直接に欲望を知らせ、快楽をにおわせる語から、それらに大なり小なり直接・間接に関連する語にいたる使用については言うまでもないが、ここでは先ほどのカレーシュの場面における皮膚感に頼るだけでなく、圧倒的に臭覚に訴えるというリアリズムの手法を駆使して、ゾラはルネの欲情に対する読者の感官を介した共感を得ようとしている。

自らの欲望が具体的にマクシムを相手にしたインセストとして顕現するにふさわしい舞台装置がこうして用意されていれば、もはや残るはルネ自身が倦んだ有閑人生に活路を切り開くために今後の行動目標として欲望の対象そのものを明白に意識することだけである。そこでルネは一章の最後で、インセストの物語を始動すべく、ブーローニュの森のカレーシュからモンソー公園のそばの広壮な屋敷の温室へといたる一連の欲望の蠢動過程の締めくくりとして、自ら結論を得るにいたる。

黒大理石の大きなスフィンクスが彼女を見下ろし、まるで彼女の欲望を読み取ったかのように、謎めいた笑みを浮かべている。彼女の死んだ心にガルヴァニ電流で刺激を与える欲望、長らく捉えられなかった欲望、カレーシュに揺られながら細かい灰のように降りてくる夕闇の中で空しく探し求めた〈ほかの何か〉は、今やはっきりと姿を現した。手に手をとって笑いあいふざけあうマクシムとルイーズを目の当たりにして、火のように熱い庭園のただ中で、まぶしい灯を浴びて、この〈ほかの何か〉が何であるかを、彼女は突然悟った。

(I, p. 358［六三頁］)

このインセスト欲望の自覚の瞬間を、ルネ自らが身体に刻み込むかのように、また読者にもそのことを体感させるかのように、ゾラはふたたび倒錯的欲望に似つかわしい感覚体験を用意する。ルネは温室のあまたの熱帯植物中からマダガスカルのタンジャンを選んで、「その小枝を口にくわえると (prit)、苦い一枚の葉を噛んだ（mordit）」のである。このタンジャンにはとりわけゾラの作為が感じられる。なぜならこの個所を含めてタンジャンは、いずれもルネのインセスト欲望を証言するように小説中で五回登場するからだ。しかもルネがタンジャンを噛む様子は、語り手が登場人物世界とは別次元に属す証人として三人称の主語と組み合わされた単純過去形をとおして語っているのだから、タンジャンの葉が苦いかどうかはその語り手のタンジャンに関する知識に基づいた推測の結果である。語り手はタンジャンの苦さをメタファーとして利用することによって、小説のヒロインのインセストに道徳的な判断を差し挟みながら、読者にインセストを感覚的に印象づけようとするのである。

インセスト欲望の形態

上記ではルネのインセスト欲望の発生現場を捉えて、それを叙述するゾラの文体的な特徴を考察してきた。しかしインセスト物語という限りでは、核心部分をなすインセスト行為そのものに是非とも触れなければならない。また、もしもルネのインセストが互いの相手を肉親としただけで、その他の点では単なる欲望の発現と何ら変わらないとすれば、前節での文体的な特徴の指摘も価値を半減させてしまう。したがって、ここではルネのインセストが実際に行われた様子を述べると同時に、それが他の凡百の欲望表現とどのように形態的に異質であるかを明らかにしておかなければなるまい。

ルネとマクシムの二人がインセスト行為へといたる、時間の流れに沿った具体的な出来事の顛末は一章から四章に受け継がれる。そこで温室中での禁断のインセストこそ自らのめざすにふさわしい欲望の形であると、ルネがひとり心中で意識してから、彼女のインセスト欲望は、時間的に二週間あまり経過した四章において展開を見せる。刺激欲しさから女優ブランシュ・ミュレールの夜会に隠密で顔を出したルネは、期待はずれからマクシムと一緒に早々に退散する。ブランシュの家はキャピュシーヌ大通りに沿った小さなバス゠デュ゠ランパール通り［かつてはショセ゠ダンタン通りからコーマルタン通りを越えてマドレーヌ寺院まで伸びていたが、オペラ座とその広場の整備で消滅し、今は存在しない(12)］にあったから、ルネが自宅に戻ろうとマドレーヌ寺院のある右手の方向に向かわずに、ブランシュの舞踏会の後で欲求不満を抱えたまま帰るより、すこしでもそれを解消しようと左手にあるイタリヤン大通りに辻馬車を向かわせたのは、筋書きとして当然であった。

カフェ・リッシュは、イタリヤン大通りを挟んで南側のイタリア座と反対側のル・ペルティエ通り一番地に位置し、これと並んで言及されているカフェ・アングレとともに、当時の飲食店について触れたどの書物にも出てくるように、イタリヤン大通りを代表するレストランであった(13)。夜食を取ろうとマクシムに促されて辻馬車からカフェ・リッシュの前に降り立ったルネの心境が語られている。

ルネはにっこりして、脚を濡らすのをこわがる鳥のような風情で辻馬車から降りた。嬉しくてたまらない。足の下に歩道が感じられる。踵が熱くなってくる。そしてここから、甘いおののきが、肌にぴりぴり伝わってくる。何だかすこし怖いけれど、わがままが叶えられたのだ。辻馬車が走り始めてからというもの、歩道に飛び降りたくて仕方がなかったのだ。彼女は人目を忍ぶかに小股に道を渡った。誰かに見られたらと思って、いっそう恐れで増幅された悦びを感じているようだ。ちょっとした息抜きのつもりだったのに、とんでもないことをしてしまいそうな雲行きだ。ド・サフレ氏の不躾な誘いを断ったのは後悔していなかったけれど、もしマクシムが禁断の果実を味わわせてやろうという気を起こさなければ、恐ろしく不機嫌なまま家に帰ったであろう。

（IV, p. 447［一九四頁］）

ルネが二週間前に温室で決意したことを考え合わせると、ここで言う「禁断の果実」とはインセストに他ならない。

カフェ・リッシュでは場所を心得たマクシムが、ルネを一階のレストランでなく、二人きりになれる小部屋へと案内する。そこにはマクシムのような常連客がどのようにして小部屋を利用するのか了解済みのシャルルというギャルソンがいて、マクシムの希望する小部屋へ二人を入れてくれた。

それは白と金の色調の四角い部屋で、閨房のように色っぽくも粋な内装がしてあった。テーブルと椅子のほかには、低いコンソールテーブルのようなものがあって、そこに皿を下げるようになっている。それから、まるでベッドのような広いソファが暖炉と窓のあいだに置いてある。［…］だがこの部屋で面白いのは姿見である。どっしりとした美しい鏡で、幾多の女たちが、名前や日付、替え詩句、とんでもない考えや呆れた告白を、身に着けているダイアモンドでここに刻みつけているのである。ルネは見てはいけないいやらしいものを見たような気がして、好奇心のままにそれ以上読みすすむ勇気がなかった。ベッドのようなソファを見るとまたうろたえ、落ち着こうとして、天井や、金めっきの真鍮製で五つの火口のついたシャンデリアを眺め始めた。しかしこれは、甘く快いとまどいであった。

（IV, p. 448［一九五—一九六頁］）

イタリヤン大通りにあるカフェ・リッシュという舞台装置は、「閨房のように色っぽく」「まるでベッドのような広いソファ」があって、欲望を満たすのに好都合な場所で、ルネとマクシムがこの小部屋に「禁断の果実」を期待して入ったのであれば、インセスト行為にいたる道筋はすでに引かれていたことになる。いつもにないほど夜食をたらふく食べ、ワインとそれからシャルトルーズにまで手を出して身心に酔いが十分回ると、「あら、マクシム、ここにあなたの名前があるわよ。愛してる……」と、他人の名を借りてルネがした告白が合図だった。もちろん『獲物』はポルノ小説ではないから、インセスト行為の場面は、二人を大きなソファに倒れ込ませて、「もうとりかえしがつかなかった」(IV, p. 456〔二〇七―二〇八頁〕)という文を挟むだけで終わる。

ところで、ルネのインセストにおける形態的分析にとって、問題はここからである。というのも、ここまで見てきたところでは、ルネとマクシムが作中で実際に想定されている義理の親子関係にはなく、たとえば女盛りの美しい人妻と世間ずれした優男の若者だったとみなしたとしても、二人の欲望の現れ方にはさして異同はないと考えられるからだ。そこで、ここからはルネのインセストにおける欲望の形態的な特徴に注目してみよう。

「ベロー・デュ・シャテル家のブルジョワ的潔癖さのすべてが、この究極の過ちのなかで目覚めたかのように、彼女は重々しい声でつぶやいた。『わたしたち、おぞましいことをしてしまったわ。』酔いが醒め、彼女は急に老け込んだような深刻な顔付きだった」(IV, p. 457〔二〇八頁〕)。ここではまず、伝統ある生家の「ブルジョワ的潔癖さ」とそれを侵した「究極の過ち」ということばに集約的に表現されているように、ルネのインセストはタブーの侵犯として概念化することができる。

性的欲望、つまりエロティスムとタブーの侵犯との関係を概念化する試みとしてすぐわたしたちに想起されるのは、ジョルジュ・バタイユのあの『エロティスム』(一九五七年、邦題は『エロティシズム』)であろう。バタイユにとってエロティスムとは動物の性欲と異なり、人間を存在論的に規定し、死や暴力と不可分に結ばれているので、たとえば「エロティスムの内部に活動しているものは、つねに組織された形体を解体しようという作用である。つまり、私たちがそうであるような、限定された個体性の非連続の秩序を基礎づけている、規則正しい社会生活の形体を解体するのがエロティスムなのだ」というような規定の仕方をされる。[14] したがって、性的欲望そのものに、すでにタブーとしての規定が分かちがたく結びついている。エロティスムに本質的に含まれた禁止と侵犯の関係は別の個所では、「エロティスムは、人間の性欲が禁止によって制限されており、そしてエロティスムの領域が、この禁止に対する違反の領域であるという意味で、動物の性欲とは異なる。エロティスムの欲望は、禁止に打ち勝つ欲望である」(バタイユ、p. 283〔三七七頁〕)と表現されている。

そもそもルネは、バタイユのように、自らの性的欲望をタブー視しているわけではない。彼女の欲望にとってタブーとなるのは、一般の性的行為から逸脱したインセストに限られる。それでもそこで彼女がタブーを侵犯していると意識している限りでは、バタイユの概念化したエロティスムと通底し、そこで主張されている意識をすくなからず共有していると推測しうる。

だがルネは、カフェ・リッシュでの出来事からわずか二日後に、政府主催の舞踏会からの帰り道をマクシムに送らせると、今度は自分の寝室の灰色と薔薇色の大きなベッドの上であっさりと侵犯行為を繰り返してしまうのである。いとも簡単にこんなに易々と犯されるようなタブーなど、もちろんタブーの名に値しない。どうしてそうなってしまうかということについてはすでに見てきたのだが、『獲物』の語り手の説明を改めて聞いておこう。

大きなカレーシュでブーローニュの森へ赴き、ゆるゆる走りながら耳もとで猥談を囁きあったり、子供の頃に知らず知らずしでかした性的な悪戯の思い出話をしたり、二人の欲望は道草を食いながらも、いつのまにか満たされていたのだ。こんなとき、まるでそっと愛撫しあったかのように、二人は何となく気がとがめた。そしてあの、原罪ともいうべき卑猥な会話の醸し出すけだるさは、二人を官能的な疲れで酔わせ、そのものずばりの接吻よりもなお一層心地よく二人をくすぐった。こうして、二人の友達関係は、恋人たちのゆっくりとした歩みとなり、いつの日かカフェ・リッシュの小部屋へ、ルネの灰色と薔薇色の大きなベッドへと行き着くのは避けられなかった。抱き合ったとき、罪を犯したという衝撃はなかった。(IV, p. 481［二四三頁］)

このように語り手は義理の親子関係があっさりと乗り越えられたことを論理的に説明している。語り手というのは物語の登場人物の胸中を見抜ける可能性をもっている。しかしだからと言って、インセスト・タブーを犯してもルネが罪悪感をもたなかったとする語りの主張の方が真実で、先のカフェ・リッシュのインセストについてルネ自身がふともらした「おぞましいこと」という反省は虚偽だ、ということにはならない。おそらく、ルネにとってインセスト・タブーというのは、バタイユがエロティスムに関して考えていた、人間の存在論的規定にまで達するような重たいしろものではさらさらなく、彼女の性格にふさわしい、もっと軽い、遊戯的なものなのだろう。つまり彼女は反省もするが、それをあっさり忘れることもできるのだ。

「ねえ、もしわたしがパパと結婚してなかったら（n'avait pas épousé）、あなたわたしに言い寄ったでしょ（ferais la cour）」（I, p. 330〔二一四頁〕）、とルネは一章のカレーシュでの散歩の締めくくりで、マクシムに軽口をたたいている。この軽口に使われた条件法否定形の動詞を直説法の肯定形に代えて、現在の事実に反する仮定を譲歩の文にちょっと変換するだけで、「私がパパと結婚していても（ai épousé）、あなたわたしに言い寄ってもいいのよ（ferai la cour）」という誘いの文に置き換えられる。ひょっとしたらルネは無意識のうちに後に生起する出来事を見越して、誘惑のせりふをふと口にのぼせたのかもしれない。条件法の文と譲歩の文とのあいだに横たわるのはわずかの距離で、一足踏み出せばすぐにも仮定から現実へと移行できる。事実、作中の事態はその通りに推移したのである。

結局のところ、義理の親子関係が二人の欲望にとって障害になっているといっても、それは日常会話の条件法で制限される程度の軽い制約にすぎない。ルネとマクシムとの義理の親子関係は、ひとたびインセストが犯されれば文字通り擬制と化すのだし、その後は擬制として欲望に遊戯的に利用されるまでだろう。そしてこれが前々節で見た「擬制のインセスト」の指し示す実質的内容なのである。

かくしてルネの欲望は、二人の男女間に生起する抗しがたい引力を表した「ねえ、もしわたしがパパと結婚してなかったら、あなたわたしに言い寄ったでしょ」ということばと、インセスト・タブーを指し示す「わたしたち、おぞましいことをしてしまったわ」ということばのあいだで維持されるにいたる。すなわちルネは、前者からもたらされる魅力に引き寄せられながらも、後者から発せられる罪深さにおののき、文字通り魅惑と恐怖のあいだで引き裂かれることによって、かつて味わうことのなかったマゾヒスティックな倒錯の快楽を知るのである。

愚かしい過ちの後、彼女は名づけようのない快楽（plaisir）をまた夢に描きはじめた。それから、マクシムを再び抱いて、彼を知りたい、自分が罪と見なしている愛の過酷な悦び（joies）を知りたいと思った。彼女はみずからすすんでインセストを受け入れ、強く求めさえし、後悔するならしてもよいという覚悟で味わい尽くそうとした。彼女は活動的に、自覚的になった。社交界の上流夫人らしい情熱、ブルジョワ女の臆病な先入観、自己嫌悪にひたっている女の抱く葛藤、喜び、侮蔑、こういったすべてをもって、彼女は愛した。

（IV, p. 483［二四六―二四七頁］）

インセスト文学を洋の東西を問わず網羅的に渉猟しようとした原田武は、こうしたインセストと快楽の関係一般について「実際、快楽は罪悪感に比例する。快楽を高めるためには現実を多少枉げてでも、悲劇的な状況を設定する必要が生じるのであろう。そして性衝動が想像力の問題であるからには、そこに自己陶酔の部分がどうしても加わるのだ。同性愛のような他の倒錯に比べて、インセスト禁忌が課する罪悪感は格段に高い。それだけに、近親性愛はヒロイックな喜びを満喫させてくれる条件をよりよく具えた、メリットの大きな倒錯だということになる」という証言を寄せているのだが[15]、それがまさしくルネの場合を的確に言い当てている。

ひとたびインセストという社会的な規範を踏みにじる行為を犯し、そこに性的快楽を高める手法の一つを見出すことになったルネであれば、インセストのほかにも社会的規範を侵犯することに倒錯的な喜びを見るようになることは想像に難くない。次いでインセストの現場で見られるのは、一般的には社会的に優位に立つ主人となるべき男に従順にかしずくべきだと目される女が、性的欲望の現場では逆に主導権を握って男を支配する、普段の社会生活での男女の立場を逆転させたマゾヒスティックな光景である。(16)

二人は、狂おしい愛の一夜を過ごした。ルネは男、激しく行動的な意志そのもの、片やマクシムは受け身であった。この中性的な、子供の頃から男らしさを欠いた金髪の小綺麗な存在は、好奇心に駆られた若い女の腕に抱かれると、古代ローマの美青年のように脱毛を施した四肢と美しい華奢な体つきをして、まるで大柄な女の子であった。彼は、性的倒錯(perversion de la volupté)のために生まれ育ってきたかのようだ。ルネは支配するのを楽しみ、男とも女ともつかぬこの被造物を自分の情熱のおもむくままにあやつった。彼女は、自分の欲望に絶えず驚き、思いもよらぬ官能の喜びを見出し、不快と激しい快楽のないまぜになった奇妙な感覚を味わった。彼女はもうわからない、これでいいのだろうかと思いながらも、ふたたび彼の柔らかい肌に、ぽってりした首筋にまといつき、また身をあずけきって、気を失なわんばかりになった彼に自分の身を与えた。それは彼女にとっては至福のときであった。

(IV, pp. 485-486〔二五一―二五二頁〕)

ルネはこのようにしてマクシムを相手に、しばらくは性的欲望を思うさま満たすことができた。だが、社会的規範が課してくる禁止を念頭に置いて、それをこのように侵犯することで性的快楽を増幅させようとするもっぱら想像頼みの手法は、それを毎回繰り返していれば想像における刺激がそのうちに枯渇してしまうことは明らかであろう。インセストという刺激的な関係に最初に飽きてくるのは、もちろんルネほどに想像力の働かないマクシムの方である。母子が罪深い関係に陥ってから一年経つと、マクシムは気まぐれで奇矯な言動を繰り返すルネが次第にうとましくなって、「たしかに結構ずくめの付き合いだったけど、本気じゃなかったし、もうそろそろ終わりにしよう」（V, p. 514〔二九五頁〕）と思い始める。だがルネの方はそうはならなかった。なぜなら、彼女はインセストの刺激をあっさり諦めるのでなく、自らの欲望を再度刺激し、以前とは趣の異なった方向で展開する新たな手段を見出しえたからである。

ここまではインセストを話題にしているので、当事者であるルネとマクシムについてだけ性的欲望を見てきた。それでは彼らとともにサカール家という家庭を形成している一家の主アリスティード・サカールは、その点ではどうだったのであろうか。ルネとサカールのあいだに夫婦間の性的関係は長いあいだ絶えたままであった。したがってルネがマクシムと抱擁しあっていても、その場に夫が突然踏み込んでくる恐れはなかったので、二人はモンソー公園そばの邸宅の小サロンやルネの寝室それから温室で思うさまインセスト行為に耽ることができた。それほど、サカールは土地投機に忙殺されてほとんど家を留守にしていたのである。

では、サカールにあくどい金銭欲はあるが性欲はなかったのかというと、そうではない。外では息子のマクシムに劣らず、いかがわしい女たちとの付き合いは激しかった。「一流の相場師たるもの、女色を好み、そのために多少は馬鹿な出費をせねばならぬということを心得ていたからである」（III, p. 429〔一六六頁〕）。

しかもあさましいことに、マクシムとサカールの父子は同じ女たちを相手にすることもあるので、その女のところで鉢合わせすることさえあった。俗に言う「親子どんぶり」の関係である。「そして、二人の親密さは、どちらかが目を付けた金髪なり栗色なりの女をほかの連中から奪うために共謀するまでになった」(III, p. 430〔二六八頁〕)。「アリスティードと息子のマクシムは」親子関係としては道徳的にまさしく「恥ずべき狎れ合い関係のなかで暮らして」いたのである(17)。

『獲物』のインセスト物語の展開も、四章まではルネとマクシムのあいだに集中していた。それが五章になると、そこにサカールが一枚加わる。サカールはいよいよ本格的にルネの嫁資から自分の投機のために必要な資金を引き出そうと、妻の寝室を訪れるようになった。他方でルネの方もマクシムとの派手な遊興などで手元が不如意に陥り、嫁資として持参してきた不動産を現金化する必要にせまられていた。そんな時にサカールは妻の魅力を再認識して、彼女にせまってきたのである。ルネは背に腹は代えられぬ状況に追いやられ、それまでは彼女一流の奇妙な考えだが、「父親と結婚してはいても、女であるのは息子に対してだけ、というのが自尊心の最後の支えだった」(V, p. 500〔二七三頁〕)にもかかわらず、彼女はついに夫に身を任せてしまう。インセストの物語は新たな局面に入ったのである。

それまでは、息子とインセストで結ばれながら夫のことを時折考えると、官能味をおびた恐れが、悦びに薬味を効かせるようだったのに、今や、男性そのものである夫が暴力的にマクシムとの関係にはいり込み、この暴力ゆえに彼女は、それまでのきわめて繊細な快感ではなく、耐え難いまでの苦痛を蒙るようになった。自らの過ちを洗練させ、古代の神々なみに、近親間で愛し合う超人的な夢の国にでもいる気で自分から喜びを味わっていたところが、二人の男に共有される下卑た放蕩に転げ落ちたのだ。彼女は何とかおぞましい行為そのものを楽しもうとしたが、無駄であった。サカールの口づけにまだほてる唇を、マクシムに与えた。彼女は、好奇心に導かれるまま落ちるところまで落ちて、この呪わしい快楽を極めようとし、二つの情事をまぜあわせ、夫に抱かれながらそれを息子と想像しようと試みることまでやってみた。こうして未知の悪を訪ねて旅をしたり、二人の愛人が重なりあってどちらかわからなくなる燃える闇に迷い込んでは、いっそう怯え、いっそう傷つき、官能の喜びに恐ろしさゆえの喘ぎを混じえながら戻ってくるのであった。

（V, p. 507［二八四—二八五頁］）

漁色で見せる夫と息子の狎れ合い関係をあさましいと思いながら傍観するしかなかったルネが、今度は彼らの恥ずべき関係の主役として君臨することになったのである。父—母—子からなる家族の三角形のなかに禁断の欲望を持ち込んで、自分を頂点とする淫欲の三角形に変えてしまったのである。破廉恥の極み、このうえないスキャンダル以外の何ものでもなかろう。ところが、彼女のインセストが行き着くところまで行ったと、わたしたちがこのように道徳的な非難の目で小説の展開を追う一方で、ルネ自身は彼女の捉えられた淫欲の泥沼をいっこうに抜け出そうとしていない。それは彼女がそこに以前のマクシム一人を相手にした場合とは異なった、それよりもいっそう刺激的な倒錯的快楽を見出したからである。ここでまた形態分析の観点から彼女の欲望の現れ方を考察しておきたい。

夫の立場からすれば社会的に家族間で許される性関係は夫婦間のみであるゆえに、サカールは当然のことを妻に要求しているにすぎない。子のマクシムの立場からは、母子の性関係は血のつながりがあれば話は別だが[18]、しかし義理の関係という口実をもってすれば、それすらも時に社会的に許される余地すらある。またマクシム自身は最初から道徳心のかけらも持ち合わせていないから、個人的には、ルネとの性関係を危険なアヴァンチュールの一種だと見なしはしても、父親をコキュにして汚したという遠慮ぐらいで、多少の反省をして終わりであろう。今のところ淫欲の三角形の頂点にあるルネが、夫と息子に自らの性関係をあえて知らせることはないので、自分の家族が汚辱に満ちた関係にあると知っているのは、彼女ただ一人である。ルネの性関係がマクシム相手のインセストだけのとき、彼女は母子という関係に性欲を持ち込んで、社会的規範を侵犯することに恐れを抱くと同時にそこから倒錯的快楽を獲てきた。もしも母子間のインセストが当事者以外に知れわたってしまえば醜聞という社会的制裁がすぐにも降るのは当然だが、そこまで至ってはいないルネとマクシムのそれは、彼らが意識のなかで社会的規範を侵犯しているというもっぱら想像に負うものであった。

ルネが道徳心の堅固なブルジョワ家庭に育ったことを考えれば、マクシムに比してルネの方がタブー侵犯から感じる罪深さも、そこから獲られる快楽の度合いもはるかに大きかったことは言うまでもない。今度は二夫にまみえることになった彼女がもっとも恐れていることとは何か。それは彼女が相手をしていた父子のそれぞれに押し隠そうとしていた、夫には息子との、息子には夫との関係を知られてしまうことである。先の場合の禁止の侵犯に対する恐れは、もっぱら想像に負っていた。それに対して、今度の場合は同じ屋根の下で抱擁が行われるために、現実には禁止の侵犯が発覚してしまう危険は格段に大きく、ルネは常にさしせまった危険を背に、親子二人から快楽を貪ることになる。つまり二重の規範侵犯の発覚の危険は二重に高く、それ故にスリルに満ちたサスペンス状態で味わう快楽も、前の場合の比ではなかろう。

ところでこのスリルとサスペンスに満ちたさしせまる危険はだれによって体現されたか。言うまでもなく「暴力的にマクシムとの関係にはいり込んで」きた、「男性そのものである夫」だ。ルネにとって一方の極であるマクシムは「繊細な快感」を与えて喜ばせてくれた。それは女のようなマクシムならばこそ与えることのできた快楽で、そこでルネは男っぽい倒錯の悦びを知った。次に第三極としてのサカールはその存在の出現だけで危険を知らせ、暴力的に一挙にこの欲望の三角形を終焉に導く役割を果たすべく介入してきた。ルネはこのとき、危険そのものである存在に抱かれて、恐れおののきながら快楽を味わうという典型的なマゾヒストの悦びを知るのだ。マクシムとの関係から始まったルネのインセストの物語は、こうして夫サカールの暴力的な出現を迎えることで、欲望のうえでもこのように極限に到達して、禁止の侵犯の発覚による終焉が間もないことをわたしたち読者に告げている。

しかし、物語は以外にあっさりと終焉を迎える。だが先にルネのインセストに見られるもうひとつの特徴に触れておかなければならないので、インセスト物語の結末については先送りにしておこう。

インセストの芸術嗜好

インセストと言えばフロイトのオイディプス・コンプレクスが即座に喚起されるとすでに述べておいたが、このことはとりもなおさずわたしたちにとってフロイトの呪縛がどれほど強いものかを指し示すものだ。だが単純にゾラ（一八四〇—一九〇二）とフロイト（一八五六—一九三九）の問題となる著作の出版年——『獲物』は一八七二年の出版であるに対して、オイディプス・コンプレクスに初めて体系的に言及した『性欲論三篇』は一九〇五年——を対照させただけでも分かるように、ゾラはフロイト以前の作家で、ゾラにフロイトの影響は皆無である。インセストが家庭内に生起する性欲にかかわる出来事だからといって、ゾラはフロイトのようにオイディプス神話に依拠してそれを解釈することはなかった。フロイトのようにオイディプス神話に依拠して、性的欲望をもっぱら家族内の愛と憎しみの力学関係に閉じこめることはなかった。

神話とはもともと人間の運命を支配する、人間には不可抗な力を、神々の姿を借りて表現したものだ。フロイトよりも先にたとえばソフォクレスが、社会の基本的要素である家族の秩序を乱し、ひいてはそれに依拠する社会をも混乱させる可能性をはらんだ恐ろしい性的欲望に関して、神々にこと寄せた古来からの言い伝えを、芸術的に洗練・潤色化して『オイディプス王』という悲劇に仕上げる。ずっと後になって二十世紀の近代人フロイトが、それを再解釈して父―母―子という家族のみで構成された欲望の三角形のなかに矮小化して閉じこめてしまう。ソフォクレスの悲劇『オイディプス王』は、インセスト欲望に関するひとつの解釈にすぎない。フロイトのオイディプス・コンプレクスは、そのまた解釈にすぎないのだから、治療としての精神分析の枠を超えた彼の解釈図式の普遍性をあまり振りかざさないよう、またオイディプスと聞けばコンプレクスを条件反射のように想起する反応の仕方を、わたしたちは自らに戒めなければならないだろう。ところでゾラの『獲物』はインセストに関して、わたしたちをフロイト以前に連れ戻してくれる。ゾラはそこでフロイトを知らず、フロイトの呪縛もなく、神話を再解釈してわたしたちを精神分析とは異なる領域に遊ばせるのである。

ルネは、カフェ・リッシュで欲望に駆られてタブーを侵犯する前に、いみじくもこう宣言していた。「悪っていうのはね、何かこう、洗練されたもののはずよ」、だから「それは教養の問題よね」(V, pp. 452 & 453

〔二〇二頁〕）と。彼女は自ら試みようとする悪としての倒錯的欲望の追求を、単に身体的な次元だけにとどめることなく――それだと、動物の生殖行動や、動物と違わぬ人物たちの性欲を処理するだけの生理的行為に堕してしまう――、それを社交界に君臨する女性にふさわしく、芸術的に聖化されたものとして享受しようというのである。そこで最初に登場するのはルネの温室におけるインセストの無言の証人とも共謀者ともなったスフィンクスの彫像である。

ギリシア神話のスフィンクスと言えば、またもやオイディプス神話を想起せざるをえない。スフィンクスは、オイディプス王の国テーバイから別の国へと向かう山道に現れ、そこを通る人々に謎を掛けては、解けないと見るや殺害し、テーバイを恐怖に陥れたという。ところがオイディプスは、「朝は四つ足、昼は二本足、晩は三本足で歩くものは誰か」という謎を「人間だ」と解いてスフィンクスを自滅させた。その後にテーバイに帰って国王となると同時に、先王の后で実の母親イオカステを王妃としたのであった。

ゾラについてスフィンクスのイコノグラフィーを繙いてみると、ゾラはアングルがローマ滞在中（一八〇六～一八二〇）に描いた「オイディプスがスフィンクスの謎を解く」をルーヴルで見ることができた。画家セザンヌとはエクスのリセ時代から親友であり、「叢書」発表以前の一八六〇年代には印象派を擁護する論陣を張った美術評論家としてよく知られるゾラであるが、「叢書」の時期以降の美術評論中では、フランス美術を代表する画家として新古典派アングルの名は常にロマン派ドラクロワ、写実派クールベと並んで称揚されている。アングルのスフィンクスは、上半身が乳房をあらわにした若い女性、下半身がライオンの姿で描かれ、獣の足には鋭い爪をもち、肩からは翼を生やしている。だがそのスフィンクスは、洞窟のなかに臀部や後肢を隠した姿で画面左上方に相対的に小さく描かれ、絵の比重がタイトル通り謎を解くオイディプスにあることを構図の上で明示している。絵の全体を支配するのは左脚を岩の上に掛け、その上に左腕を載せ、手から一本人差し指を伸ばしながら、謎を解こうとつとめている青年オイディプスの裸身だ。

ゾラに親しいスフィンクス像がもうひとつある。それはギュスターヴ・モローの「オイディプスとスフィンクス」に描かれている。これは一八六四年のサロン（官展）に出品され、モローの名を一躍高めた作品である。モローは、画面中央で左手に槍をもち、肘を岩山について、スフィンクスと対峙するオイディプスの裸身を描いている。スフィンクスはやはり若い女の裸の上半身、ライオンの下半身、そして鷲の翼を肩に生やしている。しかしモローのスフィンクスは、アングルの時よりも大きめの身体をかぎ爪でオイディプスの胸の革帯に引っかけて、間近でオイディプスと対峙している。

ゾラはこの作品を後年自らの美術評論記事「パリ便り――一八七八年の絵画展のフランス派」のなかで取りあげ、それにかなりの行数を割いた。ゾラを慕ったユイスマンスが『逆しま』（一八八四）で、モローの独創性を絶賛し、もろ手をあげて歓迎したのに対して、ゾラはモローの独創性は認めながらも、自らはレアリスムの原理に立って手厳しい評価を下している。だが最後にもう一度この絵の前に戻ってきたことを告白して、その理由をこんな風に語っている。「奇抜な着想に私はなぜか惹かれたのである。とりわけスフィンクスが私の心を捉えたのだ。スフィンクスは独特の丸顔で意地の悪そうな女性の顔をしている。唇の端をすこしばかり歪め、そこから叫び声が洩れだしそうだ。長い間、私はスフィンクスを眺めていた。そして、このタブローが私を虜にしようとしているという事実に気づいたのだった[19]」。ゾラはこのようにスフィンクスの印象を語るが、アングルとモローのスフィンクスはいずれもオイディプスと切り離しがたい関係で結ばれており、オイディプスの登場しない『獲物』には、そのままオイディプス神話のスフィンクスを適用するわけにはいくまい。

ゾラ個人に限定せずに、もうすこし視野を広げて十九世紀のフランスにおけるスフィンクスのイコノグラフィーを見ると、ギリシア神話とは別にもうひとつの系統が見出される。フランスではナポレオンのエジプト遠征（一七九八〜一七九九）を契機に、エジプトに関する知的関心が一挙に拡大したことはよく知られている。そしてヒエログリフを解読したシャンポリオンが一八三一年にコレージュ・ド・フランスにてエジプト学講座の初代教授に任命されると、紀元前に栄えたエジプト王朝時代研究を対象としたエジプト学の発展と普及が急速に実現するようになった。一般にはこのエジプトへの関心の高まりは、ピラミッドとスフィンクスを象った装飾品に現れている。ゾラの「叢書」第九巻『ナナ』のなかに出てくる時計をはめ込んだスフィンクスの置物を想起すれば、いかにスフィンクスが十九世紀のフランス人には身近なものになっていたか想像がつくであろう。こうした置物の類に加えて、スフィンクス像はパリのあちらこちらで見かけられた。たとえばセーヌ川に面したチュイルリー公園の一角やマレー地区のシュリー館の玄関を白大理石のスフィンクス像が飾っていたし、ルーヴルのエジプト時代の数々のスフィンクス像もいつでもパリ市民は見ることができたのである。

『獲物』一章の温室で、黒大理石の大きなスフィンクスが謎めいた笑みを浮かべていた。そこはまるでオイディプスが立たされた、ポーキスの三叉路のようだ。ここでオイディプスは、実の父ライオスを殺して、実の母イオカステと結ばれることを運命づけられたテーバイへと向かった。わたしたち読者もスフィンクスの姿を見て、フロイトの精神分析の道をたどるのか、それともフロイトとは別れてエジプトの彫像が並ぶ芸術の道をたどるのか、謎を掛けられていた。わたしたちが選び取るのはフロイトの影響から免れた後者の道である。スフィンクスに関する前置きがいささか長すぎたが、ルネに付き添っているスフィンクスの実際の姿を見よう。

最初のスフィンクスは、ルネがマクシムとのインセストをはっきり意識したときの証人のようであった。次に姿を見せるのは四章で二人の情熱がもっとも激しさを見せる時期である。

ある夜、狂おしく心悶えるひととき、熊の毛皮を一枚取ってきてと、ルネはマクシムに頼んだ。それから二人は、池の端、大きく弧を描く小道に墨色の毛皮をしいて、その上に横たわった。外は凍てつき、澄みきった月夜である。マクシムは外から手も耳もかじかんでふるえながらやって来たから、温室の暖房の熱さに、獣の皮の上で気が遠くなった。刺すように乾いた寒さから重苦しい炎のなかに入った途端に、鞭打たれるようにひりひりと熱さを感じる。彼がふたたび我に返ったとき、ルネがひざまずいてかがみこみ、眼を凝らしているのが見えた。獣じみた姿が恐ろしい。髪はばさりと垂れ、肩ははだけ、背を伸ばして拳で身を支え、眼が燐光を放つ大きな雌猫のようだ。仰向けに横たわるマクシムは盛りのついたこの美しい獣に見つめられ、その肩越しに大理石のスフィンクスがあって、月明かりがその腿を照らしているのに気づいた。ルネは、女の顔をしたこの怪物と同じ姿勢で同じ笑みを浮かべ、肌もあらわに、この黒い大理石の神の白い妹のようだ。

(IV, pp. 484-485〔二五〇―二五一頁〕)

舞台装置は整っている。外は月夜、月明かりが温室内の怪異な植物や池の面を照らす。また外は厳しい冬の冷気、温室にはいるとむせかえるような熱さ、その気温差で皮膚感覚がとぎすまされて、欲望には好都合な刺激を与える。マゾヒズムの舞台には欠かせない熊の毛皮もあるではないか——もちろんゾラがこの時期に、オーストリアの同時代人ザッヘル＝マゾッホの手になる『毛皮を着たヴィーナス』（一八七一）を知っていた形跡はない。こうした舞台装置に囲まれて、主役のルネはスフィンクスと同一視されている。ルネが白い裸身を腕で支えて凝視する彫像然とした姿は、その背後で月光に浮かびあがる黒いスフィンクスと好一対をなし、欲望を心ゆくまで満たした印なのか、両者は謎の微笑を浮かべている。この光景は書割のような陳腐な絵柄かもしれない。だが、そのゆえにこそ強烈な印象を与える一幅の絵画となっている。

恋人たちは普段、マダガスカルのタンジャンの下に横たわった。ルネがかつて葉を噛んだ、毒のある木だ。二人を取り巻く白い彫像たちは、緑の植物たちが大がかりに交接するのを見て笑っている。月はめぐって、植物の群れを順々に照らしだし、移ろう光でドラマに生命を吹き込んだ。パリからははるか遠くに来ていた。ブーローニュの森や政府筋の集いに出入りする安易な社交生活から離れて、インドの森の片隅にある、何やら魔境めいた寺院にいた。ここに祀られているのは黒大理石のスフィンクスだ。罪へ、呪われた愛へ、凶暴な獣どうしの睦み合いへと自分たちが転がりつつある、と二人は感じていた。まわりに息づくおびただしい植物群のすべて、池の中で密やかにうごめく藻や臆面もなく淫らな葉叢が、二人を情念のすさまじい地獄の只中に放りこんでいた。

（IV, pp. 484-485［二五五—二五六頁］）

二人の交合は、異境的な雰囲気のなかで、もはや人間的なそれを超え出てしまっているかのようだ。そう言えば、ギリシア神話のスフィンクスは、自然の暴力を神格化したチュポーンと、上半身は女、下半身は斑模様の大蛇で生肉を食らうエキドナとが交わってできた怪獣だった。大地の滾る欲望の渦中で、植物はものみな合歓に酔いしれており、ルネとマクシムの交わりも、人間も動物もない境域、地獄の、神話の世界の出来事と見まごうばかりである。

続いてインセスト劇の芸術的な聖化は、彫刻からオペラへと移る。『獲物』にはラシーヌの『フェードル』観劇の場面が「中心紋」の手法として組み込まれていることは既に述べた。それは五章で、「たしかに老けたな。付き合って面白いのは、せいぜいあと一、二年だろう」(V, p. 507〔二八四頁〕)と、マクシムがルネとの倒錯的な愛にもそろそろ飽きて、その先を考え始めた頃のことであった。イタリア語を解せるルネは、イタリア語版オペラで上演される『フェードル』を見に、マクシムと連れだってイタリア座〔現オペラ゠コミック座〕に行く。

ラ・リストリ〔イタリアの女優〕は、がっしりした肩と太い腕を嗚咽にふるわせ、悲しみに感極まる顔で、ルネを心の底から揺り動かした。フェードルはパジファエの血を受けている。では自分は、誰の血を受けているのか、今の時代にインセストを犯している自分は、と彼女は心に問うた。彼女がこの芝居で見ていたのは、いにしえの世の罪を引きずって舞台の上を歩く大柄な女だけであった。第一幕でエノーヌに自分の罪深い愛情を告白するとき、第二幕で、情熱に駆られてイポリットに思いのたけを打ち明けるとき、さらに第四幕になって、テゼの帰還に苦しんで、不吉な興奮状態で自分を呪うとき、フェードルは、獣じみた情熱の叫びと超人間的な快楽への飽くなき欲求で劇場を満たしたので、ルネは、自分の欲望と後悔のおののきがひとつひとつ肌に走り行くのを感じた。

(V, pp. 508-509［二八六―二八七頁］)

ルネは自分の感情をまったくフェードルに移入させている。イポリットはマクシムで、テゼはサカールだ。フェードルはテゼが死んだものと思って義理の息子イポリットにあるまじき思いを告白した。そこに実は生きていたテゼが帰還した。テゼはフェードルの奸計にのせられてイポリットを死に処した。フェードル自身も、自らの獣じみた欲望によって愛するイポリットの生命も、テゼの信頼も、自らの尊厳もすべて失ってしまったため、自害するしかなかった。しかしテゼは、結果として妻の策謀のために判断を誤ったとしても、すくなくとも家父長として、王として、自らの家族に起きたスキャンダルに裁定を下すことによって、欲望の渦に巻き込まれて崩壊の危機に瀕した王家を救い出し、社会に対して道徳的にも範を垂れることによって、社会を混乱に陥れるような結果を免れえた。

ルネは自分の身にも『フェードル』の四幕が間近にせまっていることをひしひしと感じている。なぜならサカールがこの時すでにルネとの以前のよりを戻し、マクシムと彼女の身体を共有し合う淫欲の三角関係が始まっていたからだ。テゼのようにサカールが一家の父としての帰還を果たして、ルネに一家の主としての決定的な裁可を下す時期はもうすぐだ。牡牛と交わり怪物ミノタウロスを産んだパジファエの子孫だから、フェードルは欲望に翻弄されたのである。ルネが犯したインセストにはたしてフェードルに匹敵するような神話的な宿命が見出されるのか。息子へあるまじき欲望を燃やし、一家を淫欲の泥沼に陥れてしまった妻を罰するために、いつ父たるサカールの威厳に満ちた決定的な帰還があるのか。

ここは温室、灼熱の葉叢の下だ。夫が入ってくる、そして彼女が息子に抱かれている現場を押さえる。苦しい、気が遠くなってゆく。と、その時、罪を悔いながら毒のもたらす痙攣のうちに死にゆくフェードルの最後の喘ぎで、ルネは我に返った。幕がおりようとしている。わたしは、いつの日か、毒を仰ぐ勇気があるだろうか？ わたしのドラマは、古代の叙事詩と比べれば、なんとちっぽけで汚らしいことか！

（V, p. 509〔二八七頁〕）

『フェードル』には温室の場面などもちろん存在しない。ルネはまったくフェードルの悲劇に身につまされ、自らの身にそれを引き受けているのである。だがそれにしても、現実に体験していることのなんと卑小で、なんと興ざめなことか。それに夢想に茶々を入れるようなマクシムのことば――「さあ、これからテラメーヌの語りだよ。いい顔してるじゃない、このおじさん」――といい、ルネが舞台の古典悲劇と自らの現実を引き比べれば、ただ幻滅の思いを感じるしかなかった。しかしそれだけではない、それはその後の彼女のインセスト事件の結末をはっきりと予言してもいる。

四章におけるスフィンクスの彫像、五章におけるオペラ『フェードル』と、ゾラはルネのインセスト・ドラマの展開局面を、芸術的形式によって印象づけるよう段階を追って配置してきた。六章にいたってそれが最終局面にいたると、今度もやはりギリシア神話に取材した『麗しきナルシスと妖精エコーの恋』という活人画[20]によって聖化される。それは、インセストの物語が始まってから二度目の冬を迎える四旬節三週目の木曜に、サカール邸で行われた仮装舞踏会の催しのひとつであった。その三幕構成の活人画は文学好きの地方の政治家ユペール・ド・ラヌーが演出するという設定なので、どうしても卑猥で浅薄な印象をぬぐいきれず、そのことを語り手も随所で仄めかす。しかし、この時のルネの心境を代弁するには、それで十分であろう。

主役のナルシス（ナルキッソス）はマクシム、彼に恋するエコーはルネがつとめる。最初のタブローは、エコーが自分の方を振り向かせようとしてナルシスをヴィーナスの洞窟に連れてくる場面である。ヴィーナスをはじめとしてキュピッド、三美神、レスボス島のカップル、さらには「官能」を寓意する女神と、ここでは女神たちに扮した上流婦人たちが半裸の身体をさらけ出して、露骨に官能的欲望でナルシスを誘惑しようとする図である。「肉の誘惑のあとは金の誘惑」という次第で、次のタブローは富の神プルートスの洞窟へと変わり、金、銀、サファイア、トルコ石、エメラルド、トパーズ、珊瑚を寓意する婦人たちの中央に、二〇フラン金貨の山の上に鎮座するド・ガント夫人が女プルートスに扮して鎮座している。「今の時代がよく分かってらっしゃる」と、このタブローは第一幕以上に観客に喝采を浴びた。

その間にも舞台のたもとでは、一方でその日に娘ルイーズと息子マクシムの結婚をできれば発表しようという相談がそれぞれの父親ド・マルイユとサカールとのあいだで進み、他方で同じサカールがルネの地所目当ての金の算段を進めるため、妹のシドニー夫人に妻の愛人がだれかを突きとめるよう依頼し、その日に不倫の現場を押さえる機会を狙っていた。ゾラは、肺病で死にかけのルイーズに金の力でマクシムをルネから取りあげさせようとする一方で、サカールをマクシムとのインセストの現場に踏み込ませようと仕組むことによって、ルネを絶体絶命の境地に立たせた。それと同時に活人画の最後のタブローでも、彼女の扮するエコーにその最後を重ねて描き出させるのである。

ギリシア神話に即してマクシム演じる、川に映し出される自らの姿に捉えられて花と化しつつある「麗しきナルシスは、まるで自分で自分に抱いた欲望を、ついに死において充足させたかのようだ」。それに対してナルシスに恋を拒否されるエコーの方は、破綻した恋にやつれて本来なら岩山の岩と化すのだが、ルネの妖艶な身体を活かすために白大理石に脚色されている。

数歩離れて、妖精エコーも、満たされぬ欲望ゆえに死に瀕している。［…］彼女の肩も腕も、雪のように白いゆったりしたドレスも、汚く苔むしたつまらぬ岩でなく、輝く白大理石だ［…］。パロス産の白大理石そのものが現れたような、大きな襞の折り重なった繻子のスカートに埋もれ、エコーはくずおれ、身を反らせている。彫像のようにこわばった体のうちで生きているのは、女の眼だけだ。この光る眼は、物憂くかがんで泉の鏡をのぞき込む水辺の花に釘づけになっている。そしてすでに、森の中の官能のざわめきの全て、長く尾を引く雑木林の声、葉叢の神秘的なふるえ、大樫の深いため息が、妖精エコーの大理石の肌をかすめて揺れているようだ。岩と化してもエコーの心は相変わらず血を流し、長い木霊を響かせ、彼方の「大地」と「空気」のどんなかすかな嘆きをも繰り返す。

（VI, p. 553［三五三頁］）

ルネがこのようにスフィンクスの彫像やギリシア神話の舞台をとおして、自らの「おぞましい」欲望を芸術的に洗練されたものとして理解しようと努めたとしても、彼女の意向を共有することも、理解することもできないような共演者や観客が相手であれば、そうした芸術的な聖化の試みも大部分はすぐさま無惨な結果をさらして終わりとなるだろう。とりわけインセスト行為の当事者であるマクシムが、高潔さや悲劇的宿命の重みから見て、はたしてイポリットやナルシスの資質をどの程度備えているのか、サカールが、アテナイの無二の英雄テゼとどこまで比肩できるのか、ということが問題とならざるをえまい。

インセスト物語の結末

父―母―子という家族の聖なる三角形を淫欲の三角形に変えてしまい、インセストの現場にいつかは父が現れて母子はその倒錯的な愛を罰せられる。このような最後の瞬間を予期しながら、自らの欲望のエネルギーを掻き立ててきたルネのおぞましい愛欲は、しかしながらその予想された最終局面をついに迎える。

ルネだけが、淫欲の三角形のなかで父にも子にも同時に関係していることを、自らの身をもって知っていた。次いで、自らが淫欲の三角形に巻き込まれていることをかぎつけるのはマクシムである。だが彼はみずからの行為を差し置いて、ルネとサカールのあいだの夫婦の性関係を当然のことだとして、ルネの想像と期待に反して、彼女を責めるようなことはしない――もちろんそこにはそろそろルネとの関係を清算しようというマクシムの計算も働いているのだが。エコーとナルシスの活人画の舞台後、ルイーズとの結婚で決定的にマクシムを失うことを知ったルネは、彼に駆け落ちを無理強いし、その場で彼を熱く抱きしめる。果たしてその場に、シドニー夫人に手引きされたサカールがついに現れるのである。父の威厳に満ちた帰還、このインセスト物語の山場だ。

息子と妻の許すべからざる情景を目の当たりにして、テゼの役回りを果たすべきサカールはそこでどうしたか。さすがに最初は二人の罪人に対する憤りに顔を引きつらせるサカールではあった。だが、彼は執念を燃やしていたルネの署名済みの土地譲渡書類がふと目に入るや、あろうことかその場を取り繕うと書類をポケットに入れ、唖然とするルネを尻目に息子と仲良く階下へと姿を消してしまったのである。ひとりとり残されたルネは、豪奢な化粧室で鏡に映る自分の姿を間近からじっと見入る。「もうおしまいだ。死んでるように見える。この顔を見れば、頭が狂ってしまったのは歴然としている。官能の究極の倒錯として現れたマクシムは、彼女の肉体を疲弊させ、知性を狂わせて、彼女を行き着くところまで行かせた。彼女にはもう味わいたい快楽もなければ、何かに目覚める希望もない」(VI, pp. 576-577〔三八九頁〕)。

最終の七章。ルイーズとイタリアに新婚の旅に発ったマクシムは、半年後に肺の病で新妻に死別するとパリに戻ってくる。ルネは彼女との駆け落ちをはねつけたマクシムを容赦せず、フェードルのひそみにならって復讐心から、罪深い母子のインセストはマクシムの方から仕掛けてきたのだ、と夫サカールに説いて二人の仲を疎遠にさせて溜飲を下げようとする。しかしルネの復讐の意図など蟷螂の斧とばかり、ゾラは彼女を心底から打ちのめして、残った欲望のエネルギーを根こそぎ死滅させる皮肉な光景を最後に用意している。

信頼していた侍女のセレスにも去られて一人取り残されたルネが、自らの傷心を癒そうとブーローニュの森を馬車でひとり散策していたとき、サカールとマクシムが腕を組んで歩きながら、以前とまったく同じように、夫の方は融資の話を、息子の方は女の話をしながら通っていくのを目にしたのである。結局、ルネはインセストを芸術的な形式によって洗練させ、欲望のいっそうの活性化を図ったのだが、最終的にはその期待を無惨に、徹底的に打ち砕かれたことを知る。彼女のインセスト欲望は、第二帝政下の貪欲な金銭欲と高邁さのかけらもない官能の卑俗な泥にまみれてしまったのである。ルネの欲望は、これで彼女の生命原理としての機能すら喪失してしまう。もはや欲望に衝き動かされることもなくなり、ルネの生命はもう一度冬を迎えると、急性髄膜炎であっけなく尽きてしまうのであった。

生命原理としての欲望が、随ちたインセストのなかで消耗しつくし、したがってルネは生き延びることができなかった。ところがそれは、ルネに限られたことではなかった。他方の当事者マクシムは、この時点でまだ若干二十三歳か二十四歳であり、彼の人生はまだこれからだろう。彼はイタリアで妻ルイーズと死別してから、彼女の嫁資でパリのランペラトリス大通り〔現フォッシュ大通り〕に小さな館をかまえて有閑暮らしを営み、以前と同じように本能的に快楽を追う背徳的な生活をやめようとしなかった。また財産の目減りをなるべく防ぐためにやもめ暮らしを通すとともに、父親の儲け話にも一切耳を貸すことをしなかった。つまり人目につかないところで逸楽のために資産を食いつぶしていくだけで、社会的には無益な生をすり減らしていった。「叢書」の第十八巻『金』で再登場したときには、二十五歳であるにもかかわらず「悪習のために早くも老けてしまい」、リュウマチとみなされた体の不調をも訴えるようになる。最終巻の『パスカル博士』で伯父の医者パスカルの見立てによると、マクシムは梅毒を疑わせる性病が原因で運動失調症に罹っている。晩年は車いす生活を余儀なくされたにもかかわらず、結局は身にしみついた悪癖に抗しきれずに、彼の財産を狙う父親サカールが遣わした若い娘のローズに入れあげて、一八七三年に三十四歳の若さでこの世を去る。マクシムはこうして、つまらない欲望を追い求める有閑人の、資産を食いつぶすだけの生を終えた。

ゾラがルーゴン＝マッカール家第四世代の登場人物として『獲物』で描いたマクシムというのは、「叢書」でルネの主導したインセスト物語でスキャンダラスな役回りをつとめることによって、一時的に読者の目を引きつけるのだが、そのわずかな二年の期間を除けば、後は無為な逸楽生活に明け暮れ、ひたすら資産を食いつぶしていくだけの取り立てて語ることのない一生を送ったのである。だがそうであるにしても、マクシムを人前に引き立てたルネが死去した後一〇年も彼の生を支え続けたのは、やはり生命原理としての性的欲望であったと付言することができるかもしれない。

2　欲望の資本主義化

ギリシアのアテナイ王テゼは威厳に満ちた帰還をし、妻子のインセスト疑惑に対してはたとえそれが誤解であったとしても、断固たる裁定を下して子のイポリットを厳然と処罰した。ルネはインセストという自らのタブー侵犯に対して、サカールがアテナイ王テゼのような帰還があることを予期し、当然そこに自らの罪深い行為に対する処罰も加えられると予想していた。それはルネだけではない。わたしたち読者もまたルネの反家庭的・反社会的な欲望の発覚には、それに相応する混乱が引き起こされ、母子には処罰が下されるものと見込んで読書を進めていた。フロイト流に言えば、ルネもわたしたちも、超自我としてのサカールに対する期待に縛られていたのである。だがルネもわたしたちも、サカールによって予測を見事裏切られた。フロイトの人格的図式（超自我―自我―イド）もまた、サカールの行動には有効に機能しえなかった。どこかが噛み合っていないのだ。どこで食い違いが生じたのだろう。

フェードル神話を持ち出したのはルネである。ルネは自らをフェードルと同一視し、自らのインセスト行為を芸術的に聖化しようと試みた。だがフェードルが実際にイポリットとのインセスト関係に陥らなかったことを始めとして、彼女がフェードルと異なるところは多々ある。サカールがテゼとは比べものにならないことはすでに見てきたが、フェードルが懸想したイポリットもまたマクシムとは別格で、高潔そのものだ。フェードルのようなインセスト、それはルネの想像にすぎない。現実の欲望を神話を利用して想像裡で解釈し、それを父—母—子の三者からなる家庭内に閉じこめて無理矢理理解しようとすること、それはルネだけがよくすることではない。フロイトのあのオイディプス・コンプレクスによる欲望理解の形式がその典型ではなかったか。

わたしたち自身が欲望を解釈する際に囚われる精神分析の呪縛を論難して、ドゥルーズとガタリは「精神分析は、神話と悲劇とを取り扱うが、しかし両者を私人、つまり家庭人《ホモ・ファミリア》が抱く夢や幻想として取り扱う」[21]と語る。二人が言わんとするのは、神話や悲劇をルネやフロイトの想像するように家庭内の出来事として矮小化してはならないということだ。フェードルの欲望は家庭内の欲望の葛藤としてだけ理解されてはならない。したがってわたしたちにとっては、欲望を父—母—子からなる堅固な三角形から解放することと、それがルネやわたしたちのサカールに対する判断を質すにもっとも有効な方法であろう。サカールに関しては、家族の三角形内における父の役回りとは別に、そこには収まりきれないどんな役回りを担っていたのか検討しなければなるまい。

サカールの再生、そして地図、機械および資本

アリスティード・ルーゴンは、ルーゴン家ピエール・ルーゴンの三男として一八一五年に南仏プラサンで生まれた。「叢書」第一巻『ルーゴン家の繁栄』(以下『繁栄』と略記)では、パリの政界でボナパルティストとして暗躍していた長男ウージェーヌや、一八五一年十二月二日のルイ・ナポレオンのクー・デタの際、その長男から中央の政治的な帰趨をいち早く知るやボナパルティストとしてプラサンの混乱を鎮静化し、プラサンで念願の地位を得ると同時にルーゴン家繁栄の基礎を築き上げた父親ピエールと比べて、アリスティードは自らの出世を渇望していたにもかかわらず、政治の危機的状況を有効に利用することができるほど政治的な嗅覚に恵まれていたわけではなかった。

『獲物』では、そのアリスティードが一八五二年の始めに妻アンジェールと長女クロティルドを連れ、三人家族ならひと月すればすぐにも尽きるような五〇〇フランしかもたずにパリに出てきたのである。彼はパリ到着の夜、もう身体の内から湧き上がる欲望のうずきを抑えきれずに街を歩き回る。

何百万もの金を、この舗石を敷き詰めた道から吹き出させるのだ。[…] 自分がどんな戦いを交えに来たか、彼にははっきりと見えていた。抜け目ない空き巣が、今まで除け者にされてありつけなかった富の分け前を、策を弄してか暴力によってか分捕ろうとするようなものだ。こう思っても何ら恥じるところがなかった。何か言い訳をしたくなったとしても、一〇年にわたって抑えつけられてきた欲望(désirs)、田舎での惨めな生活、とりわけ自分の犯した過ちを引き合いに出せるし、こういったことの責任は社会全体にあると考えていた。

(II, p. 359〔六六頁〕)

欲望は欲望でも、アリスティードの場合は金銭に対する飽くなき渇望であった。しかもそれはゼロからの出発で、アリスティードは無から有を生み出さなければならなかったのである。

だがアリスティードは、ルネとマクシムのカレーシュによるブーローニュ散策で始まる『獲物』冒頭の一八六二年秋には、新興ブルジョワの豪壮な屋敷がひしめく八区のなかにあって、もっとも贅を凝らした館のひとつをモンソー公園の向かいに建てるような出世を享受する身分になっていた。いくら彼が貪欲な性格であったとしても、そして土地投機に首尾よく成功したにしても、わずか一〇年のあいだにこのような華々しい成果を収めることはなかなか想像しがたい。それでは成功の最大の要因は何であったのか。それは一言で言えば、彼のもって生まれた貪欲な性格が、第二帝政という時とオスマンの都市改革の渦中にあるパリという所をえたからこそかちえた成功であったと言えよう。アリスティードは政治的嗅覚に恵まれないかわり、経済的・投機的才能には人に抜きんでていたのだ。「獲物が目の前を走っている。帝政期の大々的な狩猟、一か八かの勝負、女と大金を追っての狩りがついに始まった」ことを感じ取った彼は、「飢えた獣のように小鼻をひくつかせ、パリを舞台に始まろうとしている熱っぽい獲物の奪い合いの渦中でどんなに些細な徴候をも本能的に見事に捉えんとしていた」(II, p. 362〔六九―七〇頁〕)。

そのアリスティードが無からの出発で最初にやったことは何か。アリスティード・ルーゴンという名前の改名であり、再出発のための命名である。「創世記」の神は、初めにことばを発し、その後に天地が創造された。アリスティードにとっても、名前さえあればすぐにもそこに実体が生じるということだろうか。それとも彼は、新たな世界への船出の前に洗礼の秘蹟をうけようとしたのか。「やったぜ、見つかった!

サカール、アリスティード・サカール（Aristide Saccard）！……Cが二つだ、どうだ！　名前の中に金《かね》（argent）が入ってる。ジャラジャラと五フラン金貨でも数えてるみたいだ」（II, p. 364［七三頁］）。アリスティードが自らの成功譚のなかで最初にやった目覚ましいこととは改名である。兄の政治家ウージェーヌがパリ市役所の道路管理官補佐の仕事を弟アリスティードのために見つけてきたとき、政治的な悪影響を恐れて弟にルーゴンとは別の名前を使うよう勧めたからだ。

　アリスティード自身が気に入っているように、サカールの名にアリスティード・ルーゴン（Rougon）を付け加えてみると、ふんだんに金の音がするだろう――ARisTidE（ROuGON）sAccaRd→ARGENT, OR。ルーゴンの名にはすでに金《きん》（or）が入っていたが、ラテン語の«aurum»のことを考えれば、その響きは倍増する。アリスティードは直接口に出しては言わなかったが、サカールの名の中核部分は«sac»、すなわち金の袋である「財布」によって構成されている。さらにまた«sac»とは言い得て妙だ。なぜなら彼のこれからの成功に至るための方法を予示しているかのように、«sac»のもうひとつの意味は都市などの「略奪」だから。彼の一攫千金の夢は、パリの略奪によってしか実現しないのだから。

　しかもセールのように名前の変換に物質変換の操作を見ようとすれば[22]、サカールという名を名乗ることによって、アリスティードは彼の活躍する舞台にふさわしい変身を遂げたことになる。ルーゴンという名で不名誉な失態をしでかしたエクスを引き払い、サカールという、新たな舞台パリにふさわしい名で、再生を図るのだ。ルーゴンには赤い血が流れている。ルーゴンという姓は、血が運ぶ遺伝と同じで、一族の子孫には常について回る。それが今度は赤い血のルーゴンとは関係を断ち切り、金の音のするサカールとして再生することになった。血から金への物質転換、資本主義的主体としてのアリスティード再生である。

図3　オスマンの新設道路（黒く塗った部分）

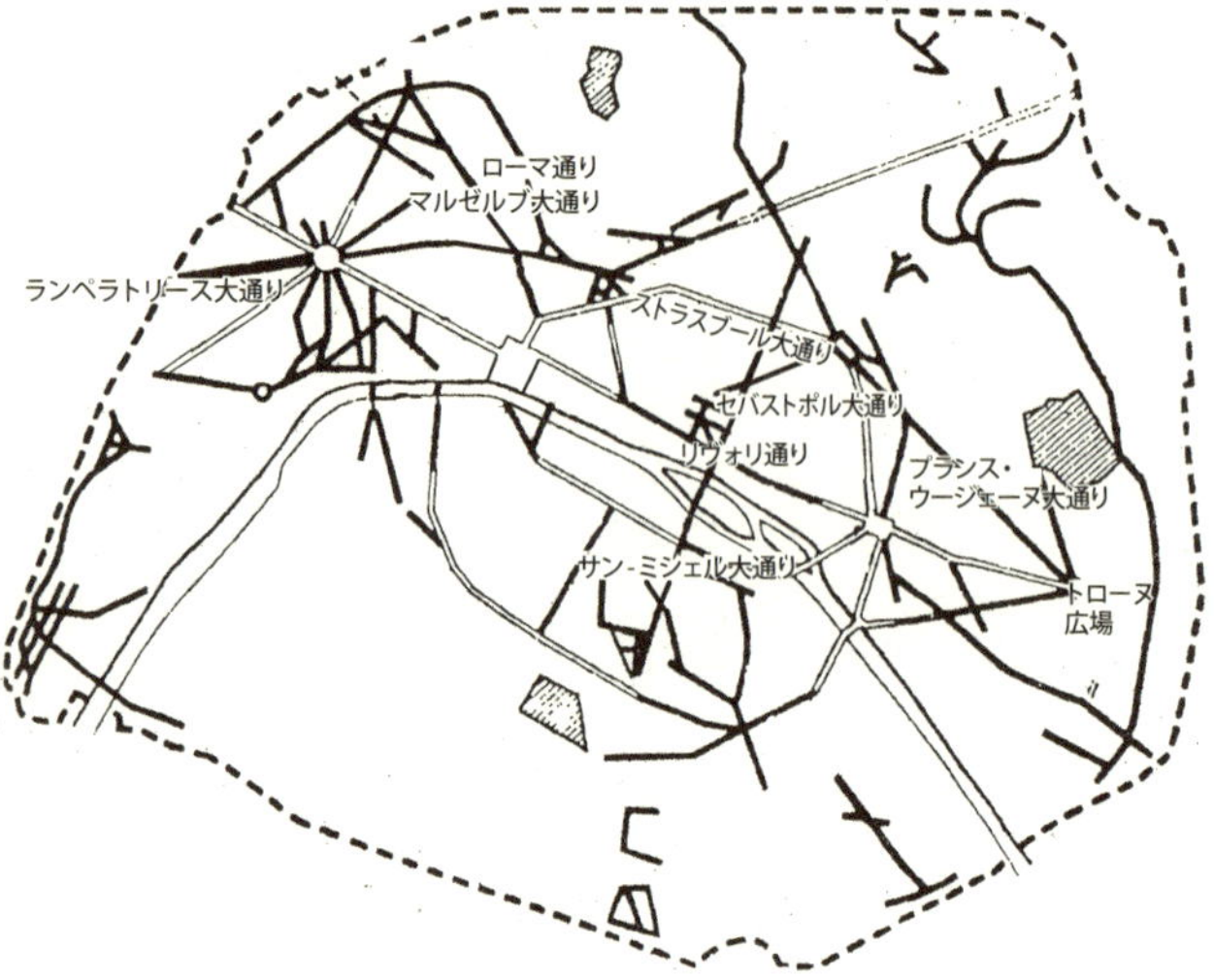

Emile Zola, *Les Rougon-Macquart*, t.1, coll. Bouquin, Robert Laffont, 2002, p.1165

セールがアリスティードの改名に見ようとする物質転換は、ポワンカレの主張するような科学的唯名論に基づき、概念どうしの論理性さえ確保できれば、真理として保証される。ところで文学というのは優れて唯名論的世界として構成されるものではなかったか。だからこそゾラは、自らの作品の主人公たちの命名に非常なこだわりを見せていたのだ。だとすると、アリスティードのサカールへの改名は、後の彼の行動が論理的に周到でありさえすれば、やがては金という実体を必然的にもたらすにちがいない。

さて、資本主義的主体として再生したサカールがこれから獲物を駆りたてようとしていた猟場のパリは、目下のところオスマンによるパリ大改造の真最中であった。パリ大改造の象徴的な工事は（**図3**参照）、①すでにコンコルド広場からルーヴル宮殿前まで開通していた東西の大動脈リヴォリ通り［現一〜四区］をパリ市役所の北側からバスティーユ広場まで延伸させること、②東駅から南にまっすぐ伸びたストラスブール大通り〔現十区〕をそのまま延長した南北の大動脈セバストポル大通り〔現一・二区と三・四区の境界〕を新たに開設し、それをリヴォリ通りとシャトレ広場で交差させ、セーヌ川まで到達させることであった。リヴォリ通りの工事は一八五三年に始まり、一八五五年に完成する。セバストポル大通りはリヴォリ通りと同じ一八五三年に着工、一八五八年に開通となるが、この通りを引き継いでシテ島からさらに南進したサン・ミシェル大通り〔現五・六区の境界〕も、一八五五年から一八五九年のあいだに完成を見ている。このような道路網を中心とするナポレオン三世肝煎りのパリ大改造計画は、一八五三年七月オスマンがセーヌ県知事に任命されたことによっていっそう拍車がかかる。

『獲物』の二章にサカールがモンマルトルの高台からパリをさして、上機嫌で先妻アンジェールに語りかけている場面がある。それは一八五三年秋のことであった。彼は「パリに二十フラン金貨の雨が降っている」と言ったかと思うと、「あっち、中央市場の方を見てごらん、パリは四つに切り裂かれている」、「そうだ、パリの大十字路って言われてるところさ。ルーヴル宮殿と市役所のまわりの邪魔物がなくなる。だけどまだちゃちなもんだよ！　皆に欲を出させるのはいいことだ……。最初の道路網ができ上がったら、今度は大騒ぎが始まる。二番目の道路網はパリをあちこちから貫いて、まわりの郊外の街を最初の道路網に繋ぐ。〔…〕ル・タンプル大通り〔現三・十一区の境界〕からトローヌの市門〔現ナション広場〕まで切れ目を入れる。それからこっち、マドレーヌ教会からモンソーの原っぱまで、もうひとつの切れ目、それから三つ目はこの方向、まだこっちにもひとつ、あっちにもひとつ、もっと遠くにもあるぞ、そこらじゅう切れ目だらけだ。」（**II, p. 389**〔一〇七―一〇八頁〕）と語り継いでいる。

二人の目の前でリヴォリ通りとセバストポル大通りの開設工事は進行中である。サカールが金儲けの絶好の機会と手ぐすね引いて待つのは、パリを一変させるその第一期道路網の完成でなく、彼が密かに知りえた、現在はまだ非公開で検討中の第二期道路網であった。そしてゾラは、その第二期道路網のひとつとして計画され、サカールがやがて最初の餌食とするはずのマルゼルブ大通り［八〜十七区に現存］のことを、「それからこっち、マドレーヌ教会からモンソーの原っぱまで、もうひとつの切れ目」として、また物語中で最大のペテン芝居を繰り広げる舞台となるはずのプランス＝ウージェーヌ大通り［後にヴォルテール大通りに改名、十一区に現存］のことを「タンプル大通りからトローヌの市門まで」として話の中にさりげなく差し挟んでいる。

サカールは、一八五二年に兄ウージェーヌの仲介で、パリ市役所の道路管理官補佐として採用され、翌一八五三年始めには、正式な道路管理官になっている。そこで職掌を巧みに利用してパリ大改造に関する情報を収集して回るのだが、それにしても一介の道路管理官がパリ大改造の計画全体を、そこまで詳細に知りうるとはとても想像できまい。だが大胆にも「サカールはある日、知事室に入って、『厳かな手』が第二の道路網の主要道路を赤インクで書き込んだ、かの有名なパリ地図を思い切って開いてみた。この血まみれのような筆の跡は、道路管理官サカールの手よりもいっそう深くパリを切り裂いていた」（II, p. 389［一一二頁］）。「かの有名なパリ地図」とは、皇帝ナポレオン三世自らが道路計画の大要を示し、それを実地測量し、検討を重ねたうえで、オスマン知事が二〇〇〇分の一の縮尺で、二一枚に分けて作成した巨大な地図である。(24) かくして、機会に乗じて一挙に富豪にいたるための必需品で、財宝がどこに眠っているかを明瞭に示した地図、それを彼は手に入れたのである。

サカールは、立場上この宝の地図を利用するための公的な仕組みを知悉していた。

土地収用という強力なこの機械（machine）の歯車装置は、一五年にわたってパリを激変させ、資産も廃墟も吹き飛ばしたけれども、きわめて単純な仕組みだ。新道建設が布告されるや、道路管理官が細分化した図面を作って土地評価を行う。通常は、住居用建物については、調査後に賃貸料全体の資本価値を産出して概算の数字が出せるのである。補償金検討委員会は、市参事会のメンバーからなり、つねに、この数字を下回る額を提示する。土地を収用される当事者たちはそれ以上を要求するから、二つの数字を付き合わせて双方の譲歩が行われる。合意が得られぬ場合、問題は審査委員会に持ち込まれ、この委員会はパリ市の提示額と収用対象家屋の家主または借家人の要求額について最高権威をもって裁定を下す。

（II, p. 393［一一四―一一五頁］）

サカールの目論見はこの土地収用機械を自分の利益のために改変してしまうことである。この機械のどこかに回路を仕組んで、金の一部の流れを自分のところへ偏流させればよい。具体的にはどうするのか。簡単なことだ。道路開設のため収用予定の地所を予め安値で買い取っておけばよい。それを道路管理官にできるだけ高く評価させれば、それに比例して利幅がふくらむ。あまりにも法外な評価額であれば審査委員会が動き出すが、それも前段階で補償金検討委員会に因果を予め含めておけば乗り切れる。サカールはやがて手を回して、道路管理官のミシュランを抱き込み、補償金検討委員会の有力メンバーであるグロ男爵とトゥタン゠ラロシュ氏を籠絡することになるだろう。

サカールのみならず彼と同じ立場にいる同僚たちも、このように申し分ない機械にはすくなからず気づいていて、そのなかでかつて彼の同僚として働いていたラルソノーはそれを「五フラン金貨製造機」« une machine à pièce de cent sous » と命名していた。しかしサカールやラルソノーは、どうしてもこの機械を自らのために働かすことができなかった。なぜなら資本主義的機械を動かすには資本がつねに不可欠の要素であるのに、しがない小役人にはいかんせんどこにも十分な資金を見出すことができなかったからである。せっかく大儲けをする手段が目の前にありながら、資金がないために有利な立場を生かし切れないのである。

サカールは、成功へといたる道程の第二段階で、首尾よく宝の地図も、宝を自らに還流させる装置も発見したのだが、彼にはまだ決定的な段階が先に控えており、そこを通過することなしには一攫千金の夢の実現もまさしく夢と消えてしまう運命にあった。一八五四年初めに、サカールは兄に資金が必要だと打ち明けている。それからしばらく、彼は辛抱強く機会の訪れるのを待っていた、あるいは手のうちようがないので手をこまねくしかなかったというのが実情かもしれない。

ところが、あろうことか、その資本が思わぬところから転がり込んできたのである。同じ一八五四年に、最初の妻アンジェール・シカルドーが死去する。一八五五年にすぐルネと再婚し、その時彼女の妊娠の事実を隠蔽するために表に出ない二〇万フランを手にする。これこそサカールが喉から手の出るほど欲していた、五フラン金貨製造機を作動させるに十分な資本金だったのである。これで彼は富に至るために決定的な第三の段階も通過できた。後は慎重に五フラン金貨製造機を作動させるだけであろう。

ゲームとしての歴史

サカールは巨万の富を手に入れるためにゼロから出発し、改名した名前の御利益なのか、彼のところに順次宝の地図や金貨製造機械、資本が、まるでライプニッツのモナドのように予定調和的に集積した。かくして手に入れた手段を巧妙に操作し続けていけば、『獲物』が想定するように一〇年という短期間であっても、サカールはモンソー公園に邸宅を構えるような富豪になれるだろうし、彼がパリに到着したときあれほど欲していた一攫千金の夢もとうとう実現するだろう。

だがそれにしても、これではあまりにも出来過ぎていはしまいか、ゾラともあろうものがこんな成り上がりブルジョワのおめでたい物語を書くだろうか——こんな疑問が当然わたしたち読者には湧いてこよう。まるでさいころを転がして遊ぶ双六ゲームのように事が運んでいく。まるで不動産を次々と増殖させて富を築き上げる競争をする「モノポリ」ゲームをしているようではないか。サカールの話は現実の歴史では起こりえない、ゲームのように事が運ぶなんて、小説だからこそ許される話ではないのか。

しかし、パリ大改造の時代は、人々を大混乱に陥れるとともに、彼らを富の貪欲な獲得競争に駆りたてた。だから、そのなかには濡れ手で粟をつかみ取った成り上がり者もいたにちがいないし、戯画化されているとは言え、サカールのような成功者が存在したにちがいない。ひっきょう、これは現実の歴史がゲームまがいの小説のように動くかいなかの問題だ、歴史と文学が同じか別物かの問題だ。

「十二月二日の山師どもが借りを返した後で、すり減ったドタ靴や縫い目の白っぽくなったフロックコートを溝《どぶ》に捨て、一週間も伸び放題のひげを剃り、きちんとした人間になりつつあった時期である。ついにサカールもこの連中の仲間に入ろうとしていた」(II, p. 381［九七頁］)。「十二月二日」とは言うまでもなくルイ・ナポレオン・ボナパルトが、大統領の職にありながらクー・デタを起こして、自らの第二帝政を作り出し、自らの地位を恒久的なものにした日である。サカールもまたその時期の典型的な山師の一人であった。彼はプラサンでのジャーナリスト時代に時局に応じてひと山当てようとしていたのだが、兄のウージェーヌや父のピエールのように一八五一年十二月二日のクー・デタの帰趨を的確に見通せず、共和派に味方するという失態をしでかしていた。そのためプラサンではどうにもならずパリに出てきたのである。だからこそ二度と賭けに失敗しないようにと慎重になり、「彼は賭けの借りを返す社交人のように取引として結婚に対処した」(II, p. 381〔九六頁〕)のである。

ところであのマルクスが『ルイ・ボナパルトのブリュメール十八日』によって、唯物史観に基づいた精緻なクー・デタ分析を披瀝したことはよく知られているが、そのなかで二月革命とクー・デタの関係を、こんな風に冗談めかして語っている。

> 二月革命は、一つの不意打ちであり、古い社会にとっての大番狂わせであった。そして人民は、この思いもうけぬ突撃を、新しい時代を開く世界史的行為と宣言した。ところが十二月二日に、二月革命はいんちきカルタ師のいかさまにかかって、ちょろまかされる。くつがえったと見えるのは、もはや君主制ではない。君主制から何世紀にもわたって闘いとられた自由主義的な譲歩のほうである。社会そのものが新しい内容を獲得したことにならず、その代わりに国家が、その一番古い形態に、図々しく単純なサーベルと僧衣の支配に、逆戻りしただけのように見える。一八四八年二月のまぐれ当たり(coup de tête)が答えたので(coup de main)に対して、こんな風に一八五一年十二月のねらい打ち

あった。もうけたとおりすってしまったのだ[25]。

要するに、二月革命は賭けにおける「まぐれ当たり」のようなもので、だからこそそれはその上手を行くペテン師のルイ・ボナパルトにしてやられたということだ。

それにしても、歴史的事象である二月革命をまぐれ当たりとし、歴史上の人物であるルイ・ボナパルトをいかさまをやらかすカルタ師と見てとることのできたマルクスは、一体どこからこうした透徹した観察眼を獲得することが可能になるのだろうか。そうした歴史的観察眼の機微の一端をエンゲルスが、「彼は二月事変［一八四八年の二月革命のこと］以来のフランス史の全進行をその内的連関において展開し、十二月二日の奇蹟は、奇蹟でもなんでもなく、この連関の自然な必然的な結果にすぎないことを明らかにした[26]」と、いわゆる唯物史観に基づいて説き明かしている。

歴史の表舞台に立って二月革命を起こしたフランス人たちはそれを奇蹟と見間違えた。その証拠にルイ・ボナパルトは舞台の陰からやって来て、あっさりとその奇蹟の果実をすっかり自分のものにしてしまったではないか。こうした歴史の論理は歴史の舞台に立った当事者たちには知りえない。それは、歴史的資料を徹底して集め、二月革命からクー・デタにいたる一筋の歴史の流れをさまざまの政治状況の内的連関を探りながら論理的必然性として提示しえる、透徹した観察眼をそなえたマルクスのような歴史家のみがよくすることだ。しかしこのようにして歴史的事象と歴史家とを対象と観察者の関係として見直せば、ひっきょう歴史学とは後付けの論理にすぎないということになる。すると歴史学の成果の優劣は、残るところその説得力だけか。

マルクスのやったような、歴史の場を賭博場のようにみなす見方が、歴史学の後付けの論理的結果にすぎないとすれば、今度は歴史の現場に立った二月革命の蜂起者たちやルイ・ボナパルト、それからサカールのような山師たちの立場に身を置いて、彼らが賭の論理にしたがっていたのか、いないのか、言い換えれば史的唯物論のような歴史の後付けの論理ではなく、賭の論理そのままに歴史を解釈しようとする理論がないのかどうかを問うてみなければなるまい。もしもそのようなものがあるとすれば、それこそが作家や語り手が登場人物と一体となることを目指した写実主義文学、自然主義文学の真骨頂の裏付けとなろう。

そこで歴史と一体となったゾラの「叢書」の小説群を、賭の論理によって解明しようとしたゾラの批評家を挙げよう。それは科学史家のセールだ。セールは彼のゾラ論の諸所で「叢書」が賭の論理にのっとって書かれていることを明言しているが、そのなかからわたしたちの考察にふさわしい個所をひとつだけ的確に引用してくるのはなかなか難しいことかもしれない。たとえばこんな風に彼は言う。

ルーゴン家のあの幸運、それによってすべてが始まる。赤います目に賭ける人々の全体が動き出す。ゲームは記号の領野に、限定されたものが支配している古めかしい残酷な王国に浸透する。ドミノ。みんなのロゴス、みんなの力は偶然の一手、さいころの目、クー・デタでしかない。断続して繰り返される条件ないし原因は、もうどうしても必要だというわけではない。それらは多数という炉の中で解けてしまう。それらはまさにごまかしだ。権力は幸運な一手で奪い取られるが、それが固定され、保持されるには、歴史が一つの法則となり一つの意味を持つには、一連のさいころの投擲が繰り返される必要があり、そのためにいかさまをすれば十分だ。ルーゴン家の人々は賭をする。しかも彼らが勝ち誇れるのは、詭弁を弄してごまかすからだ。それにもし規則が遵守されるにしても、賭手の破産が手間どることはない。また再び、歴史のいずれの法則もまったく一つの例外にすぎなくなる。残るは崩壊に向かっての膨大な数からなる全体の漂流だ。（セール、p. 183［二五三頁］。傍点はセール）

セールの理解によれば、サカールの成功はもちろん賭に勝ったからだ。ルイ・ボナパルトのクー・デタの成功もそれと同じだ。マルクスがそれを揶揄していたが、歴史の論理を賭の論理とみなすか否かを別にすれば、唯物史観とセールのクー・デタ評価も同じだ。サカールが一連の賭を連続的に成功させようとすれば、ボナパルトがクー・デタ成功以後に権力を維持しようとすれば、詭弁を弄していかさまを続けることが必要になる。ここまでもマルクスとセールは同じだ。

だが両者の相違はその後に来る。セールは賭の基礎的論理にのっとって、つまり賭けにおける幸運にはストカスティックな（確率的な）原理が必然的に随伴することをふまえて、サカールやボナパルトの成功を例外にすぎないと、偶然の結果にすぎないとみなす。だから彼らには賭けにおける偶然の力を極力抑えるためにいかさまを必要とする。それでも彼らの勝ちが例外中の例外であることに変わりはないし、いかさまはそうそう通用はしない。早晩彼らが賭けに破れることは火を見るよりも明らかなことである。それに対してマルクスやエンゲルスはこうした一連の歴史＝物語の経過を必然の結果だとみなすだろう。それが唯物史観だからだ。それから歴史の必然の論理が幅をきかせると、ブルジョワ革命である二月革命は失敗したが、このブルジョワ革命を学習するプロレタリア革命が必然的に成功するという予言と化す。しかしそうなると、今度は現実の歴史によって彼らの唯物史観は裏切られてしまう。セールに言わせれば、「歴史のいずれの法則もまったく一つの例外にすぎない」のだ。

だが、これでは大きな問題が残るであろう。歴史＝物語がこのような賭けによる偶然の結果が集積したものにすぎないとしたら、はたして歴史学や文学は可能なのだろうか。つまり歴史学も物語も一つの例外的な事象の連続でできているのだから、何がその連続性を可能にするのかということである。科学史家であるセールの用語で表現すれば、歴史は連続する個々の局面では多数の可能性のなかからたった一者を選択するストカスティックな過程である。にもかかわらず長い時間的な経過のなかでは不可逆的な論理的過程をたどっているように見えるエルゴード的性格を示している。それで分かった。歴史は本質的には賭で生起するような確率的過程によって成立している。そこで歴史学は、エルゴード仮説に基づいて、あらゆるパラメーターを駆使し、できるだけ正確に厳密にその過程を再構成しようとしているのだ。

ではこうした歴史に対して、文学のなかで語られるサカールのような成功譚はどう理解するべきか。サカールは第二帝政期のパリ大改造に賭ける。その時彼の成功の可能性は時と所をえて確率的に高い。しかしその可能性をもっと確実なものにするためにぺてんをする。結果的にはそれが功を奏して、彼は狙い通り大金を手にすることになった。サカールの成功譚によって代表される文学は、このように歴史と交差しながら、彼の例外的な成功をできるだけ本当らしくするために、言い換えれば歴史学のように正確で厳密なものにするために、あらゆる手段を駆使して賭をする。サカールが賭けに成功するかどうか、サカールの成功譚が首尾よく読者の共感を得るかどうか、それはさいころを振ってみなければ分からない。こうして歴史も賭をしているが、ゾラの『獲物』も、またそのなかのサカールも賭をしているのだ。

ゲームの観点から、富豪を目指して賭をするサカールを見直しておこう。サカールへの改名は、彼にとって富豪ゲームのプレイヤーとしての純化の意味をもつ。以前のプラサンでの失態によって勝負勘を狂わされてはならないし、それがいつどんなかたちで彼に不利に働くとも限らないので、余分な夾雑物を取り払い、過去の汚れを洗い落として新たな賭に挑むために、サカールにとって改名は最初に必要とされた準備であった。次に、オスマンの巨大な第二期道路網計画図とパリ市の土地収用機構、それらはそのまま宝のありかを示した地図と五フラン金貨製造機に変わる。つまりゲームを有利に展開するための強力なカードである。そして最後に、彼と富豪ゲームを競う者たちにはもっとも入手困難な資本、強力無比なジョーカーを、サカールはルネとの再婚によって手にした。ここまでゲームのプレイヤーとして手札が揃えば、もはや彼の勝利は疑いえないのではなかろうか。

サカールは万全の態勢を整えていよいよゲームに挑む。まず宝の地図に掲載されている土地を、手にした資本で取得しなければならない。ペピニエール通りにあるその屋敷［かつてのペピニエール通りは、現在の八区でマルゼルブ大通りが走るサン・トーギュスタン広場からサン・ラザール駅前までの区間が残存している］は、これまたおあつらえ向きなことに再婚相手のルネが嫁資の一部として持参してきており、それを現金化することが結婚当初から予定されていた。サカールは、いまでは市役所を退職したラルソノーを介して再婚で手にした二〇万フランを元手に、贅沢のため手元不如意に陥っていた妻のルネから一五万フランでその所有地を買い取り、これを一方で転売やら借家人の家賃値上げやらで六〇万フランまで価値を釣り上げておいた。他方で評価担当である同僚のミシュランにその不動産を五〇万フランという評価額をつけさせた。最終的にはラルソノーの協力で架空の所有者の名を借り七〇万フランの請求をさせると、収用価格を正式裁定する補償金検討委員会に間を取って六〇万フランで価格決定させることに成功する。サカールはこのように、五フラン金貨製造機を巧妙に作動させることによって、元手の四倍を稼ぎ出したのである。結婚する前は無一文だったことを考えれば、結局ゼロから六〇万フランを生み出したことになる。賭とペテンをまじえて、サカールの最初の試みは見事に成功する。賭と欲望の相性はよい、というよりも賭への情念と欲望の肥大化は一体で、双方が相乗効果によってますます高じていくことは一般的によく知られていることである。賭ける人の心理とは厄介なもので、勝ったときにはさらに多くの益金を欲し、負ければ負けたで次にはといっそう賭に熱が入り、負けがこんだときには、今度こそはとなけなしの金をはたいて一発勝負に賭ける。サカールが最初の試みを成功させると、その後は輪を掛けてますます富豪ゲームにのめり込んでいったことは、賭の心理学からすれば必定であろう。

歴史の舞台とサカールの富豪ゲーム

オスマンのパリ大改造に関する日本における総合的研究として評価の高い、松井道昭の『フランス第二帝政下のパリ都市改造』（以下『パリの都市改造』と略記）は、第二次道路網計画に関わって作られた仕組みを紹介している。一八五八年十一月に、第二次道路網計画がパリ市の手で円滑に実施されるようにと、パリ公共土木事業金庫 « Caisse des travaux de Paris » が創設された。同金庫は、①不動産の収用、②収用に伴う賃貸物件の補償、③工事費用の支払いを事業内容とし、道路工事で収用された不動産を担保にして債券の発行が認められた（松井、p. 299）。しかしこの債券がなかなかさばけなかったため、民間の不動産銀行 « Crédit mobilier » で五分の一の債権を引き受けてもらうことによって何とか資金を捻出することが可能になった（松井、p. 294）。

ところで道路工事そのものは市が直接請け負う場合もあったが、一八六〇年以降はかなりの部分を民間業者が請け負うことになった。業者は市から委託を受けて、収用、立退き補償、家屋の取り壊し、道路工事、土地整備をし、工事が完了した後、道路は市に再売却、土地の方は自由に転売できた。落札した民間業者は、工事代金が工事終了後にならないと支払われないし、落札時に予算額と工事費用の差額のために保証金を積まねばならないことから、膨大な運転資金を準備しなければならなかった。そのため業者は公共土木事業金庫から工事対象となった土地の「譲渡証書」を発行してもらい、それを担保に工事の完成前でも、着工前でも、先の不動産銀行から融資が受けられた。また市は工事完了後に支払われるはずの工事代金に相当する補助金予定額と等価の債権を発行するので、業者はやはりそれを不動産銀行で割り引いてもらうことができた。それ故極言すれば、大した資本をもたなくても、だれでもが道路工事に参加して、利益に与ることができたのである（松井、pp. 300-302）。

こうした史実に基づいて、ゾラはサカールが自分のために短期間で巨万の富を築き上げる金貨製造機を首尾良く作動させえたことを語っている。自らの利益に役立たせるに十分な経験と知識を道路管理官として蓄積し、しかも金貨製造機を実際に作動させることに初めて成功したサカールは、時期よしと判断して市役所を退任しフリーハンドをえるや、リヴォリ通りの邸宅に事務所を構えて自らの欲望のおもむくまま縦横無尽に活躍しだす。彼は上述した道路工事遂行の仕組みにいたるところで介入の手を伸ばす。いわば第二次道路網工事機械本体に利益収奪装置をさまざまな個所に巧みに配置し、金銭の流れを分断・偏向させ自らのところに呼び込んで、懐を潤そうとしたのである。

この都市はサーベルで切り刻まれ、サカールはあらゆる切り口、傷口に関わっていたし、彼の築いた瓦礫の山があちこちにあった。ローマ通り〔現八～十七区〕で彼が足を突っ込んでいたのは、例の呆れた大穴の一件である。ある会社が穴を掘り、五、六千立方メートルの土を運び出して、一体どんな大工事が始まるかと思われたが、その後会社が潰れると、サン＝トゥアン〔現パリ北西十七区の郊外〕から土を運んで埋め戻さねばならなかった。兄のウージェーヌがなかに入ってくれたおかげで、彼は良心に疚しいところなく、懐も暖かく、そこから抜け出した。シャイヨ〔現十六区〕では、凱旋門からアルマ橋までの道路〔旧ジョゼフィーヌ大通り、後にマルソー大通りと改名〕を通すために、丘に大穴をあけ残土を低地に捨てるのを援助した。他方トロカデロ〔現十六区〕の瓦礫をパッシー〔同上〕の台地に撒くのを考えついたのも、彼であった。〔…〕彼の姿は一度に二〇個所で、何か取り除きにくい障害のあるところではどこにでも見られた。掘り出した土の処分に困っているところ、盛土が難航しているところ、技師たちが何とかしたくてカッカと苛立っている土と漆喰の山ならどこでも、彼が爪でほじくり、必ず何か、リベートか自分流の商売のネタを見出さずにはいなかった。彼は同じ一日のうちに、凱旋門近くの工事現場からサン・ミシェル大通りの貫通工事現場へ、掘削中のマルゼルブ大通りから残土の山ができているシャイヨまで、人夫、執達吏、投機家、お人好し、ペテン師たちの群れを引き連れてかけずり回った。

（III, pp. 416-417〔一四七―一四八頁〕）

このようにサカールは、オスマンのパリ改造計画に群がった現実の民間工事業者のように、利益を見出せると思えばどこにでも首を突っ込んだのだが、それは工事現場にとどまらない。現実のオスマンによる改造計画を資金面で支えて暴利をむさぼった不動産銀行の役割は、『獲物』中では「葡萄栽培信用金庫」が果たしている。この信用金庫は、以前サカールにとって「五フラン金貨製造機」の一画を占める補償金検討委員会の委員として彼と気脈を通じ合ったトゥタン＝ラロシュ氏が、サカールとともに設立した金融機関であった。ナポレオン三世の政府で大臣を務めるようになった兄ウージェーヌのてこ入れのおかげもあり、急速に人々の信頼を得るようになって「葡萄栽培信用金庫はフランス銀行の支店気取りであった。」「建設業者が証券を換金することによって契約当日に金の支払いができるように、そして資金を確保しておけるようにと、市は当時いわゆる委任債権すなわち長期決済の為替手形を作り出したばかりであった。葡萄栽培信用金庫は建設業者の手からこの紙切れを愛想良く受け取ってきていた。市が金に困ると、サカールは市をそそのかしに行った。委任債券の発行によって、かなりの額が市に融通され、トゥタン＝ラロシュ氏は、建設業者からこの債権を受け取ると保証し、投機の流れに取り込んだ。葡萄栽培信用金庫は、以来、無敵となった。パリの喉元をつかんでいるのであった」（III, pp. 417-418〔一四九―一五〇頁〕）。

実際のパリ都市改造を推進した主だった機構が、パリ市の公共土木事業金庫、建設業者、民間金融機関の不動産銀行であったことは先に言った。『獲物』では、不動産銀行が「葡萄栽培信用金庫」と名が変わっても果たしている役割は同じで、サカールはこの信用金庫を中心に、建設業者として工事に実際に参加し、またパリ市にも掛け合うなどして、いずれの機関にも触手を伸ばし、金銭の回路を巧妙に仕組んで自らのところに想像もおよばないような利益誘導を図る。しかもそれらの回路は単純なバイパスなどではない。サカール流の利益収奪機械はもっと複雑で、巨額にのぼる金銭の源泉であるパリ市から流れてきた金銭を下流で受け止めるために建設業者用の回路を作ることはもちろん、それを五倍一〇倍にするためにいくつもの関連業者として利益にありつこうとパイプを多重に設けては入り組ませる。また片や業者として、片や信用金庫の役員として、金銭の経路や流量を増大させる工作を凝らし、双方で多大の利益を収奪しては、利益を飛躍的に拡大させる。こうした利益を維持拡大させるために、源泉のパリ市からの金銭の流れが少しでも滞れば、パリ市に掛け合ってまた債権を出させるというフィードバックも忘れなかった。

このサカールの案出した金銭製造のための機械組織はどう形容できようか。まさしくこれこそドゥルーズ゠ガタリ流にリゾーム（根茎）と呼ぶのが適当であろう。こうしてサカールの金銭に対する欲望はまさしくリゾームのようにあらゆる方向に増殖して収奪の根を張り巡らし、表向き整然としたパリ市から信用金庫を経て建設業者という一方向の金銭の流れを、地下において逸脱し、迂回し、逆流もする複雑で入り組んだ流路でもって支えるとともに、自らの利益を根塊のように貯め込むことに成功したのである。一八五五年にリヴォリ通りに住居を構えてからわずかに五年あまりしか経過していないにもかかわらず、サカールが一八六〇年にはすでにモンソー公園の向かいに豪壮な邸宅を構え、そこに移り住めたというのも、このような利益収奪機械を見事に完成させえたからこそであった。

サカールは、パリ市から掠め取ったモンソー公園の土地に、邸宅を新築したところであった。二階には彼の素晴らしい書斎があった。紫檀と金が基調で、背の高い書棚にはガラスがはまり、書類で一杯だが本は一冊もなかった。壁に埋め込んだ金庫は、鉄製アルコーヴのようで、一〇億フランがそこに寝て愛し合えるほど広かった。彼の財産はここに花開き、傲慢に自分をひけらかしていた。順風満帆のようであった。リヴォリ通りを離れ、使用人たちを増やし、支出を倍増したとき、彼は親しい人々に、大金が入ったのだと話した。ミニョン、シャリエと手を組んでいると、儲かって仕方ないとのことであった。不動産投機はますます快調で、葡萄栽培信用金庫の方は、無尽蔵に乳を出す牛のごとく、汲めども尽きぬ金づるであった。

（III, pp. 435-436［一七六—一七七頁］）

だがこのような利益収奪機械がいつまでも順調に作動し続けることはない。あるいはサカールがいつでも賭に勝つとは限らない、ましてや彼のペテンがいつでもうまく運ぶとは限らないと言い換えてもよかろう。かてて加えて彼の浪費癖があった。

本当のところ、だれもサカールの実質的資産のはっきりした額は知らなかった。様々な事業で提携している者たちは、彼の財政状況のうち、自分がさしあたって関係している部分には当然通じていたが、自分の与り知らぬ他の投機で彼がうまくやっているのだろうと思って、莫大な資金の出所をそれなりに納得していた。湯水のように金を使い、金庫からは金が流れやまないが、この源はまだ発見されていなかった。これはまったくの狂気の沙汰、金の狂乱で、ルイ金貨が窓から手づかみで投げ捨てられるようなものである。毎日一スーも残さず空になる金庫が、夜中のうちにどうやってかはわからぬが一杯になり、鍵をなくして金庫が開かないとサカールが言い張るときに限って、大金が入っているのであった。

（III, p. 436［一七七—一七八頁］）

歴史という現実の舞台でも事情は同じで、オスマンのパリ改造計画は時間が経つにつれて多大な借財を抱えるようになり、思うに任せないようになっていった。最初の躓きは、予算額と実際に費やした工事費のあいだに出来した大きな格差である。そのことは実際によくある物価の変動の読み違いや収入・支出に関する見積もりの甘さという要素のほかにも、サカールのような利益にありつこうとする業者や銀行関係者が工事に群がっていることで容易に想像がつこう。工事施工の主体であるパリ市がこの差額の穴埋めのために債券を自由に振り出すことができたとしても、それは公的な負債として残るだけである。オスマンの改造計画に対するナポレオン政府の監視の目は、年を追うごとにいっそう厳格になってくるのも想像に難くない。松井道昭の『パリの都市改造』によると（pp. 303-306）、現実の歴史の上では、一八六四年にパリ公共土木事業金庫の債券発行の無軌道ぶりや不動産銀行との癒着が明るみに出される。それからしばらく時間がかかるが、一八六七年に四億六〇〇〇万フランにも上る残債問題が立法院で議論されることになる。こうなるとオスマンの改造計画は、一八六八年で終了するはずの第二次道路網計画で頓挫せざるをえなくなり、そして翌一八六九年にパリ公共土木事業金庫は廃止され、不動産銀行が破産に瀕する。『獲物』では、こうしたパリ市の改造事業の状況と連動して、サカールの事業も同じように不調に陥っていった様子が次のように説明される。

当時、土地投機の景気は悪かった。サカールは、さすがパリ市役所に育てられただけのことはあって、すぐに改造したがり、享楽にうつつを抜かし、パリ市を煽る狂った浪費を重ねてきていた。そして今や、パリ市と同じく、とんでもない赤字と向き合っており、それをこっそりと埋めねばならなかった。思慮分別とか節約とか落ち着いた小市民的生活などという言葉は耳にするのもいやであった。新しい道路の建設に頼って、むやみに贅沢でありながら本当のところは逼迫している生活をしている方がよかった。彼はこれらの道路から巨万の富を引き出しても、朝儲けたと思ったら夕べには浪費してしまっていたのだ。一か八かの危ない橋を渡りながら、もう資本はなく、金ぴかの看板だけが輝いていた。狂騒の時にあって、パリ自体も、同じようにうつつをぬかして自分の未来を抵当に入れており、財政上のありとあらゆる愚考とごまかしに猛進していた。支出の決済金高はすさまじいものになりそうであった。（IV, p. 463［二一七頁］）。

普通の市民からすれば、幸運にもせっかく大金を手にしたのであれば、もう危ない橋は渡らずに、そのままその大金を減らすことのないよう何とか管理することにつとめるだろう。だがサカールは悲しいかな賭博師の性を捨てきれない。既に述べたことだが、賭博師の心理とは、勝っても負けてもいっそう賭に夢中になり、投機の欲望の泥沼にはまりこんでいくというのが常だ。「サカールはいったん事業を始めると、熱に浮かされ激しい欲望（rage d'appétits）に駆られて、ブレーキが効かなくなった」（III, p. 418［一五一頁］）。たとえば、工事を共同で請け負ったミニョンとシャリエが完成後は堅実に土地を売りさばいたのに対して、サカールの方は投機的な欲望に抗しきれず、そこに建物を建て高く売りつけることで大儲けを企むところに彼の癒しがたい貪欲さが現れている。それが時宜を得て順調に回転している時は法外な利益を生むのだが、逆に状況が悪化してくれば途端に法外な損失となって返ってくる。『獲物』の四章で物語が想定している一八六二年の秋には早くも土地投機の熱が冷めてきて、機械が空回りしだし、彼の思惑が外れる機会が多くなる。建物を建てて高く売ろうとしたのに、それが売れなければ負債が残るだけである。そして最後は投資分を回収するどころか、損を承知で処分することを余儀なくされるようになった。裏目に出たのは建設業者としてだけではない。「葡萄栽培信用金庫」で集めた資金を株に投資したが大損をする。当然信用金庫は破綻の危機に陥る。その影響でパリ市の発行した債券まで信用不安を起こす。そうすれば市は債券の発行に慎重にならざるをえまい。こうなれば一事が万事で、サカールが利益収奪機械を巧みに操ることはもう前提条件からしても不可能になってきていた。

それでは資本が底をついたとき、ゲームのプレイヤーとしてサカールはどうするのか。ゲームでは敵を攻めるときにもそうだが、敵から追いつめられたときにも利用できる何らかの手駒や手札がある。サカールには、その手駒や手札のようにいつでも頼りにすることが可能な資金源が存在していた。それは妻のルネのことだ。

女は資本

サカールにとってルネとの再婚は、フランス語で言う理性的結婚« mariage de raison »、すなわち金目当ての結婚であった。しかもその結婚をサカールが成功させるについては、ルネの父親ベロー・デュ・シャテル氏の目を欺くために、サカールがルネを妊娠させた四〇代の既婚男になりすますという綱渡り芸をすることが必要であった。サカールはゲームの資金を得るために、当初からペテンにたよらざるをえなかったのだ。次いで彼は再婚で手にした資金二〇万フランを活用してまず土地を入手したのだが、それもまた妻の嫁資の一部であるペピニエール通りの屋敷だったので、結局は自分の妻から二重に掠め取ったというわけである。ゲームのためには自分の妻さえも利用し尽くす、男として夫としてサカールは最低だと道徳的に非難を浴びせたくなろう。だがこうした非難を棚上げにするならば、サカールは家庭でもゲームのプレイヤーとして、徹底して自らの立場を鮮明にさせていたということだ。したがってわたしたちがサカールのルネに対する関係を考える際には、家庭における夫婦の関係よりもゲームのプレイヤーとその手段ないし資金源との関係に注目しなければならない。『獲物』の読者は鮮烈な印象を与えるルネとマクシムのインセストにともすれば視線を釘付けにさせられるので、妻と息子にしてやられ、間抜けなコキュとして、一家の長として形なしのサカールしか印象に残らない。しかし他方ではサカールは、金銭ゲームの巧妙なプレイヤーとしての顔をもっている。わたしたちは妻に対しても狡知を遺憾なく発揮したサカールを、ここですこし詳しく追っておきたい。

『獲物』におけるサカールとルネの夫婦関係は、結婚の事情から察することができるように最初から金銭関係の上で成り立っていた。そのため、結婚後もサカールが「妻の寝室に足を運ぶのは、ひと月に一度あるかないかで、いつも微妙な金銭問題のためであった」。四章で久しぶりにサカールが妻の寝室を訪問したのも、ルネに残された最後の不動産であるシャロンヌ〔十一区。ゾラの想定した場所は現在地下鉄九号線シャロンヌ駅がある、ヴォルテール大通りとシャロンヌ通りの交差した地点〕の土地を奪い取り、それをプランス・ウージェーヌ大通り〔一八六二年から開設。十一区レピュブリック広場からナシオン広場にいたる道路で、一八七〇年からはヴォルテール大通りと改名された〕貫通計画に乗じて大儲けする計画を進めるためであった。ちなみにこれは、ルネがはじめてマクシムとのインセスト行為を犯した翌日の出来事だった。

ルネは結婚当初嫁資として、既に述べたペピニエール通りの家屋敷、評価三〇万フランのソローニュ地方〔パリ南方サントル地方のロワール＝エ＝シェール県にある〕の土地、そしてエリザベート叔母からもらった、二〇万フランと見積もられたシャロンヌの土地を持ってきていた。そのうちペピニエールとソローニュの不動産については、結婚当初から売却して現金化することが決められていた。だからサカールが巧妙に立ち回って、ペピニエールの家屋敷を足元を見て評価以下の一五万フランで買い、さらにそれを四倍にして売りさばいてまんまと自らの懐に大金をせしめたということ、そしてそれらについて妻に一切知られずに敢行しおおせたということを除けば、サカールが妻にこの不動産を手放させることに苦労はいらなかった。この時ルネが手にした一五万フランであるが、そのうち一〇万フランは夫のところで預金してもらい、五万フランはすぐさま自らのお洒落に消費した。

ソローニュの土地についても現金化の予定であったから、夫が「断然有利な投資である大事業」があると薦めるので、口車に乗せられてそれにあっさりと投資した。計算からいけば、ルネはペピニエールの売却代金の残りで、夫に預金証書に変えて預けていた一〇万フランと、投資に回したソローニュの地所の売却代金五〇万フランに対してはすくなくとも権利請求ができた。妻から信頼されて預かった合計六〇万フランに対して、「夫が国に代わってその金利を彼女に支払っていた」。賭博師のサカールが妻から託されたこんな融通の利く資本を遊ばせておくはずがない。つまり彼はルネに内緒で彼女の六〇万フランを自分のゲーム資金の一部として流用してしまい、金利だけは彼女に手渡していたのだ。

語り手の説明によると、本来ルネが受け取る権利をもっていた金利は九〇〇〇～一万フランにのぼり、サカールはそれをルネに直接渡したり、彼女のお洒落代の請求に対して彼女に代わって支払ってやったりしたので、それは合計すると一五倍も二〇倍も渡したことになる。「買い物の請求書が新たに来るたびに、夫は人間の弱さに理解を示して男らしく機嫌を損ねず支払ってくれた」。そこで語り手は「夫は彼女から財産は奪いはしたが、そこからの収益の五、六倍は返していた」(III, pp. 436-437〔一七八頁〕)と語るのだが、後の展開を見るとむしろ文の従属節と主節を逆転させて、「夫は収益の五、六倍は返していたとしても、妻の財産は奪い取ってしまった」とサカールの先を見通した戦略的なやり口を強調した方が適当であったろう。

ところで嫁資のうち残ったシャロンヌの土地こそ、ルネが叔母に義理立てして決して売り渡そうとしなかった不動産である。

〔サカールは〕二〇〇万フランの邸宅に住み、王侯貴族なみの暮らしをしながら、朝起きると金庫にたった一〇〇〇フランの現金すらないこともままあった。彼の浪費はとどまるところを知らぬかにみえた。借金に支えられて生活し、債権者の群れに囲まれ、あれやこれやでせしめた後ろ暗い利益は、日々この群れに呑み込まれてしまっていた。この頃、時を同じくして、彼の傘下にあった会社がいくつか潰れ、新たな欠損がさらに深い穴を穿っていたが、彼はそれを埋めることのかなわぬまま、はまらぬように飛び越えていた。こうして彼はあちこち穿たれた地面の上で絶え間ない危険にさらされた生活をしており、五万フランの伝票を決済しながら御者の給金も払えず、それでいてますます偉そうな超然とした顔でパリの街を歩きまわっては、空っぽの金庫からいっそうやみくもに散在した。この金庫からは、出どころの怪しい金が流れやまなかった。

(IV, pp. 462-463〔二一六―二一七頁〕)

普通は貧すれば貪するという。だがサカールの面目躍如たるところは、こうした窮状でこそ発揮されると言わねばなるまい。彼は深謀遠慮を重ね、手練手管を労して、首尾良く妻の地所を自らの餌食にするとともに、わたしたち読者にサカール流のゲーム資金捻出の仕方をよく示してくれている。彼の手際を見よう。

当初は二〇万フランと見積もられていた（II, p. 382［九八頁］）シャロンヌの地所というのは、サカールの手に入れた情報ではまだ不確実ながらオスマンの第二次道路計画のプランス＝ウージェーヌ大通りの予定地にあった。そこでサカールは一八六〇年頃から周到な計画を立て、ルネの地所を五〇万フランと想定し、ラルソノーにそこに建てさせたカフェ＝コンセールなどの遊興施設を五〇万フラン、合計一〇〇万フランと見積もったうえで、ルネとラルソノーの両者が利益（および損失も）折半で有効に活用するという契約を結ばせた。ルネの方は自分の地所がせいぜい三〇万フランと踏んでいたから、これに異存はなかった（IV, p. 467［二二二─二二三頁］）。そして他方でルネがインセストに溺れ出す頃、土地収用という魔法の杖のおかげで、この土地と建物は実勢価格としてはその四分の一しかないのに二〇〇万フラン近くに評価されるようになっていた（V, p. 490［二五八頁］）。その間のルネは有名な仕立屋ウォルムズの未払い金が二〇万フランに及ぶなど相変わらず慢性的に金に窮していた（V, p. 498［二七〇頁］）。これをサカールが利用して彼女に金を融通するのと引き換えにラルソノー宛の手形を書かせており、それがついに総額二〇万フランに上るにいたった（V, p. 492［二六一頁］）。

そこで頃合いよしと見たサカールが打って出る。その頃地所はまた値上がりして二五〇万フランの評価額がついていた。サカールはシャロンヌの不動産の共同出資者であるラルソノーが破産寸前だという嘘をついて、実害が及ばないうちに三〇万フランでラルソノーに売ってしまうようルネをそそのかしたのである。そこで改めて計算するとルネは手形で二〇万フランをラルソノーに借金しているので、実質の収入は一〇万フランとなる（V, p. 526［三一二頁］）。この時のルネには、一〇万フランしか入手できなくても、シャロンヌの土地を手放さなければならない事情が突発する。それは、彼女が自らのインセスト物語の最後の総仕上げに、その一〇万フランの現金を携えてマクシムとの逃避行を決行しようと決意したところだったからである（VI, p. 569［三七八頁］）。ここまで踊った数字に比して、シャロンヌの元の所有者であったルネの手にした現金がわずか一〇万フランとはなんと些細な額であることか。さてその後で、シャロンヌの土地がサカールの金貨製造機に載せられてまさに金の卵となる瞬間は、ペテン師サカールがこのシャロンヌの地所を高値で売り抜けたときである。『獲物』の最終章では、サカールが立てさせた架空の所有者の請求額は三〇〇万フランであった。そうして今ではサカール自らも一員に加わった補償金審査委員会が、彼の請求額通り三〇〇万フランの補償金をついに認めたのである（VII, p. 587［四〇五頁］）。

サカールはこうして妻ルネが持ってきた嫁資をすべてむしり取って、文字通り赤裸にしてしまった。六章にルネの象徴的な場面がある。彼女が息子マクシムと抱き合っているところをサカールに発見され、夫の憤怒と母子の愁嘆の場面となると思いきや、夫はあろうことかその場を取り繕うと書類をポケットに入れ、息子と仲良く階下へと姿を消してしまった後のことである。ひとりとり残されたルネは、豪奢な化粧室で鏡に映る自分の半裸の姿をじっと見入っていた。

やっと、わかった。彼女を裸にしたのはこの連中だ。サカールが胴着のホックをはずし、マクシムがスカートを脱がせた。そして二人して肌着を剥ぎとったところだ。今や彼女は奴隷さながら、布切れ一枚身に着けず、金の輪をはめている。二人は今し方彼女を眺めていたけれど、「おまえは裸だ」とは言わなかった。息子は臆病にふるえ、犯している罪をとことん極めると考えただけで怖じ気づいて、彼女の情熱のままに共に生きることを拒んだ。父親の方は、彼女を殺す代わりに金を詐取した。この男は他人を懲らしめるときには有り金すべてを巻上げるのだ。彼の荒々しい怒りの只中に、一つの署名が一筋の陽が差し込むようにはらはらと落ちて、復讐のために、彼はそれを持ち去った。それから、父と息子の肩が闇の奥に消えていくのが見えた。一滴の血も絨毯の上にはこぼれず、叫び声の一つ、怨嗟の一つもなかった。卑劣な連中だ。この連中から裸にされたのだ。

（VI, p. 575〔三八六頁〕）

コキュ « cocu » とは寝取られ亭主のことを言う。サカールはルネと結婚する前からコキュとなる定めであった。なぜなら名も知らぬ四十男の後始末のために再婚したから。そしてまた息子に女房を寝取られてコキュにされた。見下げはてた亭主だ。ところでコキュの語源はカッコウ « coucou » の雌がよその巣で卵を産むことだ。最初の男がルネに産ませるはずの卵は金に化けた。まさしく金の卵だった。つづいてルネが味わわせたコキュ体験からは、前のように卵が発生することはなかった。だがサカールの第二のコキュ体験がなければ、ルネのインセスト欲望がなければ、サカールが妻から浪費に乗じてペピニエールやソローニュの不動産を奪い取ることも、何よりもインセストの現場を取り押さえてシャロンヌの地所の書類をもぎ取ることも不可能であった。サカールはコキュにされたからこそまた新たに金の卵を手にしたのだ。

ところで、立場を変えれば、ルネはコキュにしたサカールから自分の金の卵を奪われたのではなかろうか、自分の金の卵をわざわざサカールのところに運んで行ったのではなかろうか。サカールの場合は愛を奪われた。それに対してルネは金を奪われた。欲望の対象はサカールの場合は金銭にあり、ルネの場合は愛情にあった。欲望が夫婦間で実体転換している。愛が金に化けたのだ。フランス語では時にはコキュに女性形の《e》を付けて、寝取られ女房を意味することもある。コキュにされたのは今度はルネだった。そのことにルネは鏡に自らの裸の姿を映しながら気づいたのだ。セールは鏡と投機のあいだで洒落を弄して、「結合と、分離と、二重化と再会の場、そこでは愛は倒錯的に鏡の（spéculaire）ようなものになり、［…］、そこで投機家（spéculateur）はこうした鏡の反転のゲームで食い、そのゲームで再び活気を取り戻す」（セール、**p. 196**［二七二頁］）と語る。わたしたちもこの鏡と投機の洒落を、わたしたち自身の表現として利用してみよう。

欲望を通して見るとき、ルネからサカールへと主体が変わると、欲望は愛から金へと実体転換をしている。サカールがルネから愛情で裏切られたとすれば、言い換えればコキュにされたとすれば、今度はルネは金銭でサカールから裏をかかれた、コキュにされた。結局、両者の関係はコキュの立場を合わせ鏡のように反転して映し出しているだけだ。『獲物』に対する批評では、家庭にあるまじき夫と妻の像を作中にのぼせたと道徳的非難を浴びせることだけに終始することで事足れりとするまい。また、ブルジョワ家庭における腐敗と堕落を赤裸に描写することで第二帝政批判をしたという、イデオロギー的評価だけにとどめておくまい。『獲物』では、欲望に関してルネとサカールとのあいだで、愛と金とのあいだで、シンメトリックな説話の巧みさが披露されていると、感嘆することも忘れまい。

かくしてルネは、投機ゲームの仮借ないプレイヤーであるサカールにすっかり搾り取られてしまった。

もはや資本として用をなさない女は捨てられるしかない。前章の最後でマクシムから捨てられることによって愛情のリビドー備給のすべを失ったルネは自滅するしかなかったと述べたが、資本としても役立たないと見なされてサカールの欲望を掻き立てることもなくなった彼女は、ここでも人前から消えるしかなかったのである。

3　欲望の地理学

サカールの富豪ゲームが、オスマンによる大改造下にあった第二帝政期のパリという都市でしか実現しえなかったことは言うまでもあるまい。第二帝政期のパリはそういう意味で金銭欲望を満たしてくれる可能性をふんだんに持った都市であった。それと同じで、ルネの性的欲望も、パリでしか十分に満たされることがなかったであろう。ルネとマクシムの二人が禁断の愛を夢中になって享受していた時期、パリもまたその魅力を限りなく謳歌していた。「恋人たちは新しいパリを愛していた」。だから思い入れのある大通りを馬車で走り回り、並木道をいとおしげな眼差しで追い、百貨店に群がる群衆を満足感に充たされて眺めやった。「パリを離れるのが流行ると、二人はそれに従わぬわけにはいかず、海水浴に出かけた。しかしどうにも気が進まず、海辺にいながらパリの大通り沿いの歩道に思いを馳せた。二人の恋もまた、そこでは所在なかった。この恋は、温室に咲く花であり、灰色と薔薇色の大きなベッド、裸の肉体を思わせる化粧室、小サロンの金色の夜明けが欠かせなかった」(V, p. 497［二六九頁］)。パリは要するに、ルネたちのインセスト欲望の共犯者であった。そのせいで彼らの性的欲望と彼らを迎える街のいくつかのスポットとは、露骨すぎるくらいにメトニミックな関係のなかで描写されている。

ルネが倦怠から〈ほかの何か〉を探しあぐねていたとき、ルネのカレーシュはブーローニュの森の中で他の多くの馬車に出口への行く手を塞がれていたのだが、彼女がマクシムに対する欲望を官能的に直観したとき、カレーシュは渋滞を脱してブーローニュの森を抜け出たところであった。

温室でルイーズとマクシムの笑い声を耳にしながら、ルネが味わい尽くさずにはおかぬ究極の快楽としてインセストを意識したとき、「彼女のいらついた口は渇いて、ちょうど唇の高さにあったタンジャンの小枝からから苦い一枚の葉を噛んだ」(I, p. 358〔六四頁〕)。

「おぞましい」行為の後、息が詰まりそうになって窓辺から外を眺めると、イタリヤン大通りの夜の景色は彼女の過ちに対して優しい。


彼女が慰めを見出すのは大通りの暗闇だった。人気のない通りに漂う夜の騒音と悪徳の名残が、彼女に許しを与えてくれる。男や女たちのあの足取りの熱気が、冷えこんでゆく歩道から立ち昇ってくるような気がする。ひとときの欲望、ひそひそ声での客引き、前払いの一夜の契りなど、まだそこに尾を引いている秘め事が、空気にまじり重い蒸気となって、朝の息吹に運ばれる。彼女は暗闇の上に身を乗り出し、この顫える沈黙を、寝床の香りを吸い込んだ。これで、眼下の闇から元気づけられ、街が共犯者として恥を分かち受け容れてくれるのが確かな気がした。(IV, pp. 457-458〔二〇九頁〕)

こうして人物と環境の一体的把握、場所とそこに住む人とのメトニミックな緊密な関係が、特にルネの欲望の趨勢に応じて樹立される。欲望が人を衝き動かし、場所と人を一体化し、次いでまたその人を介して場から場へと移動して流れを作りだし、それ自身の進路を切り開いていく。

欲望というエネルギーがパリの特定の場所を経巡って回路を形成し、パリをまさしく欲望の場所へと誘う地勢図に変貌させているのである。すでにわたしたちはサカールについて、先の第二章で、投機的欲望に関するパリの地勢図を介間見てきた。しかしルネとマクシムのパリとの関わり方がサカールのそれと異なるかぎりでは、彼ら恋人たちについても、もう一枚別に欲望の地勢図が描かれていることになる。ルネとマクシムについても、『獲物』におけるパリの愛欲スポットを示す地勢図を再構成しておこう（図4参照）。

ブーローニュの森、モンソー公園、イタリヤン大通り

『獲物』は、一八六二年の秋が深まった頃に、マクシムを隣に乗せてカレーシュでブーローニュの森を散策するるルネの描写から始まっていた。車上の彼女の衣装である。「薄紫色の繻子のドレスは、腰までのオーバースカートと前垂れがつき、プリーツ入りの大きなフリルが裾を飾っている。薄紫ビロードの折返しが付いた白ウールのショートコートをこの上に羽織ると、大胆に挑むような風情だ。淡い黄褐色の、上質のバターのような一風変わった色の髪には、ベンガル薔薇の花束を飾った小さな帽子が乗っている」（I, p. 320［八頁］）。

ルネのまとう衣装が華美で、流行の先端を走り、いやでも人目を惹いたのと同じように、同乗者のマクシムも彼女に劣らず人々の注目の的であった。他の個所でブーローニュの森を出歩く彼の出立ちがこんな風に紹介されている。「女のようにウェストを絞ってぴったりした服をまとい、馬をすこし早駆けさせては、

鞍の上で軽快に体を躍らせながらブーローニュの森へゆくと、彼は、張った腰、細長い指をした手、病的で淫蕩な様子、一部の隙もないお洒落と安芝居の役者たちをまねた業界言葉ゆえに、この年代の青年たちのアイドルとなった」(III, p. 425-426［一六〇―一六一頁］)。要するに当時のブーローニュの森は、人目に対して華美を競おうとするこんな浮薄な男女の乗る馬車であふれかえっており、車上では森の中でよく出会う社交界や半社交界《ドゥミ＝モンド》の仲間のうわさ話でもちきりで、パリのもうひとつの一大社交場だったのである。

図4　1860年以降のパリ

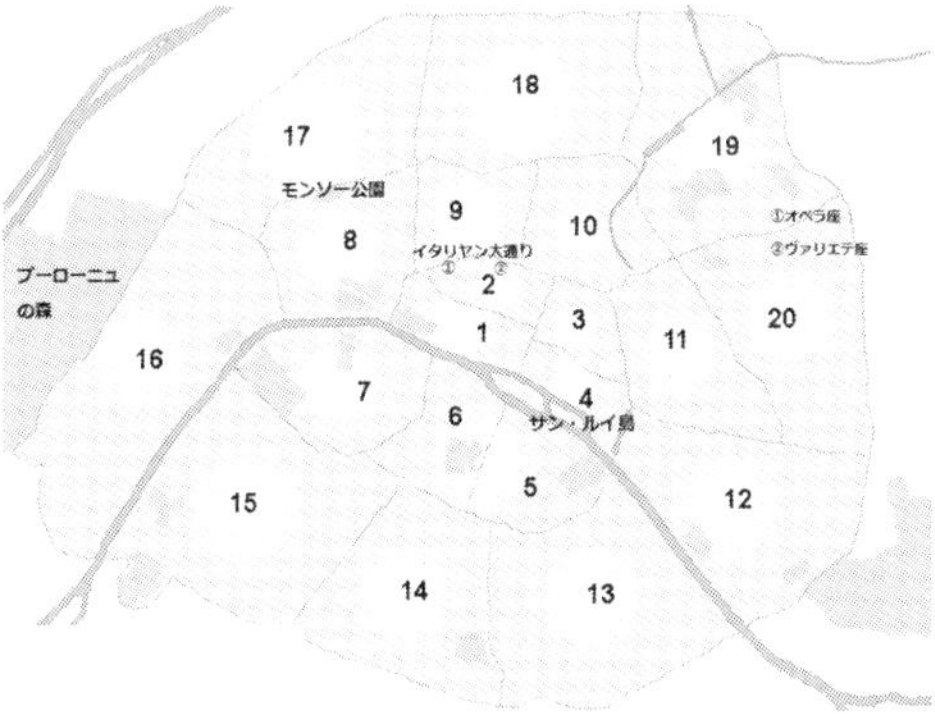

ブーローニュの森をパリ大改造の一環として新手の社交場にふさわしく整備したのは、やはりオスマンであった。ロンドンのハイドパークに匹敵する森林公園にしようと考えていたナポレオン三世の意を受けて、一八五三年にオスマンは公園の東寄りに高低差が六メートルある細長い北の下湖と南の上湖を造成する（松井道昭、pp. 230-231）。下湖には二つの中の島を浮かべてそれらを橋で繋いでいる。森林公園内には散歩道、馬車道、乗馬道が整備され、そこを通ってルネたちが浮薄なうわさ話に興じたり、おしゃべりに疲れると景色を眺めては、徒歩で、馬車で、馬で行き来する。一章でルネが左手にカレーシュから目にしていたのがこの下湖である。季候の良いときには水遊びをして、眺めて楽しむことができるが、また冬になればなったで、凍った湖は恰好のスケート場に変わった（五章）。

オスマンは一八五五年から一八五八年にかけて、ブーローニュの森の西側にロンシャン平原を併合してセーヌ川まで公園を拡大する。そこに白亜の観覧席と緑一色の芝生のコントラスト、観覧席からの美しい眺望で世界に知られたあのロンシャン競馬場を造営すると、パリのもうひとつの一大娯楽場として売り出すことに成功した。六月の「パリ大賞」レースの日に、馬や人を見るために、また人に自分を見せるために、それぞれ着飾った服装と馬車で競馬場にひしめくパリの社交界の人々の華麗な様子が、「叢書」第九巻の『ナナ』(一八八〇)中の十一章で堪能できるだろう。

移ろう季節ごとにブーローニュの森はパリジャンたちを楽しませることができるが、同じ一日でもまた時間によって、風情を変えてみせる。昼の華やいだ風景とは別に、夜の森は欲望のうごめく空間へと変貌するときがある。再び一章のカレーシュに乗ったルネの描写。

ルネは急に後ろを振り返ると、背後に消えてゆく不思議な景色を見ていた。日はほとんど暮れて、夕闇はゆっくりと細かな灰のように降りてきている。水面に淡い光の漂う湖は、まるく巨大な錫のプレートのようだ。湖を囲む常緑樹の林は、細かいまっすぐな幹がさざ波ひとつない水面から直接生えているかに見え、この時刻になると、紫がかった列柱をなすとともに、その規則正しい柱の連なりによって、湖岸の入り組んだカーブをなぞっている。さらに遠景には木立がぎっしりとつまって、丈の高い鬱蒼とした茂みが、黒っぽい大きな染みのように地平線を塞いでいる。この背後で、なかば消えた夕陽が熾火のような光を放ち、薄暮の灰色の一隅だけを燃え立たせている。[…]

目に映る景色は姿を変えて、もうどこだか分からない。ここの自然は先ほどまではお洒落に社交界風であったのに、夜のざわめきの高まるなかで聖なる森となっている。ここは、古代の神々が密かに愛しあい、不倫とインセストに耽っていた、あの森の空き地なのだ。ルネは満たされきっていながら、このような眺めを前にすると、口に出しにくい欲望が妙にこみあげてくるのを感じた。そしてカレーシュが遠ざかるにつれて、夢見た地、神々が人間の尺度を超えた恥ずべき営みをひそかに行う褥は、震えはためくヴェールに包まれて、彼女の後ろの夕闇のなかに永遠に去ってゆくような気がした。もしかしたらここで悩ましい心と倦んだ肉を癒すことができたかもしれない。

（I, pp. 325-326［一七―一八頁］）

ブーローニュの森は危険な誘惑の多い場所である。だからルネは自分の乱れた生活を省みたとき、寄宿学校時代に仲間の女学生たちと『もう森へは行かない』という歌を歌っていたことを思い出すのだが（一章）、それでも「森へ行って」«Allez au bois»と言って馬車で森を散策することをやめなかったのである。一章にまた話を戻すと、カレーシュの中で漠然とした、まだ形をなさない欲望を抱え込んだまま、ルネはマクシムとともに、ブーローニュの森の出口のひとつドフィーネ門へと向かう。その出口を抜けるところで、ルネはマクシムの脚に触れて官能を刺激された。そこから馬車はドフィーネ門からエトワール広場へとまっすぐに伸びるランペラトリス［現フォッシュ］大通りに乗り入れる。ランペラトリス大通りはその名「王妃」«l'Impératrice»から知られるように、ナポレオン三世治下のパリ大改造の際に開設された道路のひとつで、そのうちでも真っ先に造成された。この大通りの開通当時あたりに建物はほとんど無かったようだが、一二〇メートル幅の道路と両側面に芝生と散歩道を設けてすぐ評判となり、やがて道路沿いにブルジョワのフラットが立ち並ぶ華やかな大通りに姿を変えるとともに、ブーローニュの森へとルネのカレーシュのようなファッショナブルな馬車が行き来することでも人々の注目を浴びるようになった。エトワール広場が今のように一二本の道路を発する一大ロータリーになるのもオスマンのパリ大改造の結果で、ルネのカレーシュをエトワール広場からモンソー公園の邸宅へと導くラ・レーヌ・オルタンス［現オッシュ］大通りはもちろん新設された七本の道路の中に含まれる。

ルネとサカールが住む邸宅の向かいにあるモンソー公園は、元々七月王政期の王ルイ＝フィリップの領地で、彼が一八四八年の二月革命によって失脚するとそれをパリ市が買い取り、一八六一年から公園として整備した。オスマンによってパリに作られた大きな公園は、モンソー公園の他にパリ北西にあるビュット＝ショーモン公園（一八六七年完成）と南にあるモンスーリ公園（一八七八年完成）であるが、なかでもサカール邸を始めとして豪華な邸宅が周囲に立ち並ぶせいで、モンソー公園がもっともブルジョワ的雰囲気に包まれている（松井道昭、p. 228）。『獲物』中のサカールは、パリ市から巧妙に地所を譲り受けるとそこに自らの豪邸を建設したり（三章）、モンソー公園の東側を走るマルゼルブ大通り開設に目を付け、そこに豪邸を建てて高く売りつけようとしたが結局失敗する（四章）。サカールの経済的欲望とは別に、ルネはエロティスムによって彼女なりのモンソー公園との関係を築いている。サカールが市役所と懇意なのを利用して公園の小扉の鍵を手に入れられたから、ルネも自分用の鍵をもって公園に自由に出入りできた。すなわち人目を憚って夜お忍びでひとり外出したり、マクシムをこっそり自宅に呼び込んだり、またマクシムと公園で遊んだりと、モンソー公園を彼女の欲望に不可欠の要素として利用していたのである。

ルネの欲望にとってもっとも重要な中継地としてあるのはモンソー公園の館であるが、それより先にルネとマクシムが初めてインセスト行為に及んだカフェ・リッシュのあるイタリヤン大通りを見ておこう。

グラン・ブールヴァール《Grand-Boulevards》と言えば、パリ右岸のマドレーヌ寺院からオペラ座、レピュブリック広場を経由してバスティーユ広場にいたる文字通り「大通り」群の通称だが、元々そこには城壁があってそれを取り壊して道路に変えているので、十七世紀当初から、車道では片側を馬車四台が一列に並んで走れるほど広く、また道路の両側に二列の並木が植林されていたらしい。十八世紀になるとこの大通り沿いに人々が繰り出すようになるが、それは当時の最大の娯楽施設である劇場やダンス・ホール、それからサーカスやその他の遊興施設が軒を連ねるようになり、そこに集まる人々を目当てにまたレストランやカフェが建ち並んだからである。一八二六年にはガス灯が大通り沿いに灯って、夜の闇を一掃するような明るさで照らすようになり、また一八二八年からは最初の乗合馬車がマドレーヌ〜バスティーユ間を走るようになった。『獲物』四章のカフェ・リッシュの場面で午前〇時頃でもまだひっきりなしに乗合馬車が走っていることからすると、この時代から相当夜遅くまで人通りがあったことが窺える。

やがてオスマンのパリ大改造によってこれらの大通りが以前とは様相を一変させる。まずオペラ座をル・ペルティエ通りから現在の場所に移すために一八六二年から工事が始まり、七本の道路が交差するオペラ座広場を備えて最終的に一八七五年に竣工する。それからシャトー＝ドー［現レピュブリック］広場が、そこに同時に完成を見る大通りを集中させてパリ北西部の一大ロータリーとして一八六二年に整備され、旧グラン・ブールヴァールのいっそうのにぎわいに拍車を掛ける。

このグラン＝ブールヴァールの一部を占めるイタリヤン大通りは、オペラ座広場前のキャピュシーヌ大通りから通行人や馬車の流れを引き継いで、次のモンマルトル大通りへと引き渡す通りである。この大通りの名称の由来はイタリア座〔現オペラ＝コミック座〕という劇場にあるので、もともと劇場に関係する俳優や観客でにぎわう通りであった。続くモンマルトル大通りと言えば、「叢書」九巻『ナナ』で主人公ナナが、裸同然の姿を初舞台で登場させ、観客を魅了するヴァリエテ座があった通りである。先のブーローニュの森と言い、このグラン・ブールヴァールと言い、ルネとナナは生いたちは異なれど、エロティスムの権化の双璧として「叢書」に示された欲望の共通の中継地を経巡っていることになろう。

ところでイタリヤン大通りは、十九世紀中盤から後半にかけて流行の先端を行くものとしてパリジャンの注目をもっとも集めた通りで、すこし前のミシュランのパリ旅行案内「ギッド・ヴェール」（一九九一年版）には、この大通りを散策する男女がイギリスの流行をいち早く取り入れ、一八三五年に公衆の面前でたばこを初めて吸い始めたとか、第二帝政の時代には男はワックス掛けした口ひげや皇帝風の山羊ひげを蓄えたり、女はクリノリン入りのスカートを着けていたと記されている。

『獲物』の『フェードル』観劇の場面である。「ある夜、二人は一緒にイタリア座へ出かけた。ポスターさえ見てはいなかった。イタリアの大悲劇女優のラ・リストリを見たかったのだ。その頃パリ中が彼女のことで大騒ぎで、流行に敏感でありたければ、知らないとは言えなかった。出し物は『フェードル』だ。」（V, p. 508〔二八六頁〕）と、語り手はもっぱら流行のせいでルネとマクシムがイタリア座に行ったように見せかけているが、欲望の観点からすれば、インセスト関係にある二人に典型的な歓楽の通りイタリヤン大通りの劇場でインセスト劇を見せたということであるから、ここには作者ゾラの二重・三重の説話論的な意図を看取できるであろう。

これに先立つ四章で、二人がインセスト行為に初めて及ぶカフェ・リッシュがあったのもイタリヤン大通りである。すでに見たように（前掲一六〇頁）、イタリヤン大通りにあるカフェ・リッシュの小部屋という舞台装置は、「閨房のように色っぽく」「まるでベッドのような広いソファ」があって、欲望を中継する他の場所と同じようにあらかじめ都合良く整っており、ルネとマクシムがこの小部屋でインセスト行為へと踏み出すための契機や時期を待つばかりになっていたのである。

サカール邸

ブーローニュの森以下ここまで列挙してきたパリの欲望のスポットは史実に基づくものである。しかし以下のスポットに関しては、たとえモデルがあったとしても[27]、作家ゾラが自らの想像力を思うさま発揮して描写したものであり、とりわけサカール邸は、欲望の地勢図における核心部を構成するべく、通常の機能的な役割を果たすとともに、欲望といういわば記号的、メタファー的意味を強調して描写される。サカール邸とは言うものの、性の欲望に染め上げられたこの邸宅の実質的な主はルネにほかならない。ルネの欲望の館について『獲物』の邦訳者中井は、その啓発的な論考のなかで、「サカール邸で建築上の細部を列挙していく際に用いられている直喩や隠喩には擬人法的表現が執拗につきまとっており、最終的にはそれが館に生きている人間のような生彩ある統一感を賦与している[28]」と、ルネのモンソー公園の館が彼女の人格そのものを表現していることを強調する。さらにその館でルネが普段過ごす部屋の各々は、またマクシムとルネの愛の交歓を表現する際、そのさまざまなヴァリエーションを演出するように設えられているかのようだ。

部屋のそれぞれに特有の匂いがあり、カーテン類も異なり、独自の生が息づき、どこにいるかによって二人［ルネとマクシム］の情愛は異なり、ルネは様々な趣の恋する女となった。生暖かい貴族的な寝室では、キルティングした貴婦人の褥に入って上品で綺麗に振る舞い、愛しあうときは趣味良く控えめに。化粧室の肌色の天蓋のもとでは、浴槽から立ちのぼる芳香とじっとり湿ったけだるい空気のなか、ルネはわがままで色っぽい女の風情で、湯浴みから上がるなり身をまかせた。［…］それから下の階では、小サロンの明るい日の出に黄金色の曙光を浴びて、髪が金色に輝く女神となった。金髪のディアナのような表情を浮かべ、裸の腕は清らかなポーズをとり、二人掛け用ソファの上に横たわる端正な肉体は、古代風の気品ある高貴な線を描いていた。

（IV, p. 484［二五〇頁］）

ルネの愛の館が実際どのようなものか、特に一階の〈1．小サロン〉、二階の〈2．閨房〉、〈3．寝室〉、〈4．化粧室〉と、個々に確かめておこう。館の一階はまず一章の晩餐会の模様を描写しながら紹介される。『獲物』の「準備ノート」に残された見取り図に基づくと、[29] 最初一階玄関の奥に大広間がある。次いで玄関から見て左手に控えの間を挟んで食堂があり、晩餐会では食後になると、男性客の方はモンソー公園を見やる大回廊のような先の大広間を経て、右手奥にある円筒形の塔の一階部分を占める喫煙室に導かれる。他方ルネの取り巻きの婦人客は、左右対称に設けられた左側の塔にある円形の部屋に向かう。そこはルネお気に入りの〈1．小サロン〉である。

このサロンの壁掛けやカーテンはきんぽうげ色の繻子で、なまめかしい魅力がある。独特の絶妙な味わいの一角だ。繊細な彫り模様のあるシャンデリアが放つ光は、内装の太陽の色に包まれて、黄色の短調のシンフォニーを奏でている。柔らかな光が溢れ、熟れた麦の海原の上で夕陽が眠るようである。〔…〕二人掛けソファ、肘掛け椅子、クッション・スツールは、キルティングしたきんぽうげ色の繻子張りで、派手なチューリップの刺繍をした黒繻子のテープ飾りが付いている。〔…〕こうした家具の木地は見えず、繻子とキルティングがすべてを覆い尽くし、背もたれは長枕のような丸みを帯びて反りかえっている。黄色の短調の官能的シンフォニーの響くなか、人知れず羽毛に埋もれて眠り愛し合えるベッドのようだ。

〔…〕昼間、彼女はここで何をするともなく時間をすごした。黄色の内装は彼女の淡い色の髪をくすんでみせるどころか、かえって不思議なきらめきの金色に照らし出した。それで彼女の顔は曙の光のなかに、薔薇色に染まって白く浮き上がり、さながら朝の光にめざめた金髪のディアナのようである。

(I, pp. 350-351〔五二―五三頁〕)

金髪を湛えて欲望に染まった白い顔のルネは、きんぽうげ色の繻子のソファーに女神のような姿態を横たえるといっそう引き立つというわけだ。

二階の間取りは主に四章で紹介される。ルネの普段使用する居室は、まず中央の階段に面したサロンと隣り合って設けられた〈2．閨房〉で、そこにはいくつか長椅子が置かれている。この居室とは〈3．寝室〉が一続きになっており、両室のあいだは扉代わりの二重のカーテンで仕切られているだけである。

両方の部屋の壁には、薔薇や白いリラやきんぽうげの大きな花束を刺繍した明るい灰色の艶消し絹を張り、カーテン類は、灰色と薔薇色の段だらの絹地の上にヴェネチアのギピュール・レースを重ねている。寝室には、宝飾品と言うべき白大理石の暖炉があって、壁と揃えて、薔薇や白いリラやきんぽうげの大きな花束をかたどったラピスラズリなどの貴石のモザイクが一面に象嵌され、まるで花籠のようだ。灰色と薔薇色の広いベッドは、布で覆われふっくら詰めものされて木肌はまったく見えず、枕元は壁一杯まできており、流れるようなドレープ、ギピュール・レース、花束刺繍の絹が天井から絨毯まで垂れて、部屋のたっぷり半分を占領している。まるで、この部屋そのものが、お洒落な装いをした女のごとく、丸みを帯びた姿にくっきりと浮かびあがり、スカートをふくらませる腰当てやリボンやフリルを着けているようだ。たっぷりしたカーテンはスカートのようにふくらんで、誰か大きな恋する女が身を屈め、恍惚として枕元に倒れ込もうとしているかにみえる。

（IV, p. 477〔二三七頁〕）

「生暖かい貴族的な寝室では、キルティングした貴婦人の褥に入って上品で綺麗に振る舞い、愛しあうときは趣味良く控えめに」というのも、この寝室の内装からして頷ける。お洒落な装いに上品な愛し方とはメトニミックな関係が前提とされているからだ。

ルネの住居の驚異とされるのは、ヴェルサイユ宮殿の鏡の間のようだと評判の〈4．化粧室〉である。それは寝室の奥にあり、ちょうど一階の円形の小サロンの真上にあたる部分を占める。部屋を飾って天蓋から壁伝いに下まで垂れた薔薇色の絹の上には極薄のモスリンが重ねられ、床には雪のように白い絨毯が敷かれている。「寝室は薔薇色がかった灰色を基調としていたのに対して、ここはもっと明るく、薔薇色を帯びた白、裸の肉体の色をしている」。二枚のパネルに銀の象嵌が施された鏡付き衣装箪笥、大きな化粧台、長いす、スツールなど、それから衣装箪笥と合わせて銀の象嵌細工をされたテーブルがそこにルネのイニシャルの入った銀と象牙の化粧道具とともに置かれている。とりわけこの化粧室を有名にしているのは、窓と向かい合うアルコーヴのくぼみに設けられた、薔薇色大理石の浴槽である。

［…］床にはめ込まれ、貝殻のようにぎざぎざした溝のある浴槽の縁は絨毯とすれすれの高さである。この浴槽には大理石の階段を下りて入る。［…］毎朝、ルネは短い湯浴みをした。この湯浴みのせいで、化粧室には一日中、湿り気がこもり、洗い立ての濡れた体の匂いが漂っていた。蓋をとった香水瓶やケースから出したままの石鹸から、時折つんとくる香りが漂って、いささか物憂くしどけない空気に刺激を効かせている。ルネは昼頃までほとんど裸でここにいるのが好きだった。まるい天蓋もまた裸であった。浴槽は薔薇色、テーブルと器類も薔薇色、天井と壁を被うモスリンは、下に薔薇色の血が流れているように見える。これらは肉体のまるみ、肩や乳房のまるみを帯び、一日のうちの時間によって、少女の雪の肌になったり、成熟した女の熱い肌になったりした。部屋全体が大きな裸体であった。ルネが浴槽からあがると、その輝く体は部屋の薔薇色の肉に、さらにもう少し薔薇色を加えた。

（IV, pp. 479-480［二四〇―二四一頁］）

寝室が貴婦人の洒落た装いを呈していたのに対して、この化粧室はルネの裸体を強調する。そこでの「ルネはわがままで色っぽい女の風情で、湯浴みから上がるなり身をまかせた」ことも、語り手に言われるまでもなく、わたしたち読者にはいとも簡単に想像のつくことだろう。

ルネはマクシムに対する禁断のインセスト欲望を、よりによってサカール邸の中でほとんど誰の目も憚ることなく思いのままに充足させることができた。それにはこの邸宅の構造が大いにあずかっていた。というのも、二階にあるルネの化粧室は壁の中にある隠し階段で一階のきんぽうげ色の小サロンと繋がっており、その小サロンから温室を経由して、モンソー公園へと自由に出入りできたからである。一旦堰を切ったルネとマクシムの欲望はとどまるところを知らなかった。そこでマクシムは毎晩のようにルネの館に通ってくる。ルネは彼をよく温室で待っていた。モンソー公園から入ってくるマクシムを伴い一階の小サロンへと赴くためである。そうしてこの小サロンの扉さえ閉めてしまえば、後は二階の化粧室や寝室までが二人だけの閉じた世界となった。彼らはそこで安心して愛欲に耽ることができたのである。

だがインセストという、そもそも平凡な日常からは逸脱した倒錯的欲望を十分満たすにふさわしい舞台となれば、パリの真ん中に別世界を作り出している温室ということになろう。

温室

温室は元は冬期の厳しい寒さからオレンジを保護するために立てられたオランジュリー［オレンジ栽培用温室］で、それが十九世紀の後半には当時の新材料である鋳鉄とガラスを全面的に使用する建築技術の先端を行くものとなって貴族や富裕層の注目を集め、彼らが競って自分たちの広大な敷地内に立てさせるにいたったものである。実際にマティルド皇女の温室、パイヴァ侯爵夫人の温室に関してゴンクール兄弟が『日記』中に言及しているし[30]、また十九世紀フランス文学の愛好家にとっては、ユイスマンスの『逆しま』（一八八四）中で、あのデカダンスの寵児デ・ゼッサントが温室中で育てていた珍奇で怪異な異国の植物、特に梅毒を想起させるカラジウムや剥き出しの性器が襲ってくるようなニドラリウムのような植物はなじみ深いであろう[31]。

欲望への誘惑をふんだんに漂わせているサカール邸の温室も鉄とガラスでできていて、高さが八メートルとの想定である[32]。中央に池を配し、水面には水草が浮かび、池の周りには木立と下草が茂る。奥にまた散歩道を取り巻いて別の木立が植えられている。四隅には緑のトンネルが形作られ、鬱蒼とした処女林のような趣を呈する。ルネとマクシムの愛欲にとって温室が特別な舞台となるのは、珍奇で怪異な植物が彼らの感覚を激しく刺激し、いっそう欲望を昂進させるからであるが、語り手は一章における最初の紹介では比較的冷静な観察者として振る舞っているのに対して、四章になると禁断の欲望に溺れる二人の目を通してそれら南国の植物を様変わりして描写するにいたる。二人が温室で熱い夜を過ごすときには、温室全体が発情し燃え上がっているように見えたのである。「そこでこそ二人はインセストを味わうのであった」(IV, p. 484〔二五〇頁〕)という一文が示しているように、禁断の欲望にもっとも似つかわしいところが温室なのであった。

池の上の睡蓮の花は乙女の胸のようにほころびそうな気配、トルネリアの茂みは海の精ネレーイスが髪を解いているよう、丈高く伸びた椰子やインド竹は温室の中央で首を傾けて葉を絡み合わせ、まるで恋人たちがぐったりとよろめいているように見える。下草として植えられた赤い斑のついたねじれた葉のベゴニア、槍のような白い葉をつけたカラディウムは、痣のある肌や青白い肌が並んでいるようで、まるで血の出るような激しい愛撫のさなかに地面に転がる腰や膝のように映る。暗がりで毒が染み出ているようなアビシニアのユフォルブも、歪んだろうそくのような形をして樹液という植物の生命が熱く溢れ出しているところだ。

これらの茂みの後ろにある細い散歩道を取り巻く植物も、輪を掛けて扇情的な思いをいやが上にも駆りたててくる。ビロードのように柔らかいマランタ、紫の釣り鐘のような花をつけたグロキシニア、漆塗りの古い剣に似たドラセナなど、生命に溢れた草々は癒されることのない情愛を求め合っている。奥の四隅の植物が織りなすトンネルでは、「ヴァニラ、コック・デュ・ルヴァン、クィスクワルス、ボイニアのしなやかな枝が、姿の見えぬ恋人たちの腕が絡み合うように、あちこちに散らばっている快楽をすべて引き寄せるかに、やみくもにまわりのものを抱きしめようとしている。果てしなく伸びるこれらの腕は、ぐったりと垂れ下がり、快感の絶頂の痙攣のときのように締めつけあい、互いに求めあい、絡みあって、盛りのついた群れのようだ。温室まるごと、熱帯の緑と花々が燃え立つように生い茂り、咲き誇るこの処女林の一隅が、発情している」(IV, p. 487〔二五三―二五四頁〕)。

こうした異様な舞台のなかで繰り広げられるルネとマクシムの情交も、生命力に溢れた自然の婚姻に引き込まれ、それらと一体となって、思い切り普段の感覚を狂わせられる。ちょうど彼らの官能の喜びが絶頂に達したとき、二人の味わう快感を分け合うようにシダと椰子が、絶え入りそうな声、恍惚のため息を洩らしながら、交尾しているような白日夢さえ二人は見るまでになる。二人の温室における倒錯的欲望はルネが男になるのと対照的にマクシムが女になることによって頂点に達するであろう。「彼らは狂おしい愛の一夜を過ごした。ルネは男、激しく行動的な意志そのもの、片やマクシムは受け身であった」(IV, p.

485〔二五一―二五二頁〕）。

続いて、愛し合う二人の姿は動物や植物に喩えられるが、それは欲望が生命の原理と化して、そうした生物の境界を越えて通底しあっているかのようだ。

ルネの体は黒い毛皮に白く浮き上がっている。うずくまった大きな猫のように、背骨を伸ばし、柔らかく敏捷なひかがみで身を支えるように拳を突っ張って。彼女は悦楽にはちきれんばかりである〔…〕。彼女はマクシムを味わう。この獲物は彼女の下で仰向けになって身をまかせ、彼女はこれを思いのままにする。時々突然身を屈めたと思うと、むさぼるように彼に接吻した。すると、彼女の口は、邸宅の側壁を被う中国のハイビスカスの、満たされぬ、血の滴るような輝きを放って開いた。彼女はもはや、温室の燃える娘にほかならなかった。彼女の口づけは、花開き、そして萎れた。中国のハイビスカス、大葵の赤い花が数時間だけ咲いては、その後繰り返しよみがえるように、巨大なメッサリーナの傷ついた満たされえぬ唇のように。（IV, pp. 488-489〔二五六頁〕）

温室はこうしてルネとマクシムを欲望の目眩く渦のなかに引き込んで、親子の境界も、男女の性の区別も廃絶し、南国の植物と一体になった二人に、欲望という生命の溢れんばかりの原理を味わわせることになったのである。

サン・ルイ島のベロー・デュ・シャテル邸

欲望はルネを通して、ブーローニュの森、特権的な場としての温室を備えたサカール邸、カフェ・リッシュのあるイタリヤン大通り、それからルネの義妹シドニー・ルーゴンがフォーブール・ポワソニエール通りで営む、二階に待合部屋を設けた怪しい店と、次々と自らに好都合な場所を領土化していった。しかしルネが時折訪問するにもかかわらず、欲望が自らの領土として支配できない、欲望にとっては番外の地があった。それがサン・ルイ島にあったルネの生家ベロー・デュ・シャテル邸である。

この邸はサン・ルイ島の中央を横断する、十七世紀初めに開設されたサン・ルイ・アン・リール通りの東端に位置し、現在でも島に残るあのランベール館（一六四〇年築）の向かいにあって、その通りやランベール館と同じく十七世紀初めに建築された古色蒼然とした建物として想定されていた。そのため「死んだような、修道院のような館」（II, p. 401〔二二五頁〕）と形容されて、パリ大改造で新たに造成された高級住宅地に、典型的な新興ブルジョワジーであるサカールが贅を凝らして立てさせた、絢爛豪華な館とまったく対照的である。しかしそれは建物の古さに由来するだけではない。というのも、人は場所によって定義されるとよく言われるが、その逆も真理をついており、場所を定義するのはそこに住む人だから。五章でウォルムズへの二〇万フランの借金に対する手付け金などでどうしても必要になった五万フランのために、ルネがサン・ルイ島の生家の父親を訪ねる場面がある。

彼女は着くと、ベロー邸の中庭の修道院のような陰気な湿り気に、ぞっとした。逃げ帰りたいと思いながら幅の広い石階段を上っていくと、踵の高い小さなブーツはすさまじい音を響かせた。慌てて

1989年11月創立 1990年4月創刊

一九九五年二月二七日第三種郵便物認可　二〇一三年三月一五日発行（毎月一回一五日発行）

月刊
機
2013
3
No. 252

発行所　株式会社 藤原書店©
〒一六二-〇〇四一　東京都新宿区早稲田鶴巻町五二三
電話　〇三・五二七二・〇三〇一（代）
FAX　〇三・五二七二・〇四五〇
◎本冊子表示の価格は消費税込の価格です。

編集兼発行人
藤原良雄
頒価 100円

近代日本の礎となる「公共」思想を提言した横井小楠を大胆に描く！

大義を四海に布かんのみ

——『小説　横井小楠』刊行にあたって——

小島英記

幕末維新の頃、近代日本の礎となる「公共」思想を提言し、大胆に世界の中の日本の海図を指し示した志士、横井小楠。勝海舟、吉田松陰、坂本龍馬らに影響を与え、龍馬の「船中八策」や、由利公正起草の「五箇条の御誓文」も小楠から範を得て作られたものである。徹底的な理想主義者ながら、大酒を呑み失敗するも、人情にあふれ揺るぎない信念と情熱と不思議な魅力で時代を変革に導いた横井小楠とは一体何者か。

編集部

● 三月号 目 次 ●

幕末を動かした思想家・政治家

勝海舟をして「おれは、今までに天下で恐ろしいものを二人みた。それは横井小楠と西郷南洲だ」と言わしめた小楠は、幕末を動かしたユニークな思想家にして政治家である。その割に、知名度が低いのは残念なことだ。

小楠（一八〇九―六九）は熊本藩士の二男に生まれ、儒学者の道を歩み、次第に実学を完成させ、儒教を理想主義的に読みかえて独自の公共・徳の思想を生みだした。

その人生は挫折と失意の連続であった。熊本藩では異端視され、ようやく福井藩主の松平春嶽に招聘されて実力を発揮する。小楠は格調高く理想論を説く一方で、福井藩では、具体的に産物会所を興すなど殖産興業政策で実効をあげた。また、幕府の政治総裁職になった春嶽の私的ブレーンとして、幕政改革でも参勤交代制の緩和などに成果をあげ、その思想を政治的に成功させる希有の才能を発揮した。

小楠は最後まで不運だった。尊王攘夷運動が激化するなかで、諸侯による全国会議をくわだてて、国論を主導しようとする寸前、刺客に襲われた。宴会のさなかで刀が手元になかったため、刀を取りに藩邸に戻った行為が士道忘却の罪に問われ、士席を剥奪されて沼山津《ぬやまづ》に蟄居、隠棲する。もし、この事件がなかったら、幕末の政局も変わり、明治維新のかたちも違ったものになったかもしれない、と思わせるような活躍ぶりであった。

小楠思想の真髄は、たとえば嘉永四（一八五一）年、四十三歳の横井小楠が上国遊歴の旅で福井藩を訪れ、「大学の三綱領」を講演したとき、若き日の由利公正が聞いたという言葉に示される。

「堯舜孔子《ぎょうしゅんこうし》の道をもって国家を経綸する学となし、道徳は経国安民の本で知識によって増進する。ゆえに（人は）格《かく》物致知《ぶっちち》を先として己を修め、人を治める内外二途の別なし」

のちに福井藩に招聘されて書いた『国是三論』では、統治者の要諦をこう記した。

「君主は慈愛・恭倹・公明・正大の心をもち、古聖賢の言葉に照らして検証し、武道によってその心を練り、人の性情にもとづいて人の守るべき道により、至誠《しせい》と惻怛《そくだつ》（いたみかなしむ）の心をもって臣を率い、民衆を治める」

「執政大夫（宰相）は君主の心を体して憂国愛君の誠を立て、傲《おご》りをいましめて節倹の徳を修め、みずからの心を苦しめ身体を労し、艱難に屈せず危険を恐れず、全力をつくし真心をこめ、身をもって衆に先立ち、坦懐無我（わだかまりなく己を

▲小島英記氏（1945-　）

むなしくして）、意見を容れ、諸役人とはかって君主の盛意（立派な意図）を実現するよう努力し、善は誉め不能なものは教育するようにしなければならない」

「諸役人も主君や宰相の意をうけて、あえて自分勝手の意見をはさまず、忠誠無二、勤勉にその職分をつくし、廉介（いさぎよく）正直に共に士道をもって部下たちを督励し公に奉じ下を治めなければならない」

およそ政治家・官僚たるものは、「公」に準じ「私」を排除するのが原則なのである。

普遍的な理想を描く

沼山津に逼塞中、甥の左平太と大平をアメリカに送りだすときに与えた漢詩が、晩年の思想をもっとも分かりやすく示している。

「堯舜孔子の道を明らかにし、西洋器械の術を尽くさば、なんぞ富国に止まらん。なんぞ強兵に止まらん。大義を四海に布かんのみ」

それは単なる富国強兵ではない。海外侵略の道を歩むことではない。その大義とは、世界平和と国家独立・国民のための富国の両方を重視すること、諸国家の割拠見（自国本位の見方）を否定し、自己を相対化して、普遍的な理念をもって国際社会を生きる道であった。しかし、明治国家はそういう理想を初めから持たなかった。

小楠思想の原則に、**君子が無能なら取りかえなければならない**ということがある。これは万世一系の神がかり的天皇制とは矛盾する。小楠は明治新政府に召されるが、病気で真価を発揮できないうちに暗殺され、思想的課題を残したまま去った。

いま日本は内外ともに難問山積し、まさに国難来るというべき現状にある。そういう時だからこそ、小楠思想の現代的意義があり、その見直しが必要であるように思う。

小楠と源了圓先生との出会い

私の小楠との出会いは、ずいぶん昔のことになる。

四〇年以上前だが、大学で政治学をかじった私は、ゼミ論のテーマに悩み、海舟の『氷川清話』を読んで、小楠に関心を持った。たまたま神田の古書店でみつけたのが、小楠研究の基本文献である山崎正董の『横井小楠』上下巻であった。しかし、当時の私に儒教と漢文、難解な漢字の壁は厚く、ついに諦めてしまった。

結局、もうひとつの関心事であった全体主義をやろうと思い、そのころ読んで面白かった『国体論及び純正社会主義』を書いた北一輝を選んだ。もっとも、北の晩年、三井財閥から巨額の生活費を引きだすような生き方に幻滅して、論文は中途半端なものに終わってしまった。しょせん学究の資質がなかったのである。

以来、新聞記者の生活を送っていたが、書棚の片すみに置かれた『横井小楠』は、常に気になる存在であった。それを小説にしたいと思うようになった機縁は、日本思想史の泰斗、源了圓先生との出会いである。

先生の書かれた『型と日本文化』をテーマにインタビューにうかがって、以後、大変かわいがっていただき、「私の若い友人」とまで言ってくださるようになった。ある日、その先生が「小楠は私のライフワークです」とおっしゃった。私の古い思いがよみがえった。

「実は私も小楠には関心があります。先生のご本が出ましたら、それを勉強させていただき小説にしたいと思います」

先生は「ぜひ、そうしてください」と励まされ、私は少しずつ小楠関係の資料を集めにかかった。それからまた、ずいぶん歳月が流れ、私は新聞社を辞めて作家になった。ときどき、先生にご研究の進捗度をうかがうと、「まだまだです」と答えられた。

二〇〇九年は、小楠生誕二百年で、私は雑誌の『致知』に小楠の小伝を書いた。また、以前から、旧知の藤原書店社長の藤原良雄さんが、この年にあわせて源先生の本を記念に出したいと言われていたので、先生にうかがうと、「まだまだです」というご返事であった。

十二月になって先生からお電話があり、「とりあえず横井小楠の特集を藤原書店の季刊誌『環』の別冊で出すことになったので、紹介記事を書いてほしい」と頼まれ、『日本経済新聞』の文化欄「文化往来」に寄稿した。

人を魅了するエネルギーと高い志

しばらくして、別件で藤原さんと懇談したとき、源先生の『横井小楠』が話題になった。私が、「むかし、先生のご本が出たら私が小説を書きます、という約束をしたんですよ」と話すと、「うちの『環』の紙面を提供するから、ぜひ連載してほしい」ということになった。

先生にそのことをお話すると喜ばれたが、「あと一年はかかります」と言われるので、のんびり構えていたところ、翌年の正月になって、藤原さんから「先生のご本は大幅に遅れそうだから、連載のほうを先に始めてほしい」という依頼があって驚いた。早速、先生のご了承を

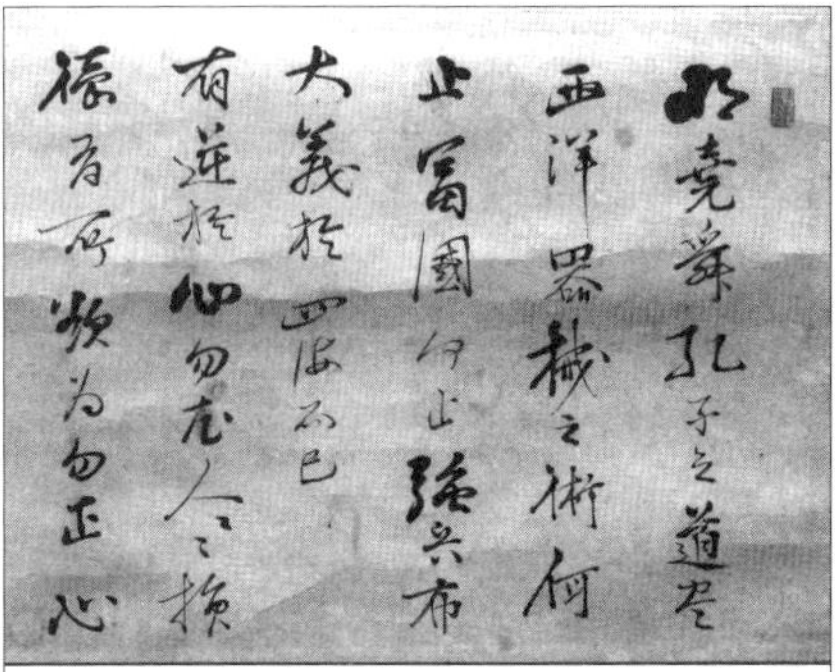

▲漢詩「堯舜孔子之道」（横井小楠筆）
甥の左平太と大平が米国に留学する際に贈ったもの。

えて、大慌てで小説にとりかかることになった。

連載当初は、一回に四百字で五〇枚、二年の連載で四百枚程度のものにする予定だったが、途中で、このペースではとても書ききれないと観念し、藤原さんに枚数を倍にしていただいた。結局、連載は二〇一〇年春号から二〇一二年夏号まで、予定を大幅に超える長丁場になってしまった。本著はそれをもとに加筆修正したものである。

先生にお話しすると、「小楠は長くなるんです」とおっしゃった。九十歳を超えてなお探究の手をゆるめられない先生にはほんとうに頭が下がった。いま先生の大著も完成し、藤原書店に原稿はおさめられ、刊行の準備にはいっているという。

書くまえに「思想家は小説になりうるのだろうか」という不安があった。その思想に踏み込めば、たちまち難解になり、避けて通れば、真の小楠像に迫り得ないことになるからだ。このため、小楠の書いたものすべてを、できるだけわかりやすく現代語訳し、ほぼ、そのまま記述することにした。熟読玩味していただければ、小楠思想の魅力が伝わってくるはずである。

小楠には人間的なスケールの大きさがある。謹厳な人格者というわけではなく、酒も女も大好き、特権も享受するという人間的弱みもあったが、そういう弱点も打ち消してしまうほど人を魅了するエネルギー、志の高さが小気味よいのである。

（こじま・ひでき／作家）

『ビルマの竪琴』で知られる戦後論壇の知欧派の一大知識人、竹山道雄とは何者か？

「根源的自由主義者」竹山道雄と昭和の時代

平川祐弘

自由主義を守り通す

　竹山道雄（一九〇三―一九八四）は、昭和前期は第一高等学校のドイツ語教授であった。第一高等学校は一学年の定員が四百名、天下の秀才が目指した戦前の日本のもっとも狭き門で、その選ばれた者が三年間寮生活を送るエリート校である。竹山はその「一高のプリンス」と目された人で若き教授として日本の棟梁の材に感化を及ぼした。しかしその旧制高校は日本の敗戦後、占領軍とそれに迎合する勢力によって廃校となり、一高は東大教養学部となる。そのとき竹山は一高と運命を共にし教職を去り、以後はもっぱら文筆家として活躍した。世間には『ビルマの竪琴』の著者として知られるが、それ以上に戦後の論壇では一大知識人として群を抜く存在感があった。左翼陣営からは「危険な思想家」とレッテルを貼られたが、その立場ははっきりしていた。語の根源的な意味における自由主義である。

　竹山は一九三六（昭和十一）年の二・二六事件の後に軍部批判の文章を書くという反軍国主義であり、一九四〇（昭和十五）年にナチス・ドイツの非人間性を『思想』誌上で弾劾した。そしてそれと同じように敗戦後は、反共産主義、反人民民主主義で一貫した。戦前戦後を通してその反専制主義の立場に変わりはなく、本人にゆらぎはなかった。日本の軍部も、ドイツのヒトラーのナチズムも、ソ連や東ドイツの共産主義体制も、中華人民共和国のそれも批判した。その信条は自由を守るということで一貫しており、昭和三十年代・四十年代を通して、雑誌『自由』によって日本が世界の自由主義陣営に留まることの是《ぜ》を主張した。その洗練された文章には非常な魅力があり、論壇の寵児と呼ばれたほどで、少なからぬ愛読者や支持者もあったのだと私は考える。豊かな外国体験と知見に恵まれた文化人の竹山は、当代日本の自由主義論壇の雄で、この存外守り通すことの難しい立場を「時流に反して」守り通したといえよう。

なぜ竹山はナチス・ドイツを批判したのか

竹山は具体的にどのようなドイツ文学者であったか。日本が日独伊三国同盟を結ぼうとしていた一九四〇（昭和十五）年に『思想』に発表した「独逸・新しき中世?」では、ゲッベルスの演説を訳して紹介し、批判を加え、ナチス・ドイツの思想状況をルネサンス以来ヨーロッパの人本主義文化を発展させてきた原動力の原理である個人、その自由、その知性の否定であると断定し、「英仏側が勝てば、思考の自由は救われ得る。ドイツが勝てばそんなものはわれらから根底的に奪われるであろう」という大胆な結論を述べて憚らなかった。

▲竹山道雄（1903–1984）
齋藤和欣撮影　1976

日本では、外国語外国文学研究の学界でも外務省でもおおむね自分の専門とする外国を良しとする傾向にあることは、チャイナ・スクールの人々が北京詣でをすることからもわかるであろう。フランス語教師は、パリ万歳といっていれば居心地がいいことは、私も東大でフランス語を教えていたのでよくわかる。それなのになぜ三十六歳の竹山がこうした大文章を書けたのか。それは竹山は在日のドイツ人教師と親しくてナチスのユダヤ人排斥とか思想弾圧とかについてよく知っていたからである。そしてそれをあえて言う勇気があったからである。

ドイツを批判的に観察

ナチス・ドイツや人民中国に比べれば、軍国主義日本の全体主義の圧力はよほど微温的であった。それだからこそ弊衣破帽の反時代的風俗は戦争末期まで許されたのであり、憲兵隊に十数日間留置された木村健康などの教師もいたが、ドイツの強制収容所やソ連のラーゲリや労働改造の監獄に送られた者はいなかった。日本では治安維持法でもってそんな強制的措置はとられず死刑もなかったのである。連合国側の軍国日本理解はとかくナチス・ドイツとの類推で行われ今日に及んでいるが、この相違点は明確に自覚しておかねばならない。竹山は公然とナチス・ドイツを批判しても一高教授の職を追われる心配はなかった。そんな竹山に対して批判的だったのはむしろ同業者のドイツ文学者たちで、その多くはナチス・ドイツにいれあげていた。一九四〇年六月十四日パリが無血開城した時、「竹山君の顔が見たい」と紅露文平が電話してきたことを竹山夫人は記憶している。

ではなぜ竹山道雄はドイツ一辺倒にならなかったのか。竹山はただ単にドイツへ留学したというよりは西ヨーロッパに留学した人である。昭和初年にベルリンだけでなくパリでもフランス語を習っており、フランスが好きだった。竹山はパリのリュクサンブール美術館で知り合った片山敏彦を、一高でドイツ語教師に欠員が生じたときドイツ語教師として招いた。竹山と片山は、ロマン・ロランの紹介状をもって日本に逃げてきたドイツ系ユダヤ人の美術評論家アルバート・タイレの面倒も見ている。竹山も片山もフランス側からもドイツを批判的に観察していた。それだからドイツ礼賛になることはなかったのである。

昭和十五年のある日、ドイツ大使館はパリ占領のニュース映画を見せた。河盛好蔵は竹山の隣りにいたが、凱旋門上にナチス・ドイツのハーケン・クロイツの旗がするすると掲げられた。その場面が出たとき竹山はフランス文学者の河盛の方を向いて「不愉快でしょう」といった。しばらくしてドイツ軍の兵士が、立ち並ばせた民衆の中からユダヤ人を見つけては、一歩前に進ませる場面が出た。すると竹山は今度はたしかにまわりの人たちに聞えたに違いのない声で「イヤなことをするなあ！」と言った。場所はドイツ大使館の中だから河盛ははっとした。これは竹山が思わず発した声だったのだろう。河盛は戦後、アウシュヴィッツ収容所などのユダヤ人虐殺の映画を見たとき、竹山の声を思い出して「竹山さんはあのときこのような悪逆無道がナチスの手で行われていたことを既に知っていたか予感していたのだと思い、その勇気にあらためて感心した」と回顧している。

竹山の目を通して見た昭和の時代を描く

このたび刊行する『竹山道雄と昭和の時代』は竹山の伝記だが、同時に竹山の目を通して見た昭和の時代の世界の歴史でもある。竹山道雄は昭和天皇に二年遅れて一九〇三（明治三十六）年に生れ、昭和天皇に五年先立って一九八四（昭和五十九）年に没した。大正天皇が崩御し昭和天皇が践祚《せんそ》した一九二六（昭和元）年に第一高等学校に職を得た。昭和の初年にヨーロッパへ留学した。帰国後の日本では軍部が擡頭する。その日本はやがてナチス・ドイツと同盟し、敗戦を迎える。そのような戦前・戦中・戦後を竹山はいかに生きたか。東西冷戦の中でいかなる立場をよしとしたか。そんな非西洋の国日本で生きた知欧派の一知識人竹山道雄の軌跡をたどったのが本書である。読者は竹山を語る本書を通して世界の中の昭和日本の歴史もまた読みとられることと信ずる。

▲平川祐弘氏（1931- ）
熊本日日新聞社提供

角を矯《た》めて牛を殺すな

文章を書くとは選ぶことである。選ぶからこそめりはりもつく。人生も選ぶことである。「（東京の）有名な府立中学といえば、一中、三中、四中、五中、六中などであった」と私が書いたら、慎重な人から「そんな書き方をすれば府立二中の関係者の反感を買いますよ」と注意された。その種の気配りを良しとお感じの方も多いであろう。しかしそのような風潮に気兼ねするかぎり、戦前の日本のエリート校であった旧制第一高等学校の教授であった人を語ることは難しくなってしまうのではないか。世の一部の人の反感を過度におそれるならば、当り障りのないことしか書けなくなってしまう。それでは自縄自縛である。私は『竹山道雄と昭和の時代』を率直にありしがままに書きたいと思っていただけに、そのような注意を受けたことに逆に驚き、不安を覚えたのであった。

嫉妬に根ざすアンチ・エリティズムは健全とはいえないだろう。角《つの》を矯《た》めて牛を殺してはならない。エリート教育を受けたからといって、十中八九、人は大した人物とはならない。しかし十人に一人でも偉才を生めばそれで良いのである。私はそう信じている。

（ひらかわ・すけひろ／東京大学名誉教授）

日本文化の基層としての環境の思想を、古都京都に探る！

「いのちはめぐる」

——『京都環境学　宗教性とエコロジー』刊行にあたって——

原　剛

日本文化の基層にある環境思想

日本の神々と仏が現代に環境思想を語るならば、どのような言葉を用い、またどう歴史的に裏付けるだろうか。

日本文化の基層にある神仏（＝）宗教性への意識が科学に裏付けされ、現代の環境思想、生活流儀として共有され、自ら転がりだす玉のように、日本文化の表現として実践に移されないものだろうか。

『京都環境学——宗教性とエコロジー』は、京都の寺社と水俣を関連づけ、日本文化の基層に潜在している環境思想の原点に迫ろうと試みる。

文化としての環境の特徴を、本書は宗教性（神仏の概念）と科学（エコロジー）の共存に求めている。エコロジーは生物とその環境との関連を分析する自然科学としての生態学である。

京都でもとりわけ高い人気が寄せられている名刹、神社の僧侶と神官が、こぞって環境思想と仏教、神道との関連を真正面から論じるのは本書が初めてである。

「宗教における自然」
妙法院門跡門主　菅原信海

「共に生かされている命を感じて」
鞍馬寺貫主　信楽香仁

「日本人の宗教心」法然院貫主　梶田真章

「環境と神道——糺の杜のもの語る」
下鴨神社禰宜　嵯峨井建

「神道の教義に内在する環境保護思想」
貴船神社大宮司　高井和大

さらに東京上野寛永寺の杉谷義純住職が**「草木成仏を考える」**の課題で加わっている。

信楽香仁貫主は「天地自然は生きている大乗教であり、自然の姿が仏教経典のすべてである」と説く。鞍馬山中腹の境内は岩石、植物、生物をつないだ生態系の教室とされ、生態学の専門家が自然解説に当たっている。国宝の仏像群と動植物標本が同一の宝物殿に展示されている。

京都と水俣に通い合うもの

他方、一九五六年この方、神も仏も救いの手を差し伸べてこなかったかに見える水俣病の地で、仏教に由来する「本願の会」に集う人々は、「魂と意志」のありかをどこに見出そうとしているのだろうか。仏教と通底する**水俣「本願の会」**の活動、神の気配を感じさせる不知火海の自然との交歓の現場から、当事者たちが水俣病の体験を語る。

石牟礼道子さんのインタビュー「**空しさを、礼拝するわれら**」、独創的な行動で知られる漁師**緒方正人さん**のインタビュー「**『文明の革命』を待ち望む――『本願』とは何か**」を通じ、「水俣のこころ」の深奥に踏み込んでいる。

▲原剛氏（1938- ）

では、京都の僧侶・神官の言葉や感性と、海山を生業の場として自然の精霊と交わることのある水俣の人々のそれらには、通い合うものがあるのだろうか。

例えば、鳥や魚と会話し、水俣病を「天からのさずかりもの」として引き受け、差別した人を許し、水と森を命の源として自覚し、「私が水俣病を全部負っていく」と世を去った漁師杉本栄子さん。石牟礼さんは杉本さんを「菩薩」とみなし、親鸞の大恩忌に詩経「花を奉るの辞」を記した。

緒方正人さんたち有志一七人は一九九四年、「本願の会」を発足させた。「**埋め立てられた苦界の地に数多くの石像（小さな野仏様）を祀り、ぬかずいて手を合わせ、人間の罪深さに思いをいたし、共にせめて魂の救われるように祈り続けたいと深く思うのです**」（「本願の書」）。

京都の寺社に蔵され、語り伝えられてきた神仏の教えの大要は、既に水俣の人々が自らつむぎだした言葉と行動とによって、暮らしの現場で実践され、祈願されているのである。

京都の聖域から発せられた「環境と神仏」のメッセージが、京都ファンである多くの日本人の心に届き共感され、日本文化の基層としての環境の思想が、水俣病を経験し、大震災と原発事故に直面した日本を根本から揺さぶり、変革する原動力になることを願っている。

（はら・たけし／早稲田環境塾塾長）

従来の近代西欧知を批判し、独自の概念を作り出した二人の徹底討論!

内発的発展と自己創出
――「近代化論」批判と「生命科学」批判――

中村桂子

鶴見さんの「内発的発展論」とは

今、社会はグローバリズムと言われています。globe は地球です。鶴見さんの著書『南方熊楠――地球志向の比較学』がありますように、地球を考える、更には地球で考えることは非常に大事です（傍点は編集部）。しかし今のグローバリズムはアメリカ型の新自由主義を広めるという誤ったものです。先進国と途上国の間だけでなく、先進国内での格差まで広げています。鶴見さんはそれに対して地球上の地域それぞれの「内発的発展」が必要であるとおっしゃいました。

アメリカで欧米の社会学を徹底的に勉強されて、身につけられた鶴見さんが、帰国後水俣に出会い調査をなさったところ、「これぞ本当の学問」と思っていたものが通用しなかったのです。しないどころか、あまりにも違うものがあるのでとても悩まれました。アメリカの社会学では、「自然」という言葉を使うと、社会学に自然なんかいらないと否定されてしまう。でも、水俣を考えるときに自然を入れないで考えられますか?と話されました。そこで考え抜かれた結果が「内発的発展論」です。発展はそれぞれの土地にある自然や文化や歴史、そこにいる人びとが内にもっているものから出てきて初めて本物であるということです。

▲鶴見和子（1918-2006）

分子生物学への疑問から「生命誌」へ

グローバリズム一本槍の今の社会は、すべてを一つの物差しで測ります。そこで進んだ国と遅れた国があるとします。――そうではなく、さまざまな物差しがあるのです。たとえば教育を見ても、子どもを一つの物差しで測って並べるというのがいかにばかばかしいかということは、わかりきっています。そういう中で、鶴見さんが出された「内発的発展」という言葉、構想、思想はすばらしい、大きな意味を持っています。

　私も、分子生物学という、欧米そのものという学問で生きものを考えたいと思ってきました。チョウを採りに山を歩くのも生きものを考えることですし、詩を作るのも生きものを考えることですが、基本の基本を知りたくて、一九五〇年代に出会った新しい学問、DNAを中心に置く分子生物学で考えたいと思って勉強しました。鶴見さんの社会学に対して、私は生物学で、同じように欧米から学び、それを生かして考えようとしました。しかし私もこれで生きものがわかるのだろうかという疑問にぶつかりました。

▲中村桂子氏（1936- ）

　扇形の図（「生命誌絵巻」）が、私の考える生きものの姿です。扇の縁が現在で、多様な生きものがいます。すべてがDNAをもつ細胞から成るという共通点があり共通の祖先から生れたと考えられます。人間もその中にいます。共通性は大事なことですが、それだけを見て分析していくことで生きものが分かるだろうかと思うようになりました。

　共通だけれど、やはりアリはアリで、ヒトはヒトだと思いはじめ、共通性を受けいれつつ多様性、個別性を考えるにはどうしたらいいだろうと悩みました。そこで、アリのDNA（ゲノム）はアリをつくり出し、ヒトのDNA（ゲノム）はヒトをつくり出していることに気づき、**「自己創出」**という言葉を思いつきました。アジアはアジアで、アフリカはアフリカという鶴見さんの内発的発展と同じように、アリはアリ、ゾウはゾウ、人間は人間として自分をつくり出しているということです。その考え方を基に**「生命科学」という分析に対して、「生命誌」という、歴史物語を読み解く知**を始めました。社会と自然を見る眼、発想が重なっています。（後略　構成・編集部）

（なかむら・けいこ／JT生命誌研究館館長）

19世紀後半、人間の根本的矛盾と格闘した文豪ゾラが現代人に突きつけた問題とは？

欲望史観で読み解く、ゾラ

寺田光徳

人間の根本的な矛盾と格闘

ゾラの畢生の大作「ルーゴン＝マッカール叢書」（全二〇巻、以下「叢書」と略記）は、藤原書店の「ゾラ・セレクション」（全十一巻）と論創社の「ルーゴン＝マッカール叢書」（全十一巻）が最近刊行され、日本語でもまとまって読めるようになった。こうして日本の読者にやっと全貌を明らかにした「叢書」を通覧してみると、ゾラという作家は十九世紀後半のフランス第二帝政期を物語の舞台にしながらも、欲望が人間の存在を規定し歴史を形成するという欲望史観に基づいて、現代にもそのまま通じる人間の根本的な矛盾と格闘した、スケールの大きな小説家であったことをわたしたちに改めて感じさせる。

たとえば「叢書」第一五巻『**大地**』では、土地と女の人類学的支配が問いかけられる。なぜなら、フランスでは大革命以降農民にも土地所有が制度的に認められ、それに古来からの嫁資制度が絡んできて、農民にとって結婚はエロティックな欲望のみならずエコノミックな欲望が問題になっているからだ。主人公の農民ビュトーが義妹のフランソワーズを強姦し、彼女を悲劇的な死に至らしめるのは、結局、土地と女が一体となった、わたしたちに人類学的考察を可能にする社会背景が存在していたからである。

▲エミール・ゾラ（1840–1902）

第二巻『**獲物の分け前**』のブルジョワ有閑夫人ルネは、義理の息子とインセスト（近親姦）に陥る。このような社会的タブーの侵犯を糊塗しようと、彼女はフェードル神話などによって聖化を目論む。しかし第二帝政という現実がインセストの神話的聖化を許すはずもない。義理の息子や夫が、フェードル神話にあるようなアテナイ王やその息子に比ぶべくもないからだ。オスマンのパリ大改造に乗じ地上げで富豪となる、いわば卑俗この上ない夫サカールは、妻にも金銭欲をむき出しにし、彼女からエロティスムの側面では寝取られ亭主（コキュ）にされても、エコノミスムの側面では彼女を赤裸にし、いわば彼女を女コキュの境遇に陥れる。

欲望が歴史の根本的な原動力と見抜く

▲寺田光徳氏（1947- ）

第一七巻『獣人』において問題となる欲望する機械とは、『罪と罰』におけるラスコーリニコフのような理性的殺人ではなく、欲望に駆られて衝動的殺人を犯してしまうジャックの謂である。無意識の欲動に衝き動かされて愛する者を殺害してしまう殺人事件は、因果論的論理にしたがう人間の理性では計りがたい行為だ。しかしこの時代の蒸気機関を代表とする熱力学機械は、分子論レベルで見れば原因と結果がストカスティック（確率論的）な関係で結ばれている。つまりゾラはここでジャックの殺人に分子論的な機械として組織されている無意識を垣間見ており、そのことによって当時のエピステーメーと通底した**マシニズム**（機械主義）**的世界観**を浮き上がらせている。

この度刊行される『欲望する機械――ゾラの「ルーゴン＝マッカール叢書」』でテーマとして取りあげた**欲望**というのは、周知のようにフロイト以降人間の存在論に不可欠なテーマとみなされて、現代の哲学者・思想家ドゥルーズ＝ガタリによって改めて歴史の原動力と位置づけし直されたものである。ゾラはフロイト以前の作家だが、本書が明らかにするように、彼もまた**欲望が人間の存在を規定し、歴史の根本的な原動力となる**ことを炯眼にも見抜いて、「叢書」において第二帝政の社会的矛盾を暴き出している。こよなく現代的なテーマである欲望を通して、二十一世紀のわたしたちにも刺激に富んだ新しいゾラを味わっていただきたいものである。

（てらだ・みつのり／熊本大学文学部教授）

名著に新たな命を――三十年間色あせなかった、分析の深さと先見性

〈特別寄稿〉『康熙帝の手紙』と私

楠木賢道

永らく絶版となっていた岡田英弘『康熙帝の手紙』が、この度大幅に増補され、「清朝史叢書」の第一冊として刊行された。

本書との出会い

本書の原版は、一九七九年に刊行された同名の中公新書である。

一九八〇年に筑波大学に入学した私は、当初から東洋史をやろうと決めていたが、具体的に何をしたらいいのか決められず、少し焦っていた。そのようなとき、野口鐵郎先生が、夏休み直前の中国史概説の授業で、イエズス会士ブーヴェによる康熙帝の伝記の話をした。その直後、学内の書籍部で平凡社東洋文庫の棚を眺めていたら、後藤末雄訳『康熙帝伝』が目に入った。ブーヴェによる伝記の日本語訳である。一九七〇年刊の初刷だったので、箱はかなり日焼けしていた。その本を手にしたまま、中公新書の棚に向かい、今度は真新しい『康熙帝の手紙』を発見した。頁をめくると、『康熙帝伝』が引用されていた。私は、この二冊を夏休みに帰省して読む本に決め購入した。

しかし正直にいうと、モンゴル・チベット史に関する知識がほとんどなかったので、大学一年の私には『康熙帝の手紙』の内容はよくわからなかった。ただ、小説でもないのに、史料を読み解くとここまで康熙帝の内面性に迫ることができるのかと、著者の筆力に圧倒されたことを覚えている。そしてその史料が康熙帝直筆の満洲語の手紙というのが、とても気になった。というのは、実家には、戦前に中国で集めたという古銭があり、幼い頃それを見た私は、漢字ではない文字が鋳込まれていたことを覚えていたからである。帰省中にあらためてその古銭を見ると、漢字でも「康熙」「乾隆」などとあったので、漢字ではない文字が満洲文字だと理解できた。そして漠然と、こういうことを研究したいと思っていた。

名著とは

満洲語の修得には苦労したが、日本大

学の加藤直人先生の押しかけ弟子となり、史料が読めるようになった私は、大学院進学以後、清朝の初代君主ヌルハチから康熙帝の時代までの清朝史を中心に研究を続けてきた。その間、折々に原版『康熙帝の手紙』を読み返してきたが、読む度に新しい発見があった。それは本書の持つ分析の深さと先見性に由来すると思う。康熙帝を含む内陸アジア世界の君主らが、一方で自らの王権の正統性を主張しながら、他方でリアルポリティクスを展開する状況をとことんまで分析し、両者がいかに絡み合いながら歴史が推移していたかを、本書はバランス良く論じているので、読み手の問題意識や知識が深まるほどに、本書から得るものも増えて行くのである。この意味で、現在のチベット問題を考える上でも、本書は極めて示唆に富んでいる。

　また先見性という点では、私は十年ほど前に、モンゴル人チベット仏教僧シャンナンドルジが康熙帝との間でかわした、康熙帝の手紙と同系統の史料を見出し、側近としてモンゴル・チベット情報を収集し康熙帝に報告していた姿を明らかにする研究を発表したことがあるが、原版を読み返してみると、シャンナンドルジに関する叙述がすでにあったのである。名著とはそういうものであろう。

＊　＊

　白状をすると、本書「はじめに」の「大学で奉職している満洲学者などは、（原版を）古書店で見つけるとすぐに弟子のために買い占めた」とは私のことであり、「あとがき」に記された、本書刊行にあたり協力した岡田先生の「孫に相当するような年少のメンバー」には、私のゼミ出身者が含まれている。彼らといっしょに、私を学究の道に導いてくれた名著を増補し、新たな命を吹き込むお手伝いができたことを、私はとても幸福に思う。また本書が、さらに次の世代に読み継がれていくことを切に願う次第である。

（くすのき・よしみち／筑波大学教授）

リレー連載　今、なぜ後藤新平か　90

後藤新平を支えた異才、岸一太

能澤壽彦

多元的才能の発揮

岸一太《きしかずた》の名は、『正伝・後藤新平』に僅かに載る。だが他資料とも重ねる時、その大器ぶりが浮上する。明治七（一八七四）年生まれ。ドイツ留学で耳鼻咽喉科を修め、医学博士に。台湾に渡り、総督府医院長兼医学専門学校教授。この頃後藤新平と出会い、生涯の親交を結ぶ。後藤が満鉄総裁の時は、大連に移り、満鉄医院長に。

他方、発動機を製作し、大正五（一九一六）年、飛行機「岸式つるぎ号」を完成。赤羽《あかばね》に飛行機製作所、飛行士訓練所を兼ねた、民間初の飛行場を開設する。また、鉱山業にも進出。製鉄工場を作り、大正八（一九一九）年砂鉄精錬法の研究で、勲四等旭日賞を受ける。後藤が東京市長になると、東京市嘱託として都市の塵芥処分に関する発明を献策。関東大震災後は、後藤から帝都復興院技監に抜擢された。

眩暈を誘うような、八面六臂の多元的才能である。後藤が組織のトップの折、岸は様々な立場で彼を支えている。

異色の神道教団を創始

だがここに、今一つの顔を加えたい。それは宗教者としての側面である。大正十（一九二一）年、第一次大本教弾圧事件があった。この時、岸は著名信者の一人であった。だが、これを機に教団を去っている。その後、岸は朝鮮巫女・高大《こうたい》業《ごう》に出逢い、昭和三（一九二八）年、明《みょう》道会《どうかい》を創始する。その名称は、高に憑《かか》る明道霊児による。そして岸は、明道を通じて平田篤胤の霊言を得つつ、神界の真相を探る。その結果、八意思兼《やごころおもいかねの》大神に至り、教団の主神に迎える。天照大神の天の岩戸隠れに対し、解決策を立案した、知恵自在の神である。

だが、大本教の分派的存在で、かつ朝鮮の巫道の影が落ち、更に天孫系の古典神を祀る路線は、当局を刺激した。昭和初期、国家神道や国体思潮が高揚し出す中、神秘主義的宗教は警戒された。

こうした状況下、昭和五（一九三〇）

年十一月、岸と高は拘留されてしまう。憶測中傷に満ちた新聞記事に、今は触れぬ。「神人《じんにん》交通」と称した修法に、特に疑いがかけられたようだ。翌六年六月、岸と高は保釈された。そして同年十二月、予審終結が決定した。当時のこうした事件では常套的手段だったが、共に精神疾患によるものと処理され、無罪とされた。

だが、教団は痛手を負った。約四千人いた会員は激減した。昭和九（一九三四）年、岸は明道会の会長職を退いた。これを機に、惟神《いしん》会と名を改め、今日に至っている。岸は昭和十二（一九三七）年に没した。享年六十四。

▲岸一太
（昭和7年刊の書籍の口絵写真より）

両者に通底する精神性

改めて思う。後藤と岸は、共に医学から出発している。人間一身を癒す医の道から、後藤は大きく国家の健全を設計する政治の道へと歩む。岸も、諸発明・研究、諸事業を介し、大きく社会や国家への貢献を果たしてゆく。

岸の多才能を支えたものは何か。教団創始の事実から推せば、根底には何らかの宗教性があろう。大本教には、理想世界を激しく求める変革思想が根にある。大本教に惹かれた岸にも、似た傾向があったろう。しかも、大正期に大弾圧を経験する。この激動の運命を潜って、数年間、国家と霊性、神と天皇などにつき厳しく自問を重ねた日々があったろう。

その結果、天の岩戸神話にまで遡り、教理を導き、実践者を育もうとしたか。主祭神・八意思兼神《やごころおもいかねのかみ》の名義は、「多くの心を以って、多元的思考力を発揮させる神」と解せよう。正に岸にふさわしい。後藤は、岸の信仰を解したであろう。彼もまた、八意式《やごころしき》の大器であったゆえに。

（のうざわ・としひこ／後藤新平プロジェクト）

Le Monde

■連載・『ル・モンド』紙から世界を読む　120

ナイトメアライナー

加藤晴久

二〇一二年一二月一六／一七日付『ル・モンド』に「ボーイング、エアバスを追い越す」という長大な記事が載った。エアバス社は欧州航空・防衛・宇宙会社EADS傘下の航空機製造会社で、ボーイングの最大のライバル。二〇一二年度の受注、ボーイング一〇六八機に対し、エアバスは六四八機。五年間保った首位の座を奪われた。ボーイングの躍進は主として737MAX型のおかげだが、今後は新鋭機「ドリームライナー」787型が有力な武器となるだろう。

年が明けた一月九日付以降、連日のように発生するバッテリー・電気系統の過熱・発火、燃料漏れ、フロントガラスのひび割れ、ブレーキの不具合のニュース。一月一八日付の経済面全面を使った記事の見出しは「悪夢《ナイトメア》ライナーになった夢《ドリーム》ライナー」。

787型機のコンセプトは技術革新を駆使した低燃費化とオール電気化。そして外注化。同機の五〇%は複合材を使用している（一九九五年開発の777型機は一二%）。部品の七〇%は外国の五〇社が製造している。バッテリーの供給元、日本のGSユアサの株は暴落。翼を製造した三菱重工業は三・二四%、機体の素材、炭素繊維の提供元東レは四・一四%下げた。それぞれ一七機、七機を運航させていた全日空、日本航空の経営への影響は避けられない。

東京駐在メスメール記者の「耐空証明への疑問」と題する一月三〇日付記事は見逃せない。耐空証明というのは個々の航空機の強度・構造・性能を検査するテストだが、国土交通省は、787型機の導入を急ぐ全日空と日本航空、また製造に関与する諸企業の要請を容れて、二〇〇八年一〇月、耐空証明の基準を緩和した。二〇〇九年には、米国製航空機については米連邦航空局の基準で証明することで日米が合意し、二〇一一年、787型機は米国で証明された五日後に日本でも証明され、全日空に納入されたというのだ。

気がついたことのひとつ。日本の新聞は関係企業名を出さない（立ち入り調査があってはじめてGSユアサの名を出した）。

（かとう・はるひさ／東京大学名誉教授）

リレー連載　いま「アジア」を観る　122

二十五年ぶりのミャンマー再訪

西倉一喜

ミャンマーを四半世紀ぶりに訪れた。前回の訪問はネウィン独裁下の「ビルマ式社会主義」を終焉させた一九八八年の民主化運動の直前だった。

共同通信記者時代に三十年以上にわたって東アジアの国際政治を現場取材してきたため、大学では比較政治を担当科目の一つにしている。この地域の戦後の大きなトレンドは経済発展と政治の民主化だった。しかし、ミャンマーは北朝鮮と並んで流れから取り残され、「鎖国」状態にあった。そのミャンマーに最近、再び新しい風が吹き始めている。

二十五年前に空路でバンコクからラングーン（現在はヤンゴン）に到着したときの初印象を、「過去へのタイムマシンの旅」と当時の企画記事に記した。だが現在、目前の新築ターミナルビルは外国からの観光客やビジネスマンでごった返し、若者がＷｉＦｉでメールをやり取り。平壌を唯一の例外として現在の東アジアのどこの国際空港でも見える風景となっている。ヤンゴン市民の表情も明るく、いつも誰かに監視されているという怯えはなかった。ミャンマー人ジャーナリストは「検閲が廃止され、恐ろしいほどの報道の自由がある」と苦笑した。

軍人出身大統領のテイン・セインと民主化運動の旗手のアウン・サン・スー・チーが過去のわだかまりを捨てて二人三脚で漸進的な民主化を進めている。軍部に特権を与えた憲法の改正問題など難問が山積しているが、両者にはミャンマーをアジアの孤児のままにはしておけないという共通の危機感がある。

もう一つの突出した印象は中国の存在感だ。西側諸国が抑圧的な軍事政権に経済制裁を課している隙に中国が進出攻勢をかけた。ミャンマーを通って中国本土とインド洋を結ぶパイプライン二本が近く完成する運びだ。中国とインドという台頭する地域大国のはざまにあるミャンマーに今、アジア回帰を目指す米国が急接近し「グレート・ゲーム」（大国の角逐）が展開されている。

（にしくら・かずよし／龍谷大学教授）

連載　女性雑誌を読む　59

『女の世界』（三）

尾形明子

一九一六（大正五）年五月、創刊一周年記念増刊号として「地方の女」を特集した『女の世界』は、日本で初めての「大正婦人録」を掲げる。伊藤燁子（柳原白蓮）から小説家・鈴木秋子まで一八四人の女性が、いろは順に記される。一八八九（明治二十二）年、福沢諭吉の提唱で設立された「交詢社」から、納税額を基準に出された『日本紳士録』のミニチュア女性版ともいえる。さらに三回にわたって補足されていくが、日本における最初の女性人名事典はかなりユニークな体裁を取っている。

紳士録と同じく、出自、出身校、職業、配偶者、住所が記されているのだが、例えば伊藤野枝は「明治二十八年一月福岡県糸島郡今宿町に生る。上野高等女学校卒業。翻訳『婦人解放の悲劇』の著、小説『動揺』の作あり。辻潤氏との間に子女二人あり。大杉榮氏の情人。雑誌『青鞜』経営。現住所、神田区三崎町玉茗館」とある。玉茗館は『青鞜』社員・荒木郁子の経営する旅館であり、逃避行の場所である。あるいは、「いくよ　吉原藝妓。姓は西村、名はあい。明治二十七年四月生れ。浅草に育つ。現住所、浅草区千束町二丁目幾島家」。

職業記載が無かったり、名流婦人が名誉職をかねたりして、単純に分類はできないが、多数を占めるのは日本画・洋画あわせて画家二九名、作家二四名、女優一九名、名流婦人二三名、教育関係二〇名、そして最も多いのが吉原・赤坂・新橋を中心とした芸妓四三名となる。

婦人録の下段に、主筆の青柳有美が煩悶引受所長の肩書きで「女の職業は唯一つ」とし、「男の職業は千差万別種々さまざまだが、女の職業は結局、唯一つで、男を悦ばし男に仕へる」と言い切っている。まさにその代表格に「芸妓」がいた。「女の自立自尊」を掲げてスタートした『女の世界』だったが、一年を経て大きく変貌したのか、本音が出たと見るべきか。

歌人とされているのが、与謝野晶子ら六名だけなのは意外だった。和歌は女性のたしなみの範疇ということだったのかもしれない。画家が多いのは、趣味の延長ということで家庭内でも許容されやすい仕事であったようだ。

（おがた・あきこ／近代日本文学研究家）

■連載・生きる言葉　69

子母沢寛『勝海舟』

粕谷一希

今日は、勝も、ずいぶん、みっちり身を入れて遣《つか》って行った。肱のところに血がにじんでいたようだ。（『勝海舟』新潮文庫（一）冒頭）

日本の新聞小説の多くは、敗戦と共に中止となった。戦争を前提に構想されていた筋立てが時代に合わなくなったのである。たとえば岩田豊雄は戦争中『海軍』を書いていて中止し、戦後は獅子文六の名前で証券マンを主人公とする『大番』を書きはじめた。

そうしたなかで、『中外商業』（今日の日経新聞）に載った子母沢寛の『勝海舟』は、そのまま継続していた。ちょうど、西郷隆盛との江戸城明け渡し交渉が始まるところで、無条件降伏した日本の状況とダブって考えることができたためだろう。私は中学生だったが、そのころの『勝海舟』の文章をはっきり覚えている。

子母沢寛は昭和初期に書いた『新選組始末記』と『勝海舟』の二冊で不朽の作家となったといえるだろう。『新選組始末記』は、あまりに表現がリアルで、司馬遼太郎は『新選組血風録』を書くときに、わざわざ子母沢寛の御宅を訪ね、『始末記』を下敷にして書かせて頂きたい、と挨拶をしたという。司馬遼太郎もこのころに、歴史小説の文体を会得したのだろう。

また子母沢寛には『父子鷹』という、父・勝小吉と息子・海舟のことを書いた作品もある。この父小吉の書いた『夢酔独言』が滅法面白い。勝家は小吉の親の時代に、直参旗本八万騎の株を買ったのだという。それまでは検校（盲官の最高位）だったという。ある意味で勝には本来の旗本の忠誠心はなかったのだ。小栗上野介や松平容保とは発想がちがっていたのだ。

私も上司と共に一遍だけお目にかかったことがあるが、話芸の質は断然高く、うっとり聞き惚れるようなものだった。座頭市のわずかな頁の記述（『ふところ手帖』）が膨大な映画群を生み出したのも、子母沢さんの言葉の芸の巧みさを語っているようだ。

（かすや・かずき／評論家）

連載　風が吹く　61

なり損ねた新風

交友抄終了の弁

山崎陽子

『機』に交友抄を、とお声をかけて頂いたのは五年前。『機』の知的レベルの高さを熟知しているだけに、プロの球団から「一寸、試してみないか」と肩を叩かれた草野球の少年みたいな心境になった。固辞したが、藤原社長の「新しい風が欲しい」という一言に心がゆらいだ。つむじ風ほどの主張も持たず、薫風といえるほどのかぐわしさもないけれど、すきま風くらいならと、ついその気になったのである。

遠藤周作氏から始めたが、氏の場合は長いお付き合いでもあり、氏主宰の素人劇団に二十年近くも関わっていたことで、数々の逸話や抱腹絶倒の話題にはことかかない。いくらでも続けられそうだったが、何とか十九章で幕にした。

二人目の山本夏彦氏は、ナックルボールの可笑しさや洒脱な毒舌など、独特の笑いが満ち満ちていて、やはりとめどもなくなりそうだった。

いずれにしても、あまりに個性的な立役者を二人並べたので、後が続かなくなった。三人目は、日本のシャンソンの草分けである歌手の高英男氏。もともと主人の両親と親しい間柄であり、私は、あくまでも〝知人のお嫁サン〟だった。芸術祭で大賞を受賞した時など、我がことのように喜んで「いいですか。お上が認めてくれたんですよ。もう若奥さんの道楽じゃないんだから」などと、折にふれては、呑気で自覚のない私を心配して下さった。交友というより、保護者に近いものだったような気がする。

このへんで、遅ればせながら気づいたのである。童話やミュージカルを書きつつ、四十年近く両親、息子、夫の看病に明け暮れた身には、数多くの交友関係を築く余裕などなかったということに。

そこで、交友抄を終了したいと、藤原社長に直訴したのだが、理路整然とした三十二ページの『機』の中の、「ホッと、ひと休み」のような一ページを楽しみにしている読者もいるので、いっそ「ひと休み」のページにしてはとの提案に、再びその気になった。

という訳で、引き続き〝すきま風〟参上させて頂くことになりました。お付き合いいただければ幸せです。

（やまざき・ようこ／童話作家）

連載

老人の言

帰林閑話　219

一海知義

中国六朝時代の詩人陶淵明《とうえんめい》（三六五―四二七）に、次のような句で始まる作品がある。題して「雑詩」という。

昔は長老《としより》の言を聞くに
耳を掩《おお》いて毎《つね》に喜ばず

私もそうだった、と同感する人が、すくなくないだろう。

詩はつづけていう。

奈何《いか》んぞ　五十の年《とし》
忽《たちま》ち已《すで》に此の事を親《みずか》らせり

ところが何としたことか、自分が五十の年を迎えると、同じように若者に説教し、グチをこぼしているではないか。

おのれもまた世間の老人と同じか、と自覚した詩人は、次のようにうたいついで行く。

我《わ》が盛年の歓《かん》を求むること
一毫《いちごう》も復《ま》た意《い》なし
去り去りて転《うた》た速《すみや》かならんと欲す
此の生《せい》　豈《あ》に再び値《あ》わんや

青春の歓楽をいま一度、などとは毛頭思わぬ。しかし時は次第に速く去り行き、わが生は二度とくりかえしがきかぬ。

しからば、どうすればいいのか。

詩は、次の四句をもって終る。

家を傾けて時に楽しみを作《な》し
此の歳月を竟《お》えん
子あれども金《かね》を留《とど》めず
何ぞ用《もち》いん　身後《しんご》の置《はか》いを

家中の者が時には皆集まって楽しみ、馬のように走り去って行く残りの歳月を過ごそう。子どもはいるが、財産はのこさぬ。死後のことなど、どうして考えておく必要があろう。

「児孫のために美田をのこさず」、と幕末の薩摩藩士西郷隆盛《さいごうたかもり》もうたったが、淵明が右の詩を作ったのは、西郷より千五百年も前のことであった。

（いっかい・ともよし／神戸大学名誉教授）

二月新刊

新作の能・狂言や古典評、歌謡を集成

〈石牟礼道子全集・不知火〉（全17巻・別巻一）

16 新作 能・狂言・歌謡 ほか
エッセイ 1999-2000

石牟礼道子　解説＝土屋恵一郎

[月報] 松岡正剛／吉田優子／米満公美子／大津円 [本巻完結]

1 初期作品集
2 苦海浄土 第1部「苦海浄土」第2部「神々の村」
3 苦海浄土ほか 第3部「天の魚」
4 椿の海の記ほか
5 西南役伝説ほか
6 常世の樹・あやはべるの島へほか
7 あやとりの記ほか
8 おえん遊行ほか
9 十六夜橋ほか
10 食べごしらえ おままごとほか
11 水はみどろの宮ほか
12 天 湖ほか
13 春の城ほか
14 短篇小説・批評
15 全詩歌句集ほか
17 詩人・高群逸枝
別巻 自伝 著作リスト・年譜〈未刊〉

表紙デザイン＝志村ふくみ
各巻解説・月報・口絵二頁
A5上製布クロス装貼函入
各六八二五〜八九二五円

日本とアジアの〝抗争の背景〟を探る

日本のアジア外交
二千年の系譜

小倉和夫

卑弥呼から新羅出兵、元寇、秀吉の朝鮮侵攻、征韓論、脱亜論、日清戦争、日中戦争、満洲建設、戦後の国交回復へ――アジアにおいて抗争と協調を繰り返す日本の、二千年に亘るアジア外交の歴史を俯瞰する。

四六上製　二八八頁　二九四〇円

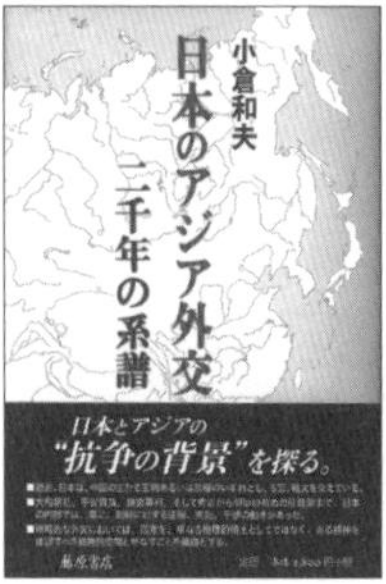

レギュラシオンの旗手が、独自の分析！

ユーロ危機
欧州統合の歴史と政策

ロベール・ボワイエ
山田鋭夫・植村博恭訳

ヨーロッパを代表する経済学者が、ユーロ圏において次々に勃発する諸問題は、根本的な制度的ミスマッチである、と看破。歴史に遡り、真の問題解決を探る。「ユーロ崩壊は唯一のシナリオではない、多様な構図に開かれた未来がある」（ボワイエ）。

四六上製　二〇八頁　二三一〇円

「素顔」幻想をぶっ飛ばせ！

岡本太郎の仮面

貝瀬千里　河上肇賞奨励賞受賞

当初は「顔」をほとんど描かなかった岡本太郎が、晩年の作品の実に八割以上で「顔／仮面」と直接関連するものを描いたのはなぜか。巨人・岡本太郎に斬新な光を当てた、気鋭による野心作。

四六上製　三三六頁　カラー口絵八頁　三七八〇円

人の世と人間存在の曼陀羅図

下天《けてん》の内

大音寺一雄

歴史小説、政治小説、エッセイの、独立しているが相互に内的関連性をもつ小作品を第一部に、血縁が互いに孤立を深めていく無残を描いた自伝的小説を第二部におく綜合的創作の試み。

四六上製　三一二頁　二九四〇円

イベント報告――『石牟礼道子全集　不知火』本巻完結記念！

生類の悲《かなしみ》――石牟礼道子の世界 V

二月八日㊎午後六時半　新宿区立牛込箪笥区民ホール

二〇〇四年春、小社より発刊した『石牟礼道子全集』（全十七巻・別巻二）。この二月、九年近くを要した大企画が本巻完結の時を迎え、東京で記念イベントが開かれた。

冒頭で小社社主藤原良雄は、『全集』企画の経緯を様々な苦労話を交え、誕生の現場からその意義を語った。続いて、熊本からの上京を念願されながら叶わなかった、石牟礼道子さんの「声のメッセージ」。

町田康氏

胎児性水俣病患者の魂にふれながら、幼いころの「お手玉唄」を歌われ、「魂として会場に赴きます。今おそばにおります」との言葉に、会場が感動に包まれた。

そして第一部は、作家・歌手の町田康氏の講演。小説的言語を駆使する作家の独特な精神を、ユーモアを混じえつつ淡々と告白した。言語のプロゆえに、書けてしまう、表現がスムーズに叶ってしまう問題を提示。現実と言語の逆説的な緊張関係が、奇妙な力を生み、作家を危うく巻き込んでくる。特に石牟礼作品や作者について多くは触れないが、文学創造の根にある深淵を語ることで、石牟礼世界の凄さを示唆したと言える。

休憩を挟んで、第二部へ。劇団文化座代表の佐々木愛さんが「解説語り」と「作品朗読」の二役をこなす。二〇〇九年に自宅で転倒し、入院した体験を、「私」である石牟礼道子が解説する形である。この語りを軸に、様々な関連散文や詩、新作能「不知火」の精髄部分を絡め、朗読する。そして金大偉のピアノと原郷界山の尺八の演奏が脇を固める。舞台の背景には、モノクロや淡彩の自然映像を基調に、時に抽象表現たる強い単色が加わる。この映像・音楽・演出も金大偉による。

石牟礼道子さんには、入院二カ月間の日常の記憶がない。その間、幻楽四重奏とも名付ける、玄妙な音楽を何度も聴き、そして天草四郎の新作能「草の砦《とりで》」の構想を得た。近年は、詩作品を発表し続けている。

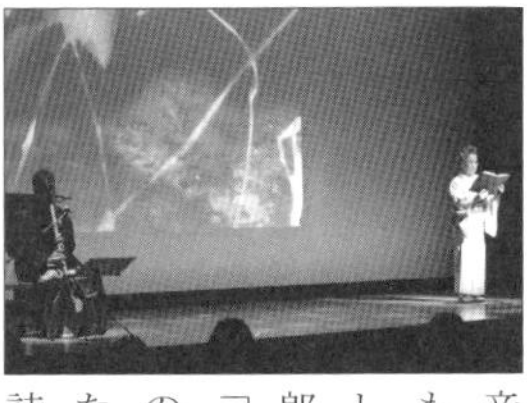

この催しはそうした消息をも伝えるべく、舞台芸術として再構成した試みである。宇宙の大火事を描く形而上詩の如きものあり、自己の古い分身たる「悶《もだ》え神」のあえかな怨霊を迎える詩あり――。濃密な一時間弱に、カーテンコールで町田氏がコメント、「これを見て、私の石牟礼文学理解も変わりそうです」。約二五〇名の盛況であった。

（記・編集部）

読者の声

ニグロと疲れないでセックスする方法■

▼この作者のファンになりました！　貴社から出されている、他の二冊も購入しました。
今後も、刺激的な本を出版して頂けると期待しております。

（大阪　公務員　**中井薫**　57歳）

満洲浪漫——長谷川濬が見た夢■

▼函館に居住している人間にとって長谷川兄弟を知っている割合は低い。その中でも三男坊は知られていない。
神彰は函館市の住吉町墓地で眠っているが……小生も二男坊の潾二郎の猫の絵を最近美術館で見たが、長谷川兄弟のこと、もっと知られても良いと思うが。

（北海道　**山田民夫**　67歳）

政治家の胸中■

▼政治家の実像が身近に感じることができました。田中金脈・ロッキード事件の真相も今後の出版として期待しています。合掌

（東京　司法書士　**伊藤重弘**　61歳）

音楽の殿様　徳川頼貞■

▼祖父はこの殿様と世界四五カ国訪れました。我が家の「武家の夜咄」に度々登場する「頼貞《ライテイ》さん」と初めてめぐり合った気分が致します。ヨーロッパ以外にも、ヴェトナムのトラ狩のエピソードも面白いです。村上先生は御存知でしょうか？

（神奈川　英会話講師　**川島哲子**　65歳）

※みなさまのご感想・お便りをお待ちしています。お気軽に小社「読者の声」係まで、お送り下さい。掲載の方には粗品を進呈いたします。

書評日誌（一・一三〜二・一六）

(書) 書評　(紹) 紹介　(記) 関連記事
(TV) 紹介、インタビュー

一・一三　(書)毎日新聞「最後の人　詩人高群逸枝」（「今週の本棚」／「名作の萌芽を支え、促した出会いの記録」／池澤夏樹）
(書)山形新聞「世界の中の柳田国男」（「読書」／「柳田論の成果　国外で継承」／大塚英志）
(書)北海道新聞『移民列島ニッポン』（「ほん」／「多文化共生への道模索」／麻生晴一郎）
(書)静岡新聞『移民列島ニッポン』（「ＢＯＯＫ」／「共生の道選び変化する姿」／杉山由美子）

一・一六　(書)岐阜新聞「和歌と日本語」（「文化」／「和歌の世界、『景と心』を探究」／『自己確認・発見の歩み』つづる」／林進一）
(書)聖教新聞「最後の人　詩人高群逸枝」（「自然と感応し、人と同苦する心」）

一・二〇　(書)北海道新聞「華やかな孤独　作家林芙美子」（「ほん」／「群像の中に新たな魅力」／梯久美子）

一・二三　(紹)東京中日新聞『鎖国』と資本主義」（「社会」／「学者知事　両道貫く」／「朝型研究法『川勝史観』に磨き」／「江戸時代を再評価」／小寺勝美）
(書)毎日新聞「華やかな孤独　作家林芙美子」（「百冊百話」／「証言もとに新たな林芙美子像」／高橋一清）

一・二七〜二・一〇　(書)南日本新聞（共同配信）「幻の野蒜築港」（「読書」／「開発と東北の関係を問う」／成田龍一）

一・二七　（書）朝日新聞「世界の中の柳田国男」（「読書」／「外からの目で見る多様な実像」／保阪正康）

（書）産経新聞「メドベージェフVSプーチン」（「読書」／「改革の厳しい現状を検証」／黒川信雄）

一・二八　（書）現代女性文化研究所ニュース「華やかな孤独作家林芙美子」（尾形明子）

（紹）現代女性文化研究所ニュース「福島FUKUSHIMA　土と生きる」（「編集後記」／岡田孝子）

（書）日経ビジネス『移民列島』ニッポン」（「新刊の本棚」／「外国人集住地域を行く」）

一・三一　（紹）朝日新聞「幻の野蒜築港」（「宮城文化」／「野蒜築港の研究、本に　明治政府の港湾計画」／「復興土木工事明治に重なる」）

二・一　（書）ふらんす「シモーヌ・ヴェイユ『犠牲』の思想」（「ヴェイユの問いの中核へ」／安永愛）

（紹）月刊ロシア通信「メドベージェフVSプーチン」（「新刊紹介」）

（紹）望星「幻の野蒜築港」（「新刊紹介」）

二・三　（書）北海道新聞「最後の人詩人 高群逸枝」（「ほん」／「妻を慕い仕えぬいた夫」／上野千鶴子）

（書）東京新聞「メドベージェフVSプーチン」（「読書」／「首相、大統領の微妙な関係」／下斗米伸夫）

（書）毎日新聞「シモーヌ・ヴェイユ『犠牲』の思想」（「今週の本棚」／『永遠の義務』論を説いた根源的思想家」／鹿島茂）

二・七　（書）週刊文春「政治家の胸中」（「今週の必読」／「第一線記者が間近に接した肉声」／後藤謙次）

二・九　（紹）福島民報「福島FUKUSHIMA　土と生きる」（「新刊抄」／「県内の本屋さん」）

二・一〇　（書）読売新聞「福島FUKUSHIMA　土と生きる」（「本　よみうり堂」）

（書）読売新聞『移民列島』ニッポン」（「本　よみうり堂」／「記者が選ぶ」）

（書）読売新聞「メドベージェフVSプーチン」（「本　よみうり堂」／「近代化路線は続くか」／杉山正明）

（書）東京中日新聞「幻の野蒜築港」（「読む人」／「失われた東北近代化」／米田綱路）

（紹）東京中日新聞「世界の中の柳田国男」（「読む人」／「世界体験と柳田民俗学」／大日方公男）

二・一二　（紹）GINZA「ニグロと疲れないでセックスする方法」（「目利き書店員のリレーコラム」／福川美緒）

二・一三　（紹）聖教新聞「歴史をどう見るか」

二・一五　（紹）週刊読書人「幻の野蒜築港」（「連載　ニュー・エイジ登場」／「東北の、土地の記憶を紡ぐ」／西脇千瀬）

（紹）地方自治職員研修「廃校が図書館になった！」（『橋本五郎文庫』奮闘記」／「BOOKS」／「廃校再生に立ち上がった住民が手にしたもの」）

二・一六　（紹）週刊現代「世界の中の柳田国男」（「リレー読書日記」／「日本民俗学のパイオニアにして、若き才能を見抜く慧眼の持ち主。柳田國男の世界的評価が始まった」／坪内祐三）

四月新刊

長期的視野でデフレ脱却政策を見る！

環

学芸総合誌・季刊【歴史・環境・文明】

Vol.53　'13春号

【特集】経済再生は可能か

——金融緩和でデフレから脱却できるか

〈インタビュー〉浜田宏一（聞き手＝片岡剛士）／ロベール・ボワイエ（植村博恭訳）／若田部昌澄

〈寄稿〉安達誠司／片岡剛士／榊原英資／高橋洋一／田中秀臣／田村秀男／中島将隆／中村宗悦／西部邁／原田泰／松尾匡

【緊急特集】「アルジェリア・テロ」事件をめぐって

ストラ／ダルモン／ペロー／谷口侑／加藤晴久／伊勢崎賢治

【小特集】『石牟礼道子全集』本巻完結

石牟礼道子／渡辺京二／赤坂憲雄／池澤夏樹／金井景子／鎌田慧／河瀬直美／金大偉／志村ふくみ／高村美佐／能澤壽彦／鈴木一策

【小特集】『清朝史叢書』発刊

発刊にあたって　岡田英弘

〈座談会〉「『清朝史叢書』とは何か」　宮脇淳子＋楠木賢道＋杉山清彦

〈寄稿〉大石芳野／平川祐弘／米谷ふみ子

〈書物の時空〉粕谷一希／市村真一／川満信一／河野信子／永田和宏／平川祐弘／三田剛史／中井真木

〈新連載〉小倉紀蔵／川勝平太＋梅原猛

〈連載〉石牟礼道子／金子兜太／松岡小鶴（門玲子解説）／三砂ちづる／赤坂憲雄／新保祐司／山田國廣／河津聖恵／能澤壽彦

『失われた時を求めて』発刊百周年

マルセル・プルーストの誕生

新編プルースト論考

鈴木道彦

『失われた時を求めて』個人全訳を成し遂げた著者が、二十世紀最大の「アンガージュマン作家」としてのプルースト像を見事に描き出し、文学・芸術界におけるこの稀有な作家の「誕生」の意味を明かす。長大な作品の本質に迫ることで、読者が自身を発見する過程としてのスリリングな読書体験への糸口を提供する。

フランスにおける障害史の先駆的著作

盲人の歴史

中世から現代まで

ジナ・ヴェイガン　加納由起子訳

序＝アラン・コルバン

中世から十九世紀にいたるまで視覚障害者はどのように表象され、また扱われてきたのか。フランスで初めてかつ唯一の、視覚障害者を主人公とした通史。絶対的他者としての盲人とその社会的受容過程をつぶさに描き、旧来の謬見によるイメージを一新する野心作！

身近にこれほど多い「基地局」！

ケータイ亡国論

携帯電話基地局の電磁波「健康」汚染

古庄弘枝

国民一人に一台以上、急速に普及する携帯電話。電磁波で「基地局」とつながっていなければ、メールや電話はできないが、その「基地局」の周りで健康を損ねる人が急増している。あなたや子どもの健康は!?

水俣の再生と希望を描く処女詩集

光り海

坂本直充詩集

坂本直充　推薦＝石牟礼道子

解説＝柳田邦男　解題＝細谷孝

現在、水俣病資料館長を務め、昨年自らが胎児性水俣病患者であることを初めて明かした著者。故郷・水俣の再生と希望を四〇年近くにわたり詩にした作品から精選。

＊タイトルは仮題

3月の新刊

タイトルは仮題、定価は予価。

小説 横井小楠 *
小島英記
四六上製　六一六頁　三七八〇円

竹山道雄と昭和の時代 *
平川祐弘
A5上製　五三六頁（口絵カラー一頁）　五八八〇円

叢書〈文化としての「環境日本学」〉
京都環境学 *
宗教性とエコロジー
早稲田環境塾編（代表・原剛）
A5判　一九二頁　二一〇〇円

欲望する機械 *
ゾラの「ルーゴン=マッカール叢書」
寺田光德
四六上製　四二四頁　四八三〇円

〈新版〉**四十億年の私の「生命《いのち》」** *
生命誌と内発的発展論
中村桂子・鶴見和子
四六上製　二四八頁　二三一〇円

4月刊

盲人の歴史 *
中世から現代まで
ジナ・ヴェイガン
序=アラン・コルバン　加納由起子訳

『環 歴史・環境・文明』53 13・春号 *
〈特集　経済再生は可能か――金融緩和でデフレから脱却できるか〉
浜田宏一／ボワイエ／若田部昌澄／安達誠司／片岡剛士／田中秀臣／中村宗悦／原田泰／松尾匡／榊原英資／西部邁　ほか

マルセル・プルーストの誕生 *
新編プルースト論考
鈴木道彦

ケータイ亡国論 *
携帯電話基地局の電磁波「健康」汚染
古庄弘枝

光り海 *
坂本直充詩集
坂本直充

好評既刊書

石牟礼道子全集（全17巻・別巻一）
16 **新作 能・狂言・歌謡ほか** *
エッセイ 1999-2000
〈解説〉土屋恵一郎
〈月報〉松岡正剛／吉田優子／米満公美子／大津円
A5上製布クロス装貼函入　七六〇頁　八九二五円

日本のアジア外交 二千年の系譜 *
小倉和夫
四六上製　二八八頁　二九四〇円

ユーロ危機 *
欧州統合の歴史と政策
ロベール・ボワイエ
山田鋭夫・植村博恭訳
四六上製　二〇八頁　二三一〇円

下天（けてん）の内 *
大音寺一雄
四六上製　三一二頁　二九四〇円

岡本太郎の仮面 *　河上肇賞奨励賞受賞　カラー口絵八頁
貝瀬千里
四六上製　三三六頁　三七八〇円

『環 歴史・環境・文明』52 13・冬号
〈特集　日・中・米関係を問い直す――アメリカとは何かIII〉
倉山満+宮脇淳子／王柯／小倉和夫／川勝平太／川満信一／高銀／朴一／松尾文夫　ほか
菊大判　四一六頁　三七八〇円

最後の転落
ソ連崩壊のシナリオ
エマニュエル・トッド
石崎晴己監訳　石崎晴己・中野茂訳
四六上製　四九六頁　三三六〇円

清朝史叢書（岡田英弘監修）発刊！
康熙帝の手紙 *
岡田英弘
四六上製　四七二頁　三九九〇円

〈大石芳野写真集〉
福島 FUKUSHIMA 土と生きる
大石芳野　解説=小沼通二
四六倍変判　二六四頁　2色刷　三九九〇円

メドベージェフvsプーチン
ロシアの近代化は可能か
木村汎
A5上製　五二〇頁　六八二五円

*の商品は今号に紹介記事を掲載しております。併せてご覧戴ければ幸いです。

書店様へ

▼『週刊文春』3/7号で**D・ラフェリエール『ニグロと疲れないでセックスする方法』**が鹿島茂さんの絶賛紹介で大反響！「ヘンリー・ミラー、ブコウスキーの衣鉢を継ぐ前衛文学……文学は二つのベクトルが激しく交錯するところでしか顕現しないという見本のような傑作」。2/18『毎日』「新世紀・世界文学ナビ」でもラフェリエールが大きく紹介。既刊2点在庫ご確認を。
▼2/10『読売』、2/20『毎日』、その他にも各紙誌で大きく紹介されています**大石芳野『福島 FUKUSHIMA 土と生きる』**、今度は和合亮一さんが時事配信書評で全国地方紙に紹介！　今後も各紙誌TVラジオ等でパブ続々予定。
▼3/6ベネズエラのチャベス大統領死去。二〇〇九年の米州サミットではオバマ米大統領にプレゼントした**E・ガレアーノ『収奪された大地〈新装版〉』**が話題になりました。ラテンアメリカが欧米諸国に収奪されてきた五百年の歴史を、ウルグアイ在住のジャーナリストが明らかにした名著。追悼フェアの一冊にぜひ。
（営業部）

出版随想

▼二月上旬に名古屋市大の招きでレギュラシオンの旗手ロベール・ボワイエ博士が来日された。二カ月弱という長期の滞在の間に、博士は是非沖縄に行ってみたいといわれる。早速、沖縄関係者に連絡を取り、博士訪沖の件を伝えた。三泊四日の短い訪沖だが、博士には、現在沖縄の置かれている状況――基地、開発など――、島の歴史や風土、生活風景などを現地取材をしながら観ていただきたいと思った。詩人の川満信一兄、歌手の海勢頭豊兄、久高島の漁師の内間豊兄、学者の松島泰勝兄らの協力なくしては、今度の突然の訪沖はうまく行かなかっただろう。感謝を申しあげる。

▼また、沖縄国際平和研究所を自腹を切って作られ、数多くの沖縄戦の写真を展示されている元沖縄県知事大田昌秀氏にも会った。博士と元知事との英語による白熱した討論は見物だった。アメリカの大学で数年勉強して来られた元知事の豊かな見識と広い視野、将来の沖縄の行く末をじいっと見ておられる姿に感服した。

▼沖縄県立博物館での講演は、テーマが「米‐中‐日関係の中の沖縄」。「21世紀は、アメリカの世紀ではなく、多極的世界形成の時代となる。日本は、今、安全保障の面でアメリカに依存しながら、経済はアジア、特に中国との関係を急速に深めているジレンマに直面している。今後日本経済のあり方としては、高度成長ではなく福祉生活を実現する経済の新しい発展様式を生み出す必要がある。今日訪れた首里城で、琉球王国時代の交易地図を見た。琉球・沖縄は地政学的に非常に重要な場所である。そのことが交易地図でわかる。同時に琉球・沖縄には広大な米軍基地が存在し、それは日米同盟を象徴している。先に話した日本が直面しているジレンマの中に沖縄がある。琉球・沖縄は日本の一つの地方という見方ではなく、アジアの地域統合の大きな拠点になり得るのではないか」と。

▼最終日には、普天間ほかの広大な基地を具《つぶさ》に観られた。博士のような世界の知識人が沖縄の現地を観察され、要人と交流されたことは、沖縄にとっても、日本にとっても、西欧にとっても大きな収穫ではなかろうか。文化交流は、こういう小さな交流の積み重ねが、情況を変えてゆくことになるのではないか、と思う。　（亮）

身支度したので、愚かにも、白レースの大きなフリル、繻子のリボン飾り、スカーフのように襞をとったベルトのついた枯葉色の絹の上下を着てきてしまった。この衣装に白いたっぷりしたヴェールのついた小さな縁なし帽を被ると、階段の暗い憂鬱のなかではあまりにもちぐはぐで場違いな恰好をしていると、自分でもわかった。延々と連なる厳格な面持ちの広い部屋部屋を、いたたまれぬ思いで、いくつも通り過ぎた。そこでは綴れ織りのくすんだ人物たちが、自分たちのひそやかに息づいている薄闇を波打つスカートが通り抜けていくのを見て、呆気にとられているようだった。

（V, p. 500［二七三―二七四頁］）

ルネが身に着けてきた、自らもあまりにもベロー邸には不釣り合いだと感じとった派手な衣装、それは彼女がまさしく血道を上げてきた欲望を表象するもの、欲望と一体となった、欲望のメトニミーと言えるものであった。彼女の倒錯的な欲望はベロー邸では受け容れられない。そこで彼女は衣装に対する、衣装を通して彼女の欲望に対する皮肉を、そこの主のベロー氏から浴びせられる。ルネは結局ブルジョワ道徳の堅固な番人であった父親のベローに対して、借金の援助を言い出せないままに帰らざるをえなかった。

ベロー邸の住人はベロー氏だけではない。そこには、ルネの八歳年下の妹クリスティーヌが生まれたとき亡くなった母親の代わりに、ベロー氏の妹エリザベートが同居して母親の代わりを務めていた。上記の引用の続きである。

父は、いつものように、中庭に面したサロンにいた。椅子の肘に取り付けた書見台で、分厚い本を読んでいるところであった。ひとつの窓の前では、エリザベート叔母が長い木の針で編み物をしていた。静まりかえった部屋のなかでは、この針の動く音しか聞こえない。［…］ベロー・デュ・シャテル氏は、書見台の両端に手を置いて彼女を見ていた。エリザベート叔母は、間近にせまったクリスティーヌの結婚の話しをしていた。［…］叔母は編物の手を休めず、めがね越しにルネをにこにこと見やりながら、穏やかな声で家のこまごましたことについてひとりで話を続けた。

（V, pp. 500-501［二七四頁］）

ベロー氏とその妹のエリザベートの作り出している様子は、一見するといかにも誠実さに溢れた平穏なブルジョワ家庭の情景で、サカール家とは何と対照的であろう。

『獲物』では、ベロー氏とその妹のエリザベートが、ルネ姉妹にとって、堅実な父母としての役割をになって登場している。熱烈な共和主義者の血を父親から受け継いでいるベロー氏は、一八五一年のナポレオン三世のクー・デタの際に、反クー・デタ派を取り締まろうとした親ナポレオン派の委員会に参加することを拒んで、裁判長の職も潔く辞したほど公正さをまげようとしない、道徳堅固な人物であった。中年男サカールと娘ルネとの異例の結婚が娘のふしだらさに起因したため、彼はさすがにこの結婚に不承不承賛成せざるをえなかったのだが――このことによって彼の立場の公正さは結果的に守られた――、それでも娘に対する愛情に何ら欠けることなく、ルネの結婚に際してきちんと財産を分与し、またルネの死後に残った彼女の欲望のつけも娘に変わってきれいに清算をするほど、一家の家父長としても申し分のない人格者であった。叔母のエリザベートも、姪の二人に実の母親以上に愛情を注ぎ込んで、特にルネに対しては多感な時期に修道院にあずけたままにしておいたため不幸な結婚をする羽目に陥らせてしまったと、自らの自戒も含めたルネに対する憐憫を惜しまず、常にルネの将来を案じていた。

だが、このルネの生家が「死んだような館」としてしか彼女の目に映らない。なぜならそこには生命の原理としての欲望が存在しないからだ。なるほどベロー氏とその妹エリザベートは、外観からすると父母と見間違うほどである。だが一般的な家庭を構成する父母には、ルネやクリスティーヌのように子供を誕生せしめたそもそもの理由である欲望の関係が存在するものだ。ところがベローとエリザベートは夫婦でなく兄妹であるから、そこに性的欲望は見出しえない。二人は擬制的夫婦関係を維持しているだけであって、欲望に支えられる生きた夫婦関係をもつことはないし、その兄妹間におけるインセストの可能性は理論的に存在しているとしても、ベロー氏のような人物には現実に起こりえない。

ところで子供というのは、この父母の欲望関係を敏感に感じ取り、それを自らの生きる欲望の糧とする。ベロー邸で子供たちに生きる喜びを例外的に味わわせてくれたのは、擬制の夫婦ベローとエリザベートが幼い子供たちを暖かい視線で見守っていた家族団欒のサロンではない。「この死んだような、修道院のような館の中に、命のうごめく暖かい棲み家、明るく楽しい穴場があった。この一角は微笑ましい子供らしさに満ち、空へと開かれ、陽がふんだんに降り注ぐ。いくつもの狭い階段を昇り、廊下を十いくつも通り、降りてはまた昇り、まさにひと旅行すると、ようやく大きな部屋に辿り着く。これは、屋根の上に作った見晴らし台のようなもので、館の後ろ側にあり、ベテューヌ河岸を見下ろしている。真南に向いて窓が広く開け放たれているので、大空が、その青さ、日光、空気、何もかも伴って、すっかりまるごと入ってきていた」。

ゾラは、このベロー邸で唯一外に開かれた空間、生命力に満ちあふれた一角をよほど強調したかったのであろう、この後まだ長々と描写を続ける。

さらにこの子供部屋で楽しいのは、広々とした地平線の眺めであった。館のほかの窓からは、目と鼻の先に黒い壁がいくつも見えるだけだが、ここの窓からは、セーヌ川がシテ島からベルシー橋まで一望でき、このパリの一角はオランダのどこか風変わりな街のように広く平らに広がっている。[…]それにしても、こういったもの全ての魂、風景を満たす魂は、セーヌ川、この生きた流れであった。それは遠いところから、漠とした顫える地平線からやって来る。彼方から、夢から抜け出してきて、子供たちのほうへとまっすぐやって来る。穏やかな威厳をもち、力強く膨れ上がりながら、二人の足下、島の突端で、はじけて広い流れになる。セーヌ川を横切る二本の橋、ベルシー橋とオーステルリッツ橋は、流れが子供部屋の中まで押し寄せぬようとどめておくための留め金みたいだ。少女たちはこの大きな川が好きだった。この巨大な流れ、うなり声を上げる果てしない波が目の前にせまってきて、もうここまで流れ込みそうだと思うと、二つに裂けて、聞き分けのよい巨人のようにおとなしく、左右に、彼女らの背後のどこか知らないところへ消えてゆく。

セーヌ川の流れ、それはルネにとって欲望の流れ、欲望が実質を構成する生の流れだろう。そのセーヌ川が彼女にささやきかけ、彼女に館の外から生へと、欲望へと誘いかける。ゾラはセーヌ川の描写の最後に幼いルネの意識化にあった欲望を唐突に引っ張り出して、このベロー邸の生の欲望に、すなわち性の欲望に開かれた一角の締めくくりにしている。「もう子供ではなく、寄宿舎生活で性的な好奇心に目覚めていたルネは、時折、果てしない地平線を見飽きると、サン・ルイ島の突端にもやった船にあるプティ浴場の水泳学校を一瞥した。彼女は、天井みたいに張り巡らされた紐にかかったタオル類がはためく間に、下穿き姿の、腹部をあらわにした男たちを見ようとした」（以上、ページ表記のない引用はすべて II, pp. 401-403［一二五―一二八頁］）。この生の欲望を喚起する子供部屋を除いてベロー邸が死に支配されているのは、結局そこに住まう主のベロー兄妹が擬制の夫婦関係しかもちえないからであろう。

ところで生の原理としての欲望を欠いたベロー兄妹の夫婦関係と、そのもとにあるルネに関わる親子関係を、ルネを軸に世代をずらしてみれば、ベロー家の家族関係はサカール家のそれに対偶関係として展開することができる。なぜならインセストに関して必ず言及されるレヴィ＝ストロースの人類学的考察に従えば、親子間の性的関係の禁止と兄弟姉妹間の性的関係の禁止とは、インセスト・タブーを構成する切り離しがたい環であるからだ。すると対偶関係でもって理解するなら、ルネとマクシムは血のつながりのない擬制の親子関係なので、欲望の関係を親子の間でもつことができる。まるでルネにとっては欲望をまったく欠如させたベロー家における夫婦関係の代償に、サカール家では一転して親子の間で欲望を思う存分満足させたかのようだ。

しかしせっかくこのようにレヴィ＝ストロースにまで言及しておきながら、ベロー家とサカール家に見ることのできるインセストについての対照的な関係を、小説における説話のためのレトリックと結論付けて終わることは、まるで思考停止したまま放置するに等しいことかもしれない。さらに包括的な結論を出すよう試みておこう。ゾラの時代でも、また現代においても、一般的にインセストを回避する理由として挙げられる生物学上の憶説があった。親同士の血の濃さは、遺伝的障害をもつ子供を誕生させる危険が大きいという主張である。それは、ゾラ自身もよく参考にした同時代の標準的百科知識の集大成である『十九世紀ラルース大辞典』中の「インセスト」の項で、家系「変質」の原因のひとつとして説明されている。この自然科学の憶説には、ルネとマクシムの母子相姦は両者に血縁関係がないことで抵触しない。しかしながら人類学的な社会・経済関係の観点からすると、またそれを前提にした道徳的観点からすると、ルネとマクシムのインセストは明らかに家庭と社会の混乱の重大な要因のひとつとなる。そのことからすると、まるでゾラは欲望について、一方で社会的・道徳的観点からルネのインセスト（およびサカールの投機）に見る欲望の無軌道ぶり、無政府ぶりを考察して、それを第二帝政崩壊の原因の象徴的要因のひとつとして掲げ、それと同時に他方では当時の遺伝に関する自然科学の憶説にのっとって帝政崩壊＝人類社会の崩壊とはならないように、つまり血縁関係を前提とするインセスト・タブーに踏み込んで、動物的な乱交状態に陥る前にタブー侵犯をとどめておいたかのようだ。

『獲物』は締めくくりに、ルネの最期を死の館ベロー邸に置く。ルネは最終的にその欲望の乱脈ぶりを罰せられたかのように、サカールからも、マクシムからも捨てられ、若くして死んで行かざるをえない。ゾラがルネに早世の運命を課したのは生命原理としての欲望のエネルギーが涸れつきたからか、それに加えて道徳的にも明確な裁断をしたかったからか、ともかくもルネが小説の終わりで生家を訪れるとき、彼女はその死んだような館の湿り気を最後になって初めて喜ばしいと感じることができたし、あの生命観に満ちあふれた屋根裏の部屋は廃墟と化し、「死女を待ちわびていたかのように」彼女を出迎えるのであった。

注

（1）Henri Mitterand, « Étude » in *Les Rougon-Macquart. Histoire naturelle et sociale d'une famille sous le second Empire*, vol. I, coll. Pléiade, Gallimard, 1980, p. 1578 et *Zola. T. II. L'homme de Germinal 1871-1893*, Fayard, 2001, p. 44.

（2）Henri Mitterand, *Zola. TI. Sous le regard d'Olympia 1840-1871*, Fayard, 1999, p. 710.

（3）Henri Mitterand, « Étude », art. cit., p. 1583. Cf. aussi Émile Zola, *La Fabrique des Rougon-Macquart. Éditions des dossiers préparatoires*, 〔t. 1〕, publié par Colette Becker, Champion, 2003, pp. 542-545 〔NAF10282, f°s 367-368〕.

（4）Michel Serres, *Feux et signaux de brume. Zola*, Grasset, 1975 〔『火、そして霧の中の信号——ゾラ』寺田光徳訳、法政大学出版局、一九八八年〕; Jean Borie, *Zola et les mythes ou De la nausée au salut*, Livre de Poche, 2003; Olivier Got, *Les Jardins de Zola, Psychanalyse et paysage mythique dans les Rougon-Macquart*, L'Harmattan, 2002.

（5）Émile Zola, *La Curée* in *Les Rougon-Macquart*, vol. I, *Op. cit.*, chap. III, p. 421 〔ゾラ『獲物の分け前』中井敦子訳、ちくま文庫、二〇〇四年、一五四—一五五頁〕. 以下本作品からの引用については、必要に応じて作品名を付し、引用個所の章・ページ数を本文中に記すにとどめる。訳文は大部分上記邦訳を利用させてもらったが、文脈の都合上変更を加えた部分がある。

（6）原田武『インセスト幻想』人文書院、二〇〇一年、六一—六七頁。

（7）Michel Foucault, *Histoire de la sexualité 1. La volonté de savoir*, Gallimard, 1976, pp. 143-144 〔ミシェル・フーコー『性の歴史Ⅰ　知への意志』渡辺守章訳、新潮社、一九八六年、一三九—一四〇頁〕.

（8）「ルーゴン＝マッカール家の家系樹」によるとサカールとルネの再婚は一八五五年のことである。しかし『獲物』の三章冒頭では、一八五四年にマクシムがパリに来たときすでにルネは彼の義母として彼に対面しており、『獲物』の記述と「家系樹」のそれとのあいだに時間的な狂いが生じている。ここでは年代は『獲物』の記述に従う。

（9）ゾラは一八四七年、六歳の時に、父親フランソワと死別している。それ以来残された母親のエミリーと、南フランス、エクス＝アン＝プロヴァンスでの中等学校の時代、一八五八年以後のパリでの不遇の時代まで、二人きりで苦難の生活を乗り切ってきた。後年ゾラが小説家として暮らしが立ち、また一八七〇年にアレクサンドリーヌと結婚してからも、母親が一八八〇年に死去するまで、母親と息子は同居暮らしを続けた。こうした親密な母子関係が作中にも深い影響を及ぼしていることはよく指摘されることであり、それが作家の伝記的事実に依拠する精神分析研究を促す恰好の理由となっているのも十分理解できるだろう。また母親の名はエミリー « Émilie »、ゾラの名はエミール « Émile »、つまり母親と子の名はほとんど同じで、ゾラが自分の名を見たり書いたりする際には、常にそこには母親が彼と分かちがたく結ばれて存在し、名前のなかで彼を抱いている。こうしたさまざまの理由から、わたしたちの研究とは方向が相違するにしても、インセスト問題はゾラに関する精神分析研究の要諦だと付言することができる。

（10）« Appendice de *Mme Bovary*. Réquisitoire de l'avocat impérial M. Ernest Pinard » in *Œuvres 1* de Flaubert, Gallimard, 1951, pp. 615-633.

（11）こうした文学作品における絵画的半過去の利用については、鷲見洋一『翻訳仏文法』上・下（バベル・プレス、一九八五・一九八七年）中の特に半過去に関する上巻23・24章（二九二―三一二頁）に詳しい。

（12）Jacques Hillairet, *Dictionnaire historique des rues de Paris*, 2 vols., Minuit, 9e éd., p. 264 du 1er vol. なおこれ以降パリの通りの起源などに言及する際は本書を参照するが、参照ページは割愛する。

（13）Georges Viaud, « Le bel air des boulevards », in *Paris et ses cafés*, textes réunis par D. Christophe et G. Letourmy, Action artistique de la ville de Paris, 2004, p. 58.

（14）Georges Bataille, *L'érotisme*, Minuit, 1957, p. 25『エロティシズム』澁澤龍彦訳、二見書房、一九七三年、

二八頁〕. 以下本書からの引用は著者名とページ数を本文中に示すにとどめる。訳文は文脈とのあいだで不都合を生じない限り、そのまま上記の澁澤訳を借用した。

(15) 原田武『文学と禁断の愛——近親姦の意味論』青山社、二〇〇四年、五三頁。

(16) ルネが相手のマクシムに対して支配的になるのだから、マゾヒズムよりサディズムの方がこの場にふさわしい表現だという反論が出てくるかもしれない。しかし両者を社会規範との関係で見たとき、サディズムというのは社会的規範による禁止を一顧だにせず、それを現実的に蹂躙することに快楽を見出すのであり、それに対してマゾヒズムは社会的規範における禁止を認めたうえで、想像上でそれを侵犯することに快楽を見出すという点に相違がある。性の現場でパートナー間に生じる支配的役割と従属的役割にサディズムとマゾヒズムを安易に結びつけて両者を相補的な概念とみなそうとする、世間一般に流布した見方に対して、G・ドゥルーズは『ザッヘル・マゾッホ紹介』(*Présentation de Sacher-Masoch*, Minuit, 1967〔邦訳『マゾッホとサド』蓮実重彦訳、晶文社、一九七三年〕)において、こうしたマゾヒズムとサディズムのあいだに横たわる本質的な相違を詳述している。

(17) Émile Zola, *La Fabrique des Rougon-Macquart. Éditions des dossiers préparatoires*, [vol. 1], *Op. cit.*, p. 452 [NAF10282, f° 299].

(18) 一般的にインセストを回避する科学的な理由として挙げられる生物学上の憶説、すなわち親同士の血の濃さは遺伝的障害をもつ子供を誕生させる危険が大きいという主張は、ゾラ自身もよく参考にした同時代の百科の標準的知識の集大成である『十九世紀ラルース大辞典』中の「インセスト」の項でも家系内の「変質」の原因のひとつとして説明されている。

(19) Émile Zola, *Œuvres critiques III. Œuvres complètes*, t. 12, Cercle du livre précieux, 1969, p. 998〔『ゾラ・セレクション九巻　美術論集』三浦篤・藤原貞朗訳、藤原書店、二〇一〇年、三七三頁〕. なお訳文は一部の語句の入替えを除き、上記の邦訳を借用した。

(20) 原語は « tableau vivant » で直訳すれば「生きた絵画」。生きた人物が扮装し、ポーズを取って、歴史や絵画、物語の名場面を舞台上で絵のように再現する一種のショー。ヨーロッパで十八世紀から行われてきたが、特に第二帝政期に社交界で好まれたという。

(21) Gilles Deleuze et Félix Guattari, *L'Anti-Œdipe*, Les Éditions de Minuit, 1975, p. 362［『アンチ・オイディプス』市倉宏祐訳、河出書房新社、一九八六年、三六一頁］. なお訳文は文脈との関係で上記の市倉訳をすこし変更して借用した。

(22) Michel Serres, *Op. cit.*, p. 228［三二六頁］. 以下同書からの引用は、著者名に引用ページを付して、本文中に略記するにとどめる。

(23) 作中に年代の表記はないが、一八五二年初めにサカールが上京してしばらくしてからだと二章の記述から推定される。そのことを裏付けるもうひとつの事実として、史実では一八五二年二月に帝政下最初の立法員議員選挙があり、同じ二章で立法議会選挙でウージェーヌが議員として選出されたことが記述されている。

(24) 松井道昭『フランス第二帝政下のパリ都市改造』日本経済評論社、一九九七年、一八二―一八三頁。以下同書からの引用は、著者名および上書からの引用ページを本文中に略記するにとどめる。

(25) マルクス『ルイ・ボナパルトのブリュメール十八日』伊藤新一・北条元一訳、岩波文庫、昭和四十二年、二二一―二二二頁。

(26) フリードリッヒ・エンゲルス「第三版序文」(一八八五年)、同上書、一〇頁。

(27) H・ミットランによれば、ゾラはモンソー公園の向かいに現存するムニエ邸を訪問しているので、それがサカール邸の重要なモデルのひとつである（H. Mitterand, art. cit., p. 1580)。

(28) Atsuko Nakai, « Statique et dynamique de l'hôtel Saccard dans *la Curée* » in *Études de Langue et Littérature Française*, S.J.L.L.F., n° 68, 1996, p. 119.

（29） Émile Zola, *La Fabrique des Rougon-Macquart. Op. cit.*, [t. 1], pp. 426-427, [NAF10282, f°s 270-273; 邦訳『獲物』四四七頁].

（30） Edmond et Jules de Goncourt, *Journal II*, R. Laffont, 1989 (éd. originale de Fasquelle, 1956), pp. 121 (25 déc. 1867) et 134 (14 fév. 1868).

（31） J.-K. Huysmans, *A Rebours*, Fasquelle, 1974, chap. VIII [『さかしま』澁澤龍彦訳、光風社、昭和六十二年、第八章].

（32） Émile Zola, *La Fabrique des Rougon-Macquart. Op. cit.*, pp. 428-429 [NAF10282, f° 274].

第二部補論　欲望の詩『ナナ』

フロイトは周知のように、欲望が人間存在を根本的に規定していると、またその欲望の実体は無意識のエネルギーであるとみなして、それにラテン語起源のリビドー（libido）という名を与えた。したがってフロイトのリビドーにおける特徴というのは、一般的な欲望とは対照的に、無意識的な存在規定を与えられていることと、それが心理的存在であるにもかかわらずとりわけエネルギー的実体として把握されているところにある。これまで見てきた欲望は、性欲として、金銭欲として、ルネやサカールによって意識されていた。こうした欲望とフロイトのリビドーとの関係の仕方を整理しておくなら、ゾラの登場人物たちを通して具体的な形態によって意識される欲望というのは、抽象的でなおかつエネルギー的な実体である無意識下のリビドーによって支配されているということになるだろう。

ところで、ゾラとほぼ同時代の『十九世紀ラルース大辞典』（一八六六〜一八七六年発行）は、「欲望」« désir »について、一般的には「ものの所有や実現を熱望する心的な活動」と定義し、なかでも性的な意味付けを強調した特殊な使用法では「男女両性を互いの方へと駆りたてる感覚的欲求」との定義を与えていた。これはありふれた定義付けにすぎないが、大辞典はさらに後段で哲学的な定義を試み、「欲望」を「意志」« volonté »と対比させながら、両者の相違が前者は自然発生的« spontané »、本能的« instinctif »であるに対して、後者は自由《liberté》と熟慮《réflexion》の結果だと述べる。この定義は後のフロイトのリビドー理論を窺わせるところもあるかもしれないが、それでも古典古代から言われてきた理性では制御できない感性的衝動、本能的情動としての欲望の定義とほとんど変わるものではない。

こうした同時代の「欲望」に関する考え方に対して、ゾラ自身は一歩も二歩も踏み込んで、フロイトの欲望理論に近いところで欲望を捉えようとしている。たとえば『獲物』の終章では、ブーローニュの森を馬車で散策しながら、「ルネは人生をやり直すために何か新たな欲望があればと思っていた」(VI, p. 595〔四一七頁〕)、というのがそれだ。ルネの場合、彼女の生命を再び賦活するのはエロティスムだったのだが、それがもはや見出せないとなると、彼女の生命は消え去るしかなかろう。まるでリビドー論に立脚したフロイト的な生命観に依拠するかのように、ルネは『獲物』の最終章で夫サカールやマクシムに見捨てられると、火の消えるように逝ってしまったのである。だがゾラがルネのエロティスムを通して『獲物』で明らかにしたのは、欲望が人間の生命を根底で維持・活性化する力をもつことのみならず、またそれが極端になった場合には、家庭ひいては社会に対して破壊的な影響を引き起こすことであった。そのため、欲望は一定程度許容されることはあっても、限度を超えた欲望に対しては社会制度上の罰則や道徳的な非難によって厳しく断罪されるのである。ブルジョワ社会の欲望の現れを描いた『獲物』では、一方でルネのような過激なエロティスムはブルジョワ社会を混乱に陥れる危険があるため排除されることになるのだが、他方で人間の欲望をカムフラージュして提示している神話劇や芸術が受け容れられるのは社会に制度的に組み込まれているからである。結局、欲望は人間存在に不可欠であるため否定することはできない、それ故十九世紀のブルジョワ社会では、神話や悲劇が欲望を芸術的に昇華・洗練して人々の欲求に想像上で応じていたということになろう。『獲物』から見ることのできるゾラとその時代の欲望に関するおおよその布置は以上のように要約することができる。

しかし、「ルーゴン＝マッカール叢書」におけるゾラの欲望の考察は、ルネのようなブルジョワ女性の性欲やその夫サカールの金銭欲のような形態を取るだけにとどまらないことは言うまでもない。ゾラの「叢書」中には、『獲物』以上にもっと直截に性欲が社会にもたらす破壊的影響を明らかにしている作品が存在する。それが高級娼婦ナナの奔放な生き様を描いた「叢書」第九巻『ナナ』（一八八〇）である。この小説の題名となったヒロインのナナ、すなわちルーゴン＝マッカール家の第四世代にあたるアンナ・クーポーは、ルーゴン＝マッカール家の家系樹で、両親の「飲酒癖がヒステリーに転化」〔一八七八年の「家系樹」〕、「アルコール中毒が精神・身体上の異常に転化」〔一八九三年の「家系樹」〕した遺伝の症例として規定されているため、彼女の破壊的な性行や破滅的な人生は、多分に遺伝のせいであると解釈することが可能である。したがって『ナナ』という小説自体は、特異な性格をしたヒロインの高級娼婦に焦点を当てて、ヒロインと彼女に翻弄されて転落していく社交界の男たちの織りなす欲望の物語として一般的には読み取られる。

だが、欲望は上述したように、個人的な特異性として現出するようなものではなく、人間の存在論的な規定と密接に関係し、人間が形成する社会の根本的な要素のひとつでもある。そこで、この補論ではこれまでとも異なる社会・歴史的な文脈から『ナナ』を取りあげて、ゾラが性的欲望と社会との関わり方をどのように考えていたのか少し見ておきたい。ところで、わたしたちはここまで折に触れてアンリ・ミットランの名前を出してきた。彼は目下のところ質・量においてゾラ研究の第一人者である。なかでもプレイッド版の「ルーゴン゠マッカール叢書」全巻の巻末に付された「研究」と題した、個々の作品に関する生成研究は、ゾラを研究する者にとっては今後も変わることなくもっとも貴重で不可欠な研究であり、わたしたちのテーマである欲望にとってもその例に洩れない。ここではミットランの生成研究の有用性を浮き彫りにする意味でも、特に彼の研究を手がかりにしながら[1]、性的欲望について議論を進めよう。

娼婦と半社交界

『ナナ』の検討に着手する前に、わたしたちにとって文学研究の方法論的意義を確かめることのできる、あるエピソードを取りあげておこう。フローベールは一八七一年十二月一日、新進気鋭の後輩作家ゾラから「叢書」の第一巻『ルーゴン家の繁栄』と第二巻『獲物』を贈られたとき、返事のなかで「私の考えでは序文はあなたのきわめて公正な、きわめて格調高い作品を台無しにしている。あなたは序文で秘密の鍵《スクレ》を明らかにしているが、それはあまりにも無邪気すぎることだ。またあなたは所信を表明しているが、それは私の美学では小説家に許されないことだ[2]」と述べる。そこでゾラはフローベールの助言に従い、『獲物』に付された序文を第二版以降削除するとともに、以後は『居酒屋』を除いて一切小説に序文を付けなくなる。このフローベールの助言は写実主義、自然主義の小説家が自らの作品を個人的な思想の披瀝の場となることを避けたり、作中における作家の代弁者たる語り手の存在をも視点人物と一体化することによってできる限り目立たないようにしようとする、彼らの小説の美学や説話法に深く根差している。

だがこのことはわたしたちの研究対象になっている作家や彼らの作品だけの問題ではなく、批評研究をしているわたしたち自身にも大きな影響力をもつだろう。なぜなら小説を解読するための「秘密の鍵」や小説の主題に対する作家の「所信」を明らかにすることは、文学研究のもつ最も重要な役割にちがいないからだ。それ故文学研究はまず必須の要請として、作品の生成研究を通して、作家が意図的であるかないかを問わず、作品の構想から執筆にいたるまでの作品の成立に密接に関わる資料を収集・検討して、作品を解読する鍵を提示しようとつとめなければなるまい。さてそこで、ミットランの研究の出番ということになろう。

ミットランは自らの「研究」を「遠い起源」「準備」「執筆と出版」の三部に分けている。そのなかで「起源」研究は、『ナナ』の発想の経緯や、先行する作品との対比による位置付けを行う。

まず、ゾラは一八六八年頃に書かれたとされる「叢書」の準備書類のなかで、第二帝政社会のフランス人を、民衆、商人、ブルジョワジー、上流社会の四種類に大別するとともに、それとは別に殺人者、僧侶、芸術家そして娼婦を特別な研究対象に掲げていた(3)。アラン・コルバンの大著『娼婦』に基づくと、十九世紀のフランスは「公娼制度」という管理売春を初めて公的に組織することによって、性と快楽の歴史にとっては画期的な時期となった。したがって社会的な関心に基づいて「叢書」を企てたゾラが、娼婦に特に関心を示したこともそれほど想像に難くない。

ゾラ以前に娼婦を主題にした作品と言えば、わたしたちにはデュマ・フィスの『椿姫』(一八四八)がすぐにも想起される。後にヴェルディによってオペラ化されたこの高名な作品は、たとえ肉体を売り物にする娼婦であっても純粋な恋愛感情は失われることはないというロマン主義的な発想によって、同時代からも後世からも多大の評価をえることにすでに成功していた。その他にも娼婦の主題は、ゾラと同じような社会的関心のもとに小説を書いていた、何人かの自然主義作家たちを惹きつけた。デュマ・フィスの『椿姫』の評価とは比べものにならないが、ユイスマンス（『マルト、ある娼婦の物語』、一八七六）、エドモン・ド・ゴンクール（『娼婦エリザ』、一八七七）が、娼婦たちの境遇や性格に焦点を当てた、自然主義発想による小説をすでに『ナナ』以前に発表していた。

　ゾラを取り巻くこうした同時代の状況以上に、彼自身が自らの文筆活動のなかで早くから娼婦に対する並々ならぬ関心を示していた。そのときの彼の視線は、『クロードの告白』（一八六五）のローランスや『マドレーヌ・フェラ』（一八六八）のマドレーヌで見られるように、カルティエ・ラタンの安アパルトマンで付き合いのあった貧しい娼婦たちに向けられており、そこにロマン主義的な娼婦観もあるにせよ、ゾラが主に描こうとしたのは、彼に先行したユイスマンスやゴンクールたちと基本的には同じで、生活に追い詰められた娼婦たちの赤裸な姿であった。つまり習作時代のゾラを含めて、『ナナ』にいたるまで文学作品に現れた娼婦というのは、欲望を象徴的に表現する存在でありえたとしても、『ナナ』に看取できるような、娼婦が社会規範を揺るがせにする反道徳的存在であるとか、社会を直接破滅に導くような致命的かつ破壊的存在であるというような社会的認識をそこに見出すことはほとんど不可能だったのである。

　しかしながら「叢書」を構想していた矢先に、彼の作品の時代背景となっていた第二帝政が突如としてゾラの目の前で瓦解していった。そこでルーゴン＝マッカール家の一員である高級娼婦のナナもその例に漏れず、第二帝政瓦解という歴史的事実を前望するような存在として位置づけされなおされることになったのだろう。ゾラの高級娼婦ナナは、歴史のフィルターを通して世に言う「傾城」としての観点を新たに付与され、先行の娼婦たちとは異なって、第二帝政という限定的な時代にふさわしい娼婦像を獲得するにいたる。

ミットランの生成研究の第二段階は「準備」と題され、上述した「起源」に関する期間に比べると執筆・出版を間近に控えた時期を対象にしている。この時期の興味深い証言として、今度はゾラが先ほどとは反対にフローベールに書いた、一八七八年八月九日付けの手紙を挙げておこう。(4) ゾラは特にそのなかで登場人物の数の多さを強調して、「私は大変苦労したけれども『ナナ』のプランをやっと作り終えました。何せこの小説プランはとりわけ複雑な世界のことを対象にしており、またそこに百人以上の人物を登場させるつもりでいるからです。私はこのプランに満足しています」と述べる。ミットランはそこで、ゾラはそれまでのどの作品においても、これほど多くの人物を登場させたことはなかった、とコメントを加えている。小説『ナナ』を稀代の高級娼婦ナナと彼女をめぐる男たちという物語にするなら、数の上では基本的に一人の女と多数の男たちで十分であろう。だとするなら、なぜ多数の登場人物が必要とされるようになったのか。登場人物を最初に特徴づけるとすれば、高級娼婦であるナナを取り巻く男たち、つまり第二帝政期の半社交界に出入りする裕福な男たちがまず挙げられる。それからナナが活躍する半社交界を構成する同僚の女たちである。

ところでこの「半社交界」« demi-monde »という単語だが、現在これは死語で、どの辞書をひもといても、それには「古語」という表示が付けられている。デュマ・フィスが一八五五年に自らの戯曲に冠したことから普及し始めたこの新語は、高級娼婦やその娼婦のようにもぐりで肉体を売り物にしている女たち、そして彼女たちの元に通う裕福な男たちでもって構成される、十九世紀から二十世紀初めに掛けて限定的に使用された語である。たいていの辞書には「高級娼婦」« courtisane »の類語として「ドゥミモンデーヌ」« demi-mondaine »が掲げられているが、十九世紀から二十世紀の「高級娼婦」は「ドゥミモンデーヌ」だとみなせばよい。『ナナ』によれば、半社交界の女《ドゥミモンデーヌ》たちというのは、ナナのように舞台女優を兼ねたり、あるいは舞台にいったん上がってその後高級娼婦として活動している女たちがほとんどである。

十九世紀のフランスでは管理売春制度が確立されていたため、一般の娼婦は娼館にいるか、いわゆる「鑑札持ち」« en carte »として街頭に出るかどちらかであった。それに対してドゥミモンデーヌたちはもぐりで身体を売り物にしていることになるのだが、一般的には妻帯者にとっては正妻とは別の女性、独身者にとっては結婚対象ではない女性、つまり社会で大目に見られた情婦のことで、いわゆる「妾」に等しい。身体を売り物にする点で一般の娼婦と同じでも、彼女たちに「高級」という形容語が付けられているのは、付加価値として身体や容貌の美しさのみならず、教養もあり、客との間に社交づきあいが可能だとされるからだ。この時代にもっとも親しまれた娯楽と言えば観劇になるから、女性が舞台に上がって女優として評判でも取るなる、それがもっとも客観的で大きな付加価値となることは間違いない。ナナが高級娼婦としてその名を恣にしたのはまさしくこうしたプロセスがものをいっている。もしもナナが『居酒屋』の蓮っ葉娘として男について家出した後、そのままボルドナヴに見出されずにヴァリエテ座の舞台に立つことがなければ、とても『ナナ』のヒロインのような華々しい生き方をすることは不可能だったたであろう。

これらのほかに『ナナ』の登場人物で目立つのは、半社交界と対照的に描写される上流社交界の女性たちで、半社交界の高級娼婦のもとに通う男たちがもともと帰属している上流社会の女性たちによって構成される。彼女たちはドゥミモンデーヌたちのほとんどが庶民出であるに対して、貴族やブルジョワジーの家系に属する人物として家系の良さを誇りにしている。また、たとえば夜会の席での話題もナナが演じたオペレッタ『金髪のヴィーナス』は知っていても無視し、デュ・ジョンコワ夫人はウェーバーしか好まず、シャントルー夫人はイタリア・オペラを支持するという風に（四章）、高尚か卑俗かという趣味の上でも、また肉体関係を介在させるか否かという上流人士との交際の仕方の点でも、血統と同じく半社交界の女性たちとは何かと一線を画そうとする。

このようにして『ナナ』の登場人物は、半社交界、社交界、そしてその両社会を行き来する男たちという三つの集団に大別できる。しかしこの最後の両社会を往来するほとんどの男たちは、もともと上流社会に帰属する人物であった。それ故、『ナナ』の登場人物たちを家系とその基盤をなす経済の観点から眺めるなら、下層社会と上流社会の二種類の社会の対立的構成によって成立していると見なすこともできる。それでは、下層社会と上流社会というこの社会学的な一般規定から外れてしまうような、『ナナ』における半社交界とはどのような社会であろう。半社交界を構成するのは出自は雑多な人物たちであり、彼らは欲望と金銭との交換という共通点によって一時的に結ばれているだけある。その意味では多分に一時的で、流動的な社会であり、また第二帝政期に成立した点では半社交界という語そのものと同じで歴史的にも限定的な社会である。結局『ナナ』という小説を、登場人物を通して歴史・社会学的な観点から定義を試みるなら、上流社会の人士たちと下層社会出の女たちが、歴史の一定の時期に社交界と半社交界の対立関係を介してわたりあったドラマだと言える。

この小説にあって、半社交界の代表的人物がヒロインのナナで、ナナのために犠牲にされた上流社会の代表がミュファ伯爵であるというのは言うまでもない。だがゾラがこの二人以外にことのほかこだわったのは、半社交界でなくれっきとした社交界の人物として登場するミュファ伯爵夫人サビーヌの造形についてである。「準備書類」によると、ゾラは『ナナ』の制作過程でバルザックの『従妹ベット』（一八四六）

のことを想起している。ミュファとユロ男爵がそれぞれナナとヴァレリーに籠絡されるという同一の状況のなかで、ゾラは、ミュファの妻サビーヌを夫の浮気をじっと堪え忍ぶ、バルザックの描いた貞淑な妻アドリーヌのように、「この上なくおとなしい性質」を持たせていいのか、悩み抜いたようだ。

ミュファに寡夫の運命を課すことも検討した後、ゾラが最終的にとった解決策は、サビーヌをアドリーヌのようにするのではなく、それとは正反対にナナのようにすることだった。「ぼくはミュファに正妻を与え、しかもそれが尻軽で何人かの愛人をもつような女とすることに決めた。そうすることが一般的で帝政的な唯一のやり方だ。[…]ミュファの妻は悪徳のもうひとつの顔となる。この悪徳は法的地位に守られているので、いっそう破壊的だ。これでぼくは淫売《ココット》と尻軽女《ココデット》の二人の典型を手にすることになる」[5]。ココデットのサビーヌをココットのナナと匹敵するような女にすることがどうして「一般的」なのか。サビーヌが夫以外の男を愛人とするなら、彼女も半社交界のナナたちと同じだからだ。またそれがどうして「帝政的」なのか。なぜなら上流社会が半社交界の女たちと不倫の道徳を共有することこそ第二帝政崩壊の原因のひとつであり、そのゆえにそれは第二帝政社会の特徴と言えるからだ。

説話論

ミットランの推測によると、ゾラは一八七八年八月始めにはすでに登場人物たちと彼らにまつわる具体的なエピソードについての準備を整え、実際の執筆に取りかかるまでになっていた。その具体的な証拠となる資料が各章の出来事と時期が明示された「プラン」である[6]。このプランは、ゾラが実際の小説に取りかかる前にいかに周到な計画を立てていたかを表すだけでなく、説話論的特徴が記録されている点で、わたしたちの観点には非常に貴重なのものである。
「一章――初演（一八六七年四月）」、つまりヴァリエテ座の舞台、「二章――翌日のナナの家、昼食、午後、四月」、「三章――ミュファ邸の夜会（四月）」、「四章――ナナの家での夜食会（四月）」、「五章――舞台裏の顔見せ（一八六七年五月）」、つまり再びヴァリエテ座、「六章――田舎（九月）」……というように、このプランには簡単な記述でありながら、『ナナ』の物語が一八六七年四月から一八七〇年七月までの期間に展開され、ほとんどの章でエピソードの場所が特定されている。

『ナナ』を執筆するにあたって、ゾラにとってもっとも頭の痛い問題のひとつは、多数の人物を半社交界と社交界のあいだの欲望をめぐる物語のなかにどう配置するかであった。しかしこうした厄介な問題は、プランに示されたような多数の人物を処理できる場所を設定しえた時点で、思いの外すんなりと解消されたように思われる。なぜなら、上記の「プラン」とその後で成立した物語とを対照させてゾラの小説創作の仕方を想像してみると、彼は多数の登場人物を一定の場所に集め、それと同時に彼らを半社交界と社交界という社会集団として対峙させて、その集団の構成員や集団そのものを流動状況にさらすことによって、小説の大半はもう仕上がったも同然と考えていたのではないか、とわたしたちには感じとれるからだ。そこで、ゾラの小説の創作現場に立ち会うような気分で、場所と登場人物ないしその帰属集団とのかかわり方をみてみよう。

一章はヴァリエテ座。ナナはここで初舞台を踏み、男たちをその豊満な肢体で悩殺して、高級娼婦として一挙に自らの価値を引き上げる。グラン・ブルヴァールの一画を占めるモンマルトル大通りで、そのヴァリエテ座が第二帝政期に盛名をほしいままにしたのは、なんといっても庶民的な気軽さと息抜きを求め、卑猥さをも厭わなかったオッフェンバック（一八一九―一八八〇）のオペレッタに負うところが大きい。小説中のヴァリエテ座にも、多数の登場人物が舞台に、観客席にひしめき合う。ナナのほかに舞台上ではヴァリエテ座の看板女優ローズ・ミニョンや端役女優のクラリスの名が挙げられている。ローズは夫がいながら銀行家のシュタイネルを、クラリスも観客の一人、資産家の青年エクトール・ラ・ファロワーズをパトロンにしている。つまり彼女たちはヴァリエテ座の舞台に立ってはいても、観客席の桟敷に陣取ったカロリーヌ・エケ、ガガ、ブランシュ・ド・シヴリー、リュシー・スチュアールという高級娼婦たちがパトロンの財布で暮らしているのと大した違いはないのだ。

ヴァリエテ座の新しい出し物はオペレッタ『金髪のヴィーナス』。そこにはナナの裸同然の妖艶な姿がふんだんに織り込まれている。そんな俗っぽい、卑猥なオペレッタであっても、第二帝政の流行に乗り遅れまいと宮廷の貴顕たちも庶民と並んで桟敷を占める。ミュファ伯爵夫妻と伯爵の義父、シュアール侯爵、ヴァンドーヴル伯爵といった貴族たち。それからユダヤ人銀行家シュタイネル、さる知事の息子で、ナナの「心の恋人」ダグネ、社交界通信担当の新聞記者フォシュリー、パリの法科大学にオルレアンからやって来た、裕福な公証人の次男坊のジョルジュ・ユゴン、いろんな女性客の桟敷に出入りしているラボルデット等々。一章のヴァリエテ座の場面をまとめると、観客の一人田舎出の青年ラ・ファロワーズから「あなたの劇場（théâtre）は……」と問われて、事情に一番詳しいヴァリエテ座の支配人のボルドナヴに何のけれんみもなしに「私の淫売屋（bordel）と言ってもらいたいですな」と言わせたゾラの答えが、ナナのオペレッタに対する評価とそれに出演する俳優たちの状況、そしてそこに集まった観客の期待を象徴的に表現しているだろう。

三章では貴族とブルジョワジーが特定の社交界集団を形成する。ミュファ邸で夫人サビーヌがごく親しい人たちを呼んで火曜恒例のサロンを開いているからだ。ミュファ家の古い屋敷は帝政期の高級官僚や貴顕の邸宅が建ち並ぶ八区にある。しかもそれは、ミュファ家がナポレオンに寵をえてきたことを示すように、ルイ・ナポレオンのエリゼ宮にいたって近くに位置し、エリゼ宮からはミロメニル通りを北に上って一筋目のパンティエーヴル通りと交差するところにある。当主のミュファ伯爵は四十四歳、美男と形容されるほど風采もよく、一見礼儀正しい言動も彼の育ちや地位にふさわしい。彼の皇帝からの寵愛は絶大で、枢密院［フランス語は《Conseil d'État》。皇帝の最高諮問機関の名称として用いられ、皇帝の任命する枢密顧問官の合議体］顧問官という要職から、最近は皇后宮侍従の高位に任官されるにいたった。夫人のサビーヌもまた、夫のミュファと同じ枢密院顧問官シュアール侯爵を父親にもつ、由緒ある家柄の出だ。したがってこの一家恒例のサロンに列席している者たちも、まれっきとした身元をもつ社交界の人士たちであることは言うまでもない。

その日のサロンでは、ミュファ伯爵の友人である外交官を兄にもつデュ・ジョンコワ夫人が、アルザスの鉄工場主の妻であるシャントロー夫人、ミュファの妻サビーヌの修道院時代からの友人で、裁判官の夫をもつド・シェゼル夫人らと、サビーヌを交えて談笑している。その場にミュファ家の娘で十六歳になるエステルが居合わせる。すこし遅れてユゴン老夫人が息子のジョルジュを連れてやって来る。彼女は今は亡きシュアール侯爵夫人の友人で、サビーヌのことは生まれたときからよく知っている。男の列席者はすでに一章で登場していた、夫のミュファ伯爵、シュタイネル、フォシュリー、ラ・ファロワーズ、ヴァンドーヴル伯爵、ド・シュアール侯爵、ジョルジュ・ユゴン。彼らに加えて、マドレーヌ寺院の教会理事でかつての代訴人であるテオフィル・ヴノー、それから海軍士官のフーカルモンの名が挙げられる。

サロンの話題がその品格を示す。女性客が音楽について話しだすと、正統な音楽だけが自分たちにふさわしいと言わんばかりに、デュ・ジョンコワ夫人はロマン派オペラの巨匠ウェーバーしか好まず、シャントロー夫人は本場のイタリア・オペラの肩をもち、ナナの『金髪のヴィーナス』の音楽なぞ、今はやりでも、彼女らが話題とするにはまったく値しない。プロシアのビスマルクのことにも会話が及ぶ。「私好きになれません。様子からすると無骨で不作法な方ですよ。おつむも鈍いと思いました」とデュ・ジョンコワ夫人。これに対して「私は断言しますが、反対に、ビスマルク氏はとても才気のある男です……」[7] とヴァンドーヴルが応じる。

四章では、ミュファ伯爵夫人サビーヌの社交界サロンに張り合うように、翌日にナナの家で初めて彼女自身が主催する夜食会が、四〇人近くの人を集めて大々的に開かれる。そこに集う面々が形成するのは、高級娼婦ナナを中心とする半社交界の集団だ。ナナはその時十八歳で、冬をパリで過ごすモスクワの商人に囲われ、八区のサン・ラザール駅南のパスキエ通りとアルカード通りの間にある、一八六七年に第二帝政期随一の歓楽街イタリヤン大通りまで開かれた、象徴的なオスマン大通りに面した新築アパルトマンに居住している。彼女が生まれ育ったのはパリ北部（現在の十八区）モンマルトルの丘の東側に展開する、郭外大通り付近のラ・グット・ドール通りだったことを考えると、宴会を開く余裕のある住居や女中ゾエを雇うような暮らしぶりをみただけでも大した出世だ。したがってナナは高級娼婦として最初のステージにすでに立っていた。そこに『金髪のヴィーナス』の大成功をかちえたから、当の夜食会は、いよいよ半社交界の女王への道を歩み始める彼女への祝宴だ。

一章でヴァリエテ座にいたブランシュ・ド・シヴリー、リュシー・スチュアール、ガガ、カロリーヌ・エケという高級娼婦たちがここにも顔を出している。一章で名前のなかった娼婦ではレア・ド・オルン、タタン・ネネ、マリア・ブロンが新たに加わった。ナナと同じ商売繋がりからだ。次いでヴァリエテ座における舞台の同僚として、クラリス、ローズ・ミニョン、シモーヌ・カビロシュが名を連ね、新顔としてパレ・ロワイヤル座の女優ルイーズ・ヴィオレーヌが出席している。女性たちにパトロンとしてエスコートしてきた男たちの面々は、前夜のサビーヌのサロンで密かに男同士この夜食会に来るよう誘い合わせていたから結局はほとんど同じ顔ぶれ、そのうちナナの夜食会に来なかったのは、ミュファ伯爵とシュアール侯爵、ヴノー氏の三人だけである。それとは逆にサビーヌのサロンにいなかったにもかかわらずナナの夜食会には現れた例外は、ナナの恋人ダグネ、ローズの夫ミニョン、ヴァリエテ座の支配人ヴォルドナヴであった。以上がナナを中心に現在のところ半社交界を構成しているメンバーということになる。

ナナの夜食会の話題では、ビスマルクなど時の要人がサビーヌのサロンの時と同じように取りあげられる。ビスマルクがどんな人物か知らないタタン・ネネに対して、ラボルデットは、その男が肉を生で食べる、自分の穴蔵のそばで女に出会えば、背中に背負っていく、こんな風にして四十歳で子供が三二人いる、と説明すると、かつがれたことも知らずに彼女は「四十歳で子供が三二人ですって！　年の割にはずいぶん疲れたんじゃないかしら」と言って、みんなの笑い者になってしまう（p. 1179［上 一三〇—一三一頁］）。ナナの会食者たちは要人でも何でも、閨房のエピソードを通して語るのだ。そうして宴が進んでくると酔いが回って座は乱れ、客同士のあいだに言い争いやら、新たな相手を求めて気を引いたり、言い寄ったりし合うようになる。わたしたち読者には予想通りの成り行きであろう。

こうして核となる二人の女性の出自および社会的地位に依拠して、ナナの半社交界とサビーヌの社交界とが確立された。この二つの集団を集合論的に言い表せば、双方はそれぞれ血筋や財力にしたがって社会的に規定される下層社会対上流社会という二つの母集合が、第二帝政期に欲望という強力な牽引力に両者互いに引き寄せられて結合し、特殊な半社交界という重合する部分を誕生させた、その結果として一方の半社交界と他方の伝統的な社交界とが対峙するという構図が出来上がったとみることができる。このように対立の様相を見せる二つの集団だが、力関係から見ればその優劣は自ずと明らかである。なぜなら、両者の対立が欲望に煽られた男たちの奪い合いにあるとすれば、半社交界が成立した理由がそもそも人間の欲望にあるのだから、半社交界の土俵中でその手練れの武器で戦っても、社交界にはとても勝ち目はあるまい。

優劣はともかく、両社会集団の動向について集合論的な布置をすることだけで『ナナ』の「プラン」の説話論的興味が終わるわけではない。そこで六章。ここで両集団の拮抗関係は劇的な展開を見せる。九月のヴァカンスである。一方で、オルレアン近くのレ・フォンデットにあるユゴン夫人の家にミュファ一家がやって来て、そこにフォシュリー、ダグネ、ヴァンドーヴル、後からヴノーも合流する。他方、シュー川を挟んでレ・フォンデットの対岸のラ・ミニョットにパトロンとして名乗りを上げたシュタイネルがナナのために別荘を買い、そこに四章でナナが招待した高級娼婦たちが付き添いの男性たちをともなって遊びに来る。

ここでシュー川を挟んで地理的に隣接することになった両集団に、穏やかならぬ交流が生じる。ユゴン夫人の家にやってきた男性の招待客たちは、何かとラ・ミニョットのあたりをうろつく。もっとも大胆だったのはユゴン家の少年ジョルジュだ。ヴァリエテ座の舞台でナナの肢体を見てから彼女に夢中になっていたジョルジュは、この期に乗じてナナの別荘に夜忍び込み、牧歌的な、純情いちずな恋をついに実らせることに成功する。両集団間の交流は、ジョルジュのような跳ね上がり分子によって引起こされるだけではない。まさに欲望を介した無理矢理の連接と表現しうるような象徴的な仕方で、集団同士が直接に接触し合うのだ。

日曜の午後、サビーヌ夫人のグループは揃ってシュー川までぶらぶらと散歩することになった。ナナのグループの方でも、その日は五台の馬車を連ねて古い僧院にピクニックに行く計画だった。両グループははからずもシュー川の木橋の上でぶつかる。一方のまるで隊列のような馬車列と、他方の道を譲るだけの徒歩の集団。優劣は自ずとはっきりする。しかもサビーヌの社交集団の面々が顔色をなからしめるスキャンダラスな出来事がそこで発覚する。その日は医者に診てもらうためにオルレアンに行っているはずだったジョルジュが、こともあろうに馬車に乗ったナナのスカートの陰に隠れていたのだ。ユゴン夫人のグループの中心メンバーが全員面目丸つぶれで、意気消沈したのは言うまでもない。だがジョルジュの抜け駆けに逆に地団駄踏んで大いに悔しがったのはミュファ伯爵だ。ナナの手練手管にのせられて情欲をおさえきれないようになっていた彼は、そこで人目を忍んで何度もレ・フォンデットからラ・ミニョットに通い、最終的にやっとのことで彼女に情を通じさせることに成功する。

ところで、橋の上でサビーヌと一瞬視線をかち合わせたナナが勝ち誇って言う。「わたしには目があるのよ。あなた［シュタイネル］の有り難がっているあの伯爵夫人のことなんか、私にはもうちゃあんと判るの。わたしがあの女を創ったみたいに。……あの女が蝮野郎のフォシュリーと寝るか、あんた、賭けてみたい?……わたし、言っとく、きっと寝るって! 女同士の勘というものよ」(p. 1252〔下二三九頁〕)。もちろんナナの予言は当たるべくして当たる。登場人物に関する生成研究のところで見たとおり、欲望の炎は対峙するサビーヌの集団にも蔓延し、その核である伯爵夫人を巻き込むことで、社会・歴史的な意味を獲得するから。

集団の大々的な出会いとして圧巻なのは、十一章のブーローニュの森にあるロンシャン競馬場の場面だ。パリ・グランプリを賭けて国際レースが六月に行われる。十九世紀印象派のドガなどが絵画に描いたように、この時代の競馬場は競走馬の走るトラックのみならず、それを見に来る女性の観客と彼らを乗せてくる馬車も話題で、とりわけロンシャン競馬場ではさながらファッション・ショーと自動車ショーならぬ馬車ショーが合わせて繰り広げられる。その日の中央スタンドの赤い肘掛け椅子には、スコットランド王子チャールズ、皇后陛下ウージェニーと彼女に付き添うミュファ伯爵の姿が見られた。そして彼らの姿を双眼鏡でしかはっきり見分けられない芝生席には、思い思いに着飾って、贅を競うさまざまの種類の馬車に乗り込んだ社交界、半社交界のこれまで見てきた面々が集い、お気に入りの競走馬のために馬券を買いながら渾然一体となってレースを待った。

ここでのゾラのやり口は多少とも奇想天外の部類に属する。出走馬のなかにナナという名前を冠したヴァンドーヴル厩舎所属のダークホースがいるのだ。レース前、あまり人気のないナナの馬券は、彼女の取り巻きが買うにすぎない。だがレースでは、何とパリの大観衆を前に、大逆転でナナが勝利を収め、「ナナ、ナナ」という歓呼の叫びは嵐のような激しさで拡大し、ロンシャンの草原からブーローニュの平原まで一杯に鳴り響くにいたるのである。レースのデッドヒートに興奮して、いつの間にか馬のナナに同化した本物のナナは、自らが勝利を勝ち得たかのように歓喜の興奮もいつまでもさめやらない。もちろん彼女の周囲の彼女をよく知る面々も、娼婦のナナと馬のナナを多かれ少なかれ同一視する。「ああ、すごい！あれはあたしよ！」「ナナは相変わらず自分の名前に聞き入っていた。平原全体がそのこだまを彼女に送り返していた。彼女の人民が彼女に喝采しているのだ。そして、彼女は、陽光のなかにまっすぐに身を起こし、金色の髪をなびかせ、空の色の白と青との衣装を着て君臨しているのだ」(XI, p. 1405［下一七八—一七九頁］)。

多数の人々が集まる場は、小説家ゾラにとっては、説話の展開を促す場だったことを思い出そう。ヴァリエテ座と同じくロンシャン競馬場は、大勢のパリジャンを糾合する第二帝政期の歓楽スポットのひとつだ。そこで両者に説話の進行を重ね合わせてみると、前者が高級娼婦ナナにとってさらに上を目指す売り込みの場だったのに対して、後者はパリ中に比類ない高級娼婦としての彼女の名をとどろかせたことによって、欲望による征服者としてのナナの存在をわたしたちにも改めて確認させるための場となっている。

十二章で再びミュファ邸に五百人もの人を招待して娘エステルの結婚披露パーティーが、邸宅の改築祝いをかねて催される。この期に及んでわたしたちには、もはやナナの影響力を跡付けることしか残ってはいまい。邸宅には亡きミュファ伯爵夫人［ミュファの母親］の古き良き社交界の面影は跡形なく一掃されてしまい、サビーヌ［ミュファの妻］の指揮の下に天井はロココの代表的な画家ブーシェの装飾画がおおい、逸楽的な物憂さやどぎつい快楽を誘う家具が屋敷全体に溢れていた。サビーヌのサロンで伝統的な社交界を代表していたデュ・ジョンコワ夫人とシャントロー夫人は、屋敷の様子の様変わりとパーティーの破廉恥さに驚きと顰蹙とを隠そうとしない。もちろんそれだけではない。夜会の踊りのために控えているオーケストラは、『金髪のヴィーナス』で奏でられたあの卑猥なワルツを何度も演奏するし、それより何より、エステルとダグネの結婚の仲立ちをした功労者として、この場にナナが呼ばれて来て、ミュファ夫妻と新婚の娘夫婦に対して堂々と挨拶を交わすにいたったのである。

このように、ついにナナの体現する欲望に制圧されてしまったサビーヌの社交界に関して、社交界のジャーナリスト・フォシュリーはこんな風な感想を洩らす。「ミュファ家の四方の壁の顫動とこの赤い靄とは、屋敷の隅々から音を立てて燃え上がったかつての名誉の最後の炎にも似ている。この火事は、四月のある夜、フォシュリーが耳にしたときは、まだ燃え始めたばかりで、クリスタルの割れるような控えめな音だったが、次第に大胆になり気違いじみてきて、ついにはこのような宴の爆発にまでなったのだ。今やひびは広がって、家に亀裂が入り、間近にせまった崩壊を告げている。〔…〕多年にわたって築かれた富が、あっという間に火がついて瓦解するのを、ワルツが古い家門の弔鐘となって伴奏しているようだ。そのあいだに、目に見えないナナが舞踏会のうえにしなやかな肢体を広げて舞いくだり、音楽の卑猥なリズムに乗って、熱っぽい空気にただよう彼女の体臭の酵母をこの社交界にしみこませ、それを分解してゆくのだ」(XII, p. 1429-1430〔下二一七頁〕)。

最終の十四章では半社交界の女たちが、グランド・ホテルにナナの死出の旅を見送るために最後に集まる。カロリーヌ、リュシー、ローズ、ブランシュ、シモーヌ、クラリス、レア、マリア、タタン・ネネ、ルイーズ、ガガという顔ぶれからなる、高級娼婦と舞台女優たちだ。ボルドナヴ、ダグネ、ラボルデット、シュタイネル、フォシュリー、ミニョンといった男たちの面々、彼らから離れてミュファ伯爵もホテルを取り巻いている。彼らは天然痘が恐ろしくて部屋まで上がって行こうとしない。

ヴァリエテ座で一八六七年四月に高級娼婦ナナが売り込みに成功してから、ロンシャン競馬場で一八六九年六月に頂点を極めるまでにわずか二年。成功が早ければそれだけ没落も早い。ナナの莫大な浪費に耐えきれずヴァンドーヴルが自殺、ジョルジュがやはり自殺未遂から、その傷がもとで他界し、その兄フィリップも軍の予算を詐取して営倉送りになり、それ以外にもナナの濫費に全財産を搾り取られて捨てられる男たちはフーカルモン、シュタイネル、ラ・ファロワーズ、フォシュリーと後を絶たない。だが最後にミュファ伯爵が負債でついに首が回らなくなり、ナナを支えきれなくなるとナナの栄華の崩壊はあっという間だった。半社交界を支える一方の金が切れてしまえば、他方の欲望という縁も成り立たない。ナナの周りで形成されていた半社交界は、実質的に自壊した。そこでナナが突然みんなの前から姿を消したのも道理だ。パリで再びナナを核としたかつての半社交界の女たちが集まったのは一八七〇年の七月のことで、彼女が息子ルイゼからうつされた天然痘のために横たわった死の床の上での出来事であった。したがってこの会衆はナナ葬送の儀式めいたもののためだが、それはまた再度顔を揃えることもなかろうナナの半社交界解体を確認するためでもあろう。

他方のサビーヌの社交界の方は？　ミュファ伯爵はナナのために財産を食いつぶしたあげく、チュイルリ宮からスキャンダルの非難を浴びて侍従職を辞職せざるをえず、妻のサビーヌもナナの乱行にかぶれてなけなしの財産を潰してしまった。娘のエステルは婿のダグネとともにいつの間にか蕩尽されてしまった伯母からの六万フランの遺産を取り戻すために、父親の伯爵を告訴しようとしている。こちらの集団はすでに早々に崩壊し、上で引用したフォシュリーの予感通り、エステルの結婚披露のパーティーを最後に、もはや集まるための理由も資力も何もかも失ってしまっていたのである。

かつて半社交界を形成した女たちが、ナナの無惨な死骸を前にしばし思い出にふける。しかし死体の腐臭がひどくなると最後に集まった特殊な集団も、三々五々パリの大群衆のなかに姿を没していく。解体してしまった半社交界や社交界という集団をリレーするように、この終章にはもっと大規模な帝政フランスという集団が用意される。時は一八七〇年七月。ちょうどプロシアに対してナポレオン三世が宣戦布告をして、折から「ベルリンへ！　ベルリンへ！」という激情の叫び声を挙げながら、ライン川の向こうで待つのが大殺戮の血の海であることも知らずに、パリの大群衆が行進している。ナナの欲望が半社交界や社交界を腐敗、解体させ、それが拡大して別次元の欲望と化し、帝政フランス全体をも毒して破滅の道をたどらせるにいたったのだろう……。

死の床にたったひとり残されたナナの死骸を、小説の語り手が最後に描写している。

ナナは蝋燭の光のなかで、顔を上に向け、ただひとりあとに残された。それは、寝台のうえに投げ出された、骨と血と膿と腐肉の堆積であった。天然痘の膿疱が顔中をうずめ、吹き出物が一杯に並んでいた。しかも、その膿疱は色あせてしぼみ、泥のような灰色を呈していて、もはや輪郭が見分けがたいほど崩れてぶよぶよになった顔の上では、土にはえた黴のように見えた。左の目は、化膿した肉の血と膿のなかにすっかり見えなくなり、右の目は半ば開いていたが、おちくぼんで、黒く腐った穴のようだった。鼻からはまだ膿が流れ出していた。片方の頬から口にかけて、赤みがかったかさぶたがひろがり、口をひんまげて、おぞましい笑顔をつくっていた。しかもこの恐ろしいグロテスクな死の顔には、髪が、あの美しい髪が、今もなお太陽の輝きを失わずに、黄金の川のように流れていた。

ウェヌス(Vénus)は見るも無惨な姿に変わったのだ。どぶ川のなかに棄ててあった腐肉から彼女がとってきた病毒(virus)、彼女が多くの人々を毒したあの酵母(ferment)が、彼女の顔にかえってきて、それを腐敗させたようだった。

(XII, p. 1485〔下三〇四頁〕)

要するに、ウィルスのようなナナは、パリの場末で誕生しグランド・ホテルで自壊するという、まるでウィルスとその生態の歴史的発見を何十年も先取りしたかのような軌跡をわたしたちに示して見せた。彼女は半社交界と社交界を毒し、帝政フランスに寄生してそれを腐敗させ、もはや寄生する対象が自らしか残らなくなってしまうと、最後は自らを喰らって死滅することを余儀なくされたのだ。

ウイルス

ミットランによる『ナナ』生成研究で第二段階に当たる「準備」期において、最も重要な資料は『ナナ』のためにゾラが記した「素描」である。その「素描」のなかには、ナナが上で引用した天然痘で最後に斃れることがすでに記されている。(8) この天然痘という感染症は、『ナナ』にとっていろんな意味でいわくつきの病気である。

まず、ナナが自壊するのにこの天然痘という病気を選んだ理由について。ナナは娼婦だ。したがって彼女にいちばんふさわしい病気と言えば性病であり、なかでも当時三大社会病のひとつに数えられた梅毒を選択することがもっとも適当だろう。だが説話上で、ナナが絶頂をきわめてすぐ自壊していくとすれば、発病から死去まで比較的長い期間を必要とする梅毒よりも、短期間ですむ天然痘の方がふさわしかろう。

また俗語で梅毒は « grande vérole »、つまり「大きなできもの」、それに対して天然痘は « petite vérole »、つまり「小さなできもの」であり、皮膚疾患として大昔は同じようなものとみなされていた。それで、上の引用のように劇的効果を狙って、ナナがかつてもっていた美しさに対して最後に致命的なダメージを与えようとすれば、天然痘も梅毒とは甲乙つけがたい。

それからちょうどナナの最後は一八七〇年で、時期的に第二帝政の最後に重なっていた。史実の上ではこの時期、天然痘が大流行していたのである。ピエール・ダルモンによれば、フランスでは天然痘大流行の兆しが一八六四年からあった。それまで天然痘による死者は、フランス全土で年に一五〇〇〜二〇〇〇人だった。それが一八六四年から急に跳ね上がり、それ以降増加して一八六八年に四〇〇〇人近く、一八六九年には四〇〇〇人を超してしまう。一八七〇年に入ると加速度的に天然痘の犠牲者が増大し、一八七〇年と一八七一年では実に二〇万人の死者を数えるにいたった。(9) それはなぜか。その最大の原因は、天然痘の流行に、普仏戦争とパリ・コミューンによる内乱が重なったからだ。

そこでパリ・コミューンの舞台となったパリについて天然痘の死者数を見ると、普仏戦争前の一八六九年には七二三人の犠牲者が、一八七〇年前半だけで一挙に四〇〇〇人を記録する。普仏戦争は一八七〇年九月に国境沿いの戦いが最終局面のパリ攻囲戦に移ったから、全国からパリやその周辺に兵士の大群が集まって来ていた。そのため天然痘の流行はさらに猖獗をきわめる。パリ攻囲が始まった一八七〇年九月の七四一人から死者数は増加して行き、十二月には一八四三人とピークに達し、翌一八七一年の二月になってやっと七九一人まで下がった。九月から二月までの半年間を合計すると実に死者数は八〇〇〇人近くに上ったのである。結局普仏戦争からその後のパリ・コミューンによる内乱の時期まで含めて、一万五四二一人の犠牲者を出した天然痘は、戦争自体の犠牲者四八六二人（処罰者を除く）の三倍にのぼったというから[10]、わたしたちもその数には唖然とさせられる。このように史実の上で第二帝政末期に天然痘が流行していたので、『ナナ』のヒロインもその時代の犠牲者と同じく天然痘に斃れたことにすれば、小説のレアリスムの点から見てもゾラによる天然痘の選択には十分納得がいく。

ナナと天然痘の因縁はこれですべてではない。前節までに述べてきたところからも推測できるように、小説中では性欲の象徴的な存在であるナナが第二帝政の支配階級を腐敗・堕落させたために第二帝政が崩壊していったという、説話の要請に従う論理的な展開が見て取れた。だとすれば、ナナと第二帝政の両者は、天然痘繋がりによる外的な関係のみならず、説話論上においても内的で密接な関係を構築していることになる。この両者の関係を、新聞記者フォシュリーの書いた記事が赤裸に暴露していた。

『金蠅』という題のフォシュリーの記事は、ある娼婦の物語で、四、五代大酒飲みの続いた家系に生まれて、多年にわたる貧困と飲酒の遺伝のために血が汚され、それが彼女にあっては、女の性［／女性器］（sexe de femme）の神経的な変調というかたちで現れているというのだった。この娘はパリの場末の舗道の上で成長し、充分な肥料を施した植物のように、丈高く、美貌で、素晴らしい肉体を持っており、自分の祖先である乞食や浮浪者たちのために復讐の日夜を送っている。彼女は、庶民の間に醸成された腐敗は、貴族階級に及んで、これを堕落させつつある。彼女の媒介で、自分にその意志はなくとも、その雪をあざむく腿のあいだで全パリを腐敗解体させ、あたかも女たちが月々母乳を変敗させるように、全パリを変敗させる破壊の酵母（ferment）、自然の力のごときものとなっている。［…］

この女は、汚物から飛び立った一匹の金色の蠅である。路傍に放置された腐肉から死を取り来たって、羽音も高く踊り狂い、宝石のようにきらめきながら、宮殿の窓に飛び込み、人々の上にちょっととまるだけで彼らを毒する金蠅である。

（VII, pp. 1269-1270［上二六四頁］）

フォシュリーの記事にある、性欲の象徴的な存在たる娼婦ナナは、「金蠅」として「破壊の酵母」を運ぶが、それはあたかもヴェクターとしての細菌や細胞あるいはその病原菌の宿主たる媒介動物が、ウイルスを運んで人々を毒するかのようだ。さらに先ほど見た『ナナ』の最後の場面を想起すると、こんな風に表現されていた。「ウエヌス（Vénus）は見るも無惨な姿に変わったのだ。どぶ川のなかに棄ててあった腐肉から彼女がとってきた病毒（virus）、彼女が多くの人々を毒したあの酵母が、彼女の顔にかえってきて、それを腐敗させたようだった」。ここでもまたウイルスの生態をはからずも描き出しているようだ。つまりウイルスは自己増殖できないので、存続するためにはヴェクターに寄生せざるをえない。しかしウイルスが増殖した結果、ヴェクターの細菌や細胞を食い尽くせば、それはとりもなおさず自らが死滅するしかないからだ。

わたしたち現代人はこのようなウイルスとそのヴェクターとの関係を承知している。ところでゾラの時代にはどうだったのか、すこし回り道になるが天然痘の病理学史について見てみよう。周知のように、天然痘ウイルスを病原菌とする天然痘という感染症は、一九八〇年五月に世界保健機構（ＷＨＯ）によって地球上から絶滅を初めて宣言されることによって、輝かしい医学の進歩を記念する過去の病気となった。しかしドイツのコッホやフランスのパストゥールらの細菌の発見によって、感染症の病原として細菌の存在が認められるようになったのは、やっと十九世紀最後の四半世紀に入ってからのことである。したがってそれよりもはるかに微小なウイルスの発見は、電子顕微鏡が開発される二十世紀前半を待たなければならない。つまり一八八〇年に『ナナ』を執筆したゾラは、天然痘が感染症であることは分かっていたとしても、その病因が天然痘ウイルスに因ることを知らないし、ましてやそれより一〇年前の一八七〇年以前を舞台にした『ナナ』の登場人物たちであれば、天然痘を含めた感染症の原因となる細菌やウイルスの存在およびそれらの性行などについては想像もつかないことは当然のことだろう[11]。わたしたちが上記の引用中にある « virus » をそのまま「ウイルス」と訳すことができず、「病毒」と訳すのもこのような事情が控えているからだ。

『ナナ』の時代の病理学の状況が以上のようであれば、フォシュリーの記事あるいはそれを書いたゾラは、ウイルスの存在など考えられない時代に、ものの見事にウイルスとそのヴェクターとの関係を喝破していることになる。だがわたしたちがここで強調したいのは、ゾラが早くも十九世紀にウイルスの存在を予言するような炯眼さをもっていたということではない。そうではなくて病毒（ウイルス）とナナにおける破壊的な威力や、両者の生態と行動について、パラレリスムを見出している点だ。ナナが天然痘ウイルスを病因とする天然痘で斃れ、第二帝政も破壊の病毒ないし酵母をもったナナのせいで、そのナナの死去とほとんど時を同じくして崩壊していく。状況が込み入っているので、すこし整理をしておこう。

天然痘ウイルスとナナの関係はウイルスとヴェクターないし感染症患者の病理学的関係だ。そしてそこにナナと第二帝政の関係が重ね合わされている。つまりウイルスとヴェクターの病理学的関係に基づいて、一方でウイルス―ナナの関係、他方にナナ―第二帝政の関係が、比例式のようにパラレルに成立していることになる。そういうことだ、それで分かった。一方で天然痘ウイルスはナナの子供ルイゼを介してナナに感染し、それから増殖していき、ついに宿主のナナを死に追いやる。他方でナナは第二帝政の支配階級に性の魔力を介して浸透し、サビーヌをはじめとして第二、第三のナナを作り出して増殖し、ついに第二帝政を崩壊にいたらしめる。そこで天然痘患者にとって問題は天然痘ウイルスの病毒の力なのだが、第二帝政にとってはナナに象徴される、性欲の、欲望の破壊的な力なのだ。ミッシェル・セールが洒落を弄して、ウエヌス（Vénus）＝ウイルス（virus）と言っている。まったく正鵠を射た表現だ[12]。

ところで、天然痘ウイルスは第二帝政末期に性別を問わず、貧富の差を問わず、フランス人を襲った。欲望もまた無意識の欲望なら、性差も階級も知らない。かくしてナナの性的欲望は、第二帝政に蔓延し、女たちは新たなナナとなって自らの欲望をほしいままにし、男たちもそうした女たちにつけ込んだり、つけ込まれたりして、欲望に狂っては自滅していった。このようにウイルスを介して欲望を捉え返してみると、ゾラがウイルスの存在を知らなかっただけに、彼自身は巧まずして、無意識のうちに、欲望の強烈な浸透力とその壊乱的な威力を豊かに表現したと言えるし、それについては彼の同時代の読者よりもむしろ現代のわたしたち読者の方が、そのことをいっそう明白に実感できると言ってよかろう。

注

（1）Henri Mitterand, « Étude » in *Les Rougon-Macquart*, vol. II, coll. Pléiade, Gallimard, 1961, pp. 1653-1700.

（2）Gustave Flaubert, *Correspondance IV*, Coll. Pléiade, Gallimard, 1998, pp. 424-425 & Henri Mitterand, *Zola T. II. L'homme de Germinal 1871-1893*, Fayard, 2001, pp. 32-33.

(3) Émile Zola, *La Fabrique des Rougon-Macquart. Op. cit.*, 〔vol. 1〕, pp. 50-51, 〔NAF10345, f° 22〕.

(4) Émile Zola, *Correspondance III*, Les Presses de l'Université de Montréal, 1982, pp. 201-204.

(5) Émile Zola, *La Fabrique des Rougon-Macquart*, vol. 3, publié par Colette Becker, Champion, 2006, pp. 450-451, 〔NAF10313, f° 227〕.

(6) *Ibid.*, pp. 166-167, 〔NAF10313, f°s 1-2〕.

(7) Émile Zola, *Nana* in *Les Rougon-Macquart*, vol. II, coll. Pléiade, Gallimard, 1961, pp. 1147-1148 〔『ナナ』上・下巻、川口篤・古賀照一訳、新潮文庫、昭和三十一・三十四年、上八二―八三頁〕. 以下上記書からの引用は、本文中にカッコを付して章とページを記すにとどめる。訳文は多少の改変を除いて上記邦訳書にしたがった。

(8) Émile Zola, *La Fabrique des Rougon-Macquart*, vol. 3, *Op. cit.*, pp. 438-439 〔NAF10313, f° 214〕.

(9) Pierre Darmon, *La longue traque de la variole. Les pionniers de la médecine préventive*, Perrin, 1986, p. 359.

(10) *Ibid.*, pp. 359-360.

(11) フランスで初めて細菌« microbe »ということばが使用され始めたのは一八七九年のことである（Pierre Darmon, *L'homme et les microbes*, Fayard, 1999, pp. 168-169〔ピエール・ダルモン『人と細菌』寺田光徳・田川光照訳、藤原書店、二〇〇五年、二三一頁〕を参照）。

(12) Michel Serres, *Feux et signaux de brume—Zola*, Grasset et Fasquelle, 1975, p. 240〔『火、そして霧の中の信号——ゾラ』寺田光徳訳、法政大学出版局、一九八八年、三三二頁〕.

第三部　機械

二十世紀の小説家・思想家であるジョルジュ・バタイユは、「エロティスムとは死にいたるまでの生の称揚だ」という名言を吐いた。こうした状況は愛する主体のみならず、愛される対象にも言えることだろう。だがそれにしても、このような名言もフロイトの無意識の発見がなければ不可能だったかもしれない。なぜなら愛し愛される関係の中で、一方で、常識的に見れば、理性的な人間なら愛する者を欲しながらそれを破壊することなど考えられないし、他方で、理性でははかりがたい行動を人間に取らせるのは理性を越えたところにある無意識の欲動のなせる業だと見なさなければ、どうしても納得がいかないからだ。わたしたちはフロイト以降、生と死と、その両者に対する欲望との解きほぐせない関係は無意識の領域でしか理解できない、と教えられてきたのである。

「叢書」第十七巻『獣人』（一八九〇）は、パリのサン・ラザール駅から大西洋に面する港湾都市ル・アーヴルにいたる西部鉄道路線を舞台に、愛と殺人とをめぐって展開される、つまりエロス（性）とタナトス（死）との複雑な関係を主題にする小説である。[1] ここで複雑ということばを使用したのは、主人公のジャックが愛するセヴリーヌを殺害してしまうからだ。したがって、『獣人』の主題である殺人事件も、実はフロイト以来わたしたちの視野に入ってきた無意識の領域でこそ、その真実の殺害理由を、事件の真相を問わなければならないだろう。しかし、何度も言ってきたが、ゾラはフロイト以前の作家だ。それでも『獣人』のゾラは、限りなくフロイトに近い。それゆえゾラは、ジャックの殺人衝動という問題を解こうとして、無意識の欲動に訴えることができずに、あたかも無意識の周辺を模索しながら右往左往しているように見えるのだ。わたしたちはこうしたゾラの置かれた位置を考慮しながら、『獣人』の欲望における生と死の、エロスとタナトスとの解きほぐしがたい関係をここで検討しなければなるまい。

1　鉄道

鉄道は今やわたしたちにとってきわめてありふれたもの、なくてはならないものになった。鉄道はわたしたちの日常生活に限りなく溶けこんで、それを見てもとくにこれといった感慨を喚起しない。だがゾラの生きた十九世紀は鉄道の時代と称され、鉄道は時代を先頭になって牽引していた、文明の紛れもない覇者であった。ところで、由緒ある『十九世紀ラルース大辞典』〔以下『十九世紀ラルース』と略記〕は、この「鉄道」に三五ページにも及ぶ長大な説明を割いているが、その冒頭はこんな文章で始まっている。「『鉄道』！　このことばはなんと魔術的な響きをもち、栄光にどんなに光り輝いていることか。それはわたしたちの目には文明と、進歩と、友愛の同義語として映るのだ」。ここでの鉄道は、文体といい、書き出しといい、お堅い辞書に似つかわしくない破格の扱いを受けている。それからしても、鉄道が当時の人々の心性に与えた影響の大きさがいかばかりだったか、二十一世紀に生きるわたしたちにも推し量れるだろう。

鉄道小史

鉄道はかくのごとく十九世紀の革命的で、画期的な発明であった。したがって十九世紀人の目に映じた鉄道がどのようなものであったかをいくぶんなりとも理解するために、ここで鉄道の発展してきた経過をすこしたどっておくのも無駄ではなかろう。以下、ジュリアン・プシューの鉄道に関する二部作『ヨーロッパ鉄道の誕生　一八〇〇〜一八五〇』、『ヨーロッパ鉄道の黄金時代　一八五〇〜一九〇〇』[2]、および『十九世紀ラルース』などに基づいて、フランスを中心に『獣人』の時代までの鉄道の歩みを追っておこう。

鉄道は鉄の軌道上を走る蒸気機関車の開発によって、初めて近代的な形態を整えることになる。産業革命の先進国イギリスにおいて、世界最初の蒸気機関車が石炭を運ぶために一六キロメートルの軌道を走ったのは一八〇四年二月のことであった。だが営業に耐えうる本格的な蒸気機関車の開発は、一八二五年のジョージ・スティーブンソンの手になるあのロコモーション号まで待たなければならない。それからまもなく一八三〇年九月には、貿易港リヴァプールと工業都市マンチェスター間に、工業製品の大量輸送を目的とした鉄道路線が開通した。当初鉄道の主たる輸送対象は貨物であったが、徐々に旅客にも対象が広げられてゆく。一八四一年にロンドン〜ブライトン間の八〇キロメートルを走る路線が開通した。ブライトンというのは、ロンドンの南方にあって十八世紀末からイギリス王ジョージ四世の夏の保養地として一躍脚光を浴びるようになったリゾート地にほかならない。つまりこの頃になると、もっぱら旅客を対象にした鉄道路線が出現してきたということである。

フランスでは、一八三〇年に最初の蒸気機関車が、リヨネ地方のリーヴ゠ド゠ジェとジヴォールを結んで、石炭を運搬する貨物列車を牽引した。しかし七月王政府の無理解もあって、その後の鉄道建設はなかなか進展しなかった。一八三七年八月にパリとその西方郊外にあるサン゠ジェルマン間に旅客輸送を目的とした路線がやっと開通する。パリの終着駅は最初マドレーヌ広場とする予定であったが、町の中心を避けるべきだという意見に押されてサン・ラザールに定められた。総延長一六キロメートル、一日一五本の列車が往復し、平均時速三七キロメートルで、パリ〜サン゠ジェルマン間を二六分で結んだ。料金は一等二フラン、二等一・五フラン、三等一フランであった。

『獣人』の舞台となるのは、英仏海峡に面するノルマンディー地方の港湾都市ル・アーヴルとパリの間を結ぶ西部鉄道なので、このあとはこの路線を中心に歴史を追っていこう（図5参照）。フランスの鉄道建設はもちろん首都パリを中心に行われた。先のパリ～サン＝ジェルマン間に続いて、一八三九年八月にはパリ（サン・ラザール）～ヴェルサイユ右岸線、一八四〇年九月パリ（モンパルナス）～ヴェルサイユ左岸線が完成。一八四三年五月にはもうパリからルーアンに鉄道で行くことができるようになった。『獣人』中では特に裁判の場面で言及されるルーアンは、パリと大西洋を結ぶセーヌ川沿いの昔からの要衝で、パリから西部鉄道で一三八キロメートルのところに位置し、ノルマンディー地方の中心都市としてよく知られている。パリ～ルーアン間は、同じ年に鉄道で連絡がついたパリ～オルレアン間とともに営業収益の良い路線となり、後にフランス全体に鉄道網を拡大していくための有力な論拠となった。そうして一八四七年三月にルーアン～ル・アーヴル間八九キロメートルが開通すると、西部鉄道会社の幹線でかつ『獣人』の舞台となった路線全体がついに完成をみるにいたった。

その後第二帝政期のナポレオン三世は、長い亡命生活中に目の当たりにしたイギリスの発展ぶりに触発されて、鉄道敷設を積極的に推進する。一八五〇年にはまだ三〇〇〇キロメートルにすぎなかった鉄道営業キロ数は、二〇年後の一八七〇年には五倍以上の一万七〇〇〇キロに及ぶ。第三共和政期の一八七六年には、フランスは二万二八三七キロを完成させて、ドイツ（二万七〇〇〇キロ）、イギリス（二万六〇〇〇キロ）に肩を並べる域に達した。ゾラが『獣人』の執筆を開始したのは一八八九年五月五日のことである。(3) それからすこし遡る一八八五年十二月三十一日現在のフランス鉄道営業距離は、『十九世紀ラルース』（第二補遺）によると、三万二四九一キロメートルに及ぶ。この数字は現在のフランス国有鉄道の営業距

図5　西部鉄道路線（パリ〜ル・アーヴル間）

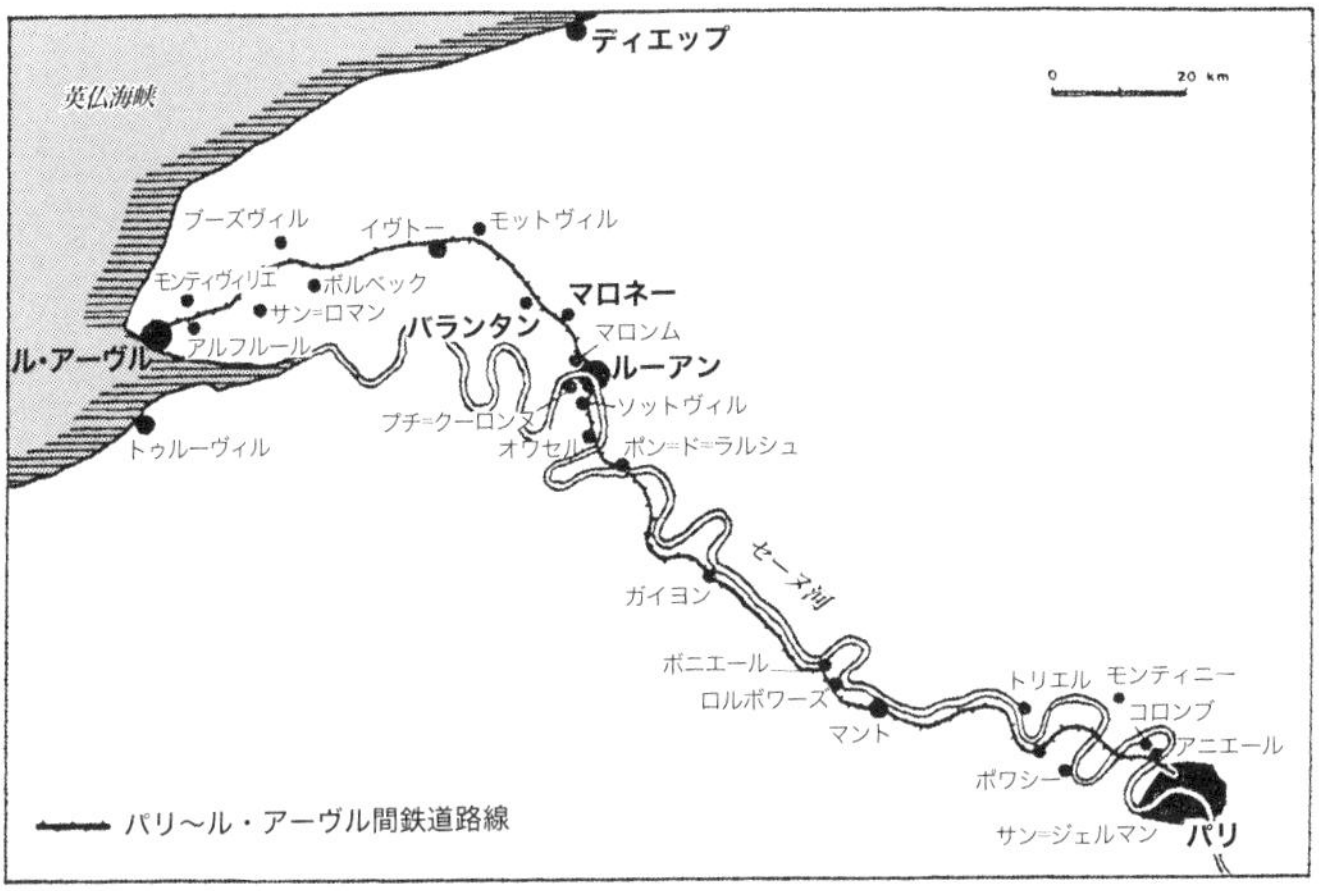

離にほぼ匹敵する。したがって、ゾラが『獣人』を執筆したメダンの別荘を揺るがして今でも走っている列車と同じように、フランス全土に張り巡らされた現在の鉄道網もまた、『獣人』執筆中の彼の脳裏にすでに存在していたことになる。

当時フランスにおける鉄道路線の大部分を担っていたのは、政府から営業独占権を認められた北部、西部、パリ〜オルレアン、南フランス、パリ〜リヨン〜地中海〔略称PLM〕および東部の六大鉄道会社で、この形態は第二次世界大戦前の一九三七年まで続く。そのなかで一八五〇年現在でパリからリヨン、言うまでもなくその先のマルセイユ、それから南西部のボルドーへは直接鉄道で行くことは不可能だったのに対して、『獣人』に取りあげられた西部鉄道路線ではすでに一八四七年に幹線のパリ〜ル・アーヴルまでの路線が、その翌年にはルーアンの先にあるマロネーからディエップに行ける支線が完成していた。どうしてか。

まずディエップについて。英仏海峡に面する港湾都市としてカレー海峡を挟んでイギリスと最も近いカレーやブーローニュは、大陸における中継地として十八世紀から有名であった。それに対してディエップは一八六〇年代半ば人口は二万人に満たず、人口からすればフランスのどこにでもある中規模都市というところだ。カレーやブーローニュと同じように英仏海峡に面するといっても、ディエップの方はもっと南に位置するため、産業の面からすれば交通よりも牡蛎を中心とする海産物でよく知られ、パリで消費する魚介の相当な部分を供給していた。だからと言って、ディエップが他の水産都市をさしおいてパリとの間に先陣を切って鉄道路線を引いてくるほど貨物量があったとは、とうてい考えられない。そこで思い当たるのが、イギリスのブライトンと同じで、ディエップがフランスでもっとも早くから海水浴場として開けたリゾートのひとつだったことである。

ディエップは海水浴を中心とする夏のリゾートとして、早くも一八二二年に本格的な開発が始まる。王政復古期のシャルル一〇世の第二子ベリー公の夫人マリー＝カロリーヌが、一八二四年以来夏には毎年そこに滞在して、リゾート・ブームの火付け役になった。それから後一八三〇年代にかけて、大西洋を臨む海岸に次々と海水浴場が開かれていったのだが、今度は特にル・アーヴルのセーヌ河口から南のコタンタン半島にいたるカルヴァドス県の海岸線に、名高いリゾートが点々と開かれるにいたる。なかでもトゥルーヴィルは七月王政の末期から人気が高かった。一八六〇年になると、ナポレオン三世の異父弟であるモルニー公は、ドーヴィルの総合開発を試みて、優雅なリゾートとしての評判を得させることに成功した。つまりディエップやル・アーヴルは漁業を主とする第一次産業のほかに、夏のシーズンにはリゾートとしてまた周辺のリゾートへの中継地として賑わいを見せていたのである(4)。

さらにル・アーヴルにはこの時代、それとは別の顔がある。ル・アーヴルは一八六〇年代半ばに七万五千人の人口を擁して、すでにフランスでは屈指の都市で、マルセイユに次ぐフランス第二の貿易港として栄えていた。一八七〇年頃にはフランスの貿易高の四〜五分の一を占めている。ニューヨークとの定期航路が開かれる前から、貨物船、客船の定期便で世界の港と結ばれ、フランスの経済活動が隆盛になるとともに、首都と比較的近い距離で結ばれているうえに、世界貿易のもっとも活発な舞台であった大西洋に面しているところから、さらに成長を続けていた。『十九世紀ラルース』をのぞいてみると、他の都市には見られない特に目を引く個所がある。それはアメリカ移民がチャーター船の重要な部分を占め、移民は年間一万一〇〇〇人におよぶという記述だ。一八八〇年にはル・アーヴルから三万八六七人の移民が出港しているが、そのうちフランス人は二六四五人にすぎない。移民の大部分は外国人ということになるが、ともかくフランス人を含めた大陸のヨーロッパ人にとってル・アーヴルというのは、豊かな富を約束してくれる新世界アメリカへの希望に満ちた出口の代名詞となっていた。

『獣人』でも、主人公ジャックの友人がアメリカで一旗揚げようと、彼の運転する汽車に乗ってル・アーヴルにやってくる（九章）。心機一転新たな人生を行き直そうとしたら、それには先ずル・アーヴルからアメリカに渡ることだ、とどれだけ多くのヨーロッパ人たちが当時考えたことだろう。ジャックとセヴリーヌのカップルもその例に洩れない。セヴリーヌが夫ルボーとの耐えがたい生活から脱け出て、ジャックと二人で新生活を始めたいと夢見るとき、彼女の念頭に即座に浮かぶのも、やはりル・アーヴルから船に乗ってアメリカに向かうことだったのである。

以上でわたしたちは、『獣人』の舞台となっている鉄道について、ひととおりの歴史的知識を得られたと思う。だがこれだけでは、冒頭に掲げた『十九世紀ラルース』の同時代人が鉄道に関して味わった感情を追体験することは、ほとんど不可能だ。ルイ・シュヴァリエは『労働階級と危険な階級』において文学と歴史学の互恵的関係に言及して、歴史学にとって文学が貴重であるのは、文学の伝達する時代意識がそれだけでは無味乾燥な歴史的資料にかけがえのない現実味を付与してくれるので、統計的な手法のみではとうてい到達することのできない具体的で現実的な世界を表象できるようになるからだと述べた(5)。わたしたちもまた先の鉄道に関する歴史的な知識を有効裡に活用して、『獣人』の同時代人の鉄道に関するいきいきとした感性を把握するために、文学のみならずその他のジャンルも動員してわたしたちと彼らとの心理的な距離を縮めることにさらに努めてみよう。

鉄道の象徴する文明、進歩、友愛

『十九世紀ラルース』にまた戻ると、そこでは鉄道は「文明と、進歩と、友愛の同義語」であった。鉄道が文明や進歩を象徴するというのは、わたしたちには理解しやすい。なぜなら、人や貨物の陸上における輸送は、蒸気機関に牽引される鉄道の誕生まで、有史以来ずっと人間や動物の筋力だけが頼りで、大きな変化を蒙ることはなかった。だが蒸気機関が動力として開発されてからというもの、鉄道によって、人や動物の筋力からは想像のつかない大量の旅客と貨物が、信じ難いほどの距離を越えて、しかも人がだれも味わったことのない速さで運んでいけるようになったからである。それでは三番目の友愛とはどういうことだろう。

人や貨物を輸送するとき、そこには必ず出発点と終着点がある。言い換えれば輸送とはこの二つの地点を、それからそこにいる人々を結んで、連絡をつけることである。もっとも単純なコミュニケーションなら二地点だけだが、人間の経済活動が活発になれば、もちろんそれだけで収まるはずはない。そこで輸送のネットワーク化が図られる。かくして輸送«transport»は、連絡«communication»と交際«commerce»の、また交通・流通・循環«circulation»の同義語となる。ゾラが『獣人』を執筆した時期には、もう現在とほとんど同じ鉄道網がフランス全土に張り巡らされていた、とすでに指摘した。だがそうした状況は、何もフランス国内にとどまるものではない。一八四三年にベルギーのリエージュやドイツのケルンと国境を越えて鉄道が結ばれてから、翌年にはフランスのミュルーズとスイスのバーゼルの間にも鉄道が敷設されたし、一八四六年にはパリとベルギーのブリュッセル間の往来が可能になっていた。[6] それからゾラの『獣人』執筆時より七年先立つ一八八二年になると、パリ〜ウィーン間に直行列車がとおる。翌一八八三年には、今でもパリ東駅とルーマニアのブカレストの間を走り続けている、あの名高いオリエント＝エクスプレスが運転を開始したのである。[7]

交通連絡網は大陸内部の鉄道に限られない。英仏海峡を挟んだイギリスと早くから行き来が盛んで、そのため大西洋沿岸のカレーやブーローニュのような港町が交通の要衝として栄えたことはすでに見てきた。さらに一八六一年に大西洋汽船会社が設立されたのは、ル・アーヴルとニューヨークとの間に定期航路を開設するためであった。こうして鉄道と船舶の開発・発達によって、だれにとっても、世界は文字通りひとつに結ばれたのである。

鉄道が家のそばを通っているというだけで、人里離れた片田舎でベッドに横たわるファジーおばさんの思いすら、世界を展望している。

彼女に奇妙に思われるのは、この砂漠のような奥まった片隅で途方に暮れ、胸の内を打ち明けられる相手もだれもなく暮らしているのに、昼も夜もひっきりなしに多くの男たち女たちが、嵐のように襲ってくる列車に乗って、家を揺すぶり、全速力で駆け抜け、次々と通って行くことだった。もちろんフランス人も外国人も、どんなに遠い国の人もおなじように、地球全体がここを通過していくさ。今やだれもが家にじっとしていることはないし、みんなが言うように、すべての国民がやがてひとつになるだろうよ。これこそ進歩というもの。すべての兄弟たちがみんないっしょになって彼方へ、夢の楽園へと進んで行こうとしているからね。(8)

鉄道を介して、さらにその先では船を介して、みんなが世界のどこへでも行くことができるし、また逆に世界の果てからだれでもがやって来ることができる。したがって、世界をこのように交通のネットワークで結び、世界中の人々を交流させてくれる鉄道に対して、文明や進歩と並んで友愛という語を『十九世紀ラルース』が同義語として冠することに、異論をさしはさむ余地はあまりないだろう。

時間的に見れば、リゾート開発が鉄道の開通に先行したにしても、その後リゾートを多くのレジャー客で溢れさせるには鉄道が不可欠となった。その意味では十九世紀後半に著しく発展したリゾートも、鉄道という文明の利器のたまものだ。『獣人』の八章には、会う人だれかれなしに自分の幸せを語りたがっている若いブルジョワ女性が登場する。彼女はサン・ラザール駅で乗り合わせた老婦人に問われるがままに、楽しいヴァカンスの日々をこう披露する。

「あなた今年の夏は海へ行ったの？」と老婦人がふたたび口を開いた。

「ええ、ブルターニュへ六週間。奥まった田舎で、天国でしたわ。その後わたしたち九月はポワトゥーの義父のお家ですごしました。義父が大きな山をもってるもんだから」

「あなたたち冬は南仏に逗留するんじゃなかった？」

「ええ、［一月］十五日頃にカンヌに行きます……お家を借りてるから。ちっちゃいけれど、すばらしいお庭があって、正面には海が見えるんです。［…］……わたしたち夫婦二人ともが寒がりだってわけじゃないですけど、でもとってもも気持ちがいいんですもの、太陽って！……三月になったらもどってくる予定なんです。［…］わたしったら、これでいいのかしら！　毎日がお祭り騒ぎですの！」


（VIII, pp. 1211-1212［三三〇頁］）

大西洋沿岸のリゾートは、パリからの鉄道のせいもあって、海水浴客を中心に夏に賑わいを見せる。それにヴァカンスの旅行は夏だけとは限らなくなってきていた。この女性がカンヌに行くのは冬のことで、早くも避寒地としてカンヌは知られ始めていた。地中海屈指のリゾートとして高名なニースは、イタリア統一前はピエモンテ領だったのだが、ナポレオン三世が一八六〇年にフランスに併合することに成功した。その頃からここは、特にイギリス、ドイツ、オーストリア、ロシアなどの外国貴族たちに評判で、一八八七年には二万二〇〇〇人が数カ月に渡る滞在をしていたという(9)。穏やかな気候とピトレスクな景観に満ち、避寒地として最適だとされたコート・ダジュールの評価は、ニース以外の近隣の町にもすぐ与えられて、カンヌもその例外ではなかった。とりわけ一八六三年四月にレ・ザルクとヴァンスの間に鉄道が開通して、マルセイユからも列車で行けるようになると、上流の人々に限らず一般の行楽客も多数押しよせるようになる。ゾラの描いた若い婦人が一年中ヴァカンスを楽しむことが可能なのも、鉄道網がいたるところに張り巡らされて、列車に乗りさえすればどこにも比較的容易に行けるようになったからである。

鉄道のもたらす幸福を享受できるのは、今の若い婦人のように境遇に恵まれた人たちだけではない。イギリスでもっとも広範な人々が行楽にとって鉄道がいかに有用かを最初に身でもって知ったのは、一八五一年のロンドン万国博覧会の時であったらしい。一般の人々に普及しだした行楽の機運をめざとく見抜いて、新しい事業を興すものが出てきた。それが観光業の生みの親、あのトーマス・クック（一八〇八―一八九二）である。第一回万国博を自らの事業の飛躍的発展の好機と捉えて、彼はハイド・パークのクリスタル・パレスを訪れた六〇〇万人の観客のうち一六万五〇〇〇人をツアー客として組織することに成功した。[10]『獣人』の物語の時期までに、フランスでは一八五五年と一八六七年の二回にわたってパリで万国博が開かれ、それぞれ五〇〇万人と六八〇万人の観客を集めている。西部鉄道もまた、この二回の万国博のために、最も有効な集客手段となってフル稼働し、鉄道の利便性と鉄道を利用した行楽の楽しさを人々に十分植え付けることに成功したにちがいない。

万国博の成功が博覧会ブームに拍車をかけたのであろう、『獣人』の一方の舞台となっているル・アーヴルでは一八六八年八月に国際海洋博覧会も開催されている。それから『獣人』中で一八六九年二月に、[11]グランモラン元裁判長の殺害現場となったパリ、サン・ラザール駅発午後六時三〇分発ル・アーヴル行きの急行列車も含めて、当日夜の何本かの「ル・アーヴル行きの列車は超満員だった。翌日の日曜日には、船の進水のために祝典が開かれる」（II, pp. 1211-1212〔六六頁〕）からだ。このようにさまざまの催しがさまざまの場所で企画され、多数の人々が以前には考えられないような距離も厭わずそれに参加するようになったのは、鉄道のおかげであることは言うまでもない。また同じことだが、鉄道はこのようにしてすこし前なら一部の特権階層だけに限られていた旅行の楽しさを、一般の人々にも享受することを可能にさせたのである。これでわたしたちもまた、『十九世紀ラルース』が鉄道を「文明と、進歩と、友愛の同義語」とした十九世紀人の心理状態を、すこしでも共有できるようになったであろうか。

時空間的体験

かくして鉄道は、ファジーおばさんのいる辺鄙な片田舎すら洩らさず包み込んで、だれもがどこへでも行くことが可能になるまでに、地球規模で交通のネットワークを張り巡らした。人間は鉄道によってこれまで果たしえなかった空間の征服をついに成し遂げた、といっても過言ではないのかもしれない。

だがここで空間の征服ということばの意味を、当時の感性に合わせて吟味しておかなければなるまい。実は地球規模での空間の征服は、鉄道がなくても疲労を苦にせず時間と努力を惜しまなければ、理論上は近代以前から可能であった。ところが実際には鉄道のない時代に人々は、自分の周囲にあるほんのわずかの空間しか所有できず――言い換えれば必要とせず、地平は容易に広がらなかった。その時人々は空間は空間、時間は時間と、それぞれ別々に生きて、両者を体験的に結びつけることはほとんどなかった。当時d＝vt(距離＝速度×時間)という単純な計算式が成立することを実感するには、よほどの想像力が必要だったであろう。この計算式中の速度という係数は、もっぱら人間や動物の筋力だけが頼りで、人類の誕生から十九世紀までほとんど変化することがなかったから、けだし当然のことであった。だが鉄道が、以前にはおよびもつかない速度でもって、広大な空間移動を人々に可能にした。この時初めて人類は、またたく間に倍数的伸長を重ねていった速度によって、上述の計算式中にある空間（距離）と時間が分かちがたく結びついており、その両者間には緊密な依存関係が具体的に存在することを実感するにいたったのである。

カントが「時間は一切の現象一般のアプリオリな形式的条件である[12]」と言明したとき、抽象的思弁として卓見であると感じ取るのが、最大限の一般の理解であったかもしれない。カントが空間の概念と時間の概念を結びつけるのに難渋したのに対して、後世のアインシュタインは、周知のように特殊相対論（一九〇五年）によって、あっさりと時空間という四次元空間を概念化してしまう。今わたしたちは哲学史を追おうとしているのではない。ここで指摘したいのは、アインシュタインの画期的哲学理論よりもはるかに先行して、人々は具体的現実のなかで時空間世界を鉄道によって体験済みであったということである。

H・ミットランは「叢書」第十三巻『ジェルミナール』に関して時空間概念の持つ有効性を指摘しているが[13]、時間の圧縮された場所（空間）としての彼の時空間概念とは対照的に、空間を圧縮したものとしての時間という時空間概念も当然考えられてよい。むしろこちらのほうが初めて時空間的世界を実感したときの体験の仕方だったのであり、わたしたちが今でも四次元空間を日常生活で体感する際の現実的な仕方であろう。では空間を圧縮したものとしての時間とはどういうことか。鉄道によって同じ時間でも格段に長い距離を移動できるようになったこと、それを視覚化して表そうとすれば、たとえば時間を基準にした時間地図が考えられる。

単位時間を基準にして描いた時間地図では、たとえばジャックの運転する急行列車で四時間三五分のル・アーヴル～パリ（サン・ラザール）間は、歩いていったときのヴェルサイユ～パリ（サン・ラザール）間に匹敵する。二時間四五分のルーアン～パリ（サン・ラザール）間なら当然もっと近くなって、ヴァンセンヌの森やセーヴルの先までサン・ラザール駅から歩いていく距離にあたる。鉄道が走ることによってこのように空間が収縮したわけである。そう考えると俄然行動半径は広がる。ヴェルサイユやヴァンセンヌまで、それも歩くときの疲労などまったく覚えることがないのだから、気分的にはもっと気軽に行けると考える人もいるかもしれない。つまり『獣人』は、だれにも親しい卑近な生活の場で空間を圧縮した時間を生き生きと描き出しているのだ。

しかし一般の人々にとっては、日曜日に汽車で旅行するときにしかこのような四次元空間に出会うことがないので、それは特別な機会にしか味わえない非日常的な体験だろう。非日常的な、特別な体験であれば、彼らの日常生活や行動パターンに与える影響は少ない。問題は鉄道によって生活の新たな見方、生き方が決定的に変わってきた人たちだ。『獣人』のなかでこうした四次元空間を特別の感覚をもたずに日常生活のリズムで生き、広範な空間を生活の場にしているのはだれか。それは西部鉄道の機関士ジャックを始めとする鉄道の運行に直接携わる人々をおいて他にない。

機関車を駆ってパリ～ル・アーヴル間の急行列車を走らせるジャックの一週間は、列車のダイアグラムによって次のように規定されている。ペクーは火夫としてジャックと一緒に機関車に乗り込むので、彼の一週間のスケジュールもジャックのそれと同じである。

月曜

六時〇〇分パリ発～一〇時三五分ル・アーヴル着

一八時二〇分ル・アーヴル発～二二時五五分パリ着

［火・水曜、休日］

木曜／土曜

一八時三〇分パリ発〜二三時〇五分ル・アーヴル着

木・金曜／土・日曜

六時四〇分ル・アーヴル発〜一一時一五分パリ着

一等機関士のジャックは上記の列車運行のほかに、出発前の二時間を機関車の点検に費やし、到着後は機関車の車庫入れとボイラーの清掃をしなければならない[14]。これら以外は仕事から解放されるが、列車のダイヤグラムからして木・土曜の夜はル・アーヴルにある会社寮に泊まることを余儀なくされる。パリでは、サン・ラザール駅の横を走るローマ通りを一・五キロくらい北上した、カルディネ通りの会社指定のアパルトマンに最初の頃は引き籠もっていた。そこからは、彼が運転する機関車ラ・リゾンが収容されているバティニョル車庫が見渡せた。ジャックは一八四四年生まれの二十五歳の若者だ。「アパルトマンの自室で、僧坊の奥に引きこもる修道士のように自由時間中もずっと閉じこもって、眠りの力で欲望の反乱の力を消耗させてしまおうと、腹這いに寝て何時間も過ごす」（II, p. 1045［八〇頁］）のが常だった。

やがて物語が進行し、ル・アーヴル駅助役のルボー夫妻との定期的な交遊が始まり、それが彼の生活の一角を構成するようになる。ジャックは、彼らと月曜の昼食時に最初月二回その後毎週、駅に付設されたルボーの社宅で会食するようになり、さらに木曜と土曜のル・アーヴル泊まりの際に、夜の集いが加わってくる。ルボー夫妻の仲がだんだん思わしくなくなるにつれて、ジャックとルボーの妻セヴリーヌの二人は親しく会ううちに親密になる。ル・アーヴル駅で助役を務めるルボーの勤務は、昼勤の週が中に昼食のための一時間の休憩をはさんで、朝の五時から夕方の五時までの計一二時間、夜勤の週はその逆で、夕方の五時から朝の五時までの計一二時間であり、この昼勤と夜勤を隔週で繰り返すことになっていた。

小説の設定では、一八六九年四月頃から始まった三人の交流は、六月に入るとルボーの勤務中を狙って車庫の裏で行われるようになる、ジャックとセヴリーヌの二人だけの密会にまでエスカレートする。十一月にはもっと二人は大胆になって、夫ルボーの留守中に家で会い夫婦のベッドで抱き合うようになった。ルボーは賭博にのめり込んで家庭をまったく顧みない。翌七〇年一月のある日、彼は自分の家で愛撫の最中にある二人を目撃するのだが、それに対して難詰することも、乱暴をはたらくこともしない。そもそも物語の発端となったグランモラン元裁判長殺害は、ルボーが凶行によってしか収まりがつかないほど激しい嫉妬を燃やしたからなのに。

パリとル・アーヴルにおけるジャックの対照的な生活の仕方は、彼が意図したものではないにせよ、わたしたち読者の目にはあっぱれなものと映る。なぜなら彼が西部鉄道の両端で生活をこのように截然と分かち、鉄道の巧妙な利用をこのような程度にとどめておいたなら、一方のパリでは「酒も飲まず、外も出歩かない、優れた人物」という評価を得たまま、他方のル・アーヴルではセヴリーヌとの逢瀬の楽しさに浸っていられたかもしれない。それより何より、ジャックに横恋慕する幼なじみのフロールの狂暴な嫉妬を巻きおこして、破滅にいたる原因をつくることはなかったであろう。

パリに妻のヴィクトワールを、ル・アーヴルに情婦のフィロメーヌを抱えながらも、同僚の火夫ペクーがそれまでけっこううまくやってこれたのは、自らの二重の愛情生活を巧みに維持するために、一方で二重生活の地を往復する手段とし、他方で二人の愛する女性を問題なく分断しておくための手段として西部鉄道を利用しえていたからであろう。ジャックにしろペクーにしろ、このようにパリ〜ル・アーヴル間二二八キロの距離を日常に取り込んで、ともかく鉄道と無関係な人々にとってはまったく思いも寄らないような生活を営んでいたのである。

鉄道をこのように利用するのは鉄道の乗務員にかぎらない。セヴリーヌは夫や人の目を気にしないでジャックと逢い引きをするために一計を案じる。膝が痛むので専門医に診てもらわなければならないという口実で、十月から毎週金曜日六時四〇分ル・アーヴル発のジャックが運転する列車でパリに向かい、そこで半日彼といっしょに過ごして、その夜の一八時三〇分パリ発の急行でル・アーヴルに深夜の二三時〇五分に帰り着くようになった。セヴリーヌがこのような一計をめぐらすことができたのも、実は学習の結果であると言えなくもない。彼女は、ルボーとの結婚後にルーアン近郊のドワンヴィルに二度出かけて、殺害される前のグランモラン元裁判長に会っているからだ。それとは別の機会にも、パリのバティニョール広場で、衆人環視の不安もなしにジャックと馴れ初めの楽しい時間を過ごしたり、そこで殺人事件の黙秘という彼からの黙契を獲ちとることができたのも、セヴリーヌが鉄道のもたらす恩恵をよく知っていたからだと言うほかない。だが最終的には金曜日のパリ行きの列車が仇になって、彼女は命を落とすだろう。

サン・ラザール駅に抜けるロシェ通りに居を構えて、法曹界引退後は西部鉄道の取締役に就いたグランモラン元裁判長も、やはり鉄道を悪用したひとりである。妹ボンヌオン夫人所有の広大なドワンヴィルの屋敷で、離れを自由に使って淫蕩に耽り、セヴリーヌのほかにも、手伝いに来ていたクロワ＝ド＝モーフラのファジーおばさんの年若い娘ルイゼットに手を出して、彼女を死にいたらしめていた。彼がルイゼットの死に責任を問われなかったのは、急行でルーアンの次の停車駅バランタンに夜降り立ち、そこから馬車で当の離れに向かい、だれにも見られずにそこで数日過ごすのが常なので、真相は最後まで明らかにならなかったからだ。

鉄道殺人事件

鉄道によってそれまでなら想像もつかない体験が可能になるのは、なにも色恋沙汰だけではない。『獣人』中で恋愛とならぶもうひとつのテーマである殺人もまた、鉄道を不可欠の条件として計画・挙行されたものだ。

第一の殺人事件であるグランモラン元裁判長殺害事件は、パリ、サン・ラザール駅一八時三〇分発ル・アーヴル行き急行に連結された一等客車最前部の特別車室《クーペ》内で起こる。当時の客車の構造は現在と異なる。一等客車について言うと、各車両ごとに完全に独立した三つの車室があり、そのなかには三〜四人掛けの向かい合わせに置いた座席が設けられていた。殺人事件の起こった当の列車のように、先頭の車室が前方を向いた座席の特別室に変えられた特殊な型の一等客車もある。このように同じ車両にある各車室は互いに孤立した構造であるため、運行中の車室間の移動は危険を冒して外側の昇降用ステップ伝いに行くのでなければ不可能であった。車室の錠は当初外側から掛けるようになっていたが、『獣人』の頃にはさまざまな事故の反省からであろう、内側からも開閉できるように改良された[15]。ルボーとセヴリーヌの夫婦はルーアンでグランモランの特別車室に乗り込むと、列車がマロネー、バランタン間のトンネルを走行中に彼を殺害し、やむをえず車外から危険を冒して三つの車両を越え、バランタンに停車するときは自分たちの元の車室に帰っていたのである。

この殺人事件を担当したのはルーアン裁判所の予審判事ドゥニゼである。彼は出世コースから外れ、地方勤務が長かった。が、いまだに叙勲とパリ勤務に対する野心はもち続け、しかも自分の仕事に関する自信は絶大であった。ルボー夫妻に最初の嫌疑が掛けられた。元裁判長からセヴリーヌに遺贈されることになっていたクロワ＝ド＝モーフラの家をすぐ手に入れようと図って、二人は裁判長殺害を謀ったのではないか。だが、具体的な証拠は挙がらなかったから、状況証拠に頼るしかない。三人は同じ列車に乗り合わせ、バランタンでは夫妻の車室に同乗者がなかったので、夫妻のアリバイはもちろん証明されない。それでもセヴリーヌのような女性が列車の走行中に外から車室を移動できるとは、ドゥニゼにはどうしても考えられなかった。

次に疑われたのは、クロワ＝ド＝モーフラから二キロ先のベクールの石切場で働く、前科者で粗野なカビューシュであった。彼はルイゼットをかわいがっていたので、彼女の死の原因となったグランモラン裁判長を深く恨んでいるという動機が存在した。当日のアリバイもなかった。最終的にドゥニゼは、カビューシュが犯人だとする結論にいたる。

「ドゥニゼを誤らせた決定的な原因は、彼の上司に当たる法務省事務局長カミー＝ラモットが、ルボー夫妻の犯行の動かぬ証拠となるセヴリーヌの書いた手紙を、政局に与える多大な影響を心配して握りつぶしてしまったからだ。だがこの犯罪をパリ～ル・アーヴル間の広範な空間を巻き込んで展開された新手の鉄道犯罪とみなすか、それとも犯罪現場を取り巻くドワンヴィルという狭い地域社会のなかで起こった昔ながらの怨恨事件とみなすかによって、初動捜査や証拠集めなど後の展開に大きな差が出てくる。ドゥニゼがパリにあるカミー＝ラモットの私邸を訪れたとき、彼の頭のなかではグランモラン事件の構図がすっかり完成されており、そのなかに新たな証拠など組み入れる余地はなく、上司のカミー＝ラモットが具体的な証拠を握っているという疑念などほとんど兆すことはなかったのである。したがってドゥニゼの誤りの根本的な原因は、広域な空間を捜査の視野に入れなければならない鉄道犯罪であるにもかかわらず、相変わらず鉄道のない時代に生起した犯罪に対する対処の仕方を適用して、狭い地域社会を重点的な捜査対象にしてしまった点に求められるであろう。ただしこの事件の公式的な結末は、政府の意向にそって、証拠不十分で被疑者カビューシュの不起訴に落着した。

第二の殺人事件は、当初ジャックとセヴリーヌが二人でルボーを殺害しようと計画していたにもかかわらず、ジャックは欲望と一体となった殺害衝動からルボーの来る前に突発的にセヴリーヌを殺して逃げてしまったというものである。その日ジャックは、セヴリーヌの看病のおかげもあって機関車ラ・リゾン号転覆事件の傷も癒え、セヴリーヌのクロワ＝ド＝モーフラの家から発つことになっていた。二人の計画通り、ジャックはバランタンからいったん汽車に乗り、ルーアンで降りて旅館に泊まるというアリバイ工作をした後、密かに一六キロの道のりを歩いてまたクロワ＝ド＝モーフラの家に戻り、そこに呼び寄せられたルボーをセヴリーヌと一緒に殺害するべく待っていたのである。鉄道を熟知していない者にはなかなか思いつかない計画ではないか。事件の方は、セヴリーヌを殺したジャックの逃亡後、列車転覆事件で彼の看病のためにセヴリーヌの手助けをしていたカビューシュが部屋に入り、血だらけで死んでいるセヴリーヌをベッドに横たわらせたところ、そこへやって来たルボーと踏切番のミザールに見つかり、犯人にされてしまう。

今回も事件を担当したドゥニゼにとって、喉にナイフを突き立てるという裁判長の時と同じ殺害方法だったことや犯行現場にいたところを発見されたことから、前の事件の容疑者であったカビューシュの犯行は動かしがたかった。列車と家という犯行現場のちがいはあっても、同じ犯人が一四カ月の間隔をおいて起こした殺人事件となれば、二つの事件の関連が問われるのはきわめて当然のことであろう。動機を探っていくと、ドゥニゼの想像力に霊感を与える証拠がひとつ出てきた。裁判長の遺産受領後にセヴリーヌとルボーのあいだで、二人の財産はどちらか生き残った方に与えられる旨の相互契約が結ばれていた。つまり予審判事ドゥニゼの推論によれば、最初の殺人でクロワ＝ド＝モーフラの家をセヴリーヌに相続させ、第二の殺人でそれを自分のものにするという周到な連続殺人事件をルボーが仕組んだというのである。カビューシュはルボーに操られて、二回とも殺人に手を染めることになった、ルボーの手先と見なされた。「その時から事件の全体像が彼の頭のなかで再構成された。そこにあった推論の確信と明白な事実の威力は基礎の骨組みに難攻不落の堅固さを与えたから、かえって真実そのもののほうがいっそう多くの妄想や矛盾を含んで本当らしく見えないほどだった」(XII, p. 1311〔四八一頁〕)。

それに対して真犯人のジャックは、ほとんど嫌疑を掛けられることはなかった。ジャックとセヴリーヌは愛し合っていたし、理由もなく愛する者を殺すことなどまったくばかばかしい、とドゥニゼを始めだれもが思っていたからだ。

ここでまたもドゥニゼは過ちを繰り返した。第一の殺人事件に引きずられすぎたからである。『獣人』の語り手は次のように述べて、一般の評価を代弁している。「複雑で難解な事件を解決に導いたドゥニゼの手腕について法曹界では賞賛の声が絶えなかった。精緻な分析から生まれた傑作、真実の論理的再構成であり、一言で言えば、真の創作という評判だった」(XII, p. 1307〔四七六頁〕)。語り手は皮肉をまじえた語り口で、予審判事の論告を「真の創作」と図星を指して表現している。観察《observation》よりも洞察

《divination》を得意とし、そのことを誇りにしているこの予審判事の捜査方法から、抜け落ちるものは多い。たしかに真犯人のジャックは鉄道を巧妙に利用したアリバイ工作をした。だがそれは先の事件の場合と同じで、先入観に囚われないで、地道な捜査をすれば防げたのではないか。しかしそこで彼の捜査を決定的に支配した先入観とは何だったか。愛するゆえの欲望が死の渇望と一体になって愛人を殺害するという、常識ではけっして推し量れない、理性的人間の行動としては考えられない殺害動機だ。

刑事裁判とはひっきょう訴追側と被告側との論理の闘わせ合いだ。両者が互いの論理を駆使して事件を再構成し、それぞれの論理の説得性を競う。それは人間を理性的存在だと見なして、その理性に訴えかけることで成立している。人間が理性的存在であるという大前提は、裁判の場面だけのものではない。犯罪を犯す犯罪者に関してもそれは大前提だ。セヴリーヌの殺害に関してだれもが信じ疑わなかったのは、この犯罪が理性的人間の犯行だということであった。ジャックが愛するセヴリーヌを殺すことなど理性では考えがたい。これがこの裁判でドゥニゼを始めだれもが囚われていた先入観だったとすれば、セヴリーヌ殺人事件の捜査は、そもそもの時点から誤った方向に向かっていた。

真犯人のジャックは衝動的にセヴリーヌを殺害する前に、二人にとって邪魔物であるルボーを計画的に、ということは理性的に、殺害しようと何度も考えたのではなかったか。そしてそれが不首尾に終わると、彼はこう思いいたった、「そうだ、本能的な欲求や興奮に襲われたときなら人殺しはできる！　だが打算から、利害から、意図的に人殺しをしようとしても、絶対に、絶対に自分にはできない！」（IX, p. 1237,〔三七〇頁〕）と。それでジャックは、理性的殺人によって邪魔物ルボーを殺害する代わりに、衝動的殺人によって愛するセヴリーヌを殺めたのである。

実はゾラは最初から『獣人』の二大テーマである愛と殺人について理性では統御できないことを、つまりそれらはともに無意識の領域に根差していることを問題にしていたのだ。ドゥニゼの「精緻な分析から生まれた傑作、真実の論理的再構成」は、かくして理性の範疇にははまらない無意識の領域を排除したために、始めから誤りを余儀なくされていた。端的に言えば、彼は理性的な論理に潜む陥穽に落ちたのだ。ドゥニゼが担当しなければならなかった二つの殺人事件には第二帝政末期の時局が絡んでいるので、ともすれば彼の二度の重大な過誤は出世に目がくらんで捜査の矛先が鈍らされたことが原因だったかのような印象をわたしたち読者は抱く。しかし、この殺人事件では、産業資本主義を牽引する鉄道が舞台になっていること、ほどなくフロイトが無意識を発見して明白にする、理性的な推論を受けつけない人間の奥底に潜む欲望の暗部が問題にされていることによって、特に世界が大きく変化を遂げようとしている時代にはだれもが落ち込む危険のあった陥穽が彼の過誤を根本で規定していた、とすこしドゥニゼに同情的な見方をすることも許されるかもしれない。

2　獣人

十九世紀には鉄道が近代文明の進歩を代表すると同時にそのもっとも魅力に溢れる象徴のひとつだったことは、『獣人』に先立つ芸術作品の対象にされていることから、わたしたちにも十分理解できる。ゾラと親交のあったことでよく知られる画家のマネは、ちょうどサン・ラザール駅の北を走るサン・ペテルスブール通りにアトリエを構えていた。そのマネが一八七三年に「鉄道」というタイトルを冠した作品を描いている。それは、コンスタンティノープル通りとローマ通りの交差点にある友人の家の庭で、鉄柵越しにサン・ラザール駅構内を覗いている少女の後ろ姿とその横で座って本を開いている若い母親の絵だ。「鉄道」といってもそこに見えるのは機関車がもうもうと吐き出す白煙が後景を覆って、その白煙以外に鉄道を喚起するものを見出すのになかなか苦労する不思議な作品だ。近代文明の象徴である鉄道も、すでに市民社会の日常風景中で所を得はじめていた。それ故マネの「鉄道」には、これといって白煙の原因である機関車を指し示さずともだれにも了解されるであろうという黙契が、画家と鑑賞者の間に成立していることを窺わせる。[16]クロード・モネもまた一八七六～一八七七年にかけて、時々刻々変化する光がサン・ラザール駅構内の機関車に与える効果を定着させようと試みて、計八点の「サン・ラザール駅」という連作を描いたことも、わたしたちはよく承知している。

　小説のジャンルに目を移しても、ゾラの『獣人』に先行する同時代の作品をいくつか挙げることができる。[17]なかでもゾラとともに自然主義文学の読者には親しい作家であるユイスマンスが、ゾラの『獣人』よりも一〇年以上も先立つ一八七九年に、『バタール姉妹』で鉄道を描写していた。ヴェルサイユ～パリ左岸線の終着駅モンパルナス駅が、姉妹の家のそばにあるからだ。しかしこのモンパルナス駅の鉄道よりも、妹のデジレがオーギュストと乗った市街鉄道のほうが、むしろ二人の恋愛に積極的に絡んでくる。とは言うものの、残念ながら市街鉄道はまだこの時期馬車に牽引された鉄道馬車で、それが市街電車に変わるにはもうすこし先を待たなくてはならない。ユイスマンスはその後彼の代表作『逆しま』（一八八四年）において、またもや鉄道に言及することになる。この『逆しま』の機関車をあらかじめ検討して、ユイスマンスと対比させてゾラの特徴を浮き彫りにしておくことは、ゾラの『獣人』に見る鉄道と欲望との関わり合いにとって重要な意味をもつ。

アニミズム

『逆しま』の主人公デ・ゼッサントがデカダンの典型と言われるゆえんのひとつに、現実に行動する代わりに想像力を縦横無尽に働かせて欲望を満たしてしまう彼の能力があった。したがって、「たとえば遠隔の地の旅行記を読んで、かの地の状況をありありと思い浮かべれば、どんなに出不精な、血のめぐりのわるい精神の人でも、わが家の暖炉のほとりで、尽きざる探検の快味を味わい得るであろうことは疑いを容れない[18]」。それでもデ・ゼッサントがロンドンへ旅してみようと、フォントネーの隠棲から一度抜け出して、パリのサン・ラザール駅近くまで赴いたことがある（十一章）。ところが、ディエップ行きの汽車に乗る前に旅行案内書を買って眺め、イギリス風の酒場「ボデガ」でイギリス人に囲まれ、夕食をとりにイギリス人の出入りするレストランに入って満腹を味わうと、もうイギリスの持っている好悪すべてを知った気持ちになって、実際イギリスに行っても幻滅が待つだけだと早々に家に引き返したのである。

デカダンの信条にはもうひとつ、自然より人工を愛好するという点が挙げられる。自然の作り出したものっとも独創的で完全な美しさを備えたものが女性だ。だが造形美において自然の創造した女性に勝るとも劣らない、とデ・ゼッサントがみなす人工の創造物が存在する。それが機関車である。テクストを引用しよう。

二種類の機関車のうちのひとつ、クランプトン式機関車は、ほれぼれするような金髪と鋭い声の持

図６　蒸気機関車（クランプトン（右）とエンゲルト（左）式）

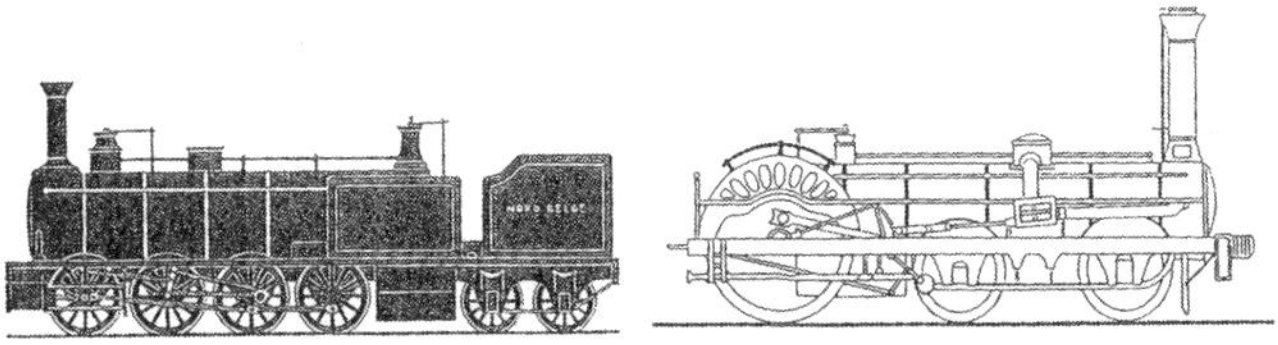

Julien Pecheux, *La naissance du rail européen 1800-1850* et *L'âge d'or du rail européen 1850-1900*, Berger Levrault, 1970 et 1975, pp.140 et 132.

ち主で、まばゆい胴のコルセットに締めつけられた、ほっそりした背の高い女だ。粋な金髪をきらめかせて、しなやかに、神経質に、猫のような伸びをする。なまぬるい脇腹に汗をだらだら流し、鋼鉄の筋肉を固くして、彼女がその繊細な、巨大な薔薇の花の形をした車輪を忙しく動かしながら、急行列車や鮮魚列車の先頭に立って、さながら生けるもののごとく、こちらへ向かって駆けてくる時は、その異様な美しさは怖いほどだ！

もうひとつの機関車エンゲルト式は、鈍い嗄れた叫び声を出す、どっしりした褐色の髪の女だ。鋳物の甲鉄に締めつけられた肥った腰と、おどろに乱れた黒い煙のたてがみと、二つずつ組になった低い六つの車輪とをもった、怪物じみた獣である。彼女が地軸をゆるがせながら、貨物の長い尻っぽを重々しく、のろのろと曳きずって進む時は、何たる圧倒的な偉容であろう！(19)

現実よりも想像、自然よりも人工というデ・ゼッサントの信条に見合って、機関車は何よりも鑑賞の対象としてある。それにしてもユイスマンスのこのくだりは、説明対象である機関車に人間の特徴を当てはめることによって、それに印象深いイメージを付与しだれにも理解できるようにする、古来からの擬人法という文彩の模範例と言ってよかろう。

それに対してゾラはどうか。ユイスマンスの『逆しま』のときと同じで、『獣人』に登場する機関車もやはり擬人法的に外観を描写される。ジャックの運転する機関車は「急行機関車のひとつで、二対の車軸をもち、巨大で、上品で、優美な姿を見せていた。大きくしかも軽快な車輪同士が鋼鉄の腕で結ばれ、大きな胸元をし、腰は長く伸びて力強かった。合理的で、安定感のある全体の造りは、金属製の生きものがもつ最高の美しさと正確な力強さとを表していた」(V, pp. 1127-1128〔一一〇四—一一〇六頁〕)。この引用部分の機関車を表現するためにゾラが利用した擬人法は、ユイスマンスのそれに比べて格段に控え目だ。両者のあいだで機関車について表現効果を比較するなら、ゾラの愛好者にとっては残念ながら、ユイスマンスの文体の冴えに凱歌をあげざるをえない。だが、ゾラの機関車に対する視線はどうやら文彩を越えたところにあるようだ。

ゾラは今掲げたテクストの後も、機関士として実際に機関車を運転するジャックの目を通して、機関車の説明を続行する。そのとき、由緒ある家系の末裔として無為の日々を送るデ・ゼッサントにとって機関車はあくまでも鑑賞の対象であったに対して、機関士ジャックにとっての機関車は、日々の労働のなかでもっとも密接で具体的な関係を取り結ぶ対象として存在している。

〔…〕ジャックは自分の機関車に識別番号とは別に名前をつけていた。それはコタンタン半島の駅のひとつから借りてきたものだったが、彼は愛情を込めてそれを「ラ・リゾン」という女名前にして、自分からやさしく愛撫するようにその名を呼んでいた。

図7　ラ・リゾン号の想像図

Julien Pecheux, *L'âge d'or du rail européen 1850-1900*, *Ibid*, p. 135.

彼はこの機関車を四年前から運転しているが、たしかにこの機関車に対して恋人のような愛情を抱いていた。［…］彼がこの機関車を愛したのは、実直な女のもつまれな長所をそれがもち合わせていたからだった。ラ・リゾンはやさしくすなおで、気化が円滑だった。そのせいで、発車は容易だし、走行も一貫してむらがなかった。［…］同じように作られ、同じように注意して組み立てられても、他の機関車はラ・リゾンと同じ長所をもたなかった。つまり、そこに魂があり、製作の神秘があった。それは、ふとした鉄槌のたたきかたで金属に加えられる何ものかであり、組立工の手の加減で機関の各部にあたえられる何ものかであった。それがすなわち機関車の個性で生命だった。

［…］ただし彼にはたったひとつだけ彼女に対する不満があった。それはあまりにも多量の潤滑油を必要とすることだった。とりわけシリンダーは理屈では考えられないほど大量の油を消費した。たえず飢えていて、文字通りおびただしい量だった。彼はそれを抑えようと努めてはみたものの、無駄だった。すぐ息切れを起こしてしまうのである。彼女は油が必要な体質だった。彼はあきらめて、この大食いに対する道楽だけは大目に見ることにした。人が多くの美点をもっているので、悪癖がひとつくらいあっても赦されるのと同じだった。彼は、相棒の火夫といっしょになって、こいつは美人と同じで、しょっちゅうグリースアップしてやらなくちゃいけない、と冗談半分に言って我慢していた。（V, p. 1128［二〇六―二〇七頁］）

ゾラのこの部分の叙述の仕方は、たしかに部分的に擬人法に頼るところはあるとしても、しかしその種の表現効果を狙ったレトリックの枠内に収まるものではない。単刀直入に言えば、機関士ジャックが機関車ラ・リゾン号と生きた関係を恒常的に結んでいるところから発生してくる、飾るところのない、生のままの表現だ。フォントネーに長らく蟄居して、耳に聞こえてきた列車の音から想像をたくましくしただけのデ・ゼッサントの擬人法では、とてもこうしたジャックのような機関車の捉え方はできまい。このような表現の仕方を捉えて、ミッシェル・セールは擬人法という文彩には目もくれず、アニミズムと命名する。[20] アニミズムというのは、あらゆるものに人間と同じように魂が宿ると考えることだ。したがってアニミズムというのは、世界観であり、人間の生き方の問題である。わたしたちが実際に機関車を運転する機関士ジャックの立場に立って考えるとすれば、彼の体験する機関車ラ・リゾンとの関係の仕方は、レトリックどころか、何よりも彼の機関車との生きた交流によって成り立っている。したがってゾラのジャックが日々の体験に基づいてラ・リゾンとの交流を巧まず語るとしたら、アニミズムというのはこの上なく的確な表現法であろう。

ジャックは生ないし性あるものと同様に機関車と日々接するところから、ラ・リゾンの微妙な変化も見のがさない。七章では冬のある日、クロワ＝ド＝モーフラで雪のために列車が立ち往生してしまうという事件が起こった。

ラ・リゾンは動き出すのに時間がかかった。倒れて傷ついた人がなかなか手足に力がはいらないような様子だった。苦しそうな息を吐き出すと、やっとのことで彼女は動きだし、まだしびれて重そうな車輪を何回か回転させた。よし、ラ・リゾンは動けるし、旅を続けられそうだ。ただジャックは首を振らざるをえなかった。彼女のことを隅々まで知りぬいているので、手元に違和感を覚えた。老けこんで変わりはて、どこかに致命的な打撃を受けていると感じた。雪に閉じこめられたせいで、彼女は心臓への打撃か、致命的な風邪のようなものを蒙ったにちがいない。健康な体をした若い女が、ある夜冷たい雨に濡れて舞踏会から帰ったことで、肺をやられて死んでいくように。

（VII, p. 1187［二九三頁］）

十章で、ラ・リゾンの命を故意の転覆事故によって絶つのは、踏切番をするフロールの狂暴な嫉妬である。ジャックに恋をし、その希望が叶えられないことから、彼女は金曜日のジャックとセヴリーヌの逢引き列車を狙って、二人とも一挙に葬り去ろうと意図したのである。引用は控えるが、生き残ったジャックの目に映るラ・リゾンが断末魔にあえぐ場面は、親しい友人や肉親の臨終に立ち会う人の深い悲しみと慈しみとを彷彿とさせる。

ところで文学作品は重層的である。それは基本的に登場人物たちが生きている世界とそれを描写する語り手の二つの審級«instance»によって構成されている。小説の語り手の立場からすれば、デカダン的耽美家のデ・ゼッサントが擬人法を駆使して巧みに機関車を説明しようが、肉体を酷使して働く機関士ジャックが日々の現実的感覚に基づいたアニミズムによって機関車との関係を披瀝しようが、いずれも登場人物に適合した語りの表現法であることに変わりない。

そこで今度は語り手の立場から見た表現の問題としてアニミズムと擬人法とを考えてみると、両者は対立関係にあるのでなく、むしろアニミズムが機能のひとつとして擬人法を内包していると見なすことができる。アニミズムに依拠して、本来なら自ら動くことはないと思われる無生物の機械などが動くのも、人間と同じように魂があると考えれば説明は容易だし、人を簡単に納得させられることもしばしばだ。とりわけ常識やさらには科学的な知識がなかなか通用しないことについては、すでにラ・リゾンについて「個性や生命」に言及したところからも明らかなように、アニミズムによる説得効果は絶大だろう。それではこうした表現機能をもっと推し進めて、常識や科学では不可能だと判っているにもかかわらず劇的効果を盛り上げるためにいかにもそうしたことが可能だとするのは、レトリックと言うべきかそれともアニミズムと言うべきか、ともかくわたしたちは『獣人』の最後でそのような場面に立ち会うことになる。

第二帝政にとどめを刺すことになった普仏戦争開戦で、ライン戦線に赴く兵士を満載して、パリへとひた走る軍用列車が物語の掉尾を飾る。それを運転するのは機関士ジャックと火夫ペクーのいつものコンビだが、牽引する機関車の方は亡きラ・リゾンに代わる新車の六〇八号機関車である。ジャックとペクーがラ・リゾンに乗ってトリオを組んで急行列車を走らせていたときには、三人家族のような親密で思いやりに溢れた間柄を維持していたが、ラ・リゾンが去りジャックとペクーの間にフィロメーヌをめぐる悶着が発生してからは、もう機関士と火夫のコンビ仲はうまく行かない。走行中の機関車上で取組み合いが発生してジャックとペクーの二人は線路上に落下、機関車六〇八号は二人を踏みつぶして、そのまま暴走を続けた。

機関車はいっさいの制御から解き放たれ、走りに走る。反抗的で気まぐれな機関車は、やっと青春の血気にまかせて、何もない野原を疾駆していく。調教のすんでいない牝馬が馬丁の手から逃れたようだ。ボイラーに水は十分ある。石炭は火室に満載されたばかりで燃えさかっている。最初の三〇分間は圧力が上がり、スピードは恐ろしいほど高まった。おそらく主任車掌は疲れから眠ってしまったのだろう。［…］列車は稲妻のようにマロンムを突っ切った。信号が近づいても、駅を通過するときでも、もはや汽笛は鳴らない。まっすぐにひた走る列車は、さながら頭を低くし、無言のまま障害をものともせず突っ込んでいく獣のようだ。列車は自らのはく甲高い吐息にますます逆上してどこまでも走りに走る。

（XII, p. 1330［五〇七―五〇八頁］）

機関車六〇八号は、ジャックとペクーを振り落とす以前のモットヴィル付近から、全速力で走り始めていた。そこから駅で言うと、バランタン、マロネー、その後機関士とその助手をなくして、なおもマロンム、ルーアン、ソットヴィル、オワセル、ポン＝ド＝ラルシュを通り越す。ここまででも運転手なしに暴走を始めてからおよそ四〇キロ近く走行したことになる。ありえないことだ。なぜなら西部鉄道の運転部次長ポル・ルフェーヴルから取材した「ルフェーヴル・ノート」の記事からすると、無人の機関車であれば、水と石炭が十分あったとしても、いったん速度は上がりはするが三〇分から四〇分後には火が消えて止まってしまうから(21)。また列車には機関士と火夫のほかにも客車や貨車を担当する主任車掌とすくなくとももう一人の、ときには二人の車掌がいて、そのうちのだれかが異常な速度や停止駅の通過という異変に気づき、自分のところにあるブレーキを締めて列車を停止させることができるからだ。

にもかかわらずゾラは、専門家の助言にあえて従わずに列車を走らせ続ける。

しかし今や、ルーアンやソットヴィルで幽霊列車が通ったという知らせに、全線のすべての電信機がカチカチ鳴り、みんなの心臓は高鳴った。人々は恐怖に震えた。先を走っている急行はきっと追突される。森の中のイノシシさながらに、この列車は走り続けて、信号機も発雷信号も頓着しなかった。オワセルではもうすこしでパイロット機関車に衝突し破砕するところだった。スピードはすこしも落ちる気配がないので、ポン゠ド゠ラルシュでは、人々をパニックにおとしいれた。列車はふたたび暗闇のなかに姿を消すと、どこともしれぬ彼方へひた走っていた。（XII, p. 1331［五〇九頁］）

燃料や乗務員という現実の拘束から解放されて、停止することなく闇のなかをどこまでも驀進していくこの列車は、作者ゾラもその範疇に属す写実主義文学からもはや逸脱している。

十九世紀半ばのフローベール以降に唱えられるようになった写実主義（レアリスム）文学というのは、当時の作家たちの標榜した文学上のスローガン問題に帰せられるわけではない。そこには写実主義世界を支えるための登場人物たちの世界と語り手という審級間の意識的な区別やそれを形式的に保証する直接話法と間接話法および両者を融合させた自由間接話法という巧みな話法の駆使があった。ところで、『獣人』の最後で運転手なしにひた走るこの機関車の場面は、この小説のクライマックスのひとつであり、また写実主義の延長線上で自然主義文学を構想したゾラの小説世界における白眉の場面だ。というのもゾラはここまでは自由間接話法という手段を通して[22]、視点人物に一体化したときのみ語り手は作中人物の世界に介入することが許されるという、写実主義文学の規範を超え出ることはほとんどなかった。しかし上述した引用部分に続くテクストでは、自由間接話法を支えるための視点人物の影も形もないというのに自由間接話法が用いられて、こんな風に叙述が続けられる。

機関車が途中で人を轢いて (écrasait) 犠牲者が出たとしても、それがなんであろう (Qu'importaient)! 血が飛び散ることなど気にもかけずに、機関車はなおも未来へ向かって進んで行く (allait) ではないか! 目も見えず、耳も聞こえない獣を死のなかに放ったかのように (aurait lâchée)、機関車は闇のなかを、機関士もなくただひたすら走っていた。積み荷の肉弾兵たちは、すでに疲労でぼーっとなり、酔っぱらって、歌を歌い続けていた。 (XII, p. 1331 [五〇九頁])

直前の二つの引用は連続しており、一個所直喩のために利用された条件法過去を除けば、すべて時制は単純過去と半過去である。前の引用では語り手は機関車の暴走する様子を登場人物世界の外部に存在する第三者として語っている。その時利用される単純過去と半過去という時制は小説の語りの伝統的な時制であり、半過去は描写の半過去だ。したがって訳文のように時制を日本語でもすべて過去で処理することは、原テクストの狙いにかなっている。問題は後半部のカッコ内で示した三つの半過去時制であり、それらはあきらかに自由間接話法の枠内で使用された半過去だ。だから訳文はそれに見合うように現在形で訳してある。

しかしここでの問題は半過去時制の二つの使用が認められるという形式的側面にあるのではない。そうではなくて、なぜ語り手が自由間接話法の半過去を利用してまで、視点人物をすでに失っても走り続ける機関車に介入しなければならないかという点だ。どうやらわたしたちはここで『獣人』の核心に触れているようだ。だが、わたしたちにはまだまだこの先機関車について検討すべきことが多く残っている。今のところは、語り手が機関車そのものと一体化して、機関車の指し示そうとする意味を代弁しようとしていると、つまり先の機関士のジャックのみならず、小説の語り手もまた機関車をアニミスト的主体として捉えていると述べるにとどめておこう。

アニマリズム

アニミズムの洗礼を受けるのは機関車だけではない。「それは巨大な身体のようだ。大地に斜めに横たわる巨人の体だ。頭をパリに、幹線に沿って背骨を伸ばし、四肢を支線に広げ、手と足はル・アーヴルや他の終着地に置いている」(II, p. 1035〔六六頁〕)。だからセールのことばを借りれば、「獣であるわたしが、獣であるラ・リゾンに乗り、第三の獣、鉄製の木の上を動く[23]」。機関士ジャック、機関車ラ・リゾン、西部鉄道路線、それら三者すべてがアニミズム化され、アニマリズムに拠って獣と化す。ところで語呂合わせでなくとも、アニミズムはアニマリズムに通じる。生彩に富んだアニマリズムこそがアニミズムの極致であることは文学のみならず他のジャンルでも周知の事実だろう。ゾラもまた動物のイメージ喚起力を巧みに援用した作家の例に洩れない。だから機関士ジャックが乗る機関車ラ・リゾンが、単に個性や生命をもつことを意味するだけのアニミズムで表現されるよりも、アニマリズムに訴えかけるほうがどれだけイメージ豊かになることか。それゆえ機関車ラ・リゾンも「力強くてよく言うことを聞く牝馬」(V, p. 1128〔二〇七頁〕）だ。それではジャックがアニマリズムによって獣と化すとはどういうことだろう。たとえそれが語り手の間接話法を通してであるにせよ、ジャックが「獣」ということばを明示して自らを獣であると、獣が自らの内に巣食っているとわたしたち読者に教えるのは、二章で幼なじみのフロールに対して殺害衝動を覚えた後である。彼は夜彼女に出会って、欲望に衝き動かされて抱きしめ口づけをするが、彼女の白い胸元を目にすると、そこへハサミを突き刺したいという突然の衝動を覚える。しかしジャックはフロールに対する自らの攻撃衝動をなんとか抑えてその場から遁走し、悪夢を振り払うかのように野原を駆けめぐる。

彼がひたすら考えていたのは、そのまま一直線にどこまでも、できるだけ遠くへ逃げていくこと、自分からも他人からも、それから自らの内に巣食う怒り狂った獣からも逃げていくことだった。しかし自分でその獣を持ち運んでいるから、その獣も負けじと彼について駆け回っていた。七カ月前からその獣を追い出したと思った。それでまたみんなと同じ生活を取りもどした。それなのにいまやまた始まったのだ。たまたま出くわす最初の女性にその獣が飛びかかっていかないように、また闘わなければならない。（II, p. 1046〔八二頁〕）

獣とはジャックのうちに巣食って、女性を見るやとつぜん牙を剥いて襲撃しようとする、攻撃衝動の謂いだ。しかもジャックにはその獣を理性の力で抑えることはどうしても不可能のようだ。ところで自らのうちに獣を宿し、それがとつぜん暴れ出すのをどうにもできないという経験は、ジャックだけに限らない。一章で妻のセヴリーヌの裏切りに気づいて、夫のルボーが狂暴な憤怒に駆られる。

ルボーの怒りはいっこうに鎮まらなかった。すこし消えたかと思うとまたすぐに酒の酔いのように倍の大波となってもどってきて、彼をめまいのなかへと運び去っていった。もはや自制がきかず、虚空であがき、急変する暴力の嵐にもみくちゃにされ、それでむち打たれては、体の奥底で吠える獣をひたすらなだめようとまた我に返るのだった。それは身体から直接発する欲求で、復讐に対する飢えのようなものだった。それで彼の身はねじあげられて、彼がそれを満たしてやらなければ、おさまりがつきそうもなかった。

（I, pp. 1017-1018［三八頁］）

そこでルボーは、自らの獣をなだめるために、グランモラン元裁判長を殺害した。獣と化したジャックに襲われそうになったフロールもまた獣と化す。ジャックを恋しながらも彼からは振り向いてもらえず、逆に踏み切り番に立ったときには、毎週金曜日にジャックとセヴリーヌの逢い引き列車を指をくわえて見送らねばならない。狂暴な嫉妬に駆られて二人の乗った列車転覆を企てる彼女は、「牝オオカミ」になって「足の一撃で通りがかりの餌食の腰を砕こうとする」（X, p. 1255［三九八頁］）。ファジーおばさんは人々にとって文明の象徴であった鉄道にこと寄せて、彼女の隠したへそくりのためにひそかに自分の毒殺を目論む夫ミザールを暗に指しながら、こんな風に語っていた。「ああ！　たいした発明だね。とやかく言うことはないよ。速く行けるし、ますます物知りになる……でもね、野獣は野獣のままさ、それにまだもっと上等な機械を発明したって無駄だろうね。そのなかにはあいかわらず野獣が潜んでるかもしれないから」(II, p. 1032〔六二一―六二三頁〕)。ジャックを始めとして、ルボー、フロール、ミザールと動物と化した男や女はみんな人殺しだ。

殺人者だけがアニマリズムに囚われているのではない。一章のセヴリーヌはルビーを頭にして蛇を象った指輪をしていた。彼女は「わたしのかわいい蛇」と言って思わずそこから洩らした一言から、グランモラン裁判長との関係を夫のルボーに嗅ぎつけられてしまった。蛇であるセヴリーヌは男を魅惑し、殺人を誘発する原因となった。十一章で彼女は、ルボーを殺害しようとするジャックの勇気を鼓舞しようと裸で彼にまといつく。しかしかえって彼女の裸をまざまざと見たジャックのうちなる獣を目覚めさせてしまい、今度は自分が殺されてしまった。

さらにまたカビューシュは「良犬」だ。彼は「主人を熱愛する忠実な獣のように」(XI, p1282〔四三九頁〕)セヴリーヌのことを慕っていた。そこで彼は、セヴリーヌを殺害した犯人だと疑われて、裁判に引っ張り出された。「カビューシュはまったくみんなが想像したとおりだった。〔…〕殺人犯のタイプにうってつけで、巨大な拳と肉食獣の顎をもち、森のはずれで出会うとぞっとするような男のひとりだった」(XII, p. 1320〔四九四頁〕)。彼自身は獣のように見えても一度も殺人を犯したことはないから、実際には他の殺人者たちのように獣に変身することはなかった。だが不運にもみんなから獣だと思われたので、殺人の罪を着せられてしまった。ファジーおばさんが先ほど皮肉な口調で示唆していたとおり、『獣人』は近代文明を謳歌する第二帝政治下にあるにもかかわらず、かくのごとく獣たちが跳梁跋扈して人を殺害する、獣たちの血なまぐさい詩でもあるのだ。

ところで、この小説は『獣人』をタイトルに冠している。ゾラがこのタイトルを付けるに際してひどく悩んで、八枚のカードに殺人者《 L'Homicide 》、本能《 L'instinct 》、衝動《 L'impulsion 》、隔世遺伝《 Atavisme 》、固定観念《 L'idée fixe 》、野蛮人《 L'Homme sauvage 》など——そのなかには無意識《 L'Inconscient 》が含まれていたことは興味深い——、実に一一七ものタイトル候補を書き連ねたことは、ゾラの研究者ならご存知だろう。このタイトル候補数の異例の多さは何に由来するのだろう。既にこの第三部の導入部分で述べてきたように、それはゾラ自身がフロイトの言うような無意識を知らなかったために、その無意識の領域においてエロスとタナトスを巻き込んで荒れ狂う欲望を的確に名指しすることが困難だったからであろう。(24)

それでは、数ある候補のなかから最終的に内に獣を宿す人間である「獣人」《 La Bête humaine 》がなぜ選ばれたのか。それは無意識の周辺を模索していたゾラが、理性では抑えがたく、統御できない、力動的な特質を人間のうちに潜む獣としてイメージすることが、無意識の欲望を表現するのにもっとも適切だと見なしたからだろう。そして『獣人』の主人公であるジャックは、自らの内部にある獣に思春期から悩み出し、小説の最後までこの獣と格闘を続ける獣人中の獣人である。したがって、この小説のフランス語のタイトルで名詞の獣人《 bête humaine 》についた定冠詞《 La 》は、一方では人間を内なる獣性をもつものとして捉え、それを抽象概念化して提示するために、その総称的な機能をはたらかせていると見なせるだろう。だが他方でこの定冠詞は名詞を特定化するために機能していると見るなら、それは当然獣人中の獣人であるジャックを名指すことになる。わたしたちにとってはもちろんその両者のどちらも否定しがたい。おそらくゾラはその二つの意味を込めて、この小説に「獣人」というタイトルを冠したのだ。

3　獣人の存在論的症例研究

小説の主人公ジャックは獣人中の獣人である。だから『獣人』の物語を織り上げている縦糸は、彼のアニマリズム、つまり女性に対する殺害衝動がどのように展開されていくかというところに還元できる。ところでゾラの読者には周知のことだが、「ルーゴン＝マッカール叢書」全二〇巻には「ルーゴン＝マッカール家の家系樹」があり、「叢書」中で主人公役を務めるこの一族の人物たちは、それぞれが遺伝の症例としての役割を担わされている。ジャックもその例に洩れない。彼の遺伝に関する家系樹中の記述は、「アルコール中毒が殺人妄想（folie homicide）に転化」となっている――アルコール中毒が殺人妄想に転化するという、当時の医学的憶説に依拠したゾラの見解についてはここでは問わない[25]。こうした角度から『獣人』を改めて見直すなら、この小説はジャックの遺伝性疾患に関する症例記述と化すことになろう。しかしこの遺伝疾患は、欲望という人間存在を根底から規制するものに関わっている。したがってそれは一般的な疾病の症例研究にとどまらずに、わたしたちには人間の存在論的考察にまでおよぶ殺害衝動の症例研究となるだろう。

「小さな遺伝」と「大きな遺伝」、あるいは病因論

一八六九年二月にグランモラン殺害事件が起こったとき（二章）、ジャックは西部鉄道路線沿いのクロワ＝ド＝モーフラにあるファジーおばさんの家を訪れていた。夜になって、彼はファジーおばさんの家に

隣接するグランモラン元裁判長の別荘の庭で、彼を慕ういとこのフロールに出会って、欲望に駆られる。そして彼女の白い胸元を目にすると、そこへハサミを突き刺したいという突然の衝動を覚えた。女性を見たら襲いかかりたくなるというジャックの衝動は、十六歳の思春期の頃から起こった。最初は親戚の二歳年下の少女が転んで脚が見えたときだ。次は毎朝家の前を通っていた、薔薇色をした豊かな胸の少女。それから劇場で隣の席に座っていた、新婚ほやほやの女の腹を切り裂きたいと思ったこともあった……またその病気が彼に再発したのだ、しかも今度は彼の幼なじみのいとこに対してだった。

ジャック自身はこうした衝動をどう見ていたか。かろうじてフロールに対する攻撃衝動を抑えてその場を逃げ去ると、彼は自らの破廉恥な行為に対して次のようにそのときの症状を報告するとともに、それに病因論的な見解を付け加えている。

自分の家系にはあまり健康な人がおらず、多くのものが裂け目（fêlure）をかかえている。彼も時々それを、遺伝性の裂け目をはっきり感じることがある。［…］発作があると体のなかで、急にバランスが失われる。それはあたかも割れ目か穴が開いて、そこから自分の自我が洩れだし、そのまわりには一種のもやがびっしり立ちこめているようで、様子が一変してしまう。自分がもはや自分でなくなり、抑えられない筋肉や、怒り狂った獣の言うなりだ。しかし酒は飲まないし、ほんの一滴のアルコールでも自分が狂ってしまうと気づいてからは、コップにちょっとブランデーを飲むのでも断ってきた。それから彼は酒飲みの父親や祖父たちなど他の人たちの代わりに償いをしているのだと思うようになった。代々酔っぱらいの先祖のせいで、血は損なわれ、体にはだんだんと毒が回り、野生返りをし

て、女を食べるオオカミたちとともに森の奥へと連れもどされているんだ。（II, p. 1043［七八頁］）

だがそのすぐ後、この遺伝疾患は今度はジャックの家系のみならず、有史以来の男の種族全体に関わるとされる。

［…］それはとつぜん起こる盲目的な激怒の発作のようなものだ。自分ではおそらく正確な記憶を失っている、太古の昔に受けた攻撃に対して、いつでもよみがえってくる、復讐の渇きのようなものだ。するとそれははるかの昔に、女たちが男の種族に対して犯した罪に、洞穴の奥で最初に裏切られて以来、男から男へと積もり積もった恨みに起因しているのか？　それから発作のときには、どうしても女と闘って制圧し自分の言うとおりにさせたい、他人の手から永遠に奪い取った獲物のようにして、殺した女を背に担いで行きたいという倒錯的な欲求（besoin）も感じた。彼は頭が張り裂けそうになるほど必死に考えたが、自分で答えを出すにはいたらなかった。あまりにも無知だし、脳の働きも鈍すぎると思った。（II, p. 1044［七九頁］）

ジャックが抱えていると直感する「遺伝性の裂け目」は、その先で、太古の昔から男たちの血のなかに潜在し続ける女に対する攻撃衝動の在処を漠然と想像させる。だがジャックはそれに確信をもっているわけではない。ジャックの家系にあるアルコール中毒に起因する殺人妄想も、はるかの昔からジャックのところまで受け継がれてきた男たちの女たちに対する復讐の渇きのようなものも、同じように過去からジャックのところまで伝えられてきた点ではいずれも遺伝にちがいない。

G・ドゥルーズには『獣人』に寄せた興味深い論考がある。[26] 彼はそこで「小さな遺伝」と「大きな遺伝」として、ジャックのように遺伝を二つに識別しようとする。それは、上の引用でジャックが時系列的、並列的展望のもとに区別した二種類の遺伝の関係の仕方に、さらに構造的、重層的展望を付け加えていることと、両者の力動的で変幻自在の関係の仕方を強調しようとする点で啓発的だ。これについては、遺伝的特徴は遺伝子型《génotype》によって規定されるが、表面の形、色、大きさ、機能などは表現型《phénotype》に担われているとする、近代の遺伝学の考え方に依拠すると分かりやすいかもしれない。なぜなら、「大きな遺伝」は根底で「小さな遺伝」をたえず規定していながら、その存在は表面に現れる具体的な「小さな遺伝」を通してしか知ることができないという二つの遺伝の関係の仕方は、遺伝子型と表現型の関係の仕方を彷彿とさせるから。

そしてドゥルーズは、『獣人』中のことばを利用して、小さな遺伝によって具体的に伝えられるものは「本能」であり、それに対して大きな遺伝については「裂け目」だと断定する。「裂け目」については「死の本能」、精神分析の常用語で言えば「死の欲動」が想定されているので、ドゥルーズはそこに精神分析における局所論的な見方を持ち込んでいる。つまり前意識的領野において機能する本能と無意識的領野において機能する死の欲動というわけである。要するにドゥルーズの論考は、『獣人』のジャックの殺人衝動については遺伝学や精神分析学の対象となる領域を視野に入れるように、とわたしたちに示唆しているのである。

だが、これだけではあまりにも漠然としているので、ドゥルーズの提起する概念についてもうすこし具体的に述べよう。彼は「本能」をこう定義する。「一般に本能は生命・生存のための諸条件、歴史的・社会的環境（ここでは第二帝政時代）のなかで規定される生活の様式の保持のための諸条件を指し示している[27]」。『獣人』の時代には、本能についてこうしたドゥルーズの言うような概念把握がすでに成立していた。それだから『獣人』中には、「闘争本能」や「保存本能」という一般的な使用例や、次のようなフロールについての例がある。「二人がここを通過できないように、いっしょにパリに行けないようにするために、二人を殺してしまおう。彼女は冷静に考えたのでなく、破壊の野蛮な本能に従っただけだった。とげが肉のなかに刺さったままなら、それを引き抜くだろう、それが不可能なら指一本切り落としてもかまわない」（X, p. 1249［三八九―三九〇頁］）。

それに対してジャックのことばをそのまま借用した「裂け目」だが、「裂け目は、特定の本能にも、身体内部の有機的な規定にも結びついていないし、ひとつの対象を固定するような外的な出来事にも結びついていない。それはさまざまな生活ジャンルを超越し、したがって、知覚されず、沈黙したままで、［…］連続的に進行していく」。「裂け目が伝えるのはそれ自体だけであり、そのために伝えるものを再生産することはなく、同一のものを再生産せず、なにも再生産しない。それは、沈黙したまま前進し、つねに他者の遺伝であるその帆をあやつりながら、いつでも方向を変えられるように、たえず斜行しながら、抵抗の少ない線をたどることで満足している」［強調はドゥルーズ[28]］。このようなゾラとドゥルーズに見る「本能」と「裂け目」の規定の仕方は、またもや遺伝学における表現型と遺伝子型の遺伝伝達の二形式を、それから精神分析学における前意識と無意識とからなる局所論をなぞっているようではないか。とりあえず今のところは、わたしたちも以上のような遺伝学や精神分析学における構造的把握の仕方を射程に入れたうえで、ジャックの殺人衝動の跡付けをさらに先へと進めよう。

同じ二章で、ジャックが自分の殺害衝動に悩み抜いた後に、今度はその遺伝病に重大な衝撃を与える出来事が起こる。彼の目の前を走り去る列車内で、ルボーとセヴリーヌがナイフでグランモラン元裁判長の喉元を刺し殺した。するとと線路脇に立っていたジャックが、それをおぼろげにだが目撃してしまうのである。列車から突き落とされて線路脇に転がったグランモランの死体を見たときには、ジャックの興奮がいやがうえにも高まる。

彼が夢見ていること、それをあの男が実行した。この通りだ。彼が人殺しをしても、こうして地べたに横たわるだろう。彼の心臓ははじけんばかりに動悸を打ち、抑えがたい殺害の欲望（prurit de meurtre）がこの悲劇的死の光景を前にして、情欲（concupiscence）のように激しく高ぶった。［…］そうだ！　勇気を出せ、今度は自分がやってのける番だ！

（II, p. 1050［八八頁］）

悲劇的な死も性的な欲望も、同じように身心に興奮をもたらす。欲望の極限的な興奮状態のなかで、エロスとタナトスが離れがたく絡みあっている。彼の目の前で死体となって転がっているグランモランはジャックにとって同性の男だが、欲望の極限では性別はもはや問題にならない。まるで、無意識に根差す欲望は、性別など関知しないかのようである。そしてここでジャックに依拠する『獣人』の説話の進行方向も、決定的に定まる。「今度は自分がやってのける番だ！」というジャックの無意識的な決意に、わたしたちは物語の行方を直観的に読み取ることができるだろう。

そこに先のフロールがやってきて、カンテラで死んだ男の顔を照らし出した。物語の行方を承知しているわたしたちにとって重要なのは、ナイフでえぐられた男の傷口である。「顎の下には恐ろしい傷が大きく口を開けていた。それは首を切り裂いた深い切り傷で、ナイフをぐいと裏返したかのように、傷口がえぐり取られていた。血が右胸全体をべっとりとおおっていた」(II, p. 1051〔八九―九〇頁〕)。この血なまぐさい傷口のイメージが、そのときからジャックの記憶に消えがたく焼きついてしまうのである。

四章で、グランモラン殺害の真犯人が自分たちだとジャックが感づいていることを彼の言動から直感で知ったルボーは、五章になると、口封じのために妻セヴリーヌにジャックを籠絡させる。六章、六月になった。親密になったジャックとセヴリーヌはルボーをまじえずに、ルボーの夜勤のときを狙って外で密会する。最初は接吻を交わし、手を握り合うくらいだった。続く七月のことである。彼はル・アーヴル駅構内の道具置き場でセヴリーヌを初めて抱いた。

それじゃあ、すんだのか? セヴリーヌを自分のものにしたのだが、ハンマーを手にして彼女の頭をたたき割るようなことはなかった。彼女は抵抗せずに自分のものになった。他人の手から奪った獲物のように、彼女を殺して背中に担ぎあげたいという、あの本能的な欲求(envie)も湧いてこなかった。〔…〕それどころかこの女を所有することには強烈な魅力があったから、彼女のせいで病気が治ったのだ。彼女のことがちがって見えた。弱々しいなかにも激しさがあるのは、自分を恐れさす人の血を浴びてきた女だからだ。勇気が出なかった自分より彼女の力が勝ったのだ。それから彼はやさしい感謝の念から、彼女のなかに溶けこみたいという欲望(désir)から、彼女をふたたび腕のなかに抱きしめた。

（VI, pp. 1151-1152〔二四〇頁〕）

セヴリーヌは「墨のような黒々とした髪とツルニチニチソウの青い眼をし」、「大きな口が卵形の顔のなかに火を噴いて」、強烈な魅惑を放つ。彼女はジャックにとっては特権的な女だ。なぜなら彼女はジャックがあれほど恐れていたあの殺害衝動を惹起させることはなかったから。ドゥルーズに言わせれば「裂け目を通して、本能はその生活様式の歴史的・社会的な状況のなかでそれに対応する対象を求める[29]」、つまり、セヴリーヌとの出会いによってジャックの内なる「裂け目が反響させられた」のである。その意味で、ジャックにとってセヴリーヌとの出会いは運命的な出会いだったのであり、また彼にとって彼女はファム・ファタール（運命の女）だった。わたしたちはここでよくある病気の素人的治療法に出会う。死を欲する病気には逆に死を与えて治療する。つまりホメオパシー、同毒療法というわけである。

固定観念、あるいは病気診断

四カ月たち冬になってもますます募る愛情から、二人は逢瀬を重ねた。それでもジャックの病気が再発することはなかった。そこで彼はセヴリーヌとの運命的な出会いがもつ意味をこんなふうに解釈する。「彼は恐ろしい遺伝の病から癒えたと確信した。彼女を自分のものにしてから、殺意が彼を悩ますことはなかったからだ。それでは肉体を所有すれば殺人欲求（besoin de meurtre）が満たされるのだろうか。肉体を所有することと人を殺すことは獣人の暗い奥底では等価なのだろうか」（VI, pp. 1155〔二四六頁〕）。セヴリーヌに対する欲望を介して、「肉体を所有すること」と「殺すこと」とを「獣人の暗い奥底」で同じように味わうこと、それは無意識の領野でエロスとタナトスに対する無差別的な欲動を直感することに似ていないだろうか。

八章。ジャックとセヴリーヌは、パリで一晩中熱く抱き合う。そこはかつてセヴリーヌが夫のルボーからグランモラン謀殺を強いられたときと同じ部屋ということだから、ジャックの病気にとってはきわめて刺激的な環境である。そのときのセヴリーヌは自ら協力した殺害事件の様子を詳細にジャックに報告する。やがていつの間にか眠ってしまったセヴリーヌの横で、ジャックは寝つけず輾転反側しては、彼女から聞いた殺害の場面を抑えがたく反芻する。

［…］暗闇のなかに血なまぐさい殺害の情景がまた浮かんできた。ナイフが突き刺さり、身体が震えた。血の雨が闇に赤い線を引いて飛び散り、喉元の傷は途方もなく大きくなってまるで鉈ではらわたを切り裂いたように、あんぐりと口を開けた。彼はもう抵抗することをやめ、この執拗な幻にとらえられたまま、仰向けになってじっとしていた。さながら機関車がうなりをあげるように、脳が激しく苦しんでいるのが感じ取れる。これはずっと以前にさかのぼる少年時代からの病気だ。でも治ったんじゃなかったのか。この欲望（désir）は数カ月前から、この女を自分のものにしたときからすっかり姿を消していた。にもかかわらずグランモラン殺しの情景のせいで、その欲望が今ほど強烈に感じられたことはない。さっき手足を絡ませながら、自分の体にぴったりまといつき、この女が耳元で殺害のことを絵でも描くようにささやいたからだ。

（VIII, p. 1206［三二二―三二三頁］）

ジャックは自分の体のうちに巣くう獣をまた目覚めさせてしまったのだ。まずセヴリーヌが語ったグランモラン元裁判長を殺害したときの情景描写がある。それが記憶の底に沈んでいた一〇カ月前の裁判長の死体に発見した傷口の記憶をよみがえらせる。するとまるで裁判長の殺害現場にジャック自身も立ち会っていたかのように、ありありと深く傷口をえぐったときの状況が鮮烈なイメージとなって完成する。
プレイアッド版『獣人』ではその二ページ後。

セヴリーヌの白い喉元を見て、彼はその抗しがたい魅惑に身も心もすっかりとらえられてしまった。そしてまた恐怖の意識が募るにもかかわらず、テーブルの上のナイフを取ってきて柄のところまで女のこの白い喉元に突き刺したいという抑えがたい欲求（besoin）が自分のなかで膨らんでくるのを彼は感じた。突き刺されるときの刃の鈍い衝撃が響いてくる。全身が三度ぴくんと跳ねる。それから大量の赤い血にひたされて、死後硬直するところが目に見える。彼はこの妄想と闘い、それから身をもぎはなそうと思いながらも、刻々と意志を失っていった。本能の波に屈して極限すれすれまで追い込まれ、ついに力尽きて、固定観念（idée fixe）のなかにおぼれていくようだった。

（VIII, p. 1208〔三二四頁〕）

語り手のことばを借りて、ゾラが当時の医学的知識に基づいて、ジャックの病気に対する決定的な病因論的診断を下している。つまり彼は、「固定観念」を契機に病的衝動が発動するとみなすのだ。先に見てきた本能とこの固定観念の関係は、たとえばセヴリーヌの場合のように欲望に導かれて本能的に選んだ対象が、固定観念を形成するうえで最適だということである。ジャックにとってセヴリーヌは、以前病気を癒してくれたという意味で、ファム・ファタールだった。今度はジャックの内に固定観念を決定的に定着させたという病理学的意味で、やはりファム・ファタールの呼称にふさわしいと言うべきだ。

ゾラはこの固定観念ということばを「叢書」全体にわたってよく利用している。彼の小説の登場人物たちは、この固定観念に縛られて行動する点に特徴がある。またここでもドゥルーズの炯眼は、自然主義文学におけるこの固定観念の重要性を見抜いて、自然主義が新たに小説に登場させた人物のひとつに固定観念に規制された人物をあげる。(30) わたしたちが『獣人』のなかでそれに該当する人物を探すとすれば、ジャック以外の登場人物たちもまた、固定観念に導かれて、過ちを犯し(四章ドゥニゼ)、偏執的行動を繰り返し(七章ファジー、九章ルブルー夫人)、殺人まで突き進んで、獣と化す(十章フロールとミザール)。

ゾラがこの固定観念を「叢書」中でよく利用したのは、当時の病理学においてそれが重要視されていたからである。『十九世紀ラルース』のなかで固定観念は偏執病《monomanie》の同族語として掲げられている。偏執病は、エスキロールから始まる近代の精神病学において、軽度の、部分的狂気として位置づけられ、当時は神経症のなかに分類されていた。(31) 話は医学だけに限らない。十九世紀前半では画家ジェリコーがこの偏執病をタイトルに冠したイコノグラフィーを描いていたし、バルザックの『絶対の探求』(一八三四)で、家族を何度も破産の危機に陥れても、死ぬまで生涯「絶対」を探求し続けた化学者のバルタザール・クラースは偏執病の典型だ。これらは偏執病という疾病概念が人々のあいだにかなり普及していたことの証左であろう。

ゾラもこの影響で「叢書」の第一巻でフェリシテの性行について偏執病という語を一度だけ使用してい

る。だが、それはもちろん彼女を神経症者に分類するためではなく、固定観念とまったく同じ意味での利用である。(32) こうした偏執病と固定観念の利用の仕方については、固定観念はもちろん病理学的には偏執病の中核的概念をなすのだが、しかしそれはゾラの時代になると疾病学に属する狭い専門的な意味のみならず、広く偏執的な人間の性行を表すようになった。それに対して偏執病の方は逆に十九世紀前半の一般的な広い利用のされ方から、狭い専門的な意味だけを指し示すようになった、と推論できる。

いずれにしてもこの時点で病気診断に必要な病因を固定観念と指定できたからには、今後は治療法を考えなければならないだろう。しかしこの病気は分類上偏執病という神経症に属するため、適切な治療法とか特効薬は考えられない。固定観念から衝動的殺人へといたるのだから、固定観念を誘発するような対象を避けることが、この病気に対する考えられる唯一の治療法ないし対処法であろう。すると『獣人』のその後の説話展開は、この小説を症例研究として見る場合には、一種の予後の記述となるにちがいない。

理性的殺人と衝動的殺人

『獣人』の九章には、ジャックの殺人衝動と交叉するようなエピソードが挿入されている。セヴリーヌの夫ルボーは、いつしか賭け事に溺れこんで、家庭を顧みないようになった。しかも自分の家で妻とジャックが抱き合っているところを見ても憤るでもなく、またグランモランの死体から持ち出して自分たちのアパルトマンの床下に隠していた一万フランも賭博資金に流用するようになり、人格はすっかり崩壊してしまったようだ。愛し合うジャックとセヴリーヌのカップルにとって、彼女の夫ルボーはもはや邪魔者でしかない。そこでジャックはセヴリーヌにも促されて、ルボー殺害を企てる。ジャックがルボーを殺害することで得られる利益は何か。まず彼はセヴリーヌと二人きりの新しい生活を、たとえばアメリカに行って始めることができる。次に、ルボーを実際に殺せば、再発してきた彼の病気が治るかもしれない。ルボーは廃人のようになってしまい、社会にとっては無価値な男だから、殺してもかまわないではないか。

一八七〇年の三月半ばに、ジャックはセヴリーヌから渡されたナイフ、グランモランを殺害したときに使われたナイフをもって、ル・アーヴル駅の石炭倉庫のなかでルボーを待ち伏せし、いよいよ彼を殺害しようとする。だが最後の瞬間にあれほど固めた決意も崩壊し、ルボー殺害は未遂に終わる。

いや、いや、自分には人殺しなんてできない！　こんな無防備な男を殺すなんて。理性ではけっして殺人はやれない。獲物に食いつこうとする本能が、飛びかかろうとする体の躍動が、獲物を引き裂こうとする飢えや熱狂が是非とも必要だ。道義的良心というのは正義の観念が先祖代々ゆっくりと浸透してできた思想があって始めて形成される。だが、そんなことはどうでもいい！　自分に殺す権利があるとは感じられない。どうあがいてもこの男を襲うのは無理だし、それを納得ずくでするのは不可能だ。（IX, p. 1241［三七六頁］）

ここでは明白に理性的殺人と衝動的殺人が対比させられている。

H・ミットランの生成研究に依拠すると、(33) ゾラはこの理性的殺人と衝動的な殺人の対比に関して、ドストエフスキーの『罪と罰』（フランス語版は一八八五年公刊）を参考にした。ご存知のように『罪と罰』の主人公ラスコリーニコフは、人間を価値ある者ないし社会に役立つ者と無価値な者ないし社会に有害な者との二者に分け、金貸しの老婆を後者と見なして殺害するという、理性的殺人を犯す。このようにラスコリーニコフの犯した殺人というのは、論理的推論を経て得た結論に基づいて決行する殺人の謂いである。ジャックもセヴリーヌも、ラスコリーニコフと同じようにルボーの殺害を正当化するために、いろんな角度から検討を重ねる。その結果として二人の未来はひとえにルボー殺害にかかっているという結論にいたる。だが、結局ゾラはジャックのケースでは、ラスコリーニコフのような殺人を採用するにいたらない。一方で理性によって殺人が是が非でも必要だという結論をえたとしても、他方では教育によって形成されてきた「道義的良心」がいつでもそれに反論してくる。ジャックはルボーに対して理性的殺人を犯すことにはどうしてもいたらないのである。しかしルボー殺害を目指す理性的殺人というこの伏線は、説話の観点からすると、最後に悲劇的な結末を用意することに役立つであろう。

十一章でグランモランの死後セヴリーヌに遺贈されたクロワ＝ド＝モーフラの別荘で、セヴリーヌとジャックが自分たちの未来について話し合う。ジャックはフロールの起こした鉄道転覆事故の傷が癒えて、明日からまた職場に復帰し、セヴリーヌと愛し合えるようになるだろう。だがルボーが生きている限り、鉄道事故以前の閉塞的な状況は今後もすこしも変わらない。そこでセヴリーヌはこんな意味深長なせりふを吐いている。

「だって、今わたしたち二人の前途はふさがれていて、もうこれ以上先へは行けないわ……出発しようというわたしたちの夢、アメリカへ渡って、そこでお金持ちに、幸せになろうという希望ね、あの幸福はすべてあなたしだいだった。だけどそれが不可能になった。だってあなたはやれなかったんだから……わたしあなたのことをちっとも責めてやしないし、実行しなかったほうがむしろよかったのかもしれない。でもわかって欲しいの、あなたといっしょならもうわたしにはなにも期待することがないの。明日も昨日と同じだろうし、退屈と苦痛がずっと続くだけだわ。」

（XI, p. 1284〔四四一―四四二頁〕）

ジャックとセヴリーヌにとって、ルボー殺害はどうあっても越えなければならない障害だ。かくして『獣人』の物語は山場にいたる。二人はルボーを呼び出して、彼がなにも知らずやってくるのを待ちかまえる。列車が通って家を揺らした。あれはパリ行き直行列車だから、あいつはバランタンで降りた。後三〇分したら着くだろう。あいつが家に入ったら、玄関扉の陰から飛びついて首にナイフを突き立てるんだ。ベッドに横たわって風邪を引いたふりをしてルボーを待つセヴリーヌは、彼女の横を何度も行き来するジャックの足音を、一歩一歩自分たち二人のところに近づいてくるルボーの足音が反響しているように聞く。一歩一歩と彼の歩みが繰り出されて、もうそれを止めるものはなにもない。その歩みが止めば、彼女はベッドから飛び出ていって、扉を開け彼を招じ入れる。すると夫は返事をする間もなく喉をナイフで割かれて、闇のなかに倒れるだろう。また列車が通った。果てしなく続く貨物列車だった。あと一五分だ。ルボーを殺害する瞬間が刻一刻と近づいてきて、ジャックの興奮はいやおうなしに高まっていく。

セヴリーヌがふとジャックを見ると、いつもとは違う見知らぬ表情をして、彼女を避けようとする。以前のように彼はまた直前で勇気をなくしてしまったのか。そこで彼女は自らがもつ欲望の全能の力に頼って、彼の勇気を鼓舞しようとする。下着をはだけ、髪を高く結い上げ、うなじも胸もむきだしにし、裸同然の姿でジャックのところに近づき、体をあずけようとした。

喉が締めつけられて、彼にはもう呼吸ができなかった。頭蓋のなかは群衆のざわめく音がして彼女の声が届かなかった。耳の後ろで火がじりじり焼けるような感じがしていたかと思うと、それが頭をきりきりとうがち、腕や脚にも広がった。体のなかをだれか別人が疾駆するような、獣が襲いかかるような圧力を感じた。自分の体から自分が追い出されるようだった。彼の両手は、女の裸のあまりにも強力な魅力に麻痺して、もはや自分のものでなくなりそうだった。むき出しの胸は彼の服に押しつぶされ、裸の真っ白なうなじは、ひどく繊細な様子でのばされ、抵抗しがたく誘いかけていた。熱くて強烈な香りが彼をとうとう狂暴なめまいのなかに、際限のない揺動のなかに投げこんだ。彼の意志は奪い取られ、無力化されて、崩壊してしまった。[…]

[ジャックの右手はナイフを摑んでいた。] 彼は狂った眼でじっとセヴリーヌを凝視した。敵から獲物を奪い取るように、彼女を殺して背に載せて運ぼうという欲求しかもはやもたなかった。恐怖の扉が性の暗い深淵に向かって開かれた。愛は死にまで分け入り、より多くを所有しようとして破壊してしまうのだ。

(XI, pp. 1296-1297 [四六〇—四六一頁])

彼はついにナイフを彼女の喉元に突き刺し、ナイフをぐいとひねった。グランモランのときと同じ場所で、おなじ刺し方だった。

わたしたちはこの山場を、当時の医学的知識にのっとって次のようにまとめることができる。これは固定観念の繰り返しだ。だがジャックの病気についてはすでに固定観念が契機になると判明した時点から、こうした事態は予測されたことだから、この殺人も予後の記述の範疇に入るにすぎない。ただしジャックは他人の犯した殺人による死を目撃したことはあっても、自ら殺人を実行したのは初めてだから、衝動的殺人における発作時の身体的、心理的反応をかなり克明に描写しているという点で、症候学的にはある程度の価値を有している、と。

だがこの場面を当時の医学的知識だけでそのように処理してしまうだけなら、あまりにも安直すぎるだろう。小説の語り手が「恐怖の扉が性の暗い深淵に向かって開かれた。愛は死にまで分け入り、より多くを所有しようとして破壊してしまう」と証言するように、わたしたちはここで欲望の存在論的な機能を垣間見る現場に立ち会っていると考えることができる。端的に言うと、遺伝の支配で欲望によって固定観念が発動する結果、人を殺すにいたるという当時の病理学的考え方が、この場面のもつ真価を十分掬いえているかというと、それは疑問に思わざるをえない。言い換えれば人間存在の根底に関わるような重大事態に対処するには、当時の医学的知識ではきわめて不十分な解明しかできないということだ。

とは言うものの、わたしたち自身がこうした重大な事態に対して、専門的知識に基づいた説得的な解答を用意しているわけではない。だがすくなくともわたしたちには、ゾラがこの場面で、そうと名指しできないまでも、それまで知りえなかった無意識の世界を欲望を通してのぞき見ている、と主張することは可能である。そこでこの場面の欲望と無意識とのかかわり方について、まとめの意味で単純な図式化を試みておこう。

自分たちの利害に基づいて計画的にルボーを殺害するという、理性のコントロール下にある殺人の伏線がここには前提として存在していた。殺害のときが刻々と近づいてくると、ジャックの興奮と緊張がいよいよ高まる。そばを往復する列車の音はそれらをいっそう助長する。仕上げはセヴリーヌの挑発的な裸体が掻き立てる欲望だ。ドゥルーズ風に言えば、欲望の極限で前意識下にある本能と無意識の裂け目が共振を起こす。無意識に通底している欲望によって、意識下の理性的殺人は反転して一瞬のうちに無意識下の衝動的殺人へと変化する。ジャックの意識の亀裂をとおして殺害の瞬間に感知される死の欲動の不穏な動きは、走り去る急行列車やその直後に耳に響く鼻を鳴らす獣に仮託されている。ジャックやジャックをとおしてゾラが直感しているのは、人間の存在論的本質と結びついた欲望の動きとそれがかいま見せる人間の心理の構造的メカニズムなのである。

セヴリーヌは「わたしたちは、もうこれ以上先へは行けないわ」と言って、ルボー殺害をジャックに暗に促したのだが、二人にとって先へ行くこととは結局自らが欲望の犠牲に供されることを意味した。ジャックにとってセヴリーヌのせりふは、惨劇のあとでも意味をもたない。先へ行くことは、彼には金輪際不可能なのだ。なぜなら彼はセヴリーヌを殺しても、自らの血と神経に根差している彼の遺伝病から癒えることはなかったから。だから彼が最後に列車から転落死する前にフィロメーヌと逢瀬を楽しもうとしても、いつ固定観念が動き出すかつねに怯えていなければならないだろう。

4　欲望する機械

前章では、欲望と解きがたく結ばれたジャックの殺害衝動を、主に病理学的観点から見てきたのだが、それでも隔靴掻痒の感は免れられない。なぜなら遺伝というある種の病因、固定観念という発症の契機、無意識の領野におよぶ発症のメカニズムなどが説明されても、たとえばどのような対象が、どのような機会にあたえられれば、ジャックに病的発作を誘発するのか、つまりどのような条件が満たされれば、必然的に殺人衝動という結果に結びつくのか、因果関係に基づく論理的で合理的な現象として説明しきれていないからである。だが、そこからさらに先へと問題は広がる。なぜならジャックの殺人衝動を無意識の領野に根差す問題だとしたとき、そもそものような単純な因果関係によって説明が可能なのかという疑問が起こってくるからである。このような疑問はゾラがジャックに見ている人間観にかかわるであろう。人間が無意識の欲望に規制されると見なしたとき、人間ははたしてゾラにどのように見えていたのであろうか。

マシニズム

まず二つのテクストを提示してみたい。最初は『獣人』中の一文。

> それは走っていく（Ça passait）。それは機械仕掛けで、勝ち誇って、未来へ向かって、数学的な正確さで突き進む。沿線の両側にひっそりとだが相変わらず息づいている人間の本性を、尽きない情熱や絶えない罪をあえて無視して走っていく。
>
> （II, p. 1035［六六―六七頁］）

時制は半過去だが、視点人物ジャックの意識をとおした自由間接話法なので、訳文は現在形で処理した。

指示代名詞「それ」は言うまでもなく機関車だ。わたしたちの議論がここまで進んでくると、それを無意識下の死の欲動と重ねて解釈したくなるのだが、ただし引用テクストそのものは、それを示唆するような状況下に置かれているわけではない。

次はドゥルーズ＝ガタリ著『アンチ・オイディプス』の有名な冒頭文。

> それは作動している（Ça fonctionne）、いたるところで、ある時は連続したり、ある時は中断したりして。それは呼吸し、それは熱を出し、それは食べる。それは大便をし、それは抱擁をする。それと単数で呼んだのは何というまちがいか。いたるところでそれは多数の機械からなる、比喩で言っているのではない。連結と結合をとおして、機械の機械となる。[34]

二つのテクストが似ている、と主張しようというのではない。なぜなら同じ«Ça»で始まると言っても、前者のテクストは機関車だったが、後者は人間と人間を取り巻く有形・無形のすべてのものを指す。そうして、ゾラが機関車という機械と人間との二元論的思考に基づいて語っているに対して、ドゥルーズ＝ガタリの方は、機械も人間も含めて一元的に、すべてが機械だと主張しているからだ。

ゾラが一貫して人間と機械の二元論に基づいて語っていたなら、二つのテクストが交叉することはなかったし、ここでドゥルーズ＝ガタリのテクストを持ち出してくることにもほとんど意味はないだろう。わたしたちは先の第二章で、アニミズムについて、それをさらに徹底させたアニマリズムについて語ってきた。だから「獣であるわたしが、獣であるラ・リゾンに乗り、第三の獣、鉄製の木の上を動く」。機関士ジャック、機関車ラ・リゾン、西部鉄道路線、それら三者すべてがアニミズム化、アニマリズム化されて獣と化したのだった。『獣人』の生彩に富む表現は、このようにアニミズム、アニマリズムの徹底化にその多くを負っていた。

しかし機関車を獣や女性と捉えたり、フロイトを知らないとは言え、無意識を獣と捉えるアニミズム、アニマリズムは、世界観の問題として考えてみると、文明や進歩を表す鉄道の時代、人間心理の奥底に息づいている無意識発見のとば口に立とうとしている時代には、あまりにも似つかわしくないし、わたしたちにはアナクロニズムとしてしか映らない。事実、歴史上の問題として、鉄道そのものは動物の筋力を乗り越えたところにしか、アニマリズムの否定の上にしか成り立たなかったではないか。まして無意識における死の欲動の狂暴さを先祖返りさせて、はるか昔の野蛮な動物的生き方に還元したところで、どのような新たな展望が開けるというのか。むしろ鉄道の利便さを享受し、かつ無意識を発見する直前の時代であるなら、こうしたアニミズムや人間中心主義«anthropocentrisme»よりも、世界観としてはむしろ機械主義«machinisme»ないし機械中心主義«machinocentrisme»のほうがよほど似つかわしいではないか。つまりそれはドゥルーズ＝ガタリのテクストが指し示す方向と重なるであろう。

機関車ラ・リゾンは機械そのものである。その機械である機関車に乗るからジャックも機械とみなせる、というのは考え方としてあまりにも安直な飛躍であろう。そこでマシニズム化の証拠を拾い出そう。七章、クロワ＝ド＝モーフラで雪のために機関車ラ・リゾンが立ち往生したときのことである。

機関車は枕木にぶつかってしまったのである。シリンダー（cylindre）ボックスにかすり傷（éraflure）

が残り、そのなかに入ったピストン（piston）が軽くまがっているようだった。しかし目に見える損傷（mal）はそれだけだった。それで機関士［ジャック］は当初安心したのだった。だがひょっとすると内部に重大な不調があるかもしれない。心臓が脈打ち、生きた魂が宿っている、この滑り弁（tiroirs）という複雑な機構ほどデリケートなものはないから。彼はまた機関車に上がった。汽笛を鳴らし、レギュレイター（régulateur）を開いて、ラ・リゾンの関節の具合に探りを入れた。ラ・リゾンは身動きするのに時間がかかった。倒れて傷ついた人がなかなか手足に力が入らないような様子だった。苦しそうな息を吐き出すと、やっとのことで彼女は動きだし、まだしびれて重そうな車輪を何回か回転させた。よし、こいつは動けるし、旅を続けられそうだ。ただ彼は首を振らざるをえなかった。ラ・リゾンのことを隅々まで知りぬいているので、手元に違和感を覚えた。老けこんで変わりはて、どこかに致命傷（coup mortel）を受けたと感じた。雪に閉じこめられたせいで、彼女は心臓への打撃か、致命的な風邪のようなものを蒙ったにちがいない。

（VII, p. 1187［二九三頁］）

このテクスト部分は、小説中で機関車に関する専門語がもっとも集中する部分のひとつなのだが、それにしては妙に生々しい。それは、アニミズム化が顕著な語を利用して機関車を描写する一方で、人間にも機械にも利用される「かすり傷」、「損傷」、「致命傷」という語で中継させ、他方では明白に機械にしか利用されない具体的な専門用語で機関車の損傷を、つまり機関車の機械としての性格を露骨に示そうとしているからである。しかし機関車を機械として有り体に表現しているのだから、それほど強調することもないのかもしれない。

次は人間のジャックを機械と見なしているテクストである。ジャックは、ラ・リゾンが雪で立ち往生したために、その夜パリのヴィクトワールおばさんの部屋にセヴリーヌと泊まった。そこで彼はグランモラン殺害の詳細を聞かされて、殺人衝動を再発させた。そのとき彼ははからずも自らが機械と化す経験を味わっている。以前と重複するが引用しよう。「彼はもう抵抗することをやめ、この執拗な幻にとらえられたまま、仰向けになってじっとしていた。さながら機関車（machine）がうなりをあげるように、脳が激しく苦しんでいるのが感じ取れる。これはずっと以前にさかのぼる少年時代からの病気だ。でも治ったんじゃなかったのか。この欲望は数カ月前から、この女を自分のものにしたときからすっかり姿を消していた。にもかかわらずグランモラン殺しの情景のせいで、その欲望が今ほど強烈に感じられたことはない」（VIII, p. 1206［三二一頁］）。

ジャックが自分の意志ではどうにもならないものを体内に抱え込んだ状態を、比喩的に「機関車」と表現したにすぎない、とみることはもちろん可能である。ところで先に掲げた七章のラ・リゾンが故障を疑わせる場面では、一方でアニミズム化を示すにしても、他方ではシリンダーやピストンその他比喩的な意味をおよそそこで帯びることのない専門語をとおして、テクストは文字通りマシニズムを披瀝していた。説話的にはそれに引き続く場面で、しかも夜のアパルトマンの一室に届いてくるサン・ラザール駅の機関車の響きを聞きながら、機関士のジャックが自らの殺人衝動を機関車と表現することに必然性はある。しかもこの場面、ジャックが病気つまり故障としての殺人衝動に支配されてはじめて、機関車としてマシニズム化された自らを意識するように描かれている。機関車ラ・リゾンと機関士ジャックをアニミズム化とマシニズム化とに関連づけて考えると、機関車や機関士は順調や不調のときを問わずにいつでもアニミズム化される傾向にあるが、それと異なって両者、とりわけ人間であるジャックがマシニズム化されるのは、彼が不調に苦しむときである。アニミズムを徹底させたアニマリズム、つまり獣が殺人衝動の謂いだと前章で述べたが、さらにそれに加えてジャックの殺人衝動を機関車として捉えるマシニズムも存在しているのだ。

ジャックは機関士として、機関車と単に機能上で結合するから機械となるのみならず、またラ・リゾンと同じように自らを破滅に導く機械をかかえているから機械なのだ。ジャックが身体のなかに抱え込んだ機械、変調を起こすことで彼に自らが機械であることを感知させる機械、それを評してM・セールは、わたしたちの言うマシニズムにふさわしくブラック・ボックスという[35]。つまり、なかで何が生起しているのか判らないという意味で使われるブラック・ボックスは、固定観念という原因を殺人衝動という結果に結びつける因果関係図式が確立されても、必ずしも機械的に前者が後者を惹起させるわけではないという状況を的確に形容していると言える。こうしたブラック・ボックスを内に抱えて、ジャックのような人物ができることと言えば、欲望に喚起された固定観念がいったん入口を通過してしまえば、今度は出口を不安そうにじっと見つめて、そこから何が出てくるのかを結果として確認することだけしかないだろう。

先に見たセールによるアニミズムの指摘は、機関士ジャック、機関車ラ・リゾンにとどまることなく、さらにそれらに加えて西部鉄道路線を巨大な人体のように見なしていた。わたしたちはこの章ではそれと対照的にそれら三者にマシニズムを追求しているのだが、上述の機関士、機関車と同じようにやはり西部鉄道路線にも同じ観点からマシニズムを適用して考察することができる。マシニズムは機関士、機関車が不調に苦しむとき赤裸な姿を露わにしたのだが、西部鉄道路線にとって重大な不調とは何か。それは言うまでもなく事故によって交通機能を停止させられることである。ところで『獣人』の鉄道事故はクロワ＝ド＝モーフラに集中する。

まずは七章の雪のために列車が立ち往生させられるエピソード。そのとき路線が一時不通に陥る。クロワ＝ド＝モーフラが自然環境の点から、西部路線中最大の難所を抱えているからだ。ル・アーヴルからパリへと向かうラ・リゾンは、バランタン駅を出発してからいったん深い雪で停止した後また走り出す。だがその先、マロネー駅に到着する前、クロワ＝ド＝モーフラの踏切から三百メートルのところに、雪の大量に積もる深い切り通しがある。ジャックはラ・リゾンがそこできっと座礁するにちがいないと確信する。彼の予測通り、列車は雪の壁に阻まれて動けなくなり、乗客の一部は踏切番ミザールの家に避難を余儀なくされる。

それから十章のラ・リゾンの転覆事故である。その事故による人的被害の総計は一五人の死者と三二人の重傷者であった。ところでこの犠牲者数は、当時の人々の目からすれば、事故としては大惨事である。十九世紀前半までの一般的な交通手段であった馬車の事故と比べてみれば、鉄道事故が人々の心中に惹起した衝撃がどれほどのものか、すこしは想像がつくだろう。この時代に「西欧を震撼させた最初の鉄道大惨事」としてしばしば言及されるものに、一八四二年五月八日のパリ～ヴェルサイユ線ベルヴュ駅付近で、五五人の死者と一〇九人の負傷者を出した大事故がある。[36]車輪の破砕でとつぜん列車が脱線をしたことが原因であった。ゾラの「準備文書」のなかにも、シャラントンの衝突事故に関する一八八一年九月八日付新聞記事など、三件の鉄道事故に関する切り抜きが収められている。動物の筋力をはるかに超えるエネルギーを制御して、大量・高速の輸送を実現している機関車のことだから、ひとたび事故を起こせばその被害が甚大になるのも当然だろう。規模の大きさだけではない。人々の心理に与えた事故の影響は相当なもので、鉄道事故の被害者が示す精神的変調が当時から注目を集め、それで初めて精神障害に対しても災害補償が認められるようになっていくのである。(37)

『獣人』の転覆事故は、フロールが踏切に大量の石材を積んだ馬車を故意に立ち往生させて引き起こしたものであった。それ以前にも、彼女はディエップ線からル・アーヴル線への転轍を妨害して、貨物列車に急行列車を衝突させようとはかっている。ところが新しい自動停止信号装置が開発されていたことを知らなかったので、この転覆工作は失敗に終わった。いずれの出来事もフロールの悪意は露見せずに、過失として処理される。考えてみると、人為的事故から、自然の災害によるもの、機関車や車両の不備など、さまざまの種類の原因から生ずる無数の事故が、全線にわたって発生する可能性がある。それに、この時代に限られないことだが、収益優先の営業方針のため安全性に対する意識は遅れがちであったから、事故の危険はなおさら大きい。しかし『十九世紀ラルース』には、「不可抗力」« force majeur »という語が時々姿を見せて、大惨事につながる鉄道事故の原因が究明困難だとしている点は、現代のわたしたちの注意を引く。安全に配慮していても、いつ、どこで、どのような原因で事故が起こるのか予想はできない。それは原因が自然災害であっても同じことだ。事故原因を不可抗力と考えるしかないというのが、この時代の大事故の場合の実情であった。

このように人間の手ではいかんともしがたい不可抗力としての事故が、特にクロワ＝ド＝モーフラで集中して起こるのだから、ここが西部鉄道路線の急所であることは間違いない。これに加えて登場人物たちの死をも事故というなら、災禍はまるでクロワ＝ド＝モーフラでしか発生しないかのようだ。グランモラン元裁判長、セヴリーヌの死、ペクーとジャックのクロワ＝ド＝モーフラ直近の駅マロネー付近での転落死、それからルイゼット、ファジー、フロールの死、ラ・リゾン号転覆の一五名の犠牲者たちと、累々たる死者の山が築かれた。このすべてが、実は人間たちの悪意で意図的に生じた死であった。まさしくクロワ＝ド＝モーフラ《Croix-de-Maufras》というのは、「ならず者《malfrat》たちの十字路《croix》」だった。こうしてすべての種類の事故をとおしてみたとき、西部鉄道はクロワ＝ド＝モーフラで病んでいる。文字通りクロワ＝ド＝モーフラはさまざまの病気《maux》を抱え込んだ鬼門だから。機関士や機関車が欠陥を抱えていたように、西部鉄道路線も同じようにクロワ＝ド＝モーフラで起こる事故に悩んでいたのである。

かくして災厄の場であることをすでにその名で体現していたクロワ＝ド＝モーフラは、西部鉄道路線の抱える欠陥であることを数々の現実の事故をとおして証明して見せる。そのなかでも最大の事故は、何と言っても十九世紀の人々をこの上なく震撼させた鉄道事故、この小説中ではラ・リゾンの転覆事故だ。したがって事故の規模の大きさ、重大さ、まがまがしさを強調することにかけてはマシニズムに勝るものはない。列車が大きな石を積んだ荷車に衝突する。

列車は棒立ちとなり、七両の車両が相互に馬乗りになったかと思うと、それからバリバリと忌まわしい音を立ててふたたび落下し、跡形もなく崩れて残骸の山となった。前の三両はこっぱみじんに砕け、後の四両ももはや瓦礫の山としか形容できなかった。大破した屋根、破壊された車輪、昇降口、鉄鎖、緩衝器が入れ乱れて、粉々になって四散したガラスのなかにうずたかく積もっていた。とりわけ人々の耳に響きわたったのは、機関車が石に衝突して粉砕される音と、断末魔の叫びとなった、押

しつぶされたときの最後の鈍い響きだった。［…］
［その直後の機関車の情景］ラ・リゾンは腰から横転して、腹を裂かれ、もがれたコックや割れたパイプからシューシューと蒸気を吐き出していた。さながら巨人が猛烈にもがき、あえいでいるようだった。白い息はとめどなく吐きだされ、地面をはう濃密な渦巻になって流れていった。火室からこぼれ落ちてきた燠は、内蔵から流れ出た血のように真っ赤な色をして、黒い煙を噴いていた。煙突は激しい衝突で土のなかにめりこんだ。台枠は突っ込んで大破し、二本の縦枠が曲がった。そして巨大な牝馬が何かの角でひどい襲撃を受け腹を引き裂かれたかのように、ラ・リゾンは空中に車輪を浮かし、コネクティング・ロッドをねじ曲げ、シリンダーを破壊され、滑り弁と偏心輪をぺしゃんこにし、空に向かって恐ろしい傷口をあんぐりとさらしていた。その傷からは絶望の凄まじいとどろきを発して、魂が逃げ去っていくようだった。

（X, pp. 1260-1261［四〇四―四〇五頁］）

今わたしたちは手元に比較する対象をもたないので、ゾラがこの場面で鉄道事故の惨劇を表現するのに無類の手腕を発揮したと断言することはできない。だがすくなくともここでゾラは、アニミズムをところどころで効果的に挿入して狂言回し的な役割をさせ、そのことによってマシニズムに最大限の表現効果を発揮させていると言うことができるだろう。機械中の機械である機関車が事故に遭遇したところを描写するのに、機械中心主義的な見方をすることが最適だというのはトートロジーにすぎない。だが、今のところこのようなマシニズム的な世界観をおいて、ほかに鉄道時代にふさわしい『獣人』の世界観はないというのも事実であろう。

欲望する機械

ところで『獣人』の時代の機関車は蒸気機関車で、熱機関である蒸気機関を動力源にしている。熱機関は熱エネルギーを運動エネルギーに変えるエネルギー変換装置として定義される。したがってそれは、エネルギーの変換を伴うことなく機械を動かす、静力学的機械に対置される。なるほどそれで、科学史家のミッシェル・セールが、「叢書」のなかでも『パスカル博士』と並んで『獣人』に特別な関心をもったのかがよく理解できる。それは彼が、近代的な科学としての熱力学のもっとも成功した応用例を蒸気機関に見ていたからだ。彼とは別に、わたしたちもまた欲望の観点から、エネルギー変換装置としての蒸気機関に注目することが可能だ。

前節で殺人衝動に悩まされるジャックについて、わたしたちは彼があたかもブラック・ボックスのような機械を身体内に抱えていると評した。そのブラック・ボックス化した機械を蒸気機関のようなエネルギー変換装置だと見なしてみよう。ジャックが女の胸を見て欲望に駆られる。当時の病理学に依拠した三章の理解では、固定観念がそこで発動して殺人衝動を引き起こしたのだった。当初欲望があって、それが固定観念を誘発し、その結果殺人衝動にいたるという一連の過程は、なるほど単純明快で理解しやすい。しかし欲望を覚えれば、必ず固定観念が発動して、殺人衝動にいたる、というわけではなかった。それが固定観念に頼る病因論の最大の難点だ。今度は、欲望のエネルギーを入力とし、固定観念の代わりにエネルギー変換装置を経由して、殺人衝動のエネルギーを出力として想定しよう。視覚的刺激から筋肉運動へ、欲望から衝動へ、エネルギー転換という発想を介在させれば、固定観念に依拠するよりも理解ははるかに容易だ。ジャックの殺人衝動のマシニズム理解は、これなら上々の滑り出しだ。だが、欲望の視覚的刺激があれば、かならず殺人衝動という筋肉運動を惹起するのか、という問題が依然として残されている。ここでわたしたちは再度セールに訴えねばならない。

ある出来事の発生する条件がそろっている、にもかかわらずそこからその出来事が生じるかどうかは確率的にしか予測できない。原因から結果にいたる過程は偶然に左右されているように見える。原因と結果が厳密に結ばれた一元的決定論に背馳しているこのような事態をなんと言うか。それはストカスティック« stochastique »な過程だ、とセールがわたしたちに教える。[38] この原因と結果の連鎖の過程では、介在するブラック・ボックス化した機械のなかで、すくなくとも選択的作用が行われているはずだ。だが出てきた結果は偶然のせいだとしか思われない。ジャックの欲望と殺人衝動の関係は、入力と出力が決定論的な過程でなしに、ストカスティックな過程を経ているのだ。

さらにセールは熱機関の分子運動のレベルに踏み込んで、エルゴード仮説をその特性にあげる。[39] 実は上述のストカスティックな過程の信憑性を、分子レベルにおいて支えているのがこの仮説である。石炭の加熱と空気の冷却という手段を用いて水蒸気に膨張・収縮のサイクル現象を発生させ、それを次の段階でピストン運動に転換させて動力源とするというのが蒸気機関の発想であった。そこでは熱は必ず高温から低温に不可逆的に移行するという熱力学第二法則が支配している。この現象をミクロな分子レベルで見たとき、第二法則に合致しない分子同士の組み合わせが例外的に発生すると理論上考えられる。しかし無限に近いその組み合わせも、一定期間を経過すれば、結局大数法則によって結果的には第二法則に従うのである。すべての現象を分子のレベルにおいて見れば、そこに物理的な自然現象も政治・経済的な社会現象も心理上の人間的な現象も、同等・同列で差はない。そこでセールは、『獣人』にマシニズム的、熱力学的世界観を見出したというわけである。欲望が連動している無意識の領野は、このような意味で機械のように組織されているのだ[40]。

そこでわたしたちも、セールにならって、『獣人』におけるジャックとセヴリーヌの宿命的な恋愛を、エルゴード仮説が成り立つようなストカスティックな過程として捉え直してみよう。ジャックにとってセヴリーヌは運命の女だ。だからわたしたちには、彼が愛と死との特権的な対象、つまり魅力的だが危険な条件を備えた対象であるセヴリーヌに出会ったときから、二人の関係の結末はよもやハッピーエンドには終わるまい、おそらくはジャックの殺人衝動が十中八九悲劇的な結果を招いて終わるだろう、とエルゴード仮説にのっとったような予想がたてられるだろう。いつ、どこで、どのように、悲劇が発生するのか、欠陥機械を抱えた当のジャックはむろんのこと、わたしたち読者もまた、ストカスティックな過程と化した『獣人』の展開を、スリルとサスペンスを交えて、固唾を呑んで見守るのだ。

さて、『獣人』における世界観のこよない表現形式がマシニズムだとしても、あるいはそのマシニズムが決定論的で厳密な因果関係の支配する静力学的機械でなく、分子論的な理解を要するストカスティックな動力学的機械、熱力学的機械に依拠しているとしても、わたしたちにはこうした理論的で抽象的な、目に見えないミクロの世界の説明だけでは、あまりにも具体性に乏しいし、どうしてもインパクトに、説得性に欠けるという印象をぬぐいきれない。わたしたちのそもそもの主題である欲望を、ゾラが具体的に機械そのものによってどこかで表していないだろうか。たしかに、ジャックが欲望を介して機械に変貌するような体験をしたことはすでに前節で検討済みだ。だがそれとて、ジャックの意識のもちようにすぎないのではないか。直截に欲望する機械、それさえあれば『獣人』に関するわたしたちの議論も画竜点睛を欠く恐れはないであろうに。ところで、ゾラは願ってもないその欲望する機械を、実はわたしたちに印象深く提示してくれているのである。

十章で列車転覆の大惨事を引き起こしたフロールは、当初の目的であったジャックとセヴリーヌが二人とも命を取り留めたことを知って、自殺を決意する。彼女はどこにも逃げ場のない真っ暗なトンネル内で、列車と衝突することによって自殺を遂げようとする。

列車がトンネルに入ってきた。恐ろしい轟音が近づいてきて、嵐のような勢いで風が地面を揺るがした。巨大な一つ目と化した星は、闇の眼窩から飛び出たように、ぐんぐん大きくなった。そのとき彼女は不可解な感情に支配された。おそらく身ひとつで死にたいと思ったからであろう。ヒロイックな歩みは執拗に続行しながらも、彼女はポケットを空にして、ハンカチ、鍵、紐、二本のナイフをひとまとめにして線路際に置いた。また首に巻いたネッカチーフを放りあげ、シャツもボタンを引きちぎるようにして取った。一つ目は真っ赤な熛火に、火事を吐きだすかまどの口に変わった。しだいに轟音が耳を聾するようになってくるとともに、湿った、熱い、怪物の息吹がはやくも届いてきた。彼女はなおも歩き続けた。機関車をとらえ損ねないように、燃えさかる火にまっすぐ向かっていった。まるで炎に引き寄せられる夜の虫のように機関車に魅入られたようだった。そして、女レスラーが最後の力をふりしぼり、巨体を腕で締めあげ、組み伏せようとするかのように、彼女はひどい衝撃を蒙りながらも、また自分の身を立て直して、機関車を抱き締めようとした。彼女の頭がヘッドライトにまともに衝突したため、火が消し飛んだ。

（X, pp. 1273-1274〔四二四―四二五頁〕）

これはフロールと機関車のまさに荒々しい抱擁の場面だ。一方のフロールは裸になって、突進してくる機関車を渾身の力をふりしぼって抱き留めようとする。他方の機関車は、トンネルの闇のなかに一つ目だけを浮き出させたギリシア神話のキュクロプスのようで、湿った、熱い息吹を振りまきながら、彼女の身体めがけて突っ込んでくる。機関車は、キュクロプスは、トンネルに置き換えられた女の体を貫き通そうとする男根以外の何ものでもない。これはあまりにも露骨に男女の交接シーンを彷彿とさせる図だ。機関車が男根の置き換えられた典型的な形象だというのは、フロイト以来あまりにも人口に膾炙した解釈である。精神分析学は無意識下で機能するメカニズムによって、性的欲望がたとえば機関車に形象化されるとわたしたちに教える。だがゾラはフロイトを知らない。したがってフロイトに限りなく近づいていたゾラは、この場面でフロールの死の間際の欲望を表現するために、直観的に後のフロイトを彷彿とさせる表現の仕方を採用したということであろう。いずれにしても、マシニズムの世界観に依拠した欲望する機械の典型的な形象が機関車であると、わたしたちはここで確信をもって主張できるであろう。

注

（1）筆者はこの『獣人』について、「鉄道小説としてのゾラの『獣人』」（弘前大学人文学部『人文社会論叢（人文科学篇）』第一号、一九九九年三月、九三―一二八頁）をすでに執筆済みだが、本書の主旨に合わせてその旧稿を今回書き改めた。

（2）Julien Pecheux, *La naissance du rail européen 1800-1850* et *L'âge d'or du rail européen 1850-1900*, Berger-Levrault, 1970 et 1975.

（3）Henri Mitterand, « Étude » in *Les Rougon-Macquart*, vol. IV, coll. Pléiade, Gallimard, 1966, p. 1744.

（4）ノルマンディー地方のリゾート開発については下記が詳しい。André Rauch, « Les vacances et la nature revisitée » in Alain Corbin, *L'avènement des loisirs 1850-1960*, Aubier, 1995［『レジャーの誕生』渡辺響子訳、藤原書店、二〇〇〇年］et Alain Corbin, *Le Territoire du vide. l'Occident et le désir du rivage, 1750-1840*, 1988［『浜辺の誕生』福井和美訳、藤原書店、一九九二年］.

（5）Louis Chevalier, *Classes laborieuses et classes dangereuses. Paris pendant la première moitié du XIXe siècle*, Hachette, 1984, p. 69 et suiv.［『労働階級と危険な階級』喜安・木下・相良訳、みすず書房、一九九三年、二九頁以下］.

（6）Julien Pecheux, *La naissance du rail européen 1800-1850*, *Op. cit.*, pp. 113-115.

（7）*Idem*, *L'âge d'or du rail européen 1850-1900*, *Op. cit.*, p. 160.

（8）Émile Zola, *La Bête humaine* in *Les Rougons-Macquart*, *Op. cit.*, p. 1032［『獣人』寺田光徳訳、藤原書店、二〇〇四年、六一―六二頁］. 以下上記書からの引用は、本文中にカッコを付して章とページを記すにとどめる。上記邦訳は拙訳ということもあって、本書中の訳文については邦訳書のものを文脈に合わせて随時変更した。なお、本書中では議論の都合でたとえば「殺人欲求」などの生硬な訳語も利用した。

（9）André Rauch, Art. cit., p. 87.

（10）Roy Porter, « Les anglais et les loisirs » in Alain Corbin, *L'avènement des loisirs 1850-1960*, *Op. cit.*, p. 87.

（11）『獣人』中には年代記述はない。したがって以下の年代表記はゾラの残したノートに依拠している（F° 2 de NAF 10274 in Henri Mitterand, « Étude », *Les Rougon-Macquart*, vol. IV, *Op. cit.*, p. 1736）。

（12）E・カント『純粋理性批判』篠田英雄訳、岩波文庫（全三巻）上、一九六一年、一〇一頁。カントの原著初版は一七八一年に公刊された。
（13）Henri Mitterand, *Zola. L'histoire et la fiction*, PUF, 1990, pp. 177-213.
（14）Émile Zola, *Carnets d'enquêtes*, Plon, 1986, pp. 506-508.
（15）Julien Pecheux, *La naissance du rail européen 1800-1850, Op. cit.*, pp. 156-159. 鹿島茂『馬車が買いたい』白水社、一九九〇年、三五頁。
（16）柏倉康夫『パリの詩　マネとマラルメ』筑摩書房、一九八二年、一〇一頁。
（17）Jacques Noiray, *Le romancier et la machine, I L'univers de Zola*, José Corti, 1981, pp. 68-84.
（18）J.-K. Huysmans, *À rebours*, coll. 10/18, Union Générale d'Éditions, 1975, p. 74［『さかしま』澁澤龍彦訳、光風社出版、昭和五九年、三三頁］. 訳文は上記邦訳より借用した。
（19）*Ibid.*, p. 77［三五頁］. ちなみにクランプトン式機関車は、最初の試運転のときから、五〇トンの貨物を引いて時速一〇〇キロメートルに達するスピードを記録したことで知られ［Julien Pecheux, *La naissance du rail européen 1800-1850, Op. cit.*, p. 140］、エンゲルト式機関車の方は、傾斜の急な坂道でも相当の重量を牽引できることから評判を集め［*Idem, L'âge d'or du rail européen 1850-1900, Op. cit.*, p. 132］、両者ともに一世を風靡することになった機関車である。
（20）Michel Serres, *Feux et signaux de brume. Zola*, Grasset, 1975, pp. 131-132［『火、そして霧の中の信号――ゾラ』寺田光德訳、法政大学出版局、一九八八年、一七六―一七七頁］.
（21）Émile Zola, *Carnets d'enquêtes, Op. cit.*, pp. 509, 515 et 529-530.
（22）『獣人』における自由間接話法の詳細については下記を参照されたい。寺田光德「ゾラ『獣人』における自由間接話法とポリフォニー」、『文学部論叢』第90号、熊本大学文学部、二〇〇六年、一一―二五頁。熊本大学図書館リポジトリー（デジタル文書）でも公開。

(23) Michel Serres, *Op. cit.*, p. 132〔一七七頁〕. ここでセールが「鉄製の木」と言っているのは、西部鉄道路線とルーゴン＝マッカール家の家系樹をかけて述べているから。また獣がその遺伝の木の上を動くというのは、後に見るように獣性が遺伝によってルーゴン＝マッカール家の人々に伝えられるからである。

(24) Émile Zola, F^{os} 297-304 de NAF 10274 in *Les Rougon-Macquart*, vol 5, coll. Bouquins, Robert Laffont, 2002, pp. 1354-1355.

(25)「ルーゴン＝マッカール叢書」のアルコール中毒遺伝については下記の拙論を参照されたい。「ルーゴン＝マッカール叢書のアルコール中毒〔改訂版〕」、『三大社会病（結核、アルコール中毒、梅毒）と自然主義期の小説』所収、平成十九〜二十一年度科学研究補助金研究成果報告書、平成二十二年、七三―一二六頁。熊本大学図書館リポジトリー（デジタル文書）でも公開。

(26) Gilles Deleuze, « Zola et la fêlure » in *Logique du sens*, Minuit, 1969, pp. 373-386〔「ゾラと裂け目」、『意味の論理学』岡田弘・宇波彰訳、法政大学出版局、一九八七年、四〇〇―四一五頁〕.

(27) *Ibid.*, p. 374〔四〇一頁〕. 以下、本書の訳文は上記邦訳書より借用したが、文脈に合わせて改変を施したところがある。

(28) *Ibid.*, p. 377〔四〇四―四〇五頁〕.

(29) *Ibid.*, p. 375〔四〇二頁〕.

(30) *Ibid.*, p. 376〔四〇三頁〕.

(31) Alain Contrepois, *L'invention des maladies infectieuses*, Éditions des archives contemporaines, 2001, p. 41.

(32)「フェリシテのなかでは、一族すべてが出世して、繁栄するようになるのを見たいという思いが偏執病のようになっていた」(Emile Zola, *La Fortune des Rougon* in *Les Rougon-Macquart*, vol. I, coll. Pléiade, Gallimard, 1960, chap. III, pp. 95-96)。

(33) Henri Mitterand, « Étude », Art. cit., p. 1715.

(34) Gilles Deleuze et Félix Guattari, *L'Anti-Œdipe, Capitalisme et Schizophrénie*, Les Éditions de minuit, 1975, p. 7〔『アンチ・オイディプス』市倉宏祐訳、河出書房新社、一九八六年、一三頁〕.

(35) Michel Serres, *Op. cit.*, p. 149〔一〇三頁〕.

(36) Cf. « Chemin de fer » in *Grand Dictionnaire universel du XIXe siècle*〔『十九世紀ラルース』の「鉄道」の項〕、および小倉孝誠『19世紀フランス　夢と創造』人文書院、一九九五年、四一頁以下、W・シベルブシュ『鉄道旅行の歴史』加藤二郎訳、法政大学出版局、一九八二年、一六九頁など。

(37) W・シベルブシュ『鉄道旅行の歴史』、同上書、八―九章。

(38) Michel Serres, *Op. cit.*, pp. 83, 172 et passim〔一〇四、一三七頁など諸所に〕.

(39) *Ibid.*, pp. 31, 83 et passim〔三〇、一〇四頁など諸所に〕.

(40)「無意識そのものは、構造論的でも人物的でもなく、想像して形象を形成する働きもしなければ、象徴を作る働きもしない。無意識は機械として働くものであり、機械的なるものである。無意識は、想像的でも象徴的でもなく、それ自身において『実在するもの』そのものである。つまり『ありえないような実在』であり、その産物である」（Gilles Deleuze et Félix Guattari, *L'Anti-Œdipe, Op. cit.*, p. 62〔六九頁〕. 訳文は前掲邦訳書による）というように、ドゥルーズ＝ガタリは無意識が機械として組織され、機械のように機能することを『アンチ・オイディプス』全編にわたって再三強調している。それは彼らが無意識の運動を、分子のレベルで理解しようとしているからである。

第三部補論　欲望するデパート

ジャック・ノワレは連作『小説家と機械』の第一巻をゾラに充てた。その第二章では、「ルーゴン＝マッカール叢書」から『ジェルミナール』の炭坑、『獣人』の機関車、「四福音書」から『労働』の溶鉱炉という機械そのものを対象にしたのに対して、「機械的観点の拡張」と題された第三章では、機械に比肩できるような機能の仕方をしている『パリの胃袋』の中央市場、『ボヌール・デ・ダム百貨店』、『金』のユニヴェルセル銀行などを考察の対象にする。そして、わたしたちが今から考察する「『ボヌール・デ・ダム百貨店』のなかでは、デパートに関する機械のメタファーは、唯一とは言わないまでも、特権的なメタファーだ[1]」と述べて、機械の持つイメージのこの上ない表現効果を詳細に分析する。資本主義時代の商業活動の最先端を行くデパートを表現するのに、機械のメタファーを利用することがひどく効果的だというのは、ボヌール・デ・ダム百貨店［以下、支障のない限り小説のタイトルも含めて「ボヌール百貨店」と略記］が周囲の昔ながらの個人商店を次々と破滅させ、客については金を搾取するための単なる対象と見なし、また従業員も巨大機構の歯車扱いにしている、要するに機械のメタファーが非人間的な金儲け装置としての特徴を的確に際立たせているようにみえるからだ。

ところでこの小説は、ボヌール百貨店が次々と零細な商店を食いつぶして発展していくという説話の縦糸をもつ。しかしそれに加えて、他方では、無類の手腕を発揮してボヌール百貨店をまたたく間に発展させ、そのためには周囲のだれにも無慈悲になることも厭わない経営者のオクターヴ・ムーレが、あまり容姿は目立たないが、辛酸をなめながらも貞潔さを失わず、賢明で人情味に溢れた一人の女店員ドゥニーズにどうしようもなく惹かれて、ついに彼女と結婚するという恋愛のドラマが横糸として説話に絡んできている。そのドゥニーズがまた、ボヌール百貨店の犠牲になる生地屋ボーデュ、傘屋ブーラ、絹地屋ロビノーに対して、彼らから受けた親切を忘れずに彼らの陥った不幸を何とか慰めようと尽力したり、オクターヴに働きかけて従業員の待遇改善を図ろうとしていたから、彼女が最後にオクターヴの愛を勝ち得たことによって、機械に人間が勝利したという解釈をノワレが提示するのは無理のないことかもしれない[2]。

わたしたちは直前の『獣人』に対する考察で、ゾラのマシニズムが人間の無意識にまで通底する射程をもっていることを見てきた。言い換えれば、機械というのは人間の存在論的規定と切っても切り離せないし、機械と人間とは対立という構図のなかにおかれているのではなかった。そこで、『ボヌール百貨店』におけるデパートを機械とみなす見方に関して、伝統的な人間中心主義的《anthropocentrique》、擬人主義的《anthropomorphique》な観点からレトリック上の枠内に閉じこめ、それにノワレのように単に否定的な評価を与えるのでなく、ここではわたしたちのすでに獲得したマシニズムの観点から、ゾラが都市住民の消費活動を活写するのにいかに機械の概念を積極的に役立てようとしたかを見ておこう。

デパート＝機械

一八六四年十月始めに[3]、ノルマンディー地方の田舎町ヴァローニュから、二十歳の娘ドゥニーズが二人の弟を引き連れてパリに出てきた。そして彼女は、現在のオペラ座通りからサン・トーギュスタン通りに入ってすぐのラ・ミショディエール通りと交差したところにあるガイヨン広場に立つと、初めて目にしたボヌール百貨店の巨大さと華やかさに驚嘆して、すっかり我を忘れてしまう。と、こんな風にして、ゾラの「叢書」第十一巻『ボヌール・デ・ダム百貨店』（一八八三）は始まる。

すでにわたしたちはここで「百貨店」ないし「デパート」«grand magasin»ということばをなにげなく使用しているが、実は小説のなかで最初「ボヌール・デ・ダム」は「流行品店」«magasin de nouveautés»と呼ばれて[4]、流行の婦人用服地や服飾品を主に取り扱っており、現代のデパートのように文字通り百貨を取り扱う域にまでは達していなかった。ドゥニーズは、故郷のヴァローニュで町一番の流行品店に二年間働いていたことになっているから、こうした商売の事情をよく知っているという前提である。だがそれでも彼女は、ボヌール百貨店の規模の大きさと品物の豊富さに驚きの目を見張ったのである。

ボヌール百貨店も最初は小さな流行品店だった。「叢書」で『ボヌール百貨店』の前作にあたる第十巻『ごった煮』（一八八二）の一章で、オクターヴ・ムーレが流行品店ボヌール・デ・ダムで職に就いた一八六一年には、その店はまだ一介の流行品店にすぎなかった。だが商魂たくましいムーレが未亡人となった経営者エドゥーアン夫人と一八六三年に結婚すると[5]、店は早くも絹織物専門の売場を設けるなどしてデパートと呼べるような規模に拡張された。その改築工事中に、エドゥーアン夫人は不慮の事故が原因で、デパートの基礎に血を流して亡くなってしまう。ドゥニーズが見たのは、だから改築なって一年足らずのボヌール・デ・ダムの姿であった。

こうしたボヌール百貨店の発展する模様は、現実に存在したデパートの歴史を敷き写している。ボヌー

年　月（日）	売場数	従業員数	総売上高	備　考
増築（1864年）以前			200万フラン（年）	
1864年10月	19	403	800万フラン（年）	
1864年10月10日			87,742フラン（日）	冬物特売日
1866年7月	28	1,000	4,000万フラン（年）	
1867年3月14日	39	1,800	587,210フラン（日）	夏物特売日
1867年9月		2,500		
1868年11月		2,700	1億フラン（年）	
1869年2月	50	3,045	100万247フラン（日）	白物特売日

ル百貨店の主なモデルとされたのは、パリ七区のセーヴル通りとバビローヌ通りにはさまれた、メトロの駅セーヴル＝バビローヌの前に現在も健在のボン・マルシェ百貨店と、一区リヴォリ通りでルーヴル美術館の真向かいに立ち、今は高級骨董品店に姿を変えたルーヴル百貨店の二店であった。前者のボン・マルシェ百貨店は一八五二年にブシコー夫妻が当初従業員一二名、売場四つ、年間売上高四五万二〇〇〇フランでスタートさせた(6)。後者のルーヴル百貨店はちょうどオスマンのパリ大改造の目玉となったリヴォリ通り開設に合わせて、動産銀行《クレディ・モビリエ》という大銀行のペレールがムーレと同じように流行品店の一介の店員にすぎなかったショシャールという人物に融資して、一八五五年に創業させたことで知られている(7)。ムーレがボヌール百貨店の第二回目の大増築を、やはりパリ大改造計画の一環としてオペラ広場から証券取引所にいたるディ＝デサンブル（十二月一〇）通り〔現在のカトゥル＝セプタンブル通り〕の開設（一八六八〜一八六九年）に合わせて行い、そのための資金を不動産銀行《クレディ・イモビリエ》という銀行の頭取アルトマン男爵から引き出したところは、ルーヴル百貨店創業の経緯を敷き写しにしたものだろう。

小説中でボヌール百貨店は、モデルとなった現実のデパートよりもはるかに急速な発展を遂げる。作中からムーレのデパートの急成長を示す数字を拾っておこう。

以下前ページの表中の数字を見ながら解説を加えると、ドゥニーズがボヌール百貨店を初めて見たとき、すでにそこには四〇三人の従業員が働いていたから、「デパートが高圧で作動している機械のように感じた」[8]としても、何の不思議もなかろう。

それから二年後のことである。これはフィクションのなかでしか生起し得ないことだろうが、パリ大改造によるディ＝デサンブル通り貫通工事が始まると同時に、ボヌール百貨店もまた一八六三年の増築からわずか三年しか経過していないというのに、東西に走るディ＝デサンブルおよびヌーヴ・サン・トーギュスタンの通り、南北に走るラ・ミショディエールおよびモンシニーの通りに囲まれた一区画全体を占める大店舗にするため、拡張工事を開始する（図8参照）。日夜騒音と震動を一帯にまき散らしている建設機械は機械そのものだが、拡張によってこの地区の商人たちを店もろとも文字通り一掃してしまうボヌール百貨店も人々を抹殺する機械にちがいない。デパートの向かいで生地を売るボーデュ叔父の家で、「わたしは哀れな人々を押しつぶしている機械に手を貸しているのか」（VIII, p. 610〔三四八頁〕）と、ボヌール百貨店の店員であるドゥニーズは暗澹たる気分に陥っている。

ディ＝デサンブル通りに堂々たる正面玄関の工事開始をする一八六八年十一月には、ボヌール百貨店の年間売上高は一億フランと見積もられている。この一億フランという数字は、ゾラが『ボヌール百貨店』のためにボン・マルシェ百貨店について調査した数字と同額だ[9]。商閑期に当たる二月に行われた白物特売日の大成功が最後の章を飾り、その日の売上高の法外な金額はこのデパートのとどまるところを知らない繁栄を証して余りある。当日の「大売り出しは実際、すさまじい勢いで火を噴いており、そのために店は、全力で疾走する大型汽船のように揺れていた」（XIV, p. 775〔五九三頁〕）。

ボヌール百貨店を訪れる買物客や、ドゥニーズを初めとするボヌール百貨店の従業員、そしてこのデパートによって破産させられたか、これから破産させられる運命にある周囲の商店主たちまで、みんながまず最初にボヌール百貨店のとりわけ建物、内部の施設や売場、従業員や客の数に表れた、旧来の商売とはとても比較にならないその規模の大きさに驚きの目を瞠って、それをこのように機械として表現した。だがボヌール百貨店が与える機械という印象は規模の大きさだけではない。デパートという立体空間に多くの従業員が働き、多くの客が波と化して押し寄せる、たとえば一八六七年三月十四日の夏物セールの際には一日で七万人の客が買物に来るし、一八六九年二月の白物セールでは、午後三時頃のピーク時に実に一〇万人の客が殺到するというのだから、稼働している工場のようにそこには、「騒音」、「震動」、「熱」など、機械のもつ特徴をいたるところで見出せる。

　ところで、一般的に産業革命とは、昔ながらの小さな手工業が機械設備による大規模工場に取って代わられ、そのために社会構造が根本的に変化することを言う。しかし産業革命は第二次産業の工業だけの問題にとどまら

図8　ボヌール・デ・ダム百貨店

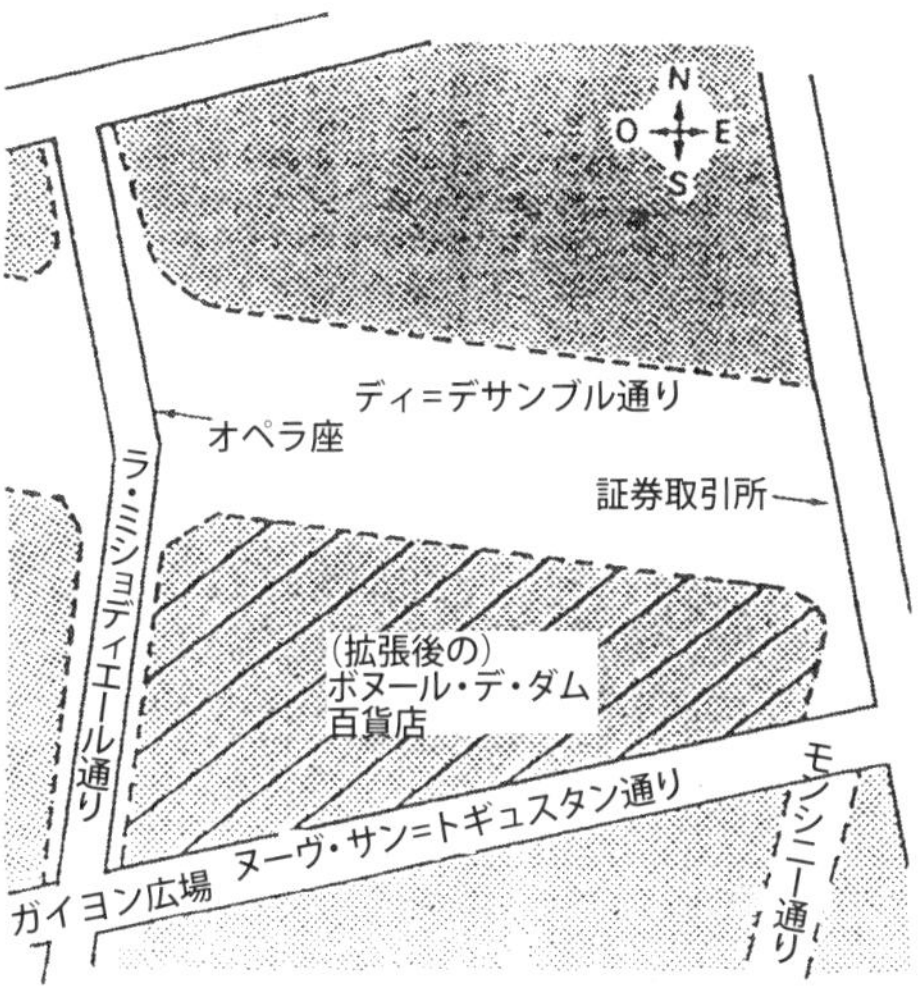

Emila Zola, *Les Rougon-Macquart*, t.3, coll. Bouquin, Robert Laffont, 2002, p.1569

ないで、第三次産業の分野も巻き込んで社会構造全般にわたる大きな変化をもたらしたことは言うまでもない。とりわけ、ルイ・ナポレオンの第二帝政期には、セーヌ県知事オスマンが強力に推し進めたパリ大改造によって、フランスの首都がとりわけ産業のなかでは商業中心の消費社会を演出する都市として大きな変貌を遂げた。パリは消費文化を謳歌することのできる典型的な近代都市に様変わりしたのである。それでパリの住民、なかでも女性たちは、消費行動の楽しさを知り、そこに喜びを見出し、生活の仕方を消費行動を中心として組み立てるようになっていく。しかし産業革命の商業分野における社会構造の変化が、都市住民の消費行動における変化の指摘だけにとどまるとしたら、それは片手落ちと言うしかないだろう。第二次産業における産業革命が工場の機械によって代表されるとしたら、第三次産業における交通分野の鉄道とならんで、商業分野はデパートによって代表されると言ったとしても、だれもそこに異を唱えることはできまい。そこでデパートが商業分野の代表となるためには、デパートにおける商業行動自体にも、産業革命時代にふさわしい形態が必然的に具っていなければならないだろう。

鹿島茂は『デパートを発明した夫婦』のなかで、ボン・マルシェ百貨店のブシコーが開発したこのような斬新な商業の形態を詳述しているが、そのほとんどは『ボヌール百貨店』のなかでゾラが利用するところとなっている。デパートの前身であった流行品店が、入店自由、定価明示、現金販売、返品可という販売方法をすでに導入していた。ボン・マルシェ百貨店はそうした販売方法をさらに徹底するとともに、それに薄利多売、バーゲンセール（業界用語で「ウグイス」と呼ばれる流行遅れの品物が主な対象――『ボヌール百貨店』二章）、大売り出し（『ボヌール百貨店』は夏物、冬物、白物を対象に年三回の大売り出しを企画していた）、目玉商品の開発（「パリ＝ボヌール」と名付けたファイユ〔横畝織りの絹地〕と「キュイール・ドール」というタフタ――『ボヌール百貨店』一章以下諸所に）などの販売法を新たに付け加える。[10]

こうした販売形態の近代化は、直接的な販売方法だけにとどまらない。とにかく客を引き寄せるためにデパート内に、当時にあっては画期的な施設をいくつか設けた。「デリケートなご婦人たちが階段でつかれることのないよう、ビロードのキルティングで内張をした二台のエレベーターを設置した。続いて、シロップや焼菓子を無料で提供するビュッフェ、読書サロン、豪華絢爛たる装飾を施した壮麗な画廊を開いた」（IX, p. 612〔三五二頁〕）。また多量の商品を買ってくれた客のために、配送部が設けられた。パリ市内や近郊であれば、客が買った商品は、金と緋の色のボヌール百貨店の看板をつけた派手な馬車に乗った、黒のお仕着せを着た御者が配達するのだ。その配達用の車は一八六四年には四台しかなかったのに、一八六八年頃には人力車も加えて六二台、馬は一四五頭もいた。

鹿島の指摘に従えば、ボン・マルシェ百貨店は社内印刷所を設けていたという。もちろんそれは、自社の広告や商品カタログを作成するためだ。ボヌール百貨店も莫大な宣伝費を使う。一八六七年三月の夏物特売時に言及された宣伝費の総額は三〇万フラン、一八六九年二月の白物特売日の際には六〇万フランである。ボン・マルシェ百貨店が年間一億フランを売り上げたときの宣伝費は五〇万フランだから、[11] 一八六九年で比較すると、売り上げ総額に比してボヌール百貨店の方がまだ一〇万フラン多く宣伝費に費やしていることになる。この宣伝費のなかに含まれるカタログは、今や現代的商業の主役となろうとしている通信販売のために作成された。つまりボヌール百貨店は時代を先取りして通信販売部を設けると、それは日に日に成長を遂げ、一八六八年には通信販売業務に関わる従業員だけで二〇〇人にのぼり、カタログの印刷部数も一八六七年には二〇万部、そのうち五万部は翻訳して外国向けに発送しており、二年後の一八六九年には四〇万部に倍増したほどである。

十九世紀後半に消費文化をパリで開花させることになったデパートは、このように工業部門の工場機械に匹敵するような消費社会に適合した合理的な機構を組み立てたからこそ、産業革命時代にふさわしい近代商業の花形の地位を獲ち得たと言える。そこでボヌール百貨店の経営者オクターヴ・ムーレや彼の腹心の部下であるブルドンクルは、自分たちのデパートを評価する際には、とりわけその機械的な合理性を強調する。デパートは「精巧に組み立てられた機械の機能」（ブルドンクル）や「機械の完璧な規則正しさ」（ムーレ）を具えているからこそ、順調な発展を遂げているのであり、二人そろって日課の店内巡回をする際には、それが「よく整備された機械の働き」（ムーレ）を展開しているかどうかをチェックすることが何よりも重要だ。

わたしたちはここまでマシニズムの観点から、デパートのなかに機械の概念をどのように適用できるかを検討してきた。しかし産業革命期の工業分野における機械に匹敵する要件を商業の分野のデパートがもっているといくら強弁したとしても、所詮デパートはデパートであり、機械そのものではない。したがって、デパートを機械と表現するのは比喩の問題にすぎないし、レトリックのなかの直喩であるにすぎないと反論されるであろう。それでもわたしたちにとってマシニズムは世界観、人間観の問題であって、とりわけ欲望を主題にしたときには、問題を狭義の工業的機械に限定する必要はなかった。デパートを狭義の工業的機械との比較の枠内で扱うのでなく、本書で問い続けてきた欲望を通して見たときには、まだ機械の概念はわたしたちにとってヒューリスティックな《heuristic》可能性を多分にもっているようである。

ツリーとリゾーム

ボヌール百貨店を単刀直入に機械と捉える。機械を作動させるためには燃料が必要だ。デパートにとって燃料に該当するものは商品と客であろう。最初に図式的に言ってしまえば、デパートという機械は、商品と客という燃料を消費して、金を産み出すということだ。だがこのように断定するだけでは問題の解決にならない。問わなければならないのは、これらの燃料としての商品と客の内実と、それらがまとう形態である。なぜなら、そうすることによってはじめて、デパートがどのような機械として構成されているかが明らかになるからだ。そこで、『ボヌール百貨店』で示された、デパートに不可欠な商品と客について顕著な描写特徴を挙げれば、それは機械の燃料として当然のことのように商品と客の両者が機械の回路を経ていく流れとして捉えられていることである。

まず多種多量の商品について。それはフランス各地、ヨーロッパにオリエント、果ては日本まで、広く世界から買い付けられて、地下の納入口から入ってくる。

搬入部はヌーヴ＝サン＝トーギュスタン通り側の地下に位置している［作中で一八六四年現在］。そこには歩道すれすれのところに、ガラス張りの鉄格子の箱が口を開けており、そこに貨物馬車から商品が荷下ろしされるのだ。目方を量ったあとで、品物は高速の滑り台の上をごろごろと滑り落ちていくのだが、その滑り台のナラ材と鉄の金具は、商品の包みや箱に擦れて、つやつやと光っている。到着した商品はすべて、このぱっくりと開いた搬入口から入る。次々と布地が呑み込まれ、川（rivière）のようにごうごうという音をたて流れ落ちていく。とりわけ大売り出しの時期には、滑り台から、リヨンの絹地やイギリスの毛織物、フランドルの綿布や麻布、アルザスのキャラコ布、ルーアンのインド更紗などの絶えることのない流れ（flot）が地下へと流れ落ちていく。［…］自分の店に雪解け水（débâcle）のように流れ落ちてくるこの商品、一分間に何千フランも放出させるこの流れを見て、明るい色をした彼［ムーレ］の眼のなかに、きらりと炎が燃えた。自分が乗り出した戦いを、これほどはっきりと意識したことはなかった。この雪解け水のような商品を、パリ中にばらまかねばならないのだ。

（II, p. 422［六一―六二頁］）

フランス中、ヨーロッパ中、世界中に張り巡らされた商品仕入れの巨大なツリー状の経路が、いったんここ、デパートの搬入部という結節点に集約される。それからまた商品のカテゴリー別に改めて仕分けされて、デパート内の各売場へと配分される。デパート内でも商品の流路からなるツリーが形成される。いずれも流路整然としたツリーの形状だ。しかし一方を地中で養分を吸い込む木の根だ、とすれば他方は搬入部の木の根本を経由して地上で枝葉を繰り広げる樹木と見なすこともできる。しかも商品仕入れが世界というマクロコスムを前提としているから、デパート内のネットワークも様相を変えているとは言え、その世界を自ずと反映したミクロコスムともなる。

ボヌール百貨店の売場はわずか五年間で二・五倍に増殖した。デパート内で商品の流れによって形成されるツリー状組織が枝を分岐させて増殖すれば、デパート外の世界のネットワークもそれに伴って増殖するだろう。このような根の増殖がまたデパート内に拡大再生産されて作用を引き起こし、世界に広がる根に堅固に支えられたミクロコスムとしてのデパートはますます充実する。そうして、ツリーの先で多種多様な花や葉となって開く豊富な品揃えを目の当たりにする客は、財布からますます多くの金を放出するというわけだ。
地下には搬入部と反対側の位置に配送部がある。売場で客から配達を頼まれたり、通信販売によって注文を受けた商品がここから搬出される。

配送部では、仕分けのテーブルは小包やボール箱や紙箱の荷物ですでに一杯になっており、なおもひっきりなしに、品物を入れた籠が下へ降りてきている。［…］二〇人の男たちが仕切り箱に荷物を仕分けしていた。仕切り箱にはそれぞれ、パリの地区名が表示されており、今度はそこからボーイたちが荷物を歩道沿いに並んだ馬車に積み込んでいた。さまざまな呼び声が飛び交い、通りの名前が叫ばれたり、注意事項が発せられたり、まさに錨を上げようとしている商船の喧噪と騒乱さながらだ。ムーレはしばらくの間じっと立ち止まり、さきほど地階の反対側で、店が呑み込むのを見たばかりの商品が、このように吐きだされていくのを見ていた。巨大な潮流（courant）は、金庫の奥に金貨を置いたあとで、ここに流れ着き、ここから表の通りへと出て行くのだ。（XII, p. 709［四九七頁］）

搬入部から持ち込まれた商品の大半は客が直接持ち帰り、その一部がこうして配送部経由で外へと流れ出るという仕組みだ。現象的には同じ商品の流れが搬入部―売場―配送部というさきほどのネットワークの逆をたどっているだけなのだが、配送される商品は、デパートにとってはそれがもつ価値を、つまりエネルギーを金銭に換えて放出し、仕事を終えてしまった単なる物品にすぎない。

第一部の『大地』に関する考察の際、$G-W-G'$の公式を利用して商取引における交換価値の問題に触れた。この公式を利用してデパートの商品の搬入から配送へといたる流れを説明すれば、W^1-G-W^2と書き直せるだろう。商品（W）に付けた数字の1、2は所有者の移動を表す。デパートにとって問題はもちろん商品（W^1）を金（G）と交換することだ。これはまさに物質変換そのものではないか。この時代の典型的な機械が、物質変換をする熱力学機械であるなら、機能上でデパートというのは、商品を金に変換させる正真正銘の機械である。しかもデパートは旧来の商店に比べると、多量に、短期間で、容易に変換を実現するこよない機械にちがいない。

商品の金への物質転換という機能をもったデパートにとって、その機能を存分に果たさせるために不可欠なのは、言うまでもなくデパートの商品と交換に金を放出する多数の客である。『ボヌール百貨店』が人であふれかえるのはとりわけ特売日である。十四章の白物特売日の客は実に一〇万人で、当時の地方中核都市の人口に匹敵する買物客がボヌール百貨店にやってきたことになる。顕著な特徴として搬入部の商品は、引用中でそれを形容する原語が指し示していたように、流れとして捉えられていた。その点では客についても同じだ。九章で描写された一八六七年三月十四日の夏物特売日には、一日で七万人がボヌール百貨店をおとずれた。

婦人たちは人の流れ（courant）に押されて、もはや後戻りすることはできなかった。大きな川の流れが、谷川の水を自分の方へと引き寄せるように、玄関ホールいっぱいになって流れている（coulant）婦人客の波（flot）は、表通りの通行人を呑み込み、パリの四方八方から人々を吸い寄せていた。彼女たちはごくゆっくりとしか前に進むことができなかった。息が切れるほどぎゅうぎゅう詰めになり、いくつもの肩や腹で支えられるようにして立って、その柔らかな熱さを感じていた。彼女たちの欲望（désir）は満たされて、この骨の折れる入場を楽しんでおり、そのためにますます好奇心は刺激されるのだった。

（IX, p. 618〔三六〇頁〕）

ところで商品の流れは、樹液のようにツリー状組織のデパートを貫流していた。それに対して、同じデパート内では同時に、商品のツリー状流路と売場を接点にして、無数の客によって構成されるもうひとつの別の流路が形成されている。前者の商品の流れと後者の客の流れが売場で接触して、商品から金への物質転換が保証される、それはすでに指摘したことだ。だが客の流れはどのような形状で形成されているのだろうか。つまり商品の流れが接点たる売場を反転ポイントにして、点対称的に客の流れに変わったのか見ておかなければならない。実はこの点こそわたしたちがムーレの機械において是非とも確認しておきたかったことだ。

商品は物言わぬ物品なので、デパートのツリー状組織の流路に沿って整然と流れていくしかない。それに対して客の流れを構成する客たちの買物に対する欲求はさまざまだ。

マルティ夫人は猛烈な浪費欲に突き動かされて、選びもせず、陳列の偶然にまかせて、ボヌール・デ・ダムにあるどんなものも買っていた。ギバル夫人は何一つ買うことなしに何時間も店内を歩き回り、ただ目を楽しませるだけで幸福であり満足していた。ド・ボーヴ夫人はお金に困っており、あまりに大きすぎる欲求にいつも悩まされて、買うことのできない商品に対して恨みを覚えていた。ブルドレ夫人は賢明で実際的なブルジョワ女の勘で、まっすぐにバーゲンへと向かい、興奮することなく、良き主婦の実に巧妙なやり方でデパートを利用していたので、大きな節約を実現していた。そしてアンリエットは、とても上品な女性で、ボヌールでは手袋やメリヤス製品、厚地のシーツやクロス類など、いくつかの商品しか買わなかった。

(III, pp. 463-464〔一二四―一二五頁〕)

つまり多数の買物客でできた流れというのは、川の流れが表面的には整然とした運動を全体で構成しているのに、ミクロの目で眺めればそこに水の分子が個々に自由奔放な運動をしている、それと同じような仕方で構成されているのである。

ボヌール百貨店の上得意のひとりにマルティ夫人がいた。九章の夏物大売り出しの日に見る彼女の買物の様子を眺めてみよう。当初マルティ夫人は、小間物売場で紐を買おうと娘のヴァランティーヌといっしょにボヌール百貨店にやってきたのだが、入店して間もなく玄関ホールの呼び売り台に出ていた一九スーの婦人用ネクタイを安さに引かれて二本買う。それから小間物売場に向かう間に手袋売場を通ったとき、ディスプレーの見事さに唖然となってつい刺繍をした手袋を買ってしまう。ひどい混雑を呈していた小間物売場で店員を待つあいだ、赤いパラソルが目についたのでそれに一四フラン五〇を出す。そこで出会ったブルドレ夫人と立ち話をする間に紐のことはすっかり忘れてしまい、いっしょにエレベーターで二階へと向かう。

ブルドレ夫人がビュッフェで子供たちにシロップを飲ませていると、いつの間にかマルティ夫人親子はペチコートの山を前にまた買物にいそしんでいた。既製服売場でアンリエット・デフォルジュ夫人がマルティ夫人と出会ったときには、今まで買った品物にナプキン類、カーテン、ランプ、そして三枚の靴拭きマットが加わっていた。既製服売場でデフォルジュ夫人に声を掛けたばかりに、そこの店員マルグリットに去年のモデルだからお買い得だと勧められて一一〇フランの縞模様のコートを買わされた。デフォルジュ夫人がドレスとアンサンブルの売場に行くというので、今度彼女たちが目指すのは三階だ。

マルティ夫人は溢れかえる人の波に押されて、疲れて死にそうだと買物仲間の夫人たちにこぼすのだが、もちろんこの疲労を心底楽しんでいた。中途で今度は婚礼用品売場に足を止めてシュミーズを購入する。新生児用品売場では感嘆の声を洩らしただけ。しかし次からまた欲望に屈して、黒いサテンのコルセット、季節はずれの値下げ品である毛皮のマフ、テーブルクロスの飾りにロシア製レースを買った。ドレスとアンサンブル売場にはまだ着かない。中央の踊り場に展示されていた安い中国と日本の雑貨があり、象牙のボタンを六個、絹製のネズミ、七宝焼きのマッチ箱を買う。

彼女は三階に上がって家具売場で裁縫台が欲しくなり、そこで出会ったギバル夫人に飽きたら返品すればいいと口添えされると、それを口実に裁縫台を買ってしまう。ドレス売場でデフォルジュ夫人は気に入ったものがないと買わなかったのだが、マルティ夫人はさきほどのギバル夫人の助言を自分への言い訳にして、娘のためにドレスをまた買った。五時の鐘が鳴って買物仲間の夫人たちの姿は見えなくなったのに、マルティ夫人親子だけはまだデパートのなかをうろついて、もう一度一階から、二階、三階へと売場を歩き回った。最後に「請求書の金額に愕然として、家で支払うと言った後で、ようやく店を出たとき、彼女は病人の引きつった顔と大きく見開いた目をしていた」。バーゲン品の大処分でまだ殺人的な大騒動になっている出口をやっと抜け出し、「それから歩道へ出て、はぐれていた娘を見つけたとき、彼女は空気の冷たさに身震いし、このデパート神経症の狂気のさなかで呆然としたままだった」(IX, p. 644〔三九九頁〕)。

マルティ夫人の買物は、何ともはやあっぱれなものだ。買物で極端に目立つ運動を示す彼女の分子としての軌跡を抽出してみると、最初紐を買うために来たのに一階でネクタイのバーゲンセールに引き寄せられ、手袋売場に衝突し、小間物売場でパラソルに目移りし、いつの間にか目的の紐のことを忘れてしまう。そこで出会ったブルドレ夫人という穏健な別の分子に押されて二階に上がったかと思えば、すぐペチコートに脱線だ。既製服売場でデフォルジュ夫人という格上の分子に会えばあったで、そこでコートに惹かれて買わされてしまい、またもやあっちでコルセットを、こっちで雑貨をと、ある売場に衝突したかと思えば別の売場に跳ね返り、売場から売場へ次々と渡り歩く。三階に上がって家具売場に逸れて裁縫箱、デフォルジュ夫人にそそのかされて途中から目指したドレス売場ではドレスを買ったのだった。これではとても目的、意識的な人間のなす行動とは言えまい。あっちで衝突しこっちに跳ね返され、合目的な行動のかけらすら感じ取れない不規則な運動、このような運動を何と言うか。物理学の基礎を齧った者ならだれもが思い浮かべるであろうが、あのブラウン運動そのものだ。ブラウン運動が起こるのは、たとえば花粉のような粒子が静止した水の中で不規則な運動をするのは、粒子そのものがもつ能力によるのでなく、その粒子に衝突する水の分子の不規則な運動から引き起こされるからであった。そしてこの不規則な粒子の運動から、水の分子の存在が間接的に証明されるということだった。マルティ夫人が水の分子によって動かされる粒子であるのか、粒子を動かす水の分子なのかということは別にして、彼女の買物行動の軌跡はともかく分子レベルで考察されるブラウン運動を典型的に指し示しているようだ。

水圧というのは、水の無数の分子が各々に展開する不規則な運動の圧力の平均値である。デパートの客に関しても同じような考え方を適用すれば、マルティ夫人だけが上のようなブラウン運動を展開するのではなく、他の顧客たちも、程度の差こそあれ同様なブラウン運動を繰り広げて、ボヌール百貨店の全体としての客の流れを構成していることになる。そうしてデパート内に溢れかえる七万人、一〇万人からなる個々の客の軌跡のすべてによって構成される流れは、さきほどの商品のツリー状流路とは似て非なるものだ。客の流れは整然としたツリー状ではない。それは複雑に接続され折り重なり切断も含んだネットワークの形状を呈する。あるいはギリシア神話にあるダイダロスのラビリンス（迷宮）のような形状をなす。だが商品のツリーとの対照を考慮すれば、それはネットワークや迷宮と表現するよりも、むしろリゾーム《rhizome》、つまり根茎と表現する方がよほどふさわしいかもしれない。いずれにせよデパート内は、有機的に合理的に経路を流れる整然たるツリー状の商品の流れと、分子的で不規則な内実をもったリゾーム状をなす客の流れとが、売場を接点にして重ねられているのだ。

その売場の配置こそ客のブラウン運動を作り出し、客の買物の動線をツリー状でなくリゾーム状にさせる根元だが、そこにムーレの真価が発揮されている。わたしたちは売場の配置について、現代のほとんどのデパートが採用している売場構成をすぐ思い浮かべるだろう。それはおおよそわたしたちの日常生活に基づいて商品カテゴリー別に編成され、建物の各階にはそれぞれ食料品、化粧品、婦人服、紳士服、服地、寝具、台所用品、家庭雑貨、家具……というようにまず大項目別にまとめられ、その各階ではさらにたとえばコートやスーツ、下着類という中項目で区画が区切られ、さらにそれが各種の下着や靴下など小項目に分類されて、最終的に客と接する売場にいたる、先に流れのところで見たツリー状の構成の仕方を採っている。こうした慣れ親しんだ売場構成にわたしたちは何の疑問も抱かない。このように商品を大項目から小項目にいたる理念的体系のもとに構成しようとする仕方は、はるか昔に遡るアリストテレス的な分類思考に支えられている。だがこのような理念的なツリー状の売場構成は、考えてみればデパートにおける商品販売や消費行動に動機づけられた構成と言うことはほとんどできない。そこで商品を売るために存在するデパートの機能を最大限発揮させようとして、現実的な思考によってこのような理念型の売場構成を改変しようとムーレが考えたとしても、それはまったく不思議なことではない。

ムーレはデパートの買物客の心理を熟知した経営者だった。そこで彼の参考になるのは、先にマルティ夫人に見たように、ブラウン運動的な買物をする客の行動である。だが物質の分子のような買物客のすべてを対象に、日ごとに変わる彼女らの千差万別の行動に合わせて売場を構成することなぞ、現実的に不可能である。しかしこの分子のような運動を呈するデパートの客は、彼らの行動でツリー状の整然とした軌跡ではなく、リゾーム状の複雑な軌跡を描いていた。リゾーム状の軌跡を描く行動があるからこそ、多くのマルティ夫人たちがいつの間にか必要なものを忘れて、不必要なものまで買いあさり、最後には愕然とするような金高に驚くのだ。経営者のムーレが毎日階段の高みから客の群れが流れていく様子を眺めて発見したのは、こうした客の行動のブラウン運動と彼女らの運動の軌跡で構成されるリゾーム状のネットワーク回路であり、この回路に合わせて売場を構成するというアイデアである。

いやどちらが先かと考えるなら、むしろブラウン運動をする粒子の際立つ動きに気づいて、より多くのマルティ夫人を強いて作り出すために、彼女たちがリゾーム状の回路づたいに流させるように、ツリー状ではなくリゾーム状に売場を設定したのだと言ってもよい。以下はゾラの読者にはよく知られた、目覚ましい販売戦略の一環として、ムーレが売場構成について自らの哲学を披瀝した場面である。「[…]彼はとつぜん、自分が採った売場の分類がばかげていることに気づいた。確かにそれはきわめて論理的な分類であり、一方に生地が、他方に既製品があり、婦人客たちが自分で目当ての場所に行くことができる知的な秩序だった」。

しかし彼はそれを全部をぶちこわした。ブルドンクルが意を決して反論する、「こんなふうに、大売り出しの直前になって、全部ひっくり返すことが本当に必要なんでしょうか」と。それに対してムーレは笑って答えるのである。

「さあ、ブルドンクル、その結果を教えてあげよう……第一に、婦人客のこの絶え間ない往来は、彼女たちをあちこちにばらまき、その数を増やし、彼女たちの分別を失わせる。第二に、もし客がたとえばドレスを買ったあとで、裏地がほしいと思えば、店の端から端まで案内する必要があるから、こうしてあらゆる方向に歩き回ることで、彼女たちにとっては店の大きさが三倍にも感じられる。第三に、彼女たちは、そうでなければ足を踏み入れることのないような売場をも横切らねばならず、通りがかりにお買い得品につられてそこに引っかかり、誘惑に負けることになる。」

（IX, pp. 614-615［三五四―三五六頁］）

これで多くのマルティ夫人たちがムーレの仕掛けた誘惑の戦略にものの見事にのせられて、多くの金を多くの売場で吐きすというわけである。

商品や客の流れと同じように、客の流れが持ち込み、売場で商品と交換に渡された金もまた流れを形成する。商品が変換を遂げた金は、配送に回される用済みの商品とは反対に、上階にある中央経理部に集約される。ボヌール百貨店では、その日の全部の売上金が計算されたうえで袋に一括され、中央経理部備えつけの金庫に納められる前に、経営者のムーレに見せることが習慣となっていた。引用するのは最終章からで、最高の売り上げを記録した、白物特売日に、販売部門の会計を統括するロムがその日に売り上げた現金をムーレのもとへ運んでくる場面である。

ロムが売上金をもってゆっくりと近づいてきた。その日の売り上げは非常に重く、受け取った現金のなかに銅貨や銀貨があまりに多かったので、ロムは二人のボーイを従えていた。ロムの後ろにはジョゼフともう一人同僚がついて、巨大な袋を、石灰の袋のように背中に担ぎ、その重みに押しひしがれていた。一方前を歩くロムは、紙幣と金貨を担当して、お札でいっぱいになった財布と、首にぶら下げた二つのカバンを持ち、その重さで彼の身体は、右側の切断された腕の側へ傾いていた。そしてゆっくりとした足取りで、汗をかき、息を切らしながら、店の奥から、店員たちのいや増しに高鳴る感動の中を通ってやってきた。[…]

そのあいだにムーレは、ドアを開けていた。ロムが現れ、その後によろよろしている二人のボーイが続いた。そして息を切らせながらも、最後の力をふりしぼって叫んだ。「一〇〇万、二四七フラン、九五サンチームです!」ついに一〇〇万に達したのだ。一日に一〇〇万をかき集めることは、ムーレの長年の夢だった。[…]ロムはムーレがこんなふうに大量の売上金を、中央金庫にしまう前に、自分の机の上に置いて眺めるのが好きだということを知っていた。一〇〇万フランは机を覆い尽くし、書類を押しつぶし、もうすこしでインク壺をひっくり返すところだった。そして金貨や銀貨や銅貨は、袋から流れ落ち、カバンからあふれ出て、大きな山となった。それは客の手から出てきたままの、まだ暖かくて息づかいの感じられる現生《げんなま》の売り上げそのものだった。（XIV, pp. 799-800［六二八—六二九頁］）

今度は金の流れ方を、商品や客の流れと同じような角度から観察してみよう。各々の売場の売上金はいったん販売部門の会計主任の手に集約され、それから上階に控える絶対的なトップであるムーレの元へと向かう。その金の軌跡が描くシェーマはリスクを避けるためにも、もっとも単純なツリー状をなしていなければならない。デパート内のすべての枝葉の結節点で金を集約するのは売場の主任であり、そこからロムを経て、ムーレへと直接結ばれる。この金が流れていくツリー状のシェーマはデパートの役職によって構成されるピラミッド型ツリー組織を敷き写して簡略化したようなものだ。ツリー状のシェーマが、あらゆる組織における権力関係の構図をこの上なく見事に反映していることは、だれもがよく知っていることである。権力は上から下へとツリー状の組織を下っていく。金の流れは下から上へと同じようにツリーの経路をたどって、唯一の絶対的権力者の元へと届けられる。権力に、金によく似合うのはツリー、ということだ。ではリゾームに似合うのは何か。それはデパートの女たちが買物で露わにする欲望だろう。

「どこにいるのか、分からないわ」

経営者ムーレは、ボヌール百貨店の客として婦人客以外は念頭におかない。まず店名の「ボヌール・デ・ダム」は「婦人たちの幸福」という意味であり、そうした彼のターゲットである客が、女性であることを明白に示している。もちろんムーレがあずかりしらぬ一八二二年の女性用流行品店としての発足のときからこの「ボヌール・デ・ダム」という名が使われていたから、割り引いて考えなければならない。しかし、それにしても百貨を取り揃えたデパートとして拡張していく途中で、彼はいつでも対象とする客層を拡大し、それに伴って店名も変えようと思えば変えることができたであろう。

さらに、客に婦人客しか考えていないというのは、『ボヌール百貨店』のなかで使用されている「男客」ないし性別を問わない「客」を指す男性名詞 « client (s) » がわずか五回であるに対して、婦人客だけを指す女性名詞 « cliente (s) » が一一三回という圧倒的な頻度を示している。それらと同様の意味を持つ「顧客」の « clientèle » は四四回だが、これをすべて女性顧客と見なしても何ら差し支えない。こうしたことから、この作品自体には特殊な意味づけが、有り体に言ってしまえば欲望のコノテーションが与えられる。言い換えれば、登場人物のムーレのみならず、作中にゾラの代弁者として現れる語り手、本来であれば中立的立場にあるべきその語り手すら、客としてほとんど婦人客しか相手にしていない点は、作品全体や物語の舞台となっているボヌール百貨店を覆うジェンダー的観点を如実に表していると考えられる。

三章でムーレは、アルトマン男爵からボヌール百貨店拡張のための融資を引き出そうと、自らの経営戦略を披瀝する。彼がデパートにおける新たな流行品商売のメカニズムとして強調するのは、資本を迅速に増強するとともにその回転を速める、そのために販売商品を山積みし、安値で客を引きつけ、定価を表示して安心して買物をさせるなど、近代的な商品販売の仕方を推進することだ。

だがこうした合理的で進歩的な販売方法だけではなく、それらを越えたところで誘惑の戦略を巧みに行使して、思わず知らずのうちに客に買わせるよう仕向けるところに彼の真骨頂がある。

［ムーレにとって］それまで話してきた事よりずっと重要なのは女性の開拓である。［…］デパートが競って奪い合っているのは女性だ。ショーウィンドーの前で女性を陶然とさせ、それから次々とお買い得品の罠にかける。女性の肉体のなかに新しい欲望（désir）を呼び覚ましておいて、途方もない誘惑を仕掛ける。女性の方はその誘惑に否応なく屈してしまい、最初は良き主婦の買物に身をゆだね、それからおしゃれ心に負け、ついには身も心も食い尽くされてしまうのだ。販売を十倍にし、贅沢を民主化することで、デパートは恐るべき消費の扇動者となり、家庭を荒廃させ、つねに高価になるモードの狂気の沙汰に加担する。そして女性はたとえ店のなかでは、その弱点を褒めそやされ、おだてられ、親切な心遣いに取り囲まれた女王になるとしても、それは恋に盲目になっている女王にすぎず、家来たちは彼女を利用して不当な利益を得るのである。女性はその気まぐれのひとつひとつを自らの血の滴で支払っているのだ。［…］彼は女性のことしか考えず、たえずより大きな誘惑の手段を考え出そうとしていた。そしてその裏では、女性のポケットを空にし、神経を狂わせてしまったあとで、愚かにも身をまかせてしまった女に対するひそかな軽蔑でいっぱいになるのだった。

（III, p. 461［一二〇―一二一頁］）

前節で見たムーレの顧客のひとりマルティー夫人の買物の様子を思い出して欲しい。ムーレの誘惑の手口にまったくうまうまと乗せられていたではないか。

ムーレは自分のデパートの客が買物だけでなく、買いたい物を見るために、ひそかな待ち合わせのために、子供を遊ばせるために来ることを知っていた。読書・手紙サロンや無料の飲み物を提供するビュッフェを設けたのは、ムーレが仕掛けたソフトな誘惑の手口のひとつであろう。読書サロンでくつろぐ客を見てムーレが言う、「彼女たちは自分の家にいるんだ。僕はここで、お菓子を食べたり手紙を書いたりして一日中過ごす女たちがいるのを知っている……あと僕に残っているのは彼女たちを寝かせることだけさ」(IX, p. 631［三八一頁］)。アットホームな雰囲気で買物を楽しんでもらう、旧友ヴァラニョスクに自分の店を説明する際のムーレの口ぶりはそんなところだ。だがわたしたちはこうした表向きの看板に騙されてはならない。彼の誘惑の戦略はもっと過激だ。

それはまず客を引きつけるためのディスプレーの仕方に現れている。二章の絹物売場でユタンが微妙なニュアンスのなかで対称と均衡を図ろうとすると、「いったいどうして、客の目をいたわろうとするんだ。こわがってはいけない。客の目をくらませるんだ……ほら！　赤だ！　緑だ！　黄色だ！」と言って、「ムーレは布地をひっつかむと、それらを放り投げ、しわくちゃにして、そこから鮮やかな色彩のグラデーションを引きだした。皆が認めていたことだが、社長はパリ随一の陳列師だった。それも実際、革命的な陳列師で、陳列学において野蛮と巨大を信奉する流派を創設した人物だった。彼が望んだのは、はちきれそうになった仕切棚からあふれ出て、偶然崩れ落ちてきたようなディスプレーで、しかもそれが互いに活気づけ合うようなもっとも激しい色彩によって燃え上がることだった。彼の言うところによれば、婦人客たちは店を出るときに、目に痛みを覚えるほどでなければならないのだ」(II, pp. 433-434〔七七―七八頁〕)。

四章で冬物特売日が十月十日に行われた。そのとき玄関ホールは「オリエンタル・ホール」に様変わりした。それは彼自らが中近東に赴いて買い付けた絨毯のすばらしいコレクションで、「ただそこから装飾効果を引きだし、芸術好きの上流の客を店に引き寄せようとする」目的があったからだ。九章の夏物特売日にはパラソルが、玄関ホールの天井から軒蛇腹や刳形を覆い、上階のアーケードでは花綱模様、円柱では花飾りと化し、ギャラリーの欄干や階段の手すりまで列をなし、パラソルは「いたるところで対照的に配置されたり、壁を赤や緑や黄色で彩っていた」。ムーレのこだわりようは相当なもので、玄関ホールでは彼の指示に反して中央に置いてあった青いパラソルは、装飾担当の従業員に命じて周囲に置き直させたほどだ。

だが何と言っても圧巻は、最終十四章の「白物大展示会の驚くべきスペクタクル」である。完成したディ＝デサンブル通りの正面玄関ホールにまず客を引きつける特売品のあらゆる種類の白物、次にディ＝デサンブル通りからヌーヴ・サン＝トーギュスタン通りまで伸びた左手のモンシニー・ギャラリーでは、「麻布とキャラコの白い半島や、敷布やナプキンやハンカチの白い岩」、それと対称的に右手を走るミショディエール・ギャラリーでは、「貝ボタンでできた白い建造物や白靴下で作った大きな装飾が設けられ、白のメルトン地で部屋全体が覆われ、遠くから照明を当てられている」。これら二つのギャラリーのあいだに位置する中央ギャラリーでは、「カウンターは絹やリボン、手袋やフィッシュの白の下に埋もれている」。また階段も白の垂れ布で飾られ、ピケ織とバザン織が交互に手すりに添って流れ、ホールを取り巻きながら三階にまで達している。

そしてこの白の宗教のすばらしい祭壇は、大ホールの絹売場の上にあった。ガラス天井から垂れ下がる白いカーテンでできた天幕である。モスリンや紗や手の込んだギピュール・レースが軽やかに波打って流れ落ちる一方で、豪華な刺繍入りのチュールや銀ラメの入ったオリエントの絹布が、この祭壇とも閨房とも言うべき巨大な装飾の背景をなしている。それはまるで大きな白いベッドのようで、その巨大な純潔の白は、おとぎ話のように、白い王女、全能の力を持ち、花嫁の白いヴェールを付けた来るべき女性を待っているようだ。（XIV, p. 769〔五八五頁〕）

動物だったらディスプレーをした後、発情させた相手に対して生殖行為におよぶことになろう。デパートの買物客だからそうはならないとしても、それでも官能を刺激されて高ぶった興奮を代償行為によって鎮静させなければならない。ムーレは女性客の身体のなかに新しい欲望を呼び覚まし、最初は良き主婦の買物に身をゆだねていた彼女たちのおしゃれ心に火をつけ、ついには身も心も食い尽くしてしまおうとする。わたしたちがここまで見てきたムーレのディスプレーの方針や売場の配置の仕方は、そのことごとくが婦人客に落ち着いた平穏な気分で買物をさせようとするのでなく、それとは逆にできるだけ官能を刺激して高揚させ、いつもの理性を失わせた挙げ句に興奮状態のうちに買物をさせようというものだ。

ド・ボーヴ夫人はリゾーム状のデパートを人混みに押されて、すぐに嘆きの声を発する、「なんてたくさんの人でしょう。自分がどこにいるのか、まるで分からないわ」（IX, p. 620〔三六三―三六四頁〕）と。それはリゾーム状のラビリンスで方向感覚を失わされるとともに、欲望に高ぶって正気をなくした女たちの声を代弁している。欲望とリゾームおよびツリーとの関係について、ちょうどドゥルーズ＝ガタリがこんなふうに言っている、「リゾームがふさがれ、ツリー化されてしまったら、おしまいだ、もはや何も欲望から出てこない、なぜなら欲望が動き、生産するのは、つねにリゾームを通してだから。欲望がツリーにしたがうと必ず、内部崩落が生じて、それで欲望は消え失せ、死にいたる。ところがリゾームなら外的、生産的な圧力によって欲望に働きかけるのだ」[12]。ボヌール百貨店が客の流れをリゾーム状に導いているからこそ、彼女たちの無意識の欲望は否が応でも昂進させられ、その結果彼女たちはいわば衝動買いへと走らされる。それがムーレの策略だったのである。

白物特売日の描写を続けよう。上階の売場もまた一階と同じように白物の饗宴を店いっぱいに繰り広げている。二階の子供服売場の主任となったドゥニーズのもとに、弟のジャンがその日新妻に買物を頼まれて、まだ幼いもう一人の弟ペペといっしょにやって来た。そこで彼女が弟たちを連れて行くのは、まず既製服売場だ。それからシュミーズを買うために婚礼用品売場に行って、そのあと一階に降りてハンカチ売場に行かなければならない。人混みをかき分けながらドゥニーズたちは売場から売場へと赴くのだが、そこでわたしちが思い起こさなければならないのは、ムーレによってラビリンスのように構成された売場を、彼女たちがリゾーム状の経路をとって渡り歩いて行かねばならないことだ。

二階で目をもっとも引きつける白物で、彼女たちに中途で立ちどまるのを余儀なくさせるのは、ランジェリー売場である。ちょうど南フランスからやって来た顧客のブータレル一家が娘の婚礼のために下着を選んでいた。娘がドゥロワーズを物色していると、夫人はコルセットが欲しくなった。コルセットはさまざまの種類が展示されているが、その日は特別に白い絹のコルセットが頭も脚もないトルソーだけの部分マネキンの胸を絹地の下でぎゅっと締めつけながら一列に並び、「身体が欠けているがゆえにかえって淫らな雰囲気を醸し出して」いたからだ。同じカウンターでコルセットと競って不謹慎にも大きなヒップを突き出した恰好で展示されているのはバッスル、その次に来るのは「服を脱いだ」« déshabillé »という名の部屋着である。「部屋着はいくつもの広い部屋をうずめ尽くしており、まるで大勢のきれいな娘たちが売場から売場へと進むにつれて、つぎつぎと服を脱いでいき、最後はサテンの肌の裸体になっていくようだった」(XIV, p. 780〔六〇一頁〕)。

また部屋着から目を横にやると、こちらに袖飾り、ネクタイ、フィッシュ、襟そしてフリルがあるかと思えば、あちらにはキャミソール、胴着《コルサージュ》、モーニングガウン、化粧着、その向こうにはランジェリー類で、多種多様のペチコート、ドゥロワーズ、シュミーズがあふれている。

婚礼用品売場は、ふしだらな陳列の仕方をされ、女は逆さにして下から見られており、無地の綿や麻を身に着けたプチ・ブルジョワの女性から、レースに埋もれた金持ちのご婦人まで、さながら公開された閨房のようで、襞や刺繍やヴァランシエンヌ・レースといった隠された贅沢は、高価な気まぐれにあふれるにつれ、官能的な退廃の雰囲気を漂わせている。女がふたたび服を着ると、この崩れ落ちる白い波のような下着類は、スカートの震えるような神秘の中に隠れてしまう。縫子の指でこわばったシュミーズや、ボール紙の襞のついた冷たいドロワーズなど、これらすべてのペルカル織やバティスト織は、生気なくカウンターの上に散らばり、投げ捨てられたり積み上げられたりしているが、生身の肌にまとわれれば命を吹き返し、愛の匂いに香り立って熱くなり、白い雲は、夜に浸されて聖なるものとなり、ほんのわずかに跳ね上がって、白さの奥に膝のピンクの輝きがちらりとでも見えれば、世界を破滅させてしまいかねないのだ。

（XIV, p. 780〔六〇一―六〇二頁〕）

デパートのランジェリー売場に入った男性客は、たとえ女性の付き添いであろうとも目のやり場に困って窮屈な思いをしなければならない。そこは女たちの聖域である。しかしこの作品の読者であれば、無遠慮な視線で女たちのスカートのなかをのぞき込み、気が済むまで胸を覆い隠すランジェリーの数々をひとつひとつ確かめることができる。吉田典子の日本語版『ボヌール・デ・ダム百貨店』には、十九世紀当時のランジェリーのいくつかの図版が掲載されている。読者はそれらを参考にコルセット、バッスル、それからペチコート、ドゥロワーズ、シュミーズ……と、女性の服装の下に隠れた、秘められた、複雑で繊細な女の世界を想像することができる。

それで分かった。ゾラはドゥニーズやブータレル夫人という視点人物の陰に隠れて、心ゆくまで女の神秘を覗き見していたのだ。そしてゾラの視線をテクストで追い続ける読者も、当然のことながらゾラと同じように登場人物と同道している。女性の下着のひとつひとつが気になるのは、下着コレクター、下着フェティシストと同じだ。ゾラは下着フェティシストだ、そして視点人物をとおしてゾラの視線を楽しむわたしたち読者もそうだ。女たちに衣服を脱がせ、下着を一枚一枚と剥ぎ取らせることに成功したゾラやその背後の読者たちが、今度はその目眩くような世界にはまって倒錯的な快楽に浸る。一体それはどのような空間と言ったらいいのだろうか。ボヌール百貨店を動きまわる登場人物の世界、『ボヌール百貨店』という作品世界に、作者のゾラを代弁する語り手がいる。そしてこの小説を読むわたしたち読者がいる。わたしたちは何で繋がっているのか。それは欲望だろう。
そう言えば、一章でドゥニーズがボヌール百貨店に魅せられていた。ショーウィンドウを見やる群衆の欲望に満ちた眼差しに共感しているその時の彼女の心境は、早くからわたしたちには気がかりだった。

たくさんの人々がウィンドーを眺め（regardaient）、立ち止まった女たちはガラスの前で押し合っている（s'écrasaient）。羨望のために粗暴になった群衆である。そして布地類はこの歩道の欲情に感応して、まるで生きているかのようだ（vivaient）。レースたちは身震いして（avaient un frisson）下に落ちかかり（retombaient）、秘密めかした悩ましげなそぶりで、店の奥を隠している（cachaient）。分厚く角張ったラシャ布たちでさえ、息をつき（respiraient）、誘惑するような吐息を吐きだしている（soufflaient）。一方パルトーは、魂をもった（prenaient）マネキンの上でますます腰をそらし（se cambraient）、ビロードの大きなコートは、生身の肉体の肩にかけられたかのように、胸の鼓動と腰の震えをともなって、柔らかく、なま暖かく膨らんでいる（se gonflait）。
（I, p. 402［三〇―三一頁］）

ここには欲望を刺激されてショーウィンドーを眺めるドゥニーズやパリジェンヌたちがいる。そうして彼女らの視線を通じて、そこに欲望を感じ取っている小説の語り手がいる。読者がテクストで語り手の存在を感取することができるのは、そしてまた語り手の視線をとおしてわたしたち読者もまたその場の欲望に満ちた雰囲気を体感できるのは、テクスト中で半過去で示され――邦訳ですべて現在形に訳された――自由間接話法の使用だ[13]。小説『ボヌール百貨店』の登場人物と、それを書いたゾラと、それを読む読者が、自由間接話法という文学の機械的装置を介して欲望を通じて緊密に繋がれる。これこそ、時間を超え、空間を超えて文学世界を再生産する、文学機械と名付けるほかはないだろう。

ふたたびボヌール百貨店に戻ろう。ボヌール百貨店のとりわけ特売日の売場は、このように欲望を解放する場であった。ムーレや語り手は、なかでもそこに性的欲望を嗅ぎつけようとしていたにしても、婦人客たちが煽られた欲望は、性的なものだけに具体化されるわけではない。欲望はここでは衝動買いのようにともかく購買欲として現れる。だが欲望の解放はまた一部の女たちを意外な方向へと導く。万引きだ。「まずプロの泥棒がいるが、警察がほとんど全員把握しているため、被害はいちばん少ない。それから万引き狂（voleuses par manie）がいる。それは倒錯的な欲望で、ある精神科医がデパートの誘惑によって引き起こされた急性の症状を認め、新しい神経症のひとつとして分類したものだ。最後に妊婦がいて、彼女たちは特定の品物を盗む傾向にある」（IX, p. 632〔三八二頁〕）。

十四章のレース売場で監視員のジューヴが万引き現場を取り押さえるのは、「どこにいるのか、分からないわ」と言ったド・ボーヴ夫人である。彼女はムーレの分類では第二の「万引き狂」に属し、デパート故の「倒錯的欲望」に誘われて罪を犯してしまう。彼女を身体検査すると、袖の中に、メートル当たり一〇〇〇フランのアランソン・レースの裾飾りが一二メートル隠されていただけでなく、胸元からハンカチと婦人用ネクタイまで発見された。

一年前からド・ボーヴ夫人はこんなふうに、猛烈で抗いがたい欲求にさいなまれて、万引きを重ねていた。この病気の発作は悪化の一途をたどり、ついには彼女の生存に必要な悦楽となるにいたっていた。それはあらゆる慎重な分別を奪い去り、群衆の面前で、自分の名前と誇りと夫の高い身分とを危険にさらしているだけに、ますます強烈な喜びとなって満足を与えていた。今では夫は彼女に自由にお金を使わせていたので、彼女はポケットにお金をいっぱい持ちながら、万引きをしていた。人がただ愛するために愛するように、欲望にむち打たれて、盗むために盗んでいたのだ。それは、かつての叶えられない贅沢への欲求が、デパートの巨大で手荒な誘惑を通じて、彼女の中で成長させた神経の病気だった。

(XIV, p. 793〔六一九頁〕)

ド・ボーヴ夫人は露見すれば社会的に抹殺される危険すらあるにもかかわらず、盗みという社会的なタブーを侵す。しかし彼女はこのような危険があるからこそ、あえてそのタブーを侵すことにスリルとサスペンスを強烈に感じるのだ。人間的理性の抑制がきかない、非合理的な欲望の与える強烈な快楽。これこそ倒錯的欲望の名にふさわしい。ここまでにわたしたちはこうした狂った欲望の例を何度も見せられてきた。『大地』のフランソワーズ、『獲物の分け前』のルネ、『獣人』のジャック、彼らはみんなそうした理不尽な欲望に押し流されたからこそ、そこで強烈な快楽を得ることができたのではなかったか。

ところで、欲望を充足させるためには社会的規範を破ることを恐れず、むしろ社会的規範を侵犯するからこそいっそう快楽を得られる場となり機会となるようなデパート、それをどのような場と位置づけるべきだろうか。ブルジョワ婦人たちにとってデパートというのは危険な街路と安心な家庭の中間的な場だと、ちょうど男たちが気ままに商店街を覗き見して時間つぶしをすることができたあのパリのパサージュに匹敵すると、ナオミ・スコールは語る。(14) もっぱら買物という消費行動の側面から見れば、わたしたちは彼女のこのような主張に賛同できる。だがここで見たボヌール百貨店の内実からすれば、パリの散歩者《フラヌール》たちの好んだパサージュとデパートとはおよそ異質で、対蹠的な位置づけを与えることすらできようし、そのような対比的な意味でなら両者は好一対をなす空間と言えるのかもしれない。いずれにしても、デパートがひとたびムーレのような近代商業の戦略家に指揮されると、女たちにとっては無軌道な欲望が渦巻く無意識の世界を時に覗かせる危険な空間に変貌するのは確かなことだ。

ボヌール百貨店はド・ボーヴ夫人のような万引きに対して、たとえ常習性があると認められたとしても、比較的穏便な処置ですませている。犯人に罪を認める書類にサインをさせたうえで、後日貧しい人々のために寄付するという名目で罰金――ド・ボーヴ夫人の場合は二〇〇〇フラン――をもってくれば、その書類を引き換えに渡すと述べるだけで、あとはいっさいを不問に付す。経営者ムーレの経営戦略は女性客の欲望につけ込み、その興奮を利用して、そこから最大限の利益を引き出そうということであった。そのなかで総体的に見て、万引きによる損失など軽微なものにすぎない。おそらくムーレはこの種の万引き行為もまた、彼自らが煽った婦人客の欲望に付随してくる、不可避的な負の結果のひとつなのだが、しかし彼の経営戦略にはほとんど影響を及ぼさないものだと見なしていたのだろう。そもそも無意識の欲望は利害関係を知らないし、理性的な犯罪とは無縁だ。

そこで最後に、こうした欲望とその実体を明るみにした機械としてのデパートとの関係について、一言付け加えておこう。デパートという機械は商品と女性客とを自らの燃料として循環させ、売場を介してそれら両者を首尾よく物質転換させ、金という生産物を生産する。そこでは商品と同じように人間も、機械を効率よく作動させるための価値として抽象化され計算される要素にすぎない。デパートもまたG―W

—G' の公式に依拠する資本主義的商品生産サイクルの一画を構成しているからだ。こうした過程にあって利害関係とは無縁であるはずの欲望は、利潤を追求する目的意識的な装置としてのデパートにいわば寄生されていることになる。だが欲望というのは単独で独立して存在しえるものではない。それゆえに欲望というのは、本質的に無意識的実在であった。したがって欲望の実体は無意識の世界に属するものとしてわたしたちに容易に知られず、その存在を現すことがなかった。だから『ボヌール百貨店』の興奮のるつぼと化したデパートは、婦人客をとおしてたまたまその実体をかいま見せたのである。だとすればデパートなどの商業機械はまたそうした無意識的実在としての欲望を指し示し、それを支える現実的な役割を果たしていることになろう。そういう意味で欲望と商業機械とは一体のものとしてあり、しかしながら欲望はその機械を超えて存在しているのである。

注

（1）Jacques Noiray, *Le romancier et la machine. I L'univers de Zola*, José Corti, 1981, pp. 257-258.

（2）*Ibid.*, pp. 270-272. ここでわたしたちはノワレのドゥニーズに対する飛躍した解釈に異論を述べたが、彼の研究で展開されている機械に対するその他の詳細な分析はわたしたちにとってまことに有益であることは付言しておきたい。

（3）『ボヌール百貨店』でも、ゾラは例によって具体的な年代記述をしていないので、本論考の年代表記は下記の資料に従う。Émile Zola, *La Fabrique des Rougon-Macquart. Éditions des dossiers préparatoires*, vol. 4, publié par Colette Becker, Champion, 2009, pp. 102-103 [NAF10277, f°s 31-32] et « Étude » d'Henri Mitterand, *Les Rougon-Macquart*, vol. III, coll. Pléiade, Gallimard, 1964, pp. 1696-1697; Colette Becker et Agnès Landes, *Au*

Bonheur des Dames d'Émile Zola, Hatier, 1999, pp. 59-60.

（4）小説の原題は *Au Bonheur des Dames* だから、そこにデパートに当たる語はない。店名「ボヌール・デ・ダム」を指すために用いられた普通名詞は、当初流行品店 « magasin de nouveauté » とデパート « grand magasin » とが併用される。しかし前者については三章以降は登場せず、それに代わってデパートや廉売百貨店 « grand bazar » がもっぱら利用されるようになる。ゾラはおそらく歴史的な展望のうえから「流行品店」という語を最初のうち併用し、デパートの概念が読者に定着したと見るや、規模の大きさから言って適切な「デパート」を用いることになったと推論される。

（5）『ごった煮』に関する年代表記は下記の資料を参照されたい。Émile Zola, *La Fabrique des Rougon-Macquart. Éditions des dossiers préparatoires*, vol. 3, publié par Colette Becker, Champion, 2006, pp. 608-611［NAF10321, f°s 2-4］et « Étude » d'Henri Mitterand, *Les Rougon-Macquart*, vol. III, coll. Pléiade, Gallimard, 1964, pp. 1619-1620.

（6）鹿島茂『デパートを発明した夫婦』講談社現代新書、一九九一年、三六頁。なお、同書はブシコー夫妻の伝記という体裁を取っているが、流行品店のデパートへの変貌やデパートによるそれまでの商慣習の変革などを詳述し、またゾラの『ボヌール・デ・ダム百貨店』やその関連資料を随所で参考にしているので、『ボヌール百貨店』の読者にとっては今のところ手近で読みうる最良の参考文献である。

（7）Henri Mitterand, « Étude » in *Les Rougon-Macquart*, vol. III, coll. Pléiade, Gallimard, 1964, p. 1675.

（8）Émile Zola, *Au Bonheur des Dames, Les Rougon-Macquart*, vol. III, *Ibid*, Ier chap., p. 402［『ボヌール・デ・ダム百貨店』吉田典子訳、藤原書店、二〇〇四年、一章、三〇頁］. 以下本書に関する引用は、本文中に章とページを記すにとどめる。訳文は文脈との関係で不都合のない限り上記邦訳書に従った。

（9）Émile Zola, *La Fabrique des Rougon-Macquart*. vol. 4, *Op. cit.*, pp. 384-385［NAF10278, f° 14/9］.

（10）鹿島茂、前掲書、三七―六〇頁。

（11）Émile Zola, *La Fabrique des Rougon-Macquart.* vol. 4, *Op. cit.*, pp. 392-393［NAF10278, f° 23/18］.

（12）Gilles Deleuze et Félix Guattari, *Rhizome. Introduction*, 1976, Les Éditions de Minuit, p. 42.

（13）周知のように、小説中の話法には登場人物の視点から表現する直接話法と語り手の視点から表現する間接話法が存在する。しかしフランスの小説では写実主義的技法の重要な表現法として自由間接話法が十九世紀半ばのフローベール以降よく利用されるようになった。自由間接話法は、一言で言うと、語り手の視点を登場人物の視点に重ね合わせて、臨場感をもたせるように工夫した表現法であり、形式的には時制上で「過去における現在」、「過去における過去」の価値を有する間接話法の半過去―大過去体系を頻繁に利用する。これを日本語に訳す場合、臨場感を重視しようとすれば吉田訳のように当然現在形で訳すことになろう。自由間接話法の詳細については、拙論「ゾラ『獣人』における自由間接話法とポリフォニー」、『文学部論叢』第90号、熊本大学文学部、二〇〇六年、一―二五頁（熊本大学図書館リポジトリー［デジタル文書］でも公開）を参照されたい。

（14）Naomi Schor, « Devant le château: femmes, marchandises et modernité dans *Au Bonheur des Dames* » in *Mimesis et Semiosis*, dir. de Ph. Hamon et J.-P. Leduc-Adine, Nathan, 1992, p. 184.

おわりに

『ジェルミナール』（一八八五）は、ノール炭田地帯の架空の炭坑ル・ヴォルーを舞台に展開する「資本と労働の闘い」を描いた社会小説である。炭坑はかつての資本主義社会における基幹産業であり、フランスの第二帝政期においては、その資本主義社会の矛盾が炭坑労働者の大規模ストライキのかたちで突出して現れていた。この小説は、そのようなストライキで死闘を繰り広げる炭坑労働者と資本家・経営者との長期の持久戦における相克模様を縦糸に、そこにストライキを指揮するエティエンヌ・ランティエ〔マッカール家第三代目の子孫で、『獣人』の主人公ジャックの弟〕と女性労働者のカトリーヌ・マウの恋物語が横糸として絡みあって展開される。わたしたちはこれまでさかんに「欲望する機械」と言ってきたが、「叢書」のなかで機械中の機械として登場する炭坑に言及せずに本書を終わるようなことになれば、片手落ちというそしりを免れないだろう。

しかし「叢書」中で十三番目の『ジェルミナール』では、第三部で見た第十七巻『獣人』（一八九〇）の場合のように、マシニズムとして所論を十分に展開できるほど機械に関するゾラの思想が深化されて出てきているわけではない。それでも生物を無機物のようにみなすマシニズムに対して、それと反対に無機物を生物のようにみなすアニミズム的指向はすでに『獣人』にひけを取らない。

ヴォルー坑（Le Voreux）は今や夢からさめかかっていた。真っ赤に燃える火の前で血のにじむあわれな手を暖めてうっとりしていたエティエンヌは、瞳をこらして炭坑のそちこちの部分を見た。瀝青塗りの選炭場、竪坑の櫓、広大な巻揚機室、排水ポンプの四角い小櫓など、恐ろしい角《つの》のように煙突を突っ立てて、ずんぐりした煉瓦の建物とともに、窪地の底に積み重なったこの炭坑は、人々をむさぼ

り食うためにうずくまった、意地のわるい獣（bête）のようだった。(1)

これはエティエンヌが炭坑労働者として雇い入れられる前のことだが、すでに彼にはこのように機械の集合としてイメージされる炭坑は、敵対的な印象しか与えない。そして機械は一方で巨大産業資本にとって収益効率のもっともよい手段として機能するのに対して、他方では労働者を非人間的な地位に貶めて機械の一部として奴隷のように働かせ、しかもその代償に食うや食わずの低賃金しか与えないのだから、資本と労働の闘いが先鋭化すれば、機械はますます労働者には否定的なイメージしかもたらさないというのは道理だ。したがって、労働者を決起させるためのアジテーションの場では、機械は労働者を搾取し圧殺するために資本家にとって最適な手段とみなされるため、それは労働者には非難と攻撃の象徴的な対象だ。

第三部ですでに『獣人』に関して見てきたように、労働者に過酷な労働を強いる、とりわけ炭坑に見られるような機械の残酷さを強調しようとすれば、単に機械に生命を付与するだけのアニミズムよりも、獰猛な獣のようなイメージの喚起力に訴えられるアニマリズムのほうがよほどふさわしかろう。ル・ヴォルー炭坑はそもそもその名からして──《Le Voreux》は「呑み込む」とか「食べる」という意味のラテン語《Vorare》に由来する──食人鬼的な意味であるがゆえに、上の引用にあるように、その炭坑が「人をむさぼり食うためにうずくまっている」というのは、トートロジックな表現の仕方以外の何ものでもない。要するに、この炭坑という機械は、アニマリズムに依拠して、その獰猛な獣性と不気味な脅威を何重にも強調しようとしているのである。

毎朝夜も明けぬ頃から、炭坑の竪坑は労働者たちをつぎつぎと地中へ、深いところでは五五〇メートルもある地の底へと呑み込んでいく。彼らが入坑する直前には、前日の夕方入坑した組が、体力、気力をすっかり奪い取られて、ぼろ切れのように吐きだされたところだ。しかも時には、炭坑の奥深くでガス爆発や落盤事故が突発する。すると、その犠牲者たちは食人鬼ル・ヴォルーの文字通り餌食と化してしまい、彼らが地上にふたたび出てくるときには、もはや排泄物以外の何ものでもなくなる。こうして炭坑＝機械をそこに働く労働者との関係で現象的に捉え、それを食人鬼のような獣というアニマリズムを利用することによって、ゾラは巧みに表現効果を高めている。

ところで、『ジェルミナール』中で、獣やその同義語によって形容されて、アニマリズムの洗礼を受けるのは、炭坑＝機械だけではない。『獣人』の主人公で、エティエンヌの兄のジャックがそうであったように、人間もまた内に理性のコントロールがきかない獣を蔵し、ときにそれを表面化させて、獣と化すことがある。つまりここでわたしたちがテーマとしている無意識の欲望を現出させている例である。それを指摘しよう。

小説の第五部六章で、労働者街の労働者とその家族を中心とする集団がデモ行進をする最中に暴徒と化し、ル・ヴォルー坑の大株主グレゴワールの屋敷を襲おうとするところがある。彼らのことを「口籠《くつこ》を外されたけものども」« brutes démuselées »と形容されていることについては、取り立てて言うほどのこともあるまい。だが彼らはその後で攻撃の矛先を転じて、食料品屋のメグラを標的にする。彼は日頃パン代金などの付けを女の体で払わせようとするので、とりわけ女たちの憤りを買っていたのだ。

労働者たちから追われて納屋の屋根に逃れようとしたメグラは、誤って転落し、打ち所が悪く即死してしまう。それでは女たちの憤りがおさまらない。彼女たちはメグラのズボンを脱がし、メグラの陰茎をむりやり引っこ抜き、ふたたび「女たちの群れはたちの悪いけだもの（bête mauvaise）、ひしゃげたけだもの（bête écrasée）を棒の先にくっつけて走り出した」（p. 1453［三三六頁］）のだ。白昼に公然と去勢が行われた。ところで陰茎とは、その持主の男たちにとってさえも、悩ましくて、どうしようもない、コントロールのきかないけだものにちがいない。だがそれは愛すべきけだものだし、それがなければ人類の歴史もない、人間存在にとっては不可欠の器官である。それにまたわたしたちにとっては、それはまさしく無意識の欲望を人目に赤裸に示す、こよない形象でもあろう。ゾラはそのような欲望の根源的形象にいかにもイメージ豊かな表現を用い、女たちには、何ともはや象徴的であっぱれな蛮行を挙行させたものだ。

　第六部四章では、マウ家の三男でいたずらの限りを尽くす少年ジャンランが、坑口で歩哨に立つ若い兵士の喉にナイフを突き立てて殺害してしまう。それを見つけたエティエンヌが、「なんだってこんなことをしたんだ」と詰問すると、ジャンランは、「わからねえ、やりたかっただけだ」と答える。ジャンランは確かに落盤事故で片脚を引きずるようになったから、人並み以上に炭坑会社に対する恨みは深かったかもしれない。だが、それにしても問われた本人がわからないというように、殺人を犯すまでに彼の憤りが高じていたとはとても想像できない。ストライキが長期化して、労働者はみんな金が底をつき、食べ物も手に入らず、いきおい人心は荒廃していた。ふとしたきっかけがありさえすれば、だれにも無意識の欲望が頭をもたげる。「この子供の頭に犯罪がひそかに成長していることに深い恐れを抱いたエティエンヌは、無意識のけだもの（bête inconsciente）[2] に向かうようにジャンランをまた蹴って追い立てた」（pp. 1492-1493［三七六頁］）のだが、それはエティエンヌが追いつめられた人間たちの挙げる本能的な叫びを、彼らの心中にうごめく無意識の欲望を直感したからにちがいない。

獣の表現に関する最後の特異な例は、第七部四章のマウ家のボンヌモール爺さんについてである。労働者と軍隊の衝突で一四人の死者、二五人の負傷者が出ると、それを潮に会社は操業を開始しようとする。マウ家の当主マウ・トゥサンは軍隊の銃弾の犠牲になった。それだけではない。再会されたル・ヴォルー坑はロシアから来たアナキスト、スヴァリーンの破壊工作によって崩壊し、そのためマウ家のカトリーヌが坑内に閉じこめられる。妹を助けようとしたマウ家の長男ザカリがまたガス爆発でなくなる。結局カトリーヌも救援が間に合わず、地中で命を落とす。

このように炭鉱労働者のなかでももっとも不幸な目に見舞われたマウ家を慰めようと、博愛心に富んだ資本家グレゴワールの一人娘セシールが慰問に訪れる。彼女は今を盛りと咲く花のように若さにはちきれんばかりの姿態をしている。それに対して家に一人置かれた、呆けたボンヌモール爺さんは、「百年にわたる労働と飢えで父から子へと破壊され、疲れ切った獣（bête fourbue）のような、哀れな醜い、水ぶくれの姿をしていた」。だが彼の手は年にも似合わずまだ頑丈な手首をしている。そして老人は若い娘に魅入られ、その手で彼女を絞め殺してしまう。「狂気の発作、娘の白い頸を見ての、説明しがたい殺人の誘惑とでも考えざるをえなかった。〔…〕どんな恨みが、老人自身も知らぬうちにしだいに悪化して、下腹から頭にのぼったのか？　あまりにも恐ろしいことなので、無意識な行為（inconscience）とせざるをえなかった、それは白痴の犯行だった」（pp. 1560-1561〔四四六―四四七頁〕）。こうして定かならぬ無意識の殺害衝動に駆られて、ボンヌモール爺さんもまた獣と化して凶行に及んだのだ。

熾烈な資本と労働の抗争の最中に起こった三つのエピソードに、H・ミットランが着目している。[3] それはこれら三つのエピソードにおいて問題となっているのが、階級闘争の主役たる資本家と労働者ではなく、処刑の執行者——女、少年、老人——も、その犠牲者——食料品屋、下級兵士、ブルジョワ娘——も、ともに曖昧で、周縁的な人物たちだったからである。ル・ヴォルー坑山の労働と資本の闘争で最終的に勝利したのは資本だったのだが、それに対して労働側の社会的正義はこうしたエピソードにおける無意識の代償行為によってひそかに埋め合わされ、労働側も現実的でなくとも、偽装的な小さな勝利をそれなりにえたというわけだ。

『ジェルミナール』の物語の縦糸が、第二帝政期の炭坑における「資本と労働の闘い」であることは、既に述べた。ミットランはここで言語学の図式的な分析ツールを援用する。それによれば、この小説におけるデノテーション(明示的意味)は資本家と労働者という対立軸によって構成されている。デノテーションは必然的にコノテーション(伴示的意味)を随伴するので、資本と労働の明示的意味の二分法的世界に、金持ち/飢えた者、大地/地底、光/闇……というような、さらに新たな二分法的対立関係の項目からなるコノテーションを見ることが可能になる。これはわたしたちの議論の対象である無意識の欲望にとってきわめて好都合だろう。なぜなら、早い話、わたしたちがこれまで見てきた意識(前意識)/無意識の対立軸も当然そこに付け加えることができるから。

したがって、ミットランの図式的理解に従えば、『ジェルミナール』中の炭坑を舞台に展開される欲望は、当然のことながら、地下の、闇の、無意識的世界に似つかわしい。果たして、小説の主人公エティエンヌは、カトリーヌからも慕われていることを意識していながらも、しかもそれを互いに確認し合う機会が再三あっても、地上ではそれを妨げるさまざまの理由から意識的に自らの欲望を満たすことを避けざるをえなかった。しかし地下ではそうした拘束からは解放されて、まず彼とカトリーヌを奪い合う宿敵シャヴァルを殺害する。エティエンヌがシャヴァルを殺害しようとするのは、ル・ヴォルー坑山の崩落で地下に閉じこめられたシャヴァルが、エティエンヌの目の前で、わずかに残ったパンを餌にカトリーヌをこれ見よがしに、無理矢理抱こうとしたからだ。

エティエンヌは、そのとき狂気に陥った。目は赤い煙でかすみ、喉は逆流する血でふくれあがった。殺人の欲求（besoin de tuer）がどうしようもない力で彼をとらえた。それはひとつの身体的な欲求であり、粘膜を真っ赤に興奮させて、激しい咳の発作を引き起こす。それは、遺伝疾患の力におされて盛り上がり、彼の意志の及ばぬところで爆発した。彼は壁の片岩をつかみ、ゆすぶって、非常に大きな重い一枚をひっぱがした。それから異様な力で両手にとり、シャヴァルの頭蓋骨にたたきつけた。

（VII-5, p. 1571〔四五七―四五八頁〕）

エティエンヌを捉えた殺人欲望について、それを遺伝の狂気だとする語り手の病因論的思考は、『獣人』のジャックが犯した衝動的殺人を想起させる。しかしそれも道理だ。なぜなら、本書では叙述の順序が逆になったが、ゾラはそもそも『ジェルミナール』のエティエンヌをそのまま主人公にして、犯罪小説を主題にした十七巻目の『獣人』を書こうという意図をもっていたからである。

殺人の欲望と遺伝疾患の関係に関する考察は本書第三部の議論に譲ろう。シャヴァル殺害後、エティエンヌとカトリーヌのカップルは地下に閉じこめられたままで、地上からの不確かな救援をいつまでも待つことしかほかにできなかった。カトリーヌはついに幻覚に囚われだし、先に彼女の命はもはや潰えそうになってきた。

［そこで］とうとう彼らの婚礼の夜がこの墓場の底、泥の寝床で開かれた。それは二人の幸福を手に入れるまではどうしても死にたくないという欲求、生きたい、最後にもう一度生を営みたいという執拗な欲求だった。二人は、一切に絶望して、死の中で愛しあった。
それからはもうなんにもなかった。エティエンヌは相変わらず、同じ片隅の土の上に腰をおろしていた、そして膝に横たわって動かぬカトリーヌを抱いていた。［…］彼は長いあいだ彼女が眠っているのだと思っていた、それから、さわってみた。非常に冷たかった、彼女は死んでいたのだ。

（VII-5, p. 1579［四六六頁］）

エロスの最後の営みがそのままタナトスに直結する。『獣人』のジャックとセヴリーヌのカップルの最後と状況は異なるが、エティエンヌとカトリーヌの場合も無意識の欲望のフィナーレにふさわしく、深遠さに満ちた余韻を漂わせている。
ところで、わたしたちがこのように欲望の問題をデノテーション／コノテーションの図式的理解で処理しようとすれば、不都合な点も出てくる。なぜなら資本と労働からなるデノテーションの世界と意識／無意識からなるコノテーションの世界は、互いに干渉することのない、次元を異にする、常に両立する意味の問題とみなすなら、無意識世界に根差す欲望は最後までデノテーションの資本と労働からなる表舞台に登場し、介入してくることはないと考えられるからだ。結局欲望は、わたしたちが上記で見てきたように、エティエンヌとカトリーヌのついに実ることのなかったいわばささやかな個人的な関係としての恋愛、社会的影響力をもたない関係のなかに、あるいは三つのエピソードのように巨大な資本に対する弱小な労働側のささやかなしっぺ返しの枠内に留め置かれて終わってしまう。だがゾラの欲望はそうではない。それは歴史に対して、社会に対して大きな影響力をもつものとして位置づけられている。このことこそわたしたちが本書の終わりに語っておきたかったことだ。

カトリーヌは死んだが、結局エティエンヌだけは救出された。小説の最後はエティエンヌが炭坑町を去る場面である。二カ月半のストライキの後、炭坑町の人々は、ル・ヴォルー坑が壊滅しても、別の炭坑ですでに働き始めている。

彼の足の下では、鶴嘴の底深い執拗な打撃がつづいていた。仲間はみんなそこにいるのだ。大股に一足すすむごとに、彼らが自分のあとについて来るのが聞こえる。［…］今や四月の太陽は中天にのぼって、堂々と輝き、みごもる大地を暖めていた。滋養に満ちた胎内から生命が吹き出し、芽はほころんで青葉となり、畑は作物の芽生えで身をふるわせていた。いたるところで、種はふくれ、のび、光と熱への欲望（besoin）にかられて、平野にひびわれをこしらえていた。満ちあふれる樹液はさざめきながら流れ、新芽の音は大きな接吻の響きとなって広がった。そして、さらに、さらに、まるで地表に近づいてきたかのように、ますますはっきりと、仲間の打ちつづける音が聞こえた。この若々しい朝に、太陽の燃えるような光をあびて、田野はまさにこのざわめきをみごもっていた。人間が、復讐を求める真っ黒な軍勢が、芽ぶき、徐々に畝のあいだに芽生え（germait）、来るべき世紀に取り入れられるために生長していた。その芽生え（germination）でこの大地はやがて張り裂けようとしていた。

（VII-6, p. 1591［四七八―四七九頁］）

この一節は『ジェルミナール』というタイトルの由来を述べる。エティエンヌ＝ゾラにとって、地下で働き続ける労働者たち、地下に埋もれた労働者たち、彼らは一時的に屈服を余儀なくされたとは言え、未来に芽吹く、生命力に満ちた存在として息づいて、ますますその存在感を高めてきている。彼らのその推進力になっているのが「光と熱への欲望」である。たしかにゾラは欲望を表現するのに、わたしたちが期待するように、ドゥルーズ＝ガタリ的な無意識世界に根差す« désir »ではなく、意識／前意識世界の« besoin »を利用している。だがそれは生の存在規定そのものを、生の抽象的本質を表すものとして、« désir »に十分ふさわしい。わたしたちもまたエティエンヌ＝ゾラのように、こうした歴史的パースペクティヴに立って、ゾラの欲望をわたしたちなりに再評価してみよう。

ゾラは『ジェルミナール』を一八八四年四月二日に書き始め、翌一八八五年一月二十三日に書き終えた。(4)ところで『ジェルミナール』の物語自体は一八六六年三月から始まり、一八六七年四月に終わるという設定である。つまりゾラは後年の歴史の高みから回顧的に、一八年前の時代を背景とする資本と労働との闘争を主題とする物語を書いたことになる。この間にフランスは歴史の動乱に見舞われ、一八七〇年に普仏戦争でプロシアに敗北を喫し、その後引き続いて翌一八七一年にフランス人同士が闘うパリ・コミューンの悲劇を経験している。

資本と労働のいわば階級闘争の歴史について、マルクスは一八四八年にエンゲルスとともに『共産党宣言』を発表して、労働者が資本家を必然的に打倒する唯物史観を揚言した。フランスの第二帝政に関しては、『ルイ・ボナパルトのブリュメール十八日』（一八五二）を経て、パリ・コミューンについて述べた『フランスの内乱』（一八七一）を発表している。マルクスから見れば、第二帝政は資本主義の発展とともに未成熟であった労働者が階級として成熟していく過程であった。そして『フランスの内乱』は、いわゆる第一インターナショナル（国際労働者協会）の「国際労働者協会総評議会の呼びかけ」のかたちで出された。そこで記述対象となったパリ・コミューンは、歴史上初の労働者政府とみなされ、マルクスの大きな評価を得ている。

ゾラも『金』や『ジェルミナール』で言及するように、マルクスを知らないわけではない。だがゾラが『ジェルミナール』における資本と労働の対決を描いて、そこで多分に労働者に同情的な見方をしていても、けっして唯物史観にのっとって「今日までのあらゆる社会の歴史は、階級闘争の歴史である」[5]と言うことはなかった。そして何よりもマルクスとゾラの決定的な相違は「叢書」十九巻目の『壊滅』（一八九二）に現れる。

最初『壊滅』の二人の主人公ジャンとモーリスは、いっしょにライン戦線でプロシア軍と戦い、単なる戦友ではなく兄弟以上の友情で二人は固く結ばれた。それが一転、第三部で物語はコミューン軍のモーリスを国民軍のジャンが致命傷を負わすという説話構成へと変わり、フランス人同士が殺し合うパリ・コミューンの悲劇がいっそう強調されるよう仕組まれている。さらにコミューンそのものの評価に関しても、パリでコミューン軍に参加し、内情によく通じていたモーリスにこと寄せて、ゾラはコミューンに対する不満を隠そうとしない。「彼は人間たちに絶望し、コミューンは無力で、あまりにも多くの相反する要因によってわずらわされ、そのために危険が迫るにつれて、正常でなくなり、矛盾と欠点だらけだと感じていた。コミューンが公約したすべての社会改革の中で、実現したものはひとつもなかったし、さらに何の持続性もある改革も残せないということも確実だった[6]」。

ゾラが人間たちの未来を託そうとするのは、唯物史観の主体的な担い手である労働者のコミューンではない。フランスの内乱で燃えるパリを生き延びた、もう一人の『壊滅』の主人公ジャンの心中の思いはこうだ。「いまだに音を立てて燃え盛っている炎の彼方に、こよなく澄み切った静謐な大空の奥から、はじけるような希望がふたたび生まれてきた。これは永遠の自然、永遠の人類の確かな蘇りであり、希望を抱いて働く者に対して約束された復活だ。毒のある樹液が葉を黄色くさせるので、その腐敗した枝を切り落としたとき、新しく力強い幹が生えてくる木のように」(III-7, pp. 911-912〔六五九頁〕)。

残念ながらここには、『ジェルミナール』の最後のように、わたしたちが期待する無意識に根差す欲望を指し示すことばは見出せない。だがジャンもまた『ジェルミナール』のエティエンヌのように、燃えるパリとその奥にある大空に「光と熱への欲望」を感取して、これからも生きる希望を見出し、この歴史的な危機を克服していこうとしているのは間違いないだろう。

したがって、ゾラにとって歴史を動かす原動力というのは欲望である。そこで最後にわたしたちがゾラの「ルーゴン＝マッカール叢書」に原動力となった中心的な思想を見ようとすれば、それは確かに欲望史観[7]と名づけられよう。

注

（1）Émile Zola, *Germinal* in *Les Rougon-Macquart*, vol. III, coll. Pléiade, Gallimard, 1964, Ière partie, chap. 1, p. 1135〔『ジェルミナール』河内清訳、「世界の文学」第23巻、中央公論社、昭和三十九年、第一部、一章、八頁〕. 以下本書に関する引用は、本文中に部・章とページを記すにとどめる。訳文は文脈との関係で不都合のない限り上記邦訳書に従った。

（2）ゾラがここで使用している « inconscient » は形容詞としてである。この形容詞とそのもとになる名詞の « inconscience » は「叢書」中でもかなり出現頻度が高い。ただし精神分析用語における「無意識」、つまりフロイトが局所論で概念規定した「無意識」は、形容詞の « inconscient » を名詞化して使用する。あえて断ることもないであろうが、ゾラの「叢書」中の « inconscience »、« inconscient » は「無意識」や「無意識の」と訳せても、もちろんフロイトの局所論上の概念規定を前提にした意味ではない。

（3）Henri Mitterand, « L'idéologie et le mythe: *Germinal* et les fantasmes de la révolte » in *Le discours du roman*, PUF, 1980, p. 146.

（4）Henri Mitterand, « Étude » in *Les Rougon-Macquart*, vol. III, *Op. cit.*, p. 1803.

（5）カール・マルクス、フリードリッヒ・エンゲルス『共産党宣言』大内兵衛・向坂逸郎訳、岩波文庫、二〇一一年、四〇頁。

（6）Émile Zola, *La Débâcle* in *Les Rougon-Macquart*, vol. V, coll. Pléiade, Gallimard, 1967, p. 876〔『壊滅』小田光雄訳、論創社、二〇〇五年、六一六頁〕. 以下本書に関する引用は、本文中に部・章とページを記すにとどめる。訳文は文脈との関係で不都合のない限り上記邦訳書に従った。

（7）この「欲望史観」ということばは、市倉宏祐が『現代フランス思想への誘い――アンチ・オイディプスの彼方へ』（岩波書店、一九八六年）中で、『アンチ・オイディプス』におけるドゥルーズ＝ガタリの思想を言い表すために使用したものである。ゾラの叢書を一言で言い表す適切なことばが何かないものかと探していたところ、このことばに出会って借用した次第であるが、時代を超えてゾラのなかにすこしでもドゥルーズ＝ガタリ的な欲望をみいだせればという筆者の願いがそうさせたということでもあろう。

あとがき

筆者は長い間大学に勤務し、近年は特にゾラを中心にモノグラフィーを書いてきた。しかしこのモノグラフィーというのは、分量からいうと四百字詰め原稿用紙換算で五〇〜一〇〇枚程度なので、紙数のせいで比較的小さなテーマをその都度設定し、それなりに結論を付けねばならない。したがって、ゾラについてこのようなモノグラフィーを書きためたとしても、まとまったゾラ像はなかなか提示しにくいものである。最近は、いくらこうしたモノグラフィーを積み重ねても、ゾラの作品を読んだときの強烈な印象を捉えられないのではないか、このままいくと、ゾラの作品の勘所を外した議論をするだけに終わるのではないか、という思いすら抱くようになった。そこですこしでもまとまったゾラ像を自らに対しても提示するため、モノグラフィーの集積ではなく、書き下ろしのかたちでゾラ論を書こうと思い立ち、なんとか形にできたのが本書である。

筆者はいわゆる団塊の世代に属し、欧米風に言うとベビーブーマーの一人である。そのため学生時代には一九六八年のいわゆるパリ革命の推移を遠くから見つめ、巷のちょっとしたシャンソン・ブームを味わい、ヌーヴェル・ヴァーグ映画もよく見に行った。要するに今では信じがたいほどフランスが輝いていた時代に学生生活を送った。大学院に入ってからも構造主義からポスト構造主義への転換期で、批評・思想のうえでは前にも増してフランスは刺激的な著作に事欠かなかった。バルト、フーコー、デリダ、クリステヴァ、ジュネットらがきら星のごとき光を発していた。それで仲間を集って輪読会を組織し、矢継ぎ早に出版された彼らの難解な著作をたどたどしいフランス語で読んだことが懐かしく思い出される。だから本書中で、ゾラの欲望に関する議論を進めるに際して依拠したドゥルーズやガタリ、ジラール、レヴィ＝ストロースなどの著作は、知的興味にあふれた学生時代に初めて手にしたものであり、なかにはゾラに親しむ前に読んだものさえある。わたしたちの世代の多読経験が、この期に及んでも役に立ったと見ていいだろう。

日本で一般の読者がゾラの「ルーゴン＝マッカール叢書」をまとまって読めるようになったのは、やっと二十一世紀に入って、藤原書店の「ゾラ・セレクション」（全十一巻）、論創社の「ルーゴン＝マッカール叢書」（全十一巻）が発刊されてからのことであり、それまでのゾラに対する冷遇ぶりは目を覆うものがあった――かくいう筆者も学生時代にはあまり熱心なゾラの読者ではなかった。その大きな原因のひとつに、ゾラの「叢書」中の登場人物には共感しうるような個性が描かれていない、彼らには人間としての成長がみられない、ゾラは要するに体のいいポルノ作家ではないのかと、相変わらず古典的で狭隘なアプローチをして、ゾラを否定しようとする文学の専門家や一般読者が多かったことが考えられる。

本書ですくなからず言及した科学史家ミッシェル・セールの『火、そして霧の中の信号――ゾラ』は、筆者にとってそうした古典的なゾラの読み方をまったく覆すものだった。彼は十九世紀後半の熱力学を中心とする諸科学における思考の異質同像性 « isomorphisme »を、文字通り百科を経巡ってゾラの叢書から浮き彫りにし、ゾラのもつ未来の可能性を斬新な表現の仕方でわたしたちに教示してくれた。それからまたセールと並んで、ドゥルーズ＝ガタリの『アンチ・オイディプス』は、本書のタイトルを着想させてくれたことに始まり、たびたび本書の議論の方向を指し示してくれた。本書は百科の科学を自在に説くセールの博覧強記や、欲望を歴史のなかに解放しようとするドゥルーズ＝ガタリの斬新な思想を活かすにはほど遠いものだし、それに応じうるような能力を筆者はもたない。が、それでも欲望を心理現象のひとつにすぎないと見るのでなく、すくなくとも欲望を十九世紀後半の歴史と緊密に結びついた、しかも同時に心理のみならず社会的人間の存在論的な領域に広く関係する問題と見なしえたことで、筆者は彼らの思想の一端をわずかながらもなんとか掬いえたのではないかと考えたい。

ところで本書には言っておかなければならない反省点もある。なかでも残念なのは、欲望をテーマにしたにもかかわらず、全編これ宗教と欲望との葛藤からなる「叢書」第五巻の『ムーレ神父のあやまち』を考察する余裕がなかったことだ。そこではカトリックの神父セルジュ・ムーレと野性味にあふれた少女アルビーヌとのあいだに、アダムとイヴの再現を彷彿させる物語が描かれていた。これに、第十六巻の『夢』で「黄金伝説」の幻想の中で結ばれるアンジェリックとフェリシアンのカップルに関して、あるいは第二十巻『パスカル博士』の、聖書のルツとボアズないしアビシャクとダヴィデを想起させる、叔父パスカルと姪クロティルドとのカップルに関して補論を書き加えれば、宗教と題した第四部を立てることもできたかもしれない。

その他にも心残りはあるにしても、ともかく本書は筆者が来し方を振り返ることができる書物となり、しかもそれを長い間研究と教育にいそしんできた大学を去るときに出版できるはこびになり、個人的には二重の意味で記念となる時宜をえた書物となった。このような本書を書くに際して、質問や相談に気軽に応じていただいた熊本大学の同僚の先生方にまず感謝を申し述べたい。それから二〇年近くの長い間ゾラ研究を通じて交流し、研究仲間として刺激や励みを与えてくださった、全国の自然主義文学研究会のメンバー諸兄姉にもこの場を借りて感謝のことばをお伝えしたい。また末筆ながら、本書の出版を快諾していただいた藤原書店の藤原良雄氏、いつものように編集作業の過程で索引の作成を始めとする丁寧で暖かい心配りをしていただいた山﨑優子氏に心から感謝する。

〔本書の出版に際し二〇一二年度熊本大学学術出版助成を受けた。関係者の方々にお礼を申し上げる〕

マ　行

ヤ　行

ラ　行

タ　行

ナ　行

ハ　行

人名索引

ア 行

カ 行

サ 行

著者紹介

寺田光徳（てらだ・みつのり）

1947年生。大阪市立大学大学院文学研究科博士課程単位修得退学。博士（文学）。弘前大学人文学部教授を経て2002年10月より熊本大学文学部教授。専門は19世紀フランス文学。
著書に『梅毒の文学史』（平凡社、1999）他。訳書にM. セール『火、そして霧の中の信号――ゾラ』（法政大学出版局、1988）、M. ピカール『時間を読む』（法政大学出版局、1995）、C. ケテル『梅毒の歴史』（藤原書店、1996）、E. ゾラ『獣人』（藤原書店、2004）、P. ダルモン『人と細菌』（共訳、藤原書店、2005）他。

欲望《よくぼう》する機械《きかい》　ゾラの「ルーゴン＝マッカール叢書《そうしょ》」

2013年3月30日　初版第1刷発行©

著　者　寺田光徳
発行者　藤原良雄
発行所　株式会社　藤原書店

〒162-0041　東京都新宿区早稲田鶴巻町523
電　話　03（5272）0301
FAX　03（5272）0450
振　替　00160-4-17013
info@fujiwara-shoten.co.jp

印刷・製本　中央精版印刷

落丁本・乱丁本はお取替えいたします
定価はカバーに表示してあります

Printed in Japan
ISBN978-4-89434-905-6

❺ ボヌール・デ・ダム百貨店 ――デパートの誕生

Au Bonheur des Dames, 1883　　吉田典子 訳＝解説

ゾラの時代に躍進を始める華やかなデパートは、婦人客を食いものにし、小商店を押しつぶす怪物的な機械装置でもあった。大量の魅力的な商品と近代商法によってパリ中の女性を誘惑、驚異的に売上げを伸ばす「ご婦人方の幸福」百貨店を描き出した大作。

656 頁　**4800 円**　◇978-4-89434-375-7（第 6 回配本／ 2004 年 2 月刊）

❻ 獣人 ――愛と殺人の鉄道物語 *La Bête Humaine, 1890*

寺田光徳 訳＝解説

「叢書」中屈指の人気を誇る、探偵小説的興趣をもった作品。第二帝政期に文明と進歩の象徴として時代の先頭を疾駆していた「鉄道」を駆使して同時代の社会とそこに生きる人々の感性を活写し、小説に新境地を切り開いた、ゾラの斬新さが理解できる。

528 頁　**3800 円**　◇978-4-89434-410-5（第 8 回配本／ 2004 年 11 月刊）

❼ 金《かね》 *L'Argent, 1891*

野村正人訳＝解説

誇大妄想狂的な欲望に憑かれ、最後には自分を蕩尽せずにすまない人間とその時代を見事に描ききる、80 年代日本のバブル時代を彷彿とさせる作品。主人公の栄光と悲惨はそのまま、華やかさの裏に崩壊の影が忍び寄っていた第二帝政の運命である。

576 頁　**4200 円**　◇978-4-89434-361-0（第 5 回配本／ 2003 年 11 月刊）

❽ 文学論集 1865-1896 *Critique Littéraire*

佐藤正年 編訳＝解説

「実験小説論」だけを根拠にゾラの文学理論を裁断してきた紋切り型の文学史を一新、ゾラの幅広く奥深い文学観を呈示！　「個性的な表現」「文学における金銭」「淫らな文学」「文学における道徳性について」「小説家の権利」「バルザック」「スタンダール」他。

440 頁　**3600 円**　◇978-4-89434-564-5（第 9 回配本／ 2007 年 3 月刊）

❾ 美術論集

三浦篤 編＝解説　三浦篤・藤原貞朗 訳＝解説

セザンヌの親友であり、マネや印象派をいち早く評価した先鋭の美術批評家でもあったフランスの文豪ゾラ。鋭敏な観察眼、挑発的な文体で当時の美術評論界に衝撃を与えた美術論を本格的に紹介する、本邦初のゾラ美術論集。「造形芸術家解説」152 名収録。

520 頁　**4600 円**　◇978-4-89434-750-2（第 10 回配本／ 2010 年 7 月刊）

❿ 時代を読む 1870-1900 *Chroniques et Polémiques*

小倉孝誠・菅野賢治 編訳＝解説

権力に抗しても真実を追求する真の“知識人”作家ゾラの、現代の諸問題を見透すような作品を精選。「私は告発する」のようなドレフュス事件関連の文章の他、新聞、女性、教育、宗教、文学と共和国、離婚、動物愛護など、多様なテーマをとりあげる。

392 頁　**3200 円**　◇978-4-89434-311-5（第 1 回配本／ 2002 年 11 月刊）

⓫ 書簡集 1858-1902

小倉孝誠 編＝解説　小倉孝誠・有富智世・高井奈緒・寺田寅彦 訳

19 世紀後半の作家、画家、音楽家、ジャーナリスト、政治家たちと幅広い交流をもっていたゾラの手紙から時代の全体像を浮彫りにする、第一級資料の本邦初訳。セザンヌ、ユゴー、フロベール、ドーデ、ゴンクール、ツルゲーネフ、ドレフュス他宛の書簡を精選。

456 頁　**5600 円**　◇978-4-89434-852-3（第 11 回配本／ 2012 年 4 月刊）

別巻 ゾラ・ハンドブック （未刊）

宮下志朗・小倉孝誠 編

これ一巻でゾラのすべてが分かる。①全小説あらすじ。②ゾラ事典。ゾラと関連の深い事件、社会現象、思想、科学などの解説。研究の歴史と現状。③年譜、文献目録。

資本主義社会に生きる人間の矛盾を描き尽した巨人

ゾラ・セレクション

責任編集　**宮下志朗／小倉孝誠**　　（全 11 巻・別巻一）

四六変上製カバー装　**各巻 3200 ～ 4800 円**

各巻 390 ～ 660 頁　各巻イラスト入

Emile Zola（1840-1902）

◆本セレクションの特徴◆

1 小説だけでなく文学論、美術論、ジャーナリスティックな著作、書簡集を収めた、本邦初の本格的なゾラ著作集。

2『居酒屋』『ナナ』といった定番をあえて外し、これまでまともに翻訳されたことのない作品を中心として、ゾラの知られざる側面をクローズアップ。

3 各巻末に訳者による「解説」を付し、作品理解への便宜をはかる。

＊白抜き数字は既刊

❶ 初期名作集──テレーズ・ラカン、引き立て役ほか

Première Œuvres

宮下志朗 編訳＝解説

最初の傑作「テレーズ･ラカン」の他、「引き立て役」「広告の犠牲者」「猫たちの天国」「コクヴィル村の酒盛り」「オリヴィエ・ベカーユの死」など、近代都市パリの繁栄と矛盾を鋭い観察眼で執拗に写しとった短篇を本邦初訳・新訳で収録。

464 頁　**3600 円**　◇978-4-89434-401-3（第 7 回配本／ 2004 年 9 月刊）

❷ パリの胃袋　*Le Ventre de Paris, 1873*

朝比奈弘治 訳＝解説

色彩、匂いあざやかな「食べ物小説」、新しいパリを描く「都市風俗小説」、無実の政治犯が政治的陰謀にのめりこむ「政治小説」、肥満した腹（＝生活の安楽にのみ関心)、痩せっぽち（＝社会に不満）の対立から人間社会の現実を描ききる「社会小説」。

448 頁　**3600 円**　◇978-4-89434-327-6（第 2 回配本／ 2003 年 3 月刊）

❸ ムーレ神父のあやまち　*La Faute de l'Abbé Mouret, 1875*

清水正和・倉智恒夫 訳＝解説

神秘的・幻想的な自然賛美の異色作。寂しいプロヴァンスの荒野の描写にはセザンヌの影響がうかがえ、修道士の「耳切事件」は、この作品を愛したゴッホに大きな影響を与えた。ゾラ没後百年を機に、「幻の楽園」と言われた作品の神秘のベールをはがす。

496 頁　**3800 円**　◇978-4-89434-337-5（第 4 回配本／ 2003 年 10 月刊）

❹ 愛の一ページ　*Une Page d'Amour, 1878*

石井啓子 訳＝解説

禁断の愛、嫉妬と絶望、そして愛の終わり……。大作『居酒屋』と『ナナ』の間にはさまれた地味な作品だが、日本の読者が長年小説家ゾラに抱いてきたイメージを一新する作品。ルーゴン=マッカール叢書の第八作で、一族の家系図を付す。

560 頁　**4200 円**　◇978-4-89434-355-9（第 3 回配本／ 2003 年 9 月刊）

知られざるゾラの全貌

〈ゾラ・セレクション〉プレ企画

いま、なぜゾラか

〔ゾラ入門〕

宮下志朗・小倉孝誠編

金銭、セックス、レジャー、労働、大衆消費社会と都市……二十世紀を先取りする今日的な主題をめぐって濃密な物語を描き、しかも、その多くの作品が映画化されているエミール・ゾラ。自然主義文学者という型に押しこめられ誤解されていた作家の知られざる全体像が、いま初めて明かされる。

四六並製　三二八頁　**二八〇〇円**
（二〇〇二年一〇月刊）
◇978-4-89434-306-1

ゾラは新しい！

ゾラの可能性

〔表象・科学・身体〕

小倉孝誠・宮下志朗編

科学技術、資本主義、女性、身体、都市と大衆……二十世紀に軋轢を生じさせる様々な問題を、十九世紀に既に濃密な物語に仕立て上げていたゾラ。その真の魅力を、日仏第一線の執筆陣が描く。

アギュロン／コルバン／ノワレ／ペロー／ミットラン／朝比奈弘治／稲賀繁美／荻野アンナ／柏木隆雄／金森修／工藤庸子／高山宏／野崎歓

A5上製　三四四頁　**三八〇〇円**
（二〇〇五年六月刊）
◇978-4-89434-456-3

文豪、幻の名著

風俗研究

バルザック

山田登世子訳＝解説

文豪バルザックが、十九世紀パリの風俗を、皮肉と諷刺で鮮やかに描いた幻の名著。近代の富と毒を、バルザックの炯眼が鋭く捉える、都市風俗考現学の原点。「優雅な生活論」「歩き方の理論」「近代興奮剤考」ほか。

図版多数〔解説〕「近代の毒と富」

A5上製　二三二頁　**二八〇〇円**
（一九九二年三月刊）
◇978-4-938661-46-5

PATHOLOGIE DE LA VIE SOCIAL　BALZAC

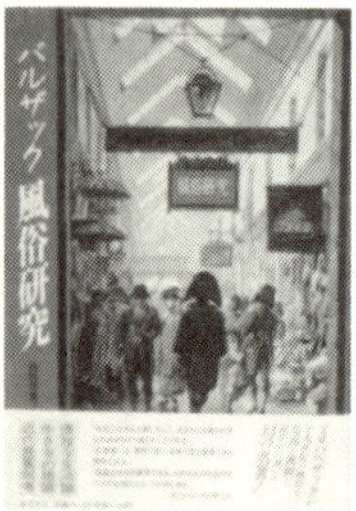

全く新しいバルザック像

バルザックがおもしろい

鹿島茂・山田登世子

百篇にのぼるバルザックの「人間喜劇」から、高度に都市化し、資本主義化した今の日本でこそ理解できる十篇をセレクトした二人が、今日の日本が直面している問題を、既に一六〇年も前に語り尽していたバルザックの知られざる魅力をめぐって熱論。

四六並製　二四〇頁　**一五〇〇円**
（一九九九年四月刊）
◇978-4-89434-128-9

文豪、幻の名著

風俗研究

バルザック

山田登世子訳＝解説

文豪バルザックが、十九世紀パリの風俗を、皮肉と諷刺で鮮やかに描いた幻の名著。近代の富と毒を、バルザックの炯眼が鋭く捉える、都市風俗考現学の原点。「優雅な生活論」「歩き方の理論」「近代興奮剤考」ほか。

図版多数〔解説〕「近代の毒と富」

A5上製　二三二頁　**二八〇〇円**
（一九九二年三月刊）
◇978-4-938661-46-5

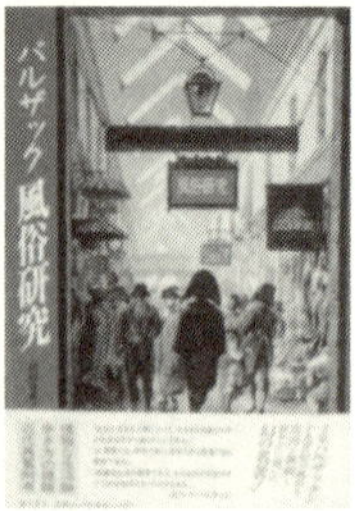

PATHOLOGIE DE LA VIE SOCIAL　BALZAC

写真誕生前の日常百景

タブロー・ド・パリ

画・マルレ／文・ソヴィニー

鹿島茂訳＝解題

パリの国立図書館に百五十年間眠っていた石版画を、十九世紀史の泰斗が発掘出版。人物・風景・建物ともに微細に描きだした、第一級資料。

厚手中性紙・布表紙・箔押・函入
B4上製　一八四頁　**一一六五〇〇円**
（一九九三年二月刊）
◇978-4-938661-65-6

TABLEAUX DE PARIS　Jean-Henri MARLET

全く新しいバルザック像

バルザックがおもしろい

鹿島茂・山田登世子

百篇にのぼるバルザックの「人間喜劇」から、高度に都市化し、資本主義化した今の日本でこそ理解できる十篇をセレクトした二人が、今日の日本が直面している問題を、既に一六〇年も前に語り尽していたバルザックの知られざる魅力をめぐって熱論。

四六並製　二四〇頁　**一五〇〇円**
（一九九九年四月刊）
◇978-4-89434-128-9

十九世紀小説が二十一世紀に甦る

バルザックを読む

I 対談篇　II 評論篇

鹿島茂・山田登世子編

青木雄二、池内紀、植島啓司、髙村薫、中沢新一、中野翠、福田和也、町田康、松浦寿輝、山口昌男といった気鋭の書き手が、バルザックから受けた〝衝撃〟とその現代性を語る対談篇。五十名の多彩な執筆陣が、多様で壮大なスケールをもつ「人間喜劇」の宇宙全体を余すところなく論じる評論篇。

各四六並製
I　三三六頁　**二四〇〇円**
II　二六四頁　**二〇〇〇円**
（二〇〇二年五月刊）
I◇978-4-89434-286-6
II◇978-4-89434-287-3